《撷星集：天汉诗词选读赏析》编委会：

编撰：郜亦楠（老郜）、霍雅群（Julia）、吴锌（诗农）、宋鹃、朱联国、钟海振（振公子）、蒋波、杨兵（墨言之）、邹志英、周玲（紫风铃）、郑先昌（蛀心虫）、李雪梅（行路人）、李卫（李晓黎）、唐莉（月印万川）、何公起、虞建新（白）

书法：陈力实、金杰、郑先昌（蛀心虫）

篆刻：钟安

撷星集 天溪诗词选读赏析

《撷星集》编委会 编著

上海三联书店

图书在版编目（CIP）数据

撷星集：天汉诗词选读赏析 / 《撷星集》编委会编
著 . -- 上海 ：上海三联书店，2021.2
ISBN 978-7-5426-7116-5

Ⅰ. ①撷… Ⅱ. ①撷… Ⅲ. ①诗词－诗歌欣赏－中国
Ⅳ. ① I207.2

中国版本图书馆 CIP 数据核字 (2020) 第 134199 号

撷星集：天汉诗词选读赏析

编　　著 /《撷星集》编委会

责任编辑 / 张静乔
装帧设计 / 孙　帅
监　　制 / 姚　军
责任校对 / 张大伟　王凌霄

出版发行 / 上海三联书店
　　　　　（200030）中国上海市漕溪北路 331 号 A 座 6 楼
邮购电话 / 021-22895540
印　　刷 / 上海惠敦印务科技有限公司

版　　次 / 2021 年 2 月第 1 版
印　　次 / 2021 年 2 月第 1 次印刷
开　　本 / 710×1000　1/16
字　　数 / 260 千字
印　　张 / 23
书　　号 / ISBN 978-7-5426-7116-5/I·1649
定　　价 / 88.00 元

敬启读者，如发现本书有印装质量问题，请与印刷厂联系 021-63779028

目录

序
前言
Preface

赏析正文

1   《天汉诗存》卷首诗   老邰

5   春城   老邰

11   蚕蛾、蜡烛   老邰

14   回首（1943 年跋忏情诗后）   Julia

20   空桑   Julia

23   元日   老邰

28   春阴   Julia

30   八载   老邰

34   秦淮   老邰

38   校中杏花开放   老邰

43   半日   Julia

46   贺人新婚   Julia

47   出处   老邰

52   柳塘   老邰

57	点绛唇·新婚	老郜
60	再到南京	老郜
62	旅沪纪事	老郜
64	燕都记游	老郜
73	旅燕杂诗	老郜
77	许昌杂咏	老郜
85	《盐铁论》书后	老郜
90	读诗偶记	老郜
94	宋鉴偶题	老郜
105	再到长沙、韶山	老郜
108	踏莎行	老郜
110	村居纪事	老郜
112	雁过、菩萨蛮	老郜
114	戏书蠓、蚊	老郜
116	读词偶题	老郜
126	稗子	老郜
127	大洼就医 4 律	老郜
131	锌儿书报连获表扬、评五好，诗以志喜	老郜
132	书寄淮上和淮上来书	老郜
136	赴盘山就医，步行归，见一燕毙于道旁	老郜
141	满江红·第一颗人造卫星上天	老郜
142	少作多删，尚忆断句清露明河联，爱之，足成一律，以寄淮上	邹志英
145	浣溪沙	老郜
150	如梦令	老郜
154	离盘返京暂居西郊旧舍	老郜
156	楼前红白桃花开落	老郜
161	紫竹院，鉴儿分配、饯别	老郜
164	赴淮事多反复	老郜
167	金缕曲	老郜

170	抱疾回京	老郜
173	养疴杂咏、续咏	老郜
181	读杜诗随题	老郜
189	四十五岁生日	老郜
195	浪淘沙·寄内	老郜
196	闻喜讯有作	老郜
198	供求论呈姚依林同志	老郜
204	寄女	老郜
206	春天，健笔	朱联国
208	蜀游吟草	朱联国
212	松陵故里、故里	诗农 宋锏
217	旅美篇（上——楚才晋用）	诗农
224	旅美篇（中——芸馆巡礼）	诗农
230	旅美篇（下——山水遨游）	诗农
236	编撰《中国商业通史》书后十首（十选三）	朱联国
241	咏拙著中之六大改革家	朱联国
244	与项青兄谈诗	朱联国
249	读《瓯北诗集》戏题其后	邹志英
252	三部学术专著出版前后成诗四首	邹志英
255	忧雪、雪灾、救灾	邹志英
258	薛小妹怀古诗释	Julia
262	《中国商业通史》一、二、三卷出版自题	Julia
265	《李商隐诗要注新笺》印行喜赋	Julia
266	赴地坛书市，数求始得李易安词，喜赋	Julia
267	经济史论文结集有记	Julia
270	再读《史记·吴太伯世家》寄常州，兼示吴凡（附吴姓始祖及吴氏源流说明）	诗农 宋锏
278	金缕曲情深、秋笛集绝唱	诗农 宋锏
283	苏联解体二十年反思	墨言之

285	另类军阀段祺瑞	墨言之
287	再读徐树铮诗中名联，足成一律以存	墨言之
289	再说如何评价冯玉祥？	墨言之
290	上网	墨言之
291	漫成	墨言之
293	天汉对联选读	周玲
398	天汉诗词时政七律选读赏析	周玲
300	天汉诗词晚岁七律三首	周玲
303	天汉诗词自传三首：记学者诗人幕僚生涯	周玲
305	马年六咏	蛙心虫
308	补裳	蒋波
309	自嘲	蒋波
310	夕照	蒋波
311	观潮	蒋波
313	天汉先生论诗	钟海振
315	夜雨名园方茁花：《中国商业政策史》自题诗	钟海振
318	历尽霜雪见高枝：呈叶嘉莹先生诗	钟海振
321	力披霾雾见康庄：怀邓公（小平）叠韵诗	钟海振
324	分茶	钟海振
327	江枫千树梦难冷：八八自寿	钟海振

附录

337	附录一：吴慧（天汉）先生年谱简编	诗农
340	附录二：《天汉诗词全集》简介	老郜 诗农 周玲
343	附录三：编委会成员介绍	

英译
The Samples of Mr. Tianhan's poems in English

8	春城 In Spring City	李雪梅
18	回首 Looking Back	李晓黎
41	校中杏花开放 Apricot Blossomed On Campus	月印万川
44	半日 Half A Day	Julia
143	清露明河联 A long couplet with your tears and the milky way	邹志英
325	分茶 The Art of Tea	钟海振

书法篆刻作品
Calligraphy and Seal Works

10	春城 In Spring City	蛀心虫
19	回首 Looking Back	陈力实
42	校中杏花开放 Apricot Blossomed On Campus	陈力实
45	半日 Half A Day	陈力实
144	清露明河联 A long couplet with your tears and the milky way	蛀心虫
326	分茶 The Art of Tea	陈力实

夜读天汉先生后成集有感（书法作品） 贺撷星集天汉诗词选读赏析出版（书法作品） 封面题字（书法作品）	金杰
夜读天汉先生后成集有感（封底）	蒋波
贺撷星集天汉诗词选读赏析出版（封底）	白蓝
篆刻	钟安

序

　　我好友吴锌（笔名诗农）的家尊天汉先生是商业史学界著作等身的大学问家，同时又是一位笔力深沉、丰富多产的诗人。天汉先生家承渊博、学而多思。他的诗词作品以律诗居多，兼有长短句，妙在用典，长于工对，选词古朴，情感细腻，读来如滴滴春雨润物于无声。2016 年出版的《天汉诗词全集》共收录了诗词 4000 余首，创作时间跨越 70 余年，这部巨著如同一席山重水复的诗词宴飨，又是一部琳琅满目的历史画卷。诗人自幼经历了频仍的战乱和动荡的时局，经受了病痛在身、怀才不遇、妻子儿女天各一方的人生逆境。这从他的诗中可见一斑：三匝将何枝可安？那堪进退两俱难？鬓鬈辽海风雪路，梦绕淮河烟雨滩。去国一身怜贾谊，思乡万里滞张翰。几时始得宜春讯？汉诏于人本尚宽。

　　回首 100 多年来，我们的祖国历经磨难，各种翻云覆雨的政治运动导致的信仰危机、道德绑架不断地折磨和拷问着人们的心灵和良知。多少有识之士常常在报效国家的满腔热血和难以自拔的生存困境中心力交瘁黯然神伤。天汉先生在自己的诗词中真实地记录和描述了诗人风雪雨烟中的困顿，又表达了诗人等待政治清明一展贾谊张翰之才的殷殷企盼。可以说，天汉先生的诗作就是中华民族一代知识分子坚强不屈砥砺前行的文化标签，更是我们不忘初心坚持改革开放，创建自由民主新时代的醒世箴言。

　　特别令人欣慰和值得感谢的是，一批热爱旧体诗词的后生晚辈们吸收和传承了天汉先生的文化养分，并正在努力发扬光大。在过去的一年多里，"海上生明月"诗群的老邰、Julia、诗农、朱联国、振公子、蒋波、墨言之、邹志英、紫风铃、蛀心虫、宋錩等诗友认真注释赏析了天汉先生的部分作品并在微信公众号上连载和微信群里交流，让诗人的佳作在爱好旧体诗词的诗友们之中流传和共赏。振公子、Julia、邹志英、李雪梅、李晓黎和月印万川等诗友还将天汉先生的一些优秀诗文翻译成英文，力争达到信达雅，为中国古典诗词走向世界创造了必要的条件，做出了有益的探索。这次出版的《撷星集：天汉诗词选读赏析》就是他们一年多辛劳成果的汇集。

《撷星集：天汉诗词选读赏析》最大的特点是书中大量引证甚至始终贯穿了天汉先生的另一大作《李商隐七律诗法十诠》。也就是说，编者是在用诗人传授的知识技法来讲解诗人的创作过程，用诗人的思维方式来揭示诗人的内心世界，用诗人的观察视角告诉我们他曾经的故土和年轮。这在其他专著中是很少见的，显示了编撰者的智慧、严谨和谦逊。

　　《撷星集：天汉诗词选读赏析》的另一显著特点是旁征博引和广泛比对。上下五千年，纵横两万里，信息满满，知识满满，通俗易懂，好学好记。对于旧体诗词研究者来说，具有丰富的史料价值。对于旧体诗词爱好者来说，更不失为一部可读性极佳的好教材。

何公起

2018 年 10 月

前言

吴慧先生（字天汉）是我国商业史学界的著名学者，也是中国商业史学会的创始会长，在业界享有崇高的威望。多年来勤于著述，已出版专著 20 余种，其中代表作有《中国商业通史》《中国古代商业史》《商业史话》等，曾荣获过 2008 年度"孙冶方经济科学奖"和第三届"郭沫若中国历史学奖"这两项我国不同学科的最高奖项，充分显示了天汉先生在经济科学和历史研究方面深厚的学养和卓越的成就。

天汉先生除了擅长自己的本职工作以外，兼好诗词，擅长吟咏，而且功力不凡，成绩斐然。先生祖籍江苏吴江，系清代著名诗人吴汉槎后人，幼承家学，才华出众，与诗坛前辈柳亚子、陈巢南等名家系出同门。他的诗词作品内涵丰富、文采飞扬、属对工整、韵律和谐。勤奋好学，笔耕不辍，70 余年里共创作诗词 4000 余首，汇集整理成《天汉诗词全集》，于 2016 年 90 大寿之际正式由中国商业出版社出版。

"诗言志，歌咏言。"诗词就是用精练的语言、和谐的韵律来表达丰富的情感和深厚的情怀。作为诗人，总是希望用自己敏感而丰富的心灵去洞察万物、感悟人生，并用自己的生花妙笔来记录和表达出来，歌颂真善美，鞭挞假丑恶，和广大读者们一起分享人世间的种种美好事物和真挚情感。天汉先生不愧是我国古典诗词文化的优秀继承人和杰出传播者，他的七律和长联尤其出色，堪称一绝，不仅作品数量丰富，质量也很高超，为我们树立了良好的学习榜样。他对于诗词创作方法也有着深入细致的研究，理解很是精到，他所著的《李商隐七律诗法十诠》是我们研究和创作旧体诗时不可多得的参考指导书。

不惜诗人辛，但伤知音希。高山流水盼知音，美好的事物也需要我们一起去推广发扬，共同去赏析分享。去年秋天，郜亦楠欣赏到天汉先生的诗词之后，非常感动，写出了多篇很有质量的赏析文章，得到了诗友们的广泛好评。于是天汉先生的次子吴锌（诗农）和女儿宋銁邀请了郜亦楠（老郜）、霍雅群（Julia）一起组成编委会，征得天汉先生同意，从全集中精选诗词约 300 篇，开始编撰《天汉诗词选读赏析》，并制作成了精美的公众号和诗友们分享，得到了良好的反响。今年夏天他们又邀请了多位志同道合的诗友一同参与编撰。朱联国、钟海

13

振、蒋波、墨言之、邹志英、紫风玲、蛀心虫等诗友踊跃参加，认真研读赏析。后来由钟海振、李雪梅、Julia、邹志英、李晓黎、月印万川等旅居海外的诗友将天汉先生的一些精彩诗词翻译成英文，力争达到信达雅的水平，为天汉诗词走向世界做出了必要的准备和有益的探索。诗友们的赏析诗文和英译文共计100 余篇，其中不仅有注释、赏析等方面的知识介绍，还有诗苑初探和诗法津梁等创作方法上的思考和探讨，除了具体介绍天汉诗词，也有诗友们在自己的诗词创作方面的独特理解和创作体会，希望对爱诗者在学习和创作旧体诗词过程中能有所帮助。部分内容参考了网络文章，在此一并感谢！

正如蒋波诗友在这首《夜读天汉先生后成集》中热情赞美的那样：

江南文脉亦如江，浩浩千年流未央。

二陆齐飞皆俊逸，一游三变自轩昂。

苏台初学辞吴燕，翰苑后成思楚狂。

谁识都门潜野老，我徒观止仰清芳。

我们始终相信：人生虽然充满劳苦，但仍要诗意地栖居于大地，去努力追寻人生的目的和生命的意义。把平常的生活过成诗，不仅需要智慧，也需要勇气。纷繁复杂的生活总让我们百感交集，也总是让我们不由得拿起手中的纸笔来表达抒发心中的感慨和情意。请允许我们向诗坛前辈天汉先生表达崇高的敬礼，也向热火朝天的生活表达由衷的敬礼！

岁月不老，诗心长存！

朱联国

2018 年秋，于上海浦东

Preface

Mr. Wu Hui, courtesy name: Tianhan, is a famed scholar in the commerce history of China. As a founder of Chinese Commerce History Society, Mr. Wu has enjoyed a towering reputation in the field. Over the years he has authored more than twenty scholarly books. His selected works include *The Complete Commerce History of China* and *The Commerce History of Ancient China*, which were awarded Sun Yefang Prize in Economics, 2008, considered to be the Nobel Prize in Economics in China, and Guo Moruo Prize in Chinese History, the highest honor in two different fields: economics and history. This tells the significant contributions made by Mr. Tianhan in the field of economics and history.

Other than his expertise, Mr. Tianhan is passionate about and very adept in writing poetry and Ci, a particular form of poetry with varying short and long sentences. Born in the prestigious Wu family, whose ancestor was Mr. Wu Hancha, a famous poet and a close friend to another famous poet Nalan Rongruo in Tsing Dynasty, Mr Tianhan was well educated from his youth and was the peer of contemporary poets such as Mr. Liu Yazi and Mr. Chen Chaonan. The poems of Mr. Tianhan are rich, lively, rigorous, and full of rhythms. Day in and day out, he worked hard and penned over four thousand poems. His poems were published as *Mr. Tianhan's Poetry Collection* in 2016 by China Commercial Publishing House on his ninetieth birthday.

Poems express one's ambition and songs sing out one's thoughts. Poetry has been used to express vibrant emotions, and deep feelings by means of concise language and harmonious rhythms. A poet likes to share with others the beauty and love in life. Mr. Tianhan is such a person. He is a practitioner, a banner, and a preacher of classic

Chinese poems. His seven-character tonal poems (Seven Lu) and lengthy couplets are really top-notch and highly regarded. His poems showed both quantitative and qualitative mastery of meticulous and precise linguistics. His publication *The Ten Analysis of Li Shangyin's Seven Character Tonal Poems* was a great reference for those who research and write old-style Chinese poems.

The poets are not afraid of hard work, but fear of no readers. Mountains and rivers yearn for harmonious resonance. Beauty needs to be appreciated and shared. Last fall, Mr. Xin (Wilson) Wu, the younger son of Mr. Tianhan and Ms. Juan Song, the daughter of Mr. Tianhan invited Mr. Yinan Gao (Lao Gao) and Ms. Yaqun Huo (Julia) to form an editorial board. With the approval of Mr. Tianhan, they selected approximately three hundred exceptional poems from Mr. Tianhan's Poetry Collection and started to edit *STAR TWINKLING – The Appreciations of Selected Mr. Tianhan's Poetry Collection*. Those analytical articles have been circulated in small groups and well received. This summer the editorial board invited more pen pals, including Lianguo Zhu, Haizhen Zhong, Bo Jiang, Bing Yang, Zhiying Zou, Ling Zhou, and Xianchang Zheng to further the cause. In addition, some pen pals such as Haizhen Zhong, Xuemei Li, Yaqun Huo (Julia), Zhiying Zou, Xiaoly (Helen) Li, and Li (Shirley) Tang have selected one or more of their favorite poems among the selections and have translated them into English. All these translated poems are posted right after their original Chinese poems, and are listed as a separate section at the end of this book.

These friends shared their perspectives on understanding Mr. Tianhan's poems. In addition, they shared their own understanding in creative writing, with the hope of providing assistance to others on how to write old-style poems. Since some parts of this book refer to the articles on the Internet, we'd like to appreciate the sources here.

As pen pal Bo Jiang praised in his poem entitled *One Night Reading Mr. Tianhan's Later Collection*:

```
        The poems of the South roar like a river,
       Passing by all nights with years of wonders.
            Both Lu Ji and Lu Yun were towering.
      Three times Lu You changed his styles, startling!
          You left Suzhou and hometown swallow for
             An ambition in the imperial court,
      Where you worked, and wrote great poems in leisure,
          For which we all look up to your shoulder.
```

Yes, we all believe life is tough, but nothing short of romance and poetry. Living an ordinary life with poetic perspective demands wisdom and courage. Many feel sad at the complexity of life. Some pen that sorrow into poems - poems from Mr. Tianhan and others who cherish the ups and downs of life.

Let the poetry be as endless as time!

Lianguo Zhu

Fall 2018 at Pudong, Shanghai.

Translated by Haizhen Zhong

遥家不當家小園風雨
鈡池塘白碧春雲至清
浮红杏花

家不當家小園風雨
池塘白碧春雲至清
杏花

浮金詩第一層初晉集半日
早春
聽雨軒力寅七

一、《天汉诗存》卷首诗（第一卷《初学集》第3页，4首并序）

序

孙七寄虹兄善书，名闻乡里，为拙诗编删，并蒙手书，定名天汉诗存，自题四首于卷之首。1945年秋作于吴江县同里镇之东溪桥畔。

其一

灵芬手写江葊集，金石论交心可知。

君字必传吾句拙，倩君濡笔定吾诗。

其二

少年学语近樊南，诗法劝吾高处参。

写出沧桑家国恨，万千气象变苍岚。

其三

飞来杰句叶横山，墨妙兰闺语似环。

为道垂虹秋色好，诗人自古出其间。

其四

百尺云浮天放楼，巢南亚子本同俦。

及门犹有三初在，我自瓣香持束修。

【注释】

1. 灵芬：清代诗人郭麐（lín）（1767—1831），字祥伯，号频伽。江苏吴江人。游学于姚鼐之门，工词章，善篆刻。间画竹石，别有天趣。书法学黄庭坚。其著作主要有《灵芬馆诗集》，为浙西词派末期代表人物。

2. 江葊（ān）集："葊"同"庵"，意为小草屋。清代诗人徐涛（字江庵），江苏省苏州市吴江人，善山水及花鸟和写诗，于嘉庆六年（1801年）去世。郭麐将他的遗诗收集起来，亲笔抄录编辑为《徐江葊集》。

3. 濡笔：蘸笔书写或绘画。

4. 樊南：晚唐著名诗人李商隐，字义山，号樊南生。

5. 叶横山：吴江诗人叶燮（xiè）（1627—1703），清初诗论家。字星期，号己畦。嘉兴人。晚年定居江苏吴江之横山，世称横山先生。主要著作为诗论专著《原诗》。叶家六世祖叶梦得（1077—1148，号石林）为南、北宋间著名学者、诗人。叶燮的父亲叶绍袁是晚明文坛重要作家，母亲沈宜修则是明末最杰出的女诗人。

6. 天放楼：吴江诗人金天羽之居所名。金天羽（1874—1947），中国近代诗人、国学大师。字松岑，号鹤望，别署有天放楼主人等。吴江（今属江苏）人。后半生主要从事教育工作，曾在苏州国学会讲学，又在上海光华大学任教。金松岑先生与章太炎并称近代国学大师，桃李满天下，如柳亚子、潘光旦、费孝通、王绍鏊、王佩铮、范烟桥等学者都是他的学生，其主要著作有《天放楼诗集》《孤恨集》等。

7. 巢南：陈去病（1874—1933），近代诗人，南社创始人之一。字巢南，号垂虹亭长，江苏吴江同里人。早年参加同盟会，在推翻满清帝制的辛亥革命和讨伐袁世凯的护法运动中，都做出了重要贡献。其诗多抒发爱国激情，风格苍健悲壮。1923年担任国立东南大学（1928年改为中央大学，1949年改名南京大学）中文系教授。1909年11月，陈去病和柳亚子、高旭共同发起了"以抗北庭"为宗旨的反清文学团体——南社。南社"集中了当时的时代歌手"，以诗文鼓吹革命，掌握了中国南部几乎所有的报纸杂志，它从一成立就越出了东林、复社之志业，"宣传革命，与同盟会相犄角"。因此被称为"革命宣传部"，陈去病在南社中实际上充当盟主地位。许多反清志士大都是南社社员，如柳亚子、黄兴、宋教仁、陈其美、于右任、叶楚伧、邵力子等。1911年初，陈去病又到杭州浙江高等学堂任教，在那里，他介绍了原绍兴府中学堂学生宋琳入南社。并支持宋琳在原绍兴匡社的基础上组织越社，鲁迅、范爱农等曾均为越社社员。

8. 亚子：柳亚子（1887.5.28—1958.6.21），苏州吴江黎里人，中国诗人，号亚子。江苏省苏州市吴江区北厍镇人，1906年参加同盟会，1909年参与共同创办并主持南社。民国时期曾任孙中山总统府秘书、中国国民党中央监察委员。抗日战争时期，与宋庆龄、何香凝等从事抗日民主活动。1949年出席中国人民政治协商会议第一届全体会议。著有《磨剑室诗词集》和《磨剑室文录》，另有《柳亚子诗词选》行世。

9. 三初：金松岑先生的三位及门弟子陈雅初、钱太初、金立初，号称同里三初。其中陈雅初（1911—1994），是引导吴慧先生入门学诗的业师。

10. 持束修：束修，古代学子入学敬师的礼物。持束修，此处指行拜师之礼。

【赏析】

吴天汉先生这四首诗写于 1945 年，时年 19 周岁。从自序中可以看到这是其同乡好友孙寄虹(孙七)为其整理抄录诗集时所作，题于诗集卷首作为提领。

第一首引用吴江同乡诗人郭麐手录徐涛《江荟集》的故事，对孙七兄为自己抄录诗集表达感谢和敬意。

第二首主要说明了作者自己学诗、作诗的方法，指出自己学李商隐、从高处参，力求在诗中写出家国沧桑的宏图意旨。

第三首和第四首主要讲述了诗人家乡吴江同里的诗词源流，其上可追溯到宋代著名诗人叶梦得叶氏一脉。特别是清末民初在国学大师金松岑先生的教育和影响下，吴江诗坛名家高手辈出。吴慧先生作为金先生的再传弟子，同里三初之一陈雅初先生的入室弟子、嫡系传人，对此也是十分自豪的。

【诗法津梁】

《十诠》句法：倒装

天汉先生著有《李商隐诗要注新笺》《李商隐研究论集》等诗词学术研究专著，并通过对唐代著名大诗人李商隐律诗作品的深入研究，总结撰写了专门论述格律诗创作方法的《李商隐七律诗法十诠》（以下简称《十诠》），收录在《李商隐研究论集》内。我们将在本书的诗法部分，以所选读的天汉诗词作品为例，同大家一起分享学习天汉先生《十诠》中的有关内容。

天汉先生在《十诠》中曾将李商隐七律的句法（构成诗句的方法）精要总结为八句话：**重叠多趣，倒装有力。节奏位移，不字收笔。"十四字法"，流畅圆熟。合掌平头，"正对"格俗。**

这里我们结合前面选读的卷首诗第四首，谈一下"倒装"句法的使用。请看天汉例诗：

> 百尺云浮天放楼，巢南亚子本同俦。
>
> 及门犹有三初在，我自瓣香持束修。

此诗首句"百尺云浮天放楼"即是倒装句，这里的"百尺"不是用来形容后面的"云"，而是形容句中更远处的"天放楼"的。正常语序应是"云浮百尺天放楼"，意思是高可百尺的天放楼在云中飘浮，即赞叹了天放楼之高大，又隐誉了天放楼主金松岑先生学问之大，有一句两得之妙。

但受七绝诗体格律的限制，该句必须采用"中仄平平仄仄平"，即第二字必须是仄、第三四字必须用平。"云浮百尺"的正常语序就出律了，必须倒装改为"百尺云浮"才合律。

另外，使用"百尺云浮"的倒装语序还有个妙处，就是一上来就强调"百尺"，给人一种奇峰陡立、突兀拔群之感，令天放楼之高大感更加逼入眼帘，真如泰山压顶一般！

【诗苑初探】
格律诗的四种平仄体式

近体格律诗可分律诗与绝句两种，各有五言、七言两类，故共可分为五律、五绝、七律、七绝共四体。上述四首诗均是七绝体例。

七绝诗体根据首句的平仄格式不同，又可分为仄起入韵、仄起不入韵，平起入韵、平起不入韵4种体式。具体如下：

1. 仄起入韵：又叫仄起平收，指首句第二字为仄声（即古汉语四声中的上、去、入声，大致相当于现代汉语拼音的三声、四声），首句末字为平声韵脚。例如李商隐的《夜雨寄北》：

> 君问归期未有期，巴山夜雨涨秋池。
> 何当共剪西窗烛，却话巴山夜雨时。

2. 仄起不入韵：又叫仄起仄收，指首句第二字为仄声，首句末字为仄声不押韵。例如王维的《九月九日忆山东兄弟》：

> 独在异乡为异客，每逢佳节倍思亲。
> 遥知兄弟登高处，遍插茱萸少一人。

3. 平起入韵：又叫平起平收，指首句第二字为平声，首句末字为平声韵脚。例如李白的《早发白帝城》：

> 朝辞白帝彩云间，千里江陵一日还。
> 两岸猿声啼不住，轻舟已过万重山。

4. 平起不入韵：又叫平起仄收，指首句第二字为平声，首句末字为仄声不押韵。例如白居易的《忆江柳》：

> 曾栽杨柳江南岸，一别江南两度春。
> 遥忆青青江岸上，不知攀折是何人。

天汉先生前述四首诗中，其一、二、三都是平起入韵体式，其四是仄起入韵体式。这两种体式在历代名家七绝作品常用体式。

受篇幅所限，关于五、七言绝句、律诗的各种体式之详细平仄格律不再一一介绍，有兴趣的读者可自行参考王力先生《诗词格律》等专著，及"诗词吾爱网"（www.52shici.com）或其他同类专业网站的相关内容。

（老邰编撰）

二、春城（第一卷《初学集》第3页，4首并序）

序

1943年春间事，1945年追忆作。

其一

春城晓雾浴红楼，花影离迷梦里浮。

倚遍栏杆千万曲，水精帘卷对梳头。

其二

簪花小字写春晴，红袖香浮玉案清。

吟到关雎同一笑，鸳鸯镜里两书生。

其三

红豆和愁手自栽，东风定许一枝开。

如何钿合同心句，来赠温家玉镜台。

其四

别难相忘见难期，肠断江南三月时。

只有花间双蛱蝶，春风飞上去年枝。

【注释】

1. 水精帘：也作水晶帘，用水晶制成的帘子，比喻晶莹华美的帘子，常用于描写美人香闺的诗词。如李白《玉阶怨》诗："却下水精帘，玲珑望秋月。"温庭筠《菩萨蛮》词："水精帘里颇梨枕，暖香惹梦鸳鸯锦。"

2. 簪花小字：簪花体，古代毛笔书法体式，一般为女子所常用，故也常用于赞美女子书法。

3. 红袖：女子红色的衣袖，常用于指代女子。杜牧《书情》诗："摘莲红袖湿，窥渌翠蛾频。"清代女诗人席佩兰《寿简斋先生》诗："绿衣捧砚催题卷，红袖添香伴读书。"

4. 关雎：语出《诗经·周南·关雎》："关关雎鸠，在河之洲。窈窕淑女，君子好逑。"《关雎》是诗经首篇，也是描写男女爱情的最著名的诗歌。故后世以其作为爱情的象征。

5. 红豆：语出王维《相思》诗："红豆生南国，春来发几枝。愿君多采撷，此物最相思。"后世便以红豆象征爱情。

6. 钿合：金钗钿合，传说中唐玄宗与杨贵妃定情的信物。白居易《长恨歌》诗："惟将旧物表深情，钿合金钗寄将去。"

7. 玉镜台：典出《世说新语·假谲第二十七》。温峤少时从刘琨北征刘聪，获玉镜台一枚。后其从姑刘氏有女，嘱代觅婿，峤有自婚意，因下玉镜台为定。

后将玉镜台引申作婚娶聘礼的代称。唐代张纮《行路难》诗："君不见温家玉镜台，提携抱握九重来。"

8. 双蛱蝶：典出梁祝化蝶的民间故事。

【赏析】

天汉先生这四首诗写于 1945 年，却是追忆 1943 年春的事。当时年方 17 岁的诗人遇到了什么事情，能让他两年后还念念不忘呢？没错，是爱情，而且很可能是少年人情窦初开的初恋。

诗人在这一系列诗作中对这段感情做了热烈、细致、精妙的描绘，让我们充分感受到了恋人间的情意和恋爱的美好。

第一首描写了春天的清晨，诗人在远处透过花丛和轻雾，眺望红楼上的恋人在窗前梳头的场景。而此时的少女呢，显然也是知道有人在看她，而且心里是开心喜悦的，因为这正是她所期待的呀。为什么这样说呢？请看这两句："倚遍栏杆千万曲，水精帘卷对梳头。"少女为了等待情郎的到来，已经把闺房小楼的栏杆倚遍了，直到看见他在楼下出现，这才把窗帘卷起来，假装自己在梳头。——如果情人不来，只怕千万曲的栏杆她还要继续倚下去，这个头是永远也梳不完的呢。那种少女的小情怀，心念在在却欲说还羞的神态，真是跃然纸上了。

第二首恋人见面相处的情景。他们在做什么呢？原来在一起读书写字。显然这位少女也是位才女，同诗人志趣相投。自古"红袖添香伴读书"就是中国读书人的一个美丽梦想，现在我们的年轻诗人圆了这个梦。更妙的是，这位添香红袖本身也是读了书的，而且读的是《诗经》，可知其美而有才。（我们现在的女孩子都要接受 9 年业务教育，应该都是读过书的，可能觉得没什么稀罕。可在 1943 年乡下很多女孩是不能读书的，读过书的女孩还是少见而珍贵的。）一对少年恋人，在一起读诗、相视而笑、志趣相投、琴瑟和鸣。这场景让我们不禁想起《红楼梦》里的宝黛共读西厢来，多么温馨、美好、令人感动的画面。

可是情深不寿、物极必反啊！这么美好、如此和谐的感情，却不能长久。何以见得？请看第三首诗。"红豆和愁手自栽，东风定许一枝开。"我们前面注释了，红豆寄相思，红豆象征爱情。红豆和愁一枝开，说明这场恋情不顺利，这段感情很可能没结果。（事实上也确实是没结果，我们从天汉先生的其他诗作如《忏情诗》中可以了解到，容后再讲。）从诗人的主观愿望上，是希望同恋人在一起长相厮守的。"钿合同心句"与"温家玉镜台"这两个典故充分、恰当地表明了诗人的心迹。可是结果呢？很遗憾。

最后再来看第四首诗。这首诗的意思很直白，用典大家也都熟悉——梁祝化蝶，一个凄美的结局。读到这里，我们不禁要想起李商隐的《无题》诗来：

> 相见时难别亦难，东风无力百花残。
> 春蚕到死丝方尽，蜡炬成灰泪始干。
> 晓镜但愁云鬓改，夜吟应觉月光寒。
> 蓬山此去无多路，青鸟殷勤为探看。

天汉先生的诗人气质，作品风格同李商隐是十分相似的。上一篇中我们也介绍过，他最初学习作诗便取法李商隐，后来又耗费 10 余年精力撰写了《李商隐诗要注新笺》（方志出版社，2010 年 5 月出版）和《李商隐研究论集》（社会科学文献出版社，2013 年 5 月出版）等研究专著，毕生与李商隐结下不解之缘。我冒昧推测个中原因，恐怕亦与年轻时这段刻骨铭心的恋情不无关系罢。

（老邰 编撰）

【赏译】

春城（第一卷《初学集》第 3 页）

李雪梅 译

In Spring City

Translated by Xuemei Li (10/8/2018)

序

1943 年春间事，1945 年追忆作。

Preface

This was a recollection in 1945 of my experience in spring, 1943.

其一

春城晓雾浴红楼，花影离迷梦里浮。

倚遍栏杆千万曲，水精帘卷对梳头。

In the mist of spring bathed the red mansion.

You woke up from a dream of blooms in motion.

Leaning on veranda, you hummed your favourite tune,

And combed hair under the crystal curtain.

其二

簪花小字写春晴，红袖香浮玉案清。

吟到关雎同一笑，鸳鸯镜里两书生。

In slender calligraphy, you wrote about spring days.

From your red sleeves escaped a scent so sweet.

Reading a love story brought smiles to our faces.

In the mirror we looked into each other's loving gazes.

其三

红豆和愁手自栽，东风定许一枝开。

如何钿合同心句，来赠温家玉镜台。

Love and woe, seeds we sewed.

Fate allowed only one to grow.

If only I could have promised you

A token of love you'd hold onto.

其四

别难相忘见难期，肠断江南三月时。

只有花间双蛱蝶，春风飞上去年枝。

Unable to forget, unable to meet,

We suffered the pain in mid spring.

Butterflies danced in the soft wind.

The tree from last year smelled bittersweet.

别难相忘见难期肠断江南三月時
只有花间雙蛱蝶春風飛上去年枝

红豆和愁手自栽東風許定一枝開
如何鈿合同心句来贈温家玉镜臺

簪花小字寫春晴红袖香浮玉臂清吟
到開睢同一笑鸳鸯镜裏兩書生

春城曉露沿红樓玉影雞迷夢裏浮
倚遍欄杆千萬曲水精簾捲對梳頭

蛙心虫作品

三、蚕蛾、蜡烛（第一卷《初学集》第 4 页）

蚕蛾

化蛾朝夕命如昙，产子功成死亦甘。

不及缠绵初自缚，柔丝千缕吐春蚕。

蜡烛

（是夕停电点烛，因作）

蜡烛谁将好句传？床前寸焰照无眠。

今宵情味应相似：泪自长流心自煎。

【注释】

1. 昙：昙花，因开花时间很短，故有成语曰"昙花一现"。

2. 自缚：出自成语"作茧自缚"。

3. 好句：此处应是指李商隐《无题》诗中名句"春蚕到死丝方尽，蜡炬成灰泪始干"。

【赏析】

天汉先生开笔学诗即取法李商隐，对李诗沉浸日久、领会良多。这两首诗写于 1943 年，正是其"少年学语近樊南"时所作，题材取自李诗名句"春蚕到死丝方尽，蜡炬成灰泪始干"，且于原句之意又有所发挥和发展。

咏物诗是古诗词中常见的一类作品，多以状物抒情或状物言理为主旨，其中也不乏佳作。比如白居易的《赋得古原草送别》中的"野火烧不尽，春风吹又生"就是脍炙人口的名句。天汉先生的"蜡烛"一诗结句，于摹状蜡烛燃烧的物理情状的同时，联想到情人之间的彻夜相思，设喻精巧贴切、新颖独特，颇见匠心。

【诗法津梁】

《十诠》句法：重叠

天汉先生在《十诠》中曾将李商隐七律的句法（构成诗句的方法）精要总结为八句话：重叠多趣，倒装有力。节奏位移，不字收笔。"十四字法"，流畅圆熟。合掌平头，"正对"格俗。

这里我们结合前面选读的《蜡烛》诗，谈一下"重叠"句法的使用。一般来说，绝句和律诗行文中是比较忌讳重复使用某个字的，即"避同"之说。但是如果是诗词作者有意而为、修辞性的重复，则不在此例。另外，出于诗意的完整与确切，不得不用非修辞性重字，也是可以的。关于这个问题，刘勰在《文心雕龙·练字》中已经明确提了出来，原话是："重出者，同字相犯者也。《诗》《骚》适会，而近世忌同。若两字俱要，则宁在相犯。"意思是说，《诗经》和《楚辞》善于融会贯通，并不在意于重出、相犯的问题，而近世则忌讳诗中出现同字。当然，如果重字不得不要时，则是可以相犯的。天汉先生总结说，李商隐是使用重字作修辞的妙手，而他自己又何尝不是。请看天汉例诗：

蜡烛谁将好句传？床前寸焰照无眠。
今宵情味应相似：泪自长流心自煎。

此诗结句"泪自长流心自煎"重复使用了两个"自"字。而细品之下，这两个字却又不尽相同，有并列、递进之意味。首先流泪与煎心是并列排比，以烛泪拟人泪、以烛芯比人心，这是很好的比喻；同时，流泪是外在、煎心是内在，由表及里、由浅入深，又有因果递进之义。两个"自"字，穿插其间，盘桓婉转，摇曳不定，读来恰有李义山名句"相见时难别亦难"的感觉。

【诗苑初探】

格律诗的押韵

天汉先生这两首诗都是七绝，即每句 7 字、共 4 句 28 字。七绝是近体诗中非常常见且重要的一类体裁，学习写诗的人一般都会从此入手，因其短小精干、易于掌握。

《蚕蛾》是"平起入韵"格式，"蛾"字平声，1、3、4 句末的"昙、甘、蚕"三字押韵，在"平水韵"中同属"十三覃"部。

《蜡烛》是"仄起入韵"格式，"烛"字古音读入声，1、3、4句末的"传、眠、煎"三字押韵，在"平水韵"中同属"一先"部。

这里简要介绍一下"平水韵"和"中华新韵"的概念。

我们知道中文文体可分为"韵文"和"散文"两大部类。像诗词这样，每句话的末字读音韵母相同的就是"韵文"（否则即是散文），这些具有同样韵母的字叫作"韵脚"。使用相同韵脚的字，叫作押韵，是诗词创作最基本、最重要的规则。可以说诗（这里专指古体诗）一定要押韵，不押韵就不是诗了。

但是中文汉字在数千年的传承使用中，其读音并不是一成不变的，韵脚也随着人们的习惯读法在不断变化更替。

在现存最早的音韵学专著、隋朝陆法言的《切韵》中，将汉字按照当时的通常习惯读音分为193个韵部。

唐初，许敬宗奏议合并、修整韵书。唐玄宗开元二十年（公元732年），孙愐编制《唐韵》，全书5卷，共195个韵部。《切韵》和《唐韵》类似于当时的汉字普通话发音方案，是唐诗用韵的主要参照系。

北宋陈彭年编纂的《大宋重修广韵》（《广韵》）在《切韵》的基础上又细分为206个韵部。

南宋末年，江北平水（今山西省临汾市尧都区）人刘渊著《壬子新刊礼部韵略》把同用的韵合并，成107韵。每个韵部包含若干字，作律绝诗用韵，其韵脚的字必须出自同一韵部，不能出韵、错用。

1223年，金朝官员山西平水人王文郁著《平水新刊韵略》，把汉字分为106个韵部。

元初阴时夫著《韵府群玉》，定106韵的版本为"平水韵"。

明代以后，文人均沿用106韵写诗填词。

清代康熙年间，后人所编的《佩文诗韵》《佩文韵府》《诗韵合璧》把《平水韵》并为106个韵部，共收录汉字9504个，全篇韵表采用繁体字（正体字）以便于读者检索查找。这就是广为流传的平水韵。

1949年以后，国家大力推行普通话，编写修订《新华字典》，在全国范围内对汉字发音作了权威规范。普通话是政府认定的现代标准汉语，以北京语音为标准音，以北方话为基础方言，以典范的现代白话文著作作为语法规范。此后诗词界又根据普通话的发音声韵规律，总结出了《中华新韵》。

2004年，中华诗词学会提出"倡今知古，双轨并行；今不妨古，宽不碍严"。4条诗词创作用韵方针，将《平水韵》重新校订，并收入《中华新韵》中，便于读者携带、使用。

2011年，中华书局出版发行了中华诗词学会副会长赵京战编著的《中华新韵》一书，共收录8091个常用汉字，将其作为当代诗词创作的主要参考韵书。

（老郜编撰）

四、回首（1943年跋忏情诗后）（第一卷《初学集》第9页，3首选1）

几经曲折谱鸾歌，回首春归惊逝波。

我自负人人负我，一生恩怨为情多。

【注释】

1.跋：文体的一种，写在书籍，文章或书画作品的后面。

2.忏情诗：忏悔过往情事的诗。作者曾经写过《春城》四首追忆同一段情事，可互相参看。

3.鸾歌：鸾鸟鸣唱。唐代元稹《莺莺传》："龙吹过庭竹，鸾歌拂井桐。"

4.逝波：指一去不返的流水。唐代贾岛《送玄岩上人归西蜀》诗："去腊催今夏，流光等逝波。"比喻流逝的光阴。

5.我自：犹我咱。清代谭嗣同《狱中题壁》诗："我自横刀向天笑，去留肝胆两昆仑。"

【赏析】

这是一首为情感慨的诗作。历经几番曲折终于鸾交凤友，蓦然回首，惊觉春回大地，光阴如潮水般倏逝。不觉感叹人生情路多崎岖，爱恨可循——"我"负了他人，他人定会负"我"，一生反反复复纠缠不断的恩恩怨怨，不过是因为多情累人罢了。

此诗作于1943年，作者时年17岁。字里行间，感受出一个胸藏翰墨，神清骨秀的少年人的敏感情怀。单从此诗的字句来看，很难猜到作者为一小小少年，老练持重。

【诗苑初探】

这是一首平起首句入韵的七绝。整首诗很规矩。转句"我自负人人负我"这种写法有回环反复的效果，这里我、负、人是一种修辞上面的重复，并不违背近体诗"避同"的说法。辛帅曾经有类似写法：

玉楼春

（南宋）辛弃疾

风前欲劝春光住，春在城南芳草路。

未随流落水边花，且作飘零泥上絮。

镜中已觉星星误，人不负春春自负。

梦回人远许多愁，只在梨花风雨处。

下面，我们来探讨一下关于格律诗的修辞性重复。格律诗中，常见的修辞性重复有三类情况：①叠字；②顶真；③复辞。

1. 叠字：叠字来突出语言表达的音韵感和节奏感，强化摹状、抒情的效果。例：

夜直

（宋）王安石

金炉香尽漏声残，翦翦轻风阵阵寒。

春色恼人眠不得，月移花影上栏杆。

2. 顶真：顶真指的是以下两种情况。①上句末尾字、词与下句开头字、词相同，构成一种回环相扣的表达效果。②将两字用于同句之内，同字相连，表面上看似叠字，实际上不是作为修辞格的叠字。例：

行宫

（唐）元稹

寥落古行宫，宫花寂寞红。

白头宫女在，闲坐说玄宗。

江楼旧感

（唐）赵嘏

独上江楼思悄然，月光如水水如天。

同来望月人何处，风景依稀似去年。

3. 复辞：常见的句内复辞有以下几种情况。

（1）一、三字重复："舍南舍北皆春水"（杜甫）；"听水听风笑到家"（袁枚）。

（2）一、五字重复："一枕新凉一扇风"（刘翰）；"不养丹砂不坐禅"（冯班）。

（3）二、五字重复："不羡神仙羡少年"（袁枚）；"不爱红装爱武装"（毛泽东）。

（4）二、六字重复："烟笼寒水月笼沙"（杜牧）；"浓似春云淡似烟"（纪昀）。

（5）三、六字重复："欲把西湖比西子"（苏轼）；"暂时相赏莫相违"（杜甫）。

（6）四、七字重复："直把杭州作汴州"（林升）；"瞥地红梢更绿梢"（王又曾）。

（7）一二两字与五六两字重复："半缘修道半缘君"（元稹）；"昨夜星辰昨夜风"（李商隐）。其中，重复的两字可以是一个词，也可以是两个单字。

（8）一、三、五字重复："一花一柳一鱼矶，一抹斜阳一鸟飞。一山一水一禅寺，一林黄叶一僧归。"（何佩玉）

应当说，格律诗由于受到单调的平仄转换的限制，句内的复辞有相应的定格。二、四字不能重复，四、六字不能重复，因为"二四六分明"。在五言"平平仄仄平"、七言"仄仄平平仄仄平"句式中，由于对"孤平"的避忌，五言的一、三字、七言的三、五字不能重复。前面举到的何佩玉的"一字诗"中，第二句中是一、五字重复，不像第一句的一、三、五字重复，因为用的正是"仄仄平平仄仄平"句式。

格律诗中的句外复辞格，常是表达的主题词、中心词的回环观照，其作用在强调或对比。如崔颢《黄鹤楼》中，"黄鹤"一词三次重复，因为它是诗人反映的中心词，在一再强调中突出了"鹤去楼空"的感受。其他又如：

雪梅·其一

（宋）卢梅坡

梅雪争春未肯降，骚人阁笔费评章。

梅须逊雪三分白，雪却输梅一段香。

在梅、雪之间两相对照，以彰显各自的美妙之处。

题都城南庄

（唐）崔护

去年今日此门中，人面桃花相映红。

人面不知何处去，桃花依旧笑春风。

是两年之间的比照，中间省去了"今年今日此门中"，在"人"与"花"的重复中呈现出同与不同的情景。

除了修辞意义上的文字重复，非修辞性的重复则应当力求避免。当然，"忌同"不是绝对的。刘勰关于"若两字俱要，则宁在相犯"的论点，对于格律诗来说，依然是适用的。在唐宋及后世的名诗中，出现非修辞性重字的诗作为数不少。如崔颢《黄鹤楼》中，"空"两次重复，"人"两次重复，因用得自然妥帖，读来不觉重复。

程颢的《题淮南寺》和《秋月》，都是名诗，选入《千家诗》，前诗两"秋"字，后诗两"红"字，皆不影响诗的意境。

题淮南寺

（宋）程颢

南去北来休便休，白苹吹尽楚江秋。

道人不是悲秋客，一任晚山相对愁。

秋月

（宋）程颢

清溪流过碧山头，空水澄鲜一色秋。

隔断红尘三十里，白云红叶两悠悠。

咏雪

（元）吴澄

腊转鸿钧岁已残，东风剪水下天坛。

剩添吴楚千江水，压倒秦淮万里山。

风竹婆娑银凤舞，云松偃蹇玉龙寒。

不知天上谁横笛，吹落琼花满世间。

　　元人吴澄的《咏雪》，"风""水""天"三字都出现重复，但同样被人们当名诗看待。可见，"避同"也不是绝对的。

　　归纳起来说，格律诗中，要分清修辞性文字重复和非修辞性文字重复。对非修辞性文字重复要尽量避免，但并不是绝对要防止"相犯"。必要时，重复也无妨。

（Julia 编撰）

【赏译】

回首 （1943年跋忏情诗后） （第一卷《初学集》第9页）

晓黎 译

Looking Back

Translated by Xiaoly Li

几经曲折谱鸾歌，回首春归惊逝波。
我自负人人负我，一生恩怨为情多。

The melody of Phoenix rises above
twists and turns of life.
Spring returns with the waves
passing that shock me.
I owe others, others owe me —
much love and resentment.

陈力实作品

五、空桑 （两首选一，1944 年，用李义山锦瑟诗韵，第 16 页）

才抚空桑又改弦，东风吹鬓误华年。

三生惹恨批香蝶，万古倾情叫月鹃。

烛影画屏心似海，花痕禅榻梦如烟。

早知一去轻成诀，当日相怜太遽然。

【注释】

1. 华年：美好的时光。（唐）李商隐：“锦瑟无端五十弦，一弦一柱思华年。”

2. 空桑：瑟名。古代于夏至祀地奏乐用。《楚辞·大招》：“魂乎归徕，定空桑只。”王逸注：“空桑，瑟名也。”（北周）庾信《周五声调曲·变宫调二》：“孤竹调阳管，空桑节雅弦。”

3. 三生：佛教语。指前生、今生、来生。（唐）牟融《送僧》诗：“三生尘梦醒，一锡衲衣轻。”

4. 批：分析；评论。后人有《西江月》二词，批宝玉极恰。——《红楼梦》

5. 香蝶：《庄子·齐物论》：“昔者庄周梦为胡蝶，栩栩然胡蝶也，自喻适志与！不知周也。俄然觉，则蘧蘧然周也。不知周之梦为胡蝶与，胡蝶之梦为周与？周与胡蝶，则必有分矣。此之谓物化。”后因以“蝶梦”喻迷离惝恍的梦境。此句化用“庄生晓梦迷蝴蝶”（李商隐《锦瑟》）。

6. 月鹃：即杜鹃鸟。据《成都记》载：杜宇又曰杜主，自天而降，称望帝，好稼穑，治郫城。后望帝死，其魂化为鸟，名曰杜鹃。（宋）王安石《杂咏绝句》之十五：“月明闻杜宇，南北总关心。”此句化用“望帝春心托杜鹃”（李商隐《锦瑟》）。

7. 烛影画屏：烛影，灯烛的光亮。（唐）杜甫《夜》诗：“绝岸风威动，寒房烛影微。”画屏，有画饰的屏风。（南朝·梁）江淹《空青赋》：“亦有曲帐画屏，素女彩扇。”此处指夜晚的室内。

8. 花痕禅榻：留有落花痕迹的禅床。（唐）杜牧《题禅院》诗：“今日鬓丝产禅榻畔，茶烟轻扬落花风。”

9. 遽然：突然。（宋）苏洵《几策·审势》：“如风雨雷电，遽然而至，截然而下。”此处指匆忙。

【赏析】

这首七律是作者的八首忏情诗之一。诗成于 1944 年春，当时如作者所注："（初恋）远嫁扬州，遇人不淑，郁郁以终。悲夫！"可见，此诗的格调是必然的悲和悔。

"才抚空桑又改弦，东风吹鬓误华年。""我"一会儿弹瑟，一会儿拨弦，神思不属啊。东风拂面，让"我"忍不住回想起曾经一起度过的美好时光，虽然已经恍若隔世，却不能不成为"我"今生最大的心结。

"三生惹恨批香蝶，万古倾情叫月鹃。"如果说一定有什么让我长久遗恨，无法释然的，那一定是"庄生晓梦"梦终所失惹的祸；如果说一定有什么让我倾情一生，每每想起就会痛彻心扉的，那一定是"杜宇啼春"的哀怨悲歌。此处所要批的离、逝，包含着美好的情境，却已成虚缈的梦境的遗憾；以冤禽托写恨怀，也非一般琐碎，而是一段奇情深恨在了。

"烛影画屏心似海，花痕禅榻梦如烟。"经历了颔联的大开大合，情绪澎湃，颈联作者的情绪稍加平复，烛影画屏的室内影影绰绰，"我"的心情起伏似海；心如禅定，却因为留有"花痕"的旧事，感叹人世人情，太匆匆，如过眼云烟。阴阳冷暖，怅恨则一。

"早知一去轻成诀，当日相怜太遽然。"如果知道从此一别竟成永别，"我"怎么着也要好好相待于你，到如今，只余空恨了。诗人对于这一段恋情是哀思叹惋的。

生死哀怨之深，生离死别之恨，生未善待之悔。是这首诗的主旨吧。

【诗苑初探】

诗词的化用

天汉先生这首诗用了李商隐的韵。前四句步韵，后四句用韵。

锦瑟

（唐）李商隐

锦瑟无端五十弦，

一弦一柱思华年。

庄生晓梦迷蝴蝶，

望帝春心托杜鹃。

沧海月明珠有泪，

蓝田日暖玉生烟。

此情可待成追忆，

只是当时已惘然。

领联：（天汉）

三生惹恨批香蝶，

万古倾情叫月鹃。

同领联：（李义山）

庄生晓梦迷蝴蝶，

望帝春心托杜鹃。

　　用了同样的典。这种写法，是历代诗人常用的一种方式：化用。化用引用用得好，有时候成就甚至高过原句，被世人奉为经典，但如果用得不好，必定被世人唾骂为抄袭，甚至是文贼。古代诗词名家，多是化用的高手啊，许多诗文名句出于化用。例如：

临江仙·梦后楼台高锁

（宋）晏几道

梦后楼台高锁，酒醒帘幕低垂。去年春恨却来时。落花人独立，微雨燕双飞。记得小苹初见，两重心字罗衣。琵琶弦上说相思。当时明月在，曾照彩云归。

春残

（唐）翁宏

又是春残也，如何出翠帏。

落花人独立，微雨燕双飞。

寓目魂将断，经年梦亦非。

那堪向愁夕，萧飒暮蝉辉。

一剪梅

（宋）李清照

红藕香残玉簟秋。轻解罗裳，独上兰舟。云中谁寄锦书来，雁字回时，月满西楼。花自飘零水自流。一种相思，两处闲愁。此情无计可消除，才下眉头，却上心头。

御街行·秋日怀旧

（宋）范仲淹

纷纷坠叶飘香砌。夜寂静，寒声碎。真珠帘卷玉楼空，天淡银河垂地。年年今夜，月华如练，长是人千里。　　愁肠已断无由醉，酒未到，先成泪。残灯明灭枕头欹，谙尽孤眠滋味。都来此事，眉间心上，无计相回避。

翁宏和范仲淹的句子，明显没有晏几道和李清照的句子更加脍炙人口。所以说，化用得恰到好处，也不失为词句的新生。

（Julia 编撰）

六、元日（《初学集》第 6 页，4 首）

其一

几声爆竹破人眠，正是更残腊转天。

一种沧桑家国恨，少年心绪已中年。

其二

未必今年胜去年，江山大好满腥膻。

不成避地聊随俗，也把宜春帖子悬。

其三

生民四海尚如悬，乱世谁能望万全？

我亦青衫难忍泪，红窗梦不隔烽烟。

万方鼙鼓黯狼烟，一盏屠苏愁岂蠲。

安得瘟神真扫绝，年年乐奏景云篇。

【注释】

1. 腥膻：原意指难闻的腥味，古代常引申为入侵的草原游牧部落。此处特指日寇。

2. 避地：谓迁居住地以避灾祸。

3. 宜春帖子：此处指春贴。春贴又名"春书"，是我国传统民俗。古代人们于立春日用色纸剪成"宜春"二字，张贴在门柱上，也有一些是写成单句的其他吉祥话，贴于门楣上，祈求招祥纳福。南朝梁宗懔所著的《荆楚岁时记》载，当时立春日湘、鄂两地人们除了用彩色的绸布剪成燕子的形状戴在头上外，还要写"宜春"二个字贴在家中，即宜春帖，又称春帖。唐朝孙思邈的《千金玉令》也有提到人们于立春时张贴宜春帖。由于立春与春节接近，而宜春帖的形式又与现在的春条、横批相似，一些学者认为现在的春联、春条、横批、福字等是直接源自宜春帖，只是名称不同。

4. 鼙鼓：中国古代军队中用的鼓，常用以指代军队或者战争。

5. 屠苏：药酒名，相传是汉代名医华佗所创制。古代风俗，于农历正月初一饮屠苏酒。

6. 蠲：音 juān，消除意。

7. 瘟神：指传说中能散播瘟疫的恶神，比喻作恶多端、面目可憎的人或邪恶势力。此处特指日寇。

8. 景云：祥云、瑞云。

【赏析】

这四首绝句组诗创作于 1945 年元旦。当时中国仍处于抗日战争中，尽管日军此时已显现颓势，但诗人的家乡吴江、南京和江苏省仍在其势力控制之下。所以诗人在迎接新年之际，念及家国沧桑不喜反忧，用饱含爱国之情的笔墨书写下了这四首抒怀慨叹的诗作，以层层递进的手法，描述了自己的心情思绪与新年愿望。

第一首讲元旦清晨，诗人被爆竹惊醒，心情未觉喜庆、反转忧凉。其中结句写得尤其精彩。"少年心绪已中年"——少年人的心绪是什么？一般是欢快的、喜乐的，兴高采烈的、意志昂扬的；而中年人呢？一般是平稳的、安静的，甚或略带忧虑的、消沉惆怅的。当时年龄尚不足 20 周岁的诗人，本应是满怀少年心绪，可为何会发出中年之慨叹呢？——至此诗句虽结、余韵未尽，吸引着读者往下继续看。

第二首承接第一首，讲为何心绪悲凉呢？因为江山沦陷、满地腥膻，自己身处敌占区内，有心求去又无力避地，只得随波逐流、强颜欢笑。

第三首承接第二首，继续深入描述沦陷区人民生活的无奈，以及那种苟且偷生、不知所谓的迷茫感。正是这种埋藏心底的迷茫与忧虑，造成了少年诗人的沧桑心绪呀。

第四首呼应前三首，整体上作一了结。作者在这里说出自己真正的新年心愿：早日扫除瘟神、战胜日寇，全国人民恢复安居乐业，年年乐奏景云、祥和喜乐。

四首组诗从整体来看，各自又分别作起、承、转、合之用，章法玲珑嵌套、严密整齐，铺陈叙议、达意传情，真是别具匠心、精彩脱俗。

读天汉先生这组诗时，让我联想起南宋词人蒋捷那首《虞美人》名作：

少年听雨歌楼上。红烛昏罗帐。壮年听雨客舟中。江阔云低、断雁叫西风。
而今听雨僧庐下。鬓已星星也。悲欢离合总无情。一任阶前、点滴到天明。

蒋捷经历了宋元交替巨大的沧桑变故，将国破之痛、家亡之恨，彼黍离离之悲、铜驼荆棘之叹，结合个人身世悲欢离合的际遇，在诗句中娓娓倾诉出来，发自肺腑、感人至深。天汉先生少年时期经历了日寇侵华、国土沦陷，同时也有家庭变故、个人感情方面的诸多遭遇，所以其诗风从早年起便有了一份成熟深重、婉转曲折，耐人品味。而与蒋氏这首晚年感慨浩叹之作所不同的是，天汉当时毕竟还在少年，他心中还有期待与盼望，国家也有生机与希望，所以诗作最后收尾的基调是悲而不恸、哀而不伤，内心寄托着希冀与愿望的。

《十诠》章法：起法

绝句篇幅虽短，写作亦有章法，行文也须讲究起承转合。一般来讲：绝句首句为起、次句为承，三句作转、末句作合，各有妙用、缺一不可。

天汉先生在《十诠》中，曾将李商隐诗法的起句（一般是律诗首联或绝句首句）写法，概括为四句话的口诀：陡、平、兴、比，倒溯、旁衬；全篇精神，起头先振。

又进而细分为 10 种"起法"：（1）陡起：即开头便出奇，如奇峰陡立、凌空突兀，力求先声夺人。（2）平起：即起句平实、平易、平稳，但不平淡，为全诗叙事做好铺垫。（3）兴起：即以事物起兴，借物托感。（4）比起：用类比、比喻之法起头切入，此法在咏物诗中尤多。（5）论起：即于首句 / 首联中借议论发端，先揭发出论点，后面再铺陈申述。（6）问起：即开头采用问句，引发观者兴趣，后面再予以回答解释说明。（7）倒起：即以后发之事起头，颠倒次序、倒叙因果。（8）旁起：先以它物发端，不直写本题。后面再作比较、切换。（9）拈题起：即紧扣题目，拈题目中的字而开端。（10）避题起：即避免用到题目中的字，尤以咏物诗为甚，甚至全诗都不出现题字。

天汉先生所论上述 10 法，全面涵盖了诗词起首的各式写法，对于作文也是同理可参。我们以天汉先生这四首诗为例来看一下：

第一首起句：几声爆竹破人眠，这是"平起"方式，承题铺叙了元旦的情景氛围。

第二首起句：未必今年胜去年，这是"论起"方式，而且是否定发论，铿锵有力。

第三首起句：生民四海尚如悬，这是"比起"方式，以形象比喻给人以深刻印象与认同。

第四首起句：万方鼙鼓黯狼烟，这也是"陡起"方式，发语出奇、场面宏大，先声夺人。

在这一组诗中，诗人分别运用了四种不同的起首方式，所携带情绪也随之逐渐波荡提高，从开始的平平淡淡、古井无波，到最后的大开大合、心潮起伏，感情变化的脉络清晰可见。这种组诗的写法技巧，值得我们学习借鉴。

【诗苑初探】
组诗、排律和歌行体的区别

组诗是指由表现同一主题和采用相关题材的若干首诗所组成的一组诗篇。每首诗相对完整和独立，但是每首诗与其他诗之间又有内在的感情联系，每首诗和组诗内的其他诗都成排比列式，格式相同或相近。比较有代表性的如：阮籍的《咏怀八十二首》，陶渊明的《饮酒二十首》，李白的《月下独酌四首》，杜甫的《伤春五首》《秋兴八首》等。

排律指长篇的律诗，又称长律。是律诗的一种，格式不拘泥，但同样要严格遵守平仄、对仗、押韵等规则。因其是将律诗的定格加以铺排延长，故名之"排律"。每首排律至少要有 10 句，多则有至百韵者。除首尾两联外，中间各联都必须对仗（亦可隔句相对，称为扇对），各句间也都要遵守平仄粘对的格式。因其格律要求严格，创作难度较大。比较有代表性的如：杜甫的《奉送严公入朝十韵》《上韦左相二十韵》《投赠哥舒开府二十韵》《寄李十二白二十韵》《夔府书怀四十韵》，白居易的《代书诗一百韵寄微之》等。

排律和组诗是个体与群体两个不同的概念，都可以用于构筑叙事抒情的长篇作品。才力高俊的诗人甚至还有排律组诗，例如杜甫的《伤春》5 首。

歌行体是从古代乐府诗发展出的一种古体诗体裁，形式可采用五言、七言或杂言，句式富于变化，音节、格律比较自由，整体篇幅一般较长，中间可以换韵（不像排律那样要求一韵到底）。比较有代表性的如：张若虚的《春江花月夜》，李白的《少年行》《梦游天姥吟留别》，杜甫的《丽人行》《兵车行》《茅屋为秋风所破歌》，白居易的《长恨歌》《琵琶行》等。

排律与歌行是不同体裁的长篇诗歌，歌行属于古体乐府诗，排律属于近体格律诗。歌行体诗歌也有形成组诗的，比如杜甫的《三吏》《三别》，白居易的《秦中吟》10 首、《新乐府》50 首等。

（老邰编撰）

七、春阴（1945年，《初学集》第12页）

春阴十日太无端，剪剪东风送晓寒。

堪惜年华随水逝，许分心事到花残。

天边烽燧能高枕？雾里江山莫倚栏。

纵得阳和亦何喜，嗟予弱冠尚南冠！

【注释】

1. 无端：无奈。表示事与愿违，或没有办法。（宋）柳永《尾犯》词："秋渐老，蛩声正苦；夜将阑，灯花旋落。最无端处，总把良宵，只恁孤眠却。"

2. 剪剪：形容风轻微而带寒意。（唐）韩偓《寒食夜》诗："恻恻轻寒翦翦风，杏花飘雪小桃红。"

3. 烽燧：古代边防报警的信号，白天放烟叫烽，夜间举火叫燧。《明史·王翱传》："五里为堡，十里为屯，使烽燧相接。"此处指代战乱。

4. 阳和：春天的暖气。（明）刘基《梅花》诗之三："不是孤芳贞不挠，阳和争得上枯枝。"借指佳音。（明）孙柚《琴心记·廷尉伸冤》："长卿本意九死为期，不意阳和忽布，且喜又复官爵，还令文园。"

5. 嗟予：嗟，叹息。（唐）李白《梦游天姥吟留别》："忽魂悸以魄动，恍惊起而长嗟。"予，"予"假借为"余"，我。（宋）周敦颐《爱莲说》："予独爱莲之出淤泥而不染。"

6. 弱冠：古时以男子20岁为成人，初加冠，因体犹未壮，故称弱冠。后遂称男子20岁或二十几岁的年龄为弱冠。晋左思《咏史》之一："弱冠弄柔翰，卓荦观群书。"

7. 南冠：春秋时楚人之冠。后泛指南方人之冠。借指南方人。化用钟仪典。（北周）庾信《率尔成咏》："南冠今别楚，荆玉遂游秦。"（南朝）陈江总《遇长安使寄裴尚书》诗："北风尚嘶马，南冠独不归。"

【赏析】

此首七律诗成于1945年春。要理解这首诗，我们先要了解写作背景。当时正值抗日战争期间，而作者正就读于无锡的江苏省立教育学院。试想一下，国难当头之际，作者作为一个热血青年，不能去前线报效国家，那种心情，那种无奈感，甚至由此而来的些许羞愧之心，怎一个"愁"字了得！

"春阴十日太无端，剪剪东风送晓寒。"首联交代时间和心境。早春时节，连阴十日，很是无奈。更有甚者，晓寒似冻，东风若剪。

自然景致的阴冷，连着作者的心境也不好了。所以才发出了"堪惜年华随水逝，许分心事到花残"的慨叹。这样的早春风寒时节，时光若水，韶光易逝，"我的心事"连绵不断，岂止是花盛花残那么简单。那是什么呢？

"天边烽燧能高枕？雾里江山莫倚栏。"战火纷飞，"我"岂能安枕无忧；山河待整，怎是"我"凭栏就可看得清楚的局势呢？

"纵得阳和亦何喜，嗟予弱冠尚南冠！"纵使前方战事传来捷报，也难了"我"身在南方，不能亲自报效国家的遗憾。

整首诗由自然景致的阴冷写到心情的无奈，再写到诗人空有报国之心，未尽报国之力的遗憾。一个敏感而热血的青年形象就鲜明地跃然纸上了。

【诗苑初探】

律诗

律诗是指符合格律的诗，多为 8 句，一般常见的是五言律诗（五律）和七言律诗（七律）。不符合格律的诗，是不能称之为律诗的。

例如王维的《观猎》是一首五律，因为每句诗都是五个字，共 8 句 40 个字，并符合格律。

观猎

（唐）王维

风劲角弓鸣，将军猎渭城。

草枯鹰眼疾，雪尽马蹄轻。

忽过新丰市，还归细柳营。

回看射雕处，千里暮云平。

而杜甫的《咏怀古迹》是七律，因为每句诗都是七个字，共 8 句 56 个字，也符合格律。

咏怀古迹·支离东北风尘际

（唐）杜甫

支离东北风尘际，漂泊西南天地间。

三峡楼台淹日月，五溪衣服共云山。

羯胡事主终无赖，词客哀时且未还。

庾信平生最萧瑟，暮年诗赋动江关。

天汉先生前面这首诗，是一首平起平收，首句入韵的七律。其规定格律为：平平仄仄仄平平，仄仄平平仄仄平。仄仄平平平仄仄，平平仄仄仄平平。平平仄仄平平仄，仄仄平平仄仄平。仄仄平平平仄仄，平平仄仄仄平平。

对照格律，我们会发觉"纵得阳和亦何喜"这句出律了，变成了仄仄平平仄平仄，这是"拗救"的一种形式。关于"拗救"更多的内容，我们后面再介绍。

（Julia 编撰）

八、八载（作于 1945 年秋，《初学集》第 12 页）

八载兵戈多难客，今朝闻说九州同。

尚疑身在春梦里，不觉眼含欢泪中。

一扫愁怀随大白，高歌意气失长虹。

低头忽愧黄龙饮，劳落曾无尺寸功。

【注释】

1. 大白：大酒杯。汉刘向《说苑·善说》："魏文侯与大夫饮酒，使公乘不仁为觞政，曰：'饮不釂（jiào）者，浮以大白。'"——意思就是"喝酒不干的人，就拿大杯灌他。"

2. 黄龙：指黄龙府，位于今吉林省长春市农安县，为辽金两代军事重镇和政治经济中心，是中国历史名城。这里诗人使用了南宋时抗金名将岳飞名言"直抵黄龙府，与诸军痛饮耳"的典故。

3. 劳落：同沦落。据传明建文帝曾有《逊国后赋》诗曰："牢落西南四十秋，萧萧华发已盈头。乾坤有恨家何在，江汉无情水自流。长乐宫中云气散，朝元阁上雨声愁。新蒲细柳年年绿，野老吞声哭未休。"

【赏析】

这首七律作于 1945 年秋。当年 8 月日寇投降，抗日战争终于迎来了最后胜利。作者十分高兴，写下这首诗来记录时事、抒发感情。

首联拈题而起，直接交代了事件时间和欣喜的缘由：八载兵戈多难、今日忽闻胜利，终于实现了国泰民安的期盼，真是怎么开心都不为过啊。

颔联从反面承接，开始尚疑而不信、似在梦中，继而喜极而泣、乐极而哭。正如老杜诗句中所说"剑外忽传收蓟北，初闻涕泪满衣裳"的境况，此中的矛盾心情、复杂感受，非亲历而不能察、非深挚而不能道呀。

颈联情绪又是一转，大白在手、痛饮豪歌，真实描绘了普天同庆、万众齐欢的场面。如此盛大的庆典欢会，诗人又怎能落后呢，你看他愁云尽扫、意气风发，情绪和气氛都到达了顶点。

尾联情绪又是一转，在兴奋欣喜之余却又自感惭愧，身为七尺男儿、年届弱冠，一直沦落于敌占区，不曾为国家报效、为抗战出力。至此诗人强烈的爱国主义情怀与高度自觉自律的性格特点已表露无遗了。

我们常说"诗言志""文如其人"。要深入了解一个人的品质、性格，读他所作的诗文是一个不错的方式。前文中我们选读了天汉先生的《元旦》组诗，此处我们又赏析了这首《八载》。将两者联系起来，给我们的感觉是诗人对自己的修养要求，正如北宋范文正公名言所说的"先天下之忧而忧，后天下之乐而乐"。

【诗法津梁】

章法：扬抑

这首诗是天汉先生青年时期的七律作品，从中我们还能看到作者一些学习探索的痕迹。

这首诗的章法结构，与杜甫的七律名篇《闻官军收河南河北》颇有些神似，我们来对比参照一下：

> 剑外忽传收蓟北，初闻涕泪满衣裳。
>
> 却看妻子愁何在，漫卷诗书喜欲狂。
>
> 白日放歌须纵酒，青春作伴好还乡。
>
> 即从巴峡穿巫峡，便下襄阳向洛阳。

杜甫此诗除第一句叙事点题外，其余各句，都是表达诗人忽闻胜利消息之后的惊喜之情。诗人的思想感情发自肺腑，喷涌流泻。全诗激情奔放、痛快淋漓地抒发了作者的无比喜悦。后代诗论家都极为推崇此诗，仇兆鳌在《杜少陵集详注》中引王嗣奭的话说："此诗句句有喜跃意，一气流注，而曲折尽情，绝无妆点，愈朴愈真，他人决不能道。"浦起龙《读杜心解》赞其为老杜"生平第一快诗"。

天汉先生这首《八载》的结构正是学用了杜诗的章法，同时又根据自己的思想感情作了发挥。首颔两联，拈题承转，几与杜诗首联无差。颈联的"一扫愁怀""大白""高歌"，又与杜诗颔颈两联"愁何在""放歌""纵酒"的诸意象吻合。唯其尾联结句，乃是纯发乎自己怀抱，所传达的情绪与老杜殊不相同。

老杜这首收两河诗，除首联一转小抑之外，后三联的情绪层积累进、扶摇直上，结尾喷薄而出、顺流之下，真如长江大河，奔腾浩荡、一往无前。其情积存之厚重、勃发之激昂，让我们千载之后，读之也备受感动。真乃千古杰作、名不虚传！

天汉先生这首诗，四联三转、盘桓曲折，恰似涓涓溪流、潺潺而出，其情发也真挚、诉也委婉，也堪称精彩。唯其与杜诗相比，则婉约有余而豪气不足矣。不过当时的天汉年方弱冠，学养尚在辛苦锻炼之中，诗才自然不能与盛壮之年、炉火纯青的少陵宗师相较了。

另外，少陵籍贯河南，天汉生自吴中，南北地气相异、人物性格不同。少陵天赋北地英雄豪气，纵然时乖运蹇、穷困潦倒，犹见嶙峋峻骨；天汉自禀南方钟灵秀气，即便蓬头垢面、瓮牖绳枢，仍带宛转丰姿。方寸诗心，承天地禀赋之气，秉自然造化之功，蕴之于内、发乎于外，其究竟不可易也！

【诗苑初探】
格律诗的对仗

今天我们来谈一下律诗创作中的一个基本要点——对仗。

不论五律还是七律，其中间两联四句，一般要求须是对仗句。偶尔有颔联对句不工的（如崔颢的《黄鹤楼》诗颔联"黄鹤一去不复返，白云千载空悠悠"，"复返"与"悠悠"便不成对），但颈联一定要是工整对句。甚至还有全诗四联皆为对句的，老杜诗中这种情况尤多（例如《登高》）。

对仗有工对与宽对之分，同一门类的字词相对是为工对，否则即为宽对。因为工整捉对的难度很高，故对仗愈工，愈显诗人手段技巧。另外还有"邻对"、"借对"之法，有助于形成更为工巧的对仗。

我们来看本篇中天汉例诗的颔颈两联对仗：

> 八载兵戈多难客，今朝闻说九州同。
> 尚疑身在春梦里，不觉眼含欢泪中。
> 一扫愁怀随大白，高歌意气失长虹。
> 低头忽愧黄龙饮，劳落曾无尺寸功。

颔联的"尚疑"与"不觉"，"身在"与"眼含"，"春梦"与"欢泪"，"里"与"中"，都是工整的对仗。

颈联的"愁怀"与"意气"、"随"与"失"属于工对，"大白"与"长虹"是借对（虹与红同音借对）也很工整；"一扫"与"高歌"算是方位对数目的邻对，也较工整。

天汉先生在《十诠》中，曾将大诗人李商隐诗法中的对仗技巧总结为四句话：属对技精，工稳典丽。巧而不纤，活而不滞。

我们来看一首李商隐的名作《无题》诗中的对仗，也是颔联两联：

昨夜星辰昨夜风，画楼西畔桂堂东。
身无彩凤双飞翼，心有灵犀一点通。
隔座送钩春酒暖，分曹射覆蜡灯红。
嗟余听鼓应官去，走马兰台类转蓬。

颔联："身无"对"心有"，"彩凤"对"灵犀"，"双飞翼"对"一点通"，很工整。颈联："隔座"对"分曹"，"送钩"对"射覆"，"春酒暖"对"蜡灯红"（蜡与腊谐音借对，春和腊都是季节名词），也很工整。

最后我们再来欣赏一下老杜的生花妙笔，前后四联皆对仗的《登高》：

风急天高猿啸哀，渚清沙白鸟飞回。
无边落木萧萧下，不尽长江滚滚来。
万里悲秋常作客，百年多病独登台。
艰难苦恨繁霜鬓，潦倒新停浊酒杯。

前辈诗人们诸多佳作中这些巧思妙对，真是值得我们仔细研读、深入品味呀。

（老郜编撰）

九、秦淮（《初学集》第 6 页，2 首并序）

序

1945 年冬初到南京就读临时大学作

其一

烟月河桥画舸横，春灯燕子送南明。

秦淮岂必无人在？扇上桃花血写成。

其二

帘外江山帘里箫，落红漂逐去来潮。

河东柳独甘憔悴，不向春风斗舞腰。

【注释】

1. 秦淮：指秦淮河，两岸自古为烟花柳巷汇集之地。明末清初有"秦淮八艳"马湘兰、卞玉京、李香君、柳如是、董小宛、顾横波、寇白门和陈圆圆等最为著名。

2. 春灯燕子：春灯指《春灯谜》、燕子指《燕子笺》，是明末文人阮大铖所作传奇杂剧代表作。阮大铖（1587—1646），字集之，号圆海、石巢、百子山樵。桐城（今安徽枞阳藕山）人。明末政治人物、著名戏曲作家。以进士居官后，先依东林党，后依魏忠贤阉党，崇祯朝终以附逆罪罢官为民。明亡后在福王朱由崧的南明朝廷中官至兵部尚书、右副都御史，与马士英狼狈为奸，对东林、复社文人大加迫害，南京城陷后乞降于清，后病死于随清军攻打仙霞关的石道上。阮大铖品格本不足道，执政才能也很有限。但他颇有才华，尤善词曲。所作传奇戏曲有《春灯谜》《燕子笺》等。阮氏在清代剧作家孔尚任的著名传奇剧《桃花扇》中以大反派出场。

3. 南明：明亡于李闯后，遗臣以福王朱由崧为首在江南立国，史称南明，亡于清朝。

4. 扇上桃花：指清代剧作家孔尚任的著名传奇剧《桃花扇》。

5. 河东柳：指秦淮八艳之一的柳如是。她是明清易代之际的著名歌妓才女，本名杨爱，字如是，号河东君。

【赏析】

这两首诗是吊古咏怀之作，写于1945年冬。当时中国刚刚取得了抗日战争的胜利，但惨胜之余，满目疮痍、百废待兴。日伪时期的南京中央大学被由重庆还都的国民政府收编，改为南京临时大学。天汉先生正是这时来到南京入校就读，在课余游览了南京著名风景名胜秦淮河后，触景生情、怀古思今，写下了这两首诗作。

第一首诗主要取材于著名的传奇剧《桃花扇》，怀咏的是其主人公，秦淮八艳之一的李香君。《桃花扇》是中国清代著名的传奇剧本，剧作家孔尚任经历十余年三易其稿而完成。作品通过侯方域与李香君悲欢离合的爱情故事，反映了明末动荡的社会现实及统治阶级内部的派系斗争，从而揭示了南明覆灭的根本原因。作者从沉痛的故国哀思出发，无情地揭露了统治阶级丑恶的本质，严厉地谴责了他们祸国殃民的罪行；同时以激昂的爱国热情歌颂了民族英雄和热爱祖国的下层人民，是一部伟大的现实主义作品。

第二首诗怀咏的是柳如是。柳如是幼年聪慧好学，但由于家贫，从小就被掠卖到吴江为婢，妙龄时坠入章台，改名柳隐，在乱世风尘中往来于江浙金陵之间。明崇祯五年（公元 1632 年），柳如是流落松江，改旧名，自号"影怜"，表浊世自怜意。在松江与复社、几社、东林党人交往，常着儒服男装，与诸文人纵谈时势、和诗唱歌。柳如是曾与复社才子陈子龙发展过一段恋情未果，后陈子龙在抗清起义中不幸战败而死。崇祯十四年（1641 年），柳如是嫁给了东林党领袖、文名颇著的大官僚钱谦益。钱谦益娶柳后，为她在虞山盖了壮观华丽的"绛云楼"和"红豆馆"，金屋藏娇。两人同居绛云楼，读书论诗相对甚欢。崇祯帝自缢，清军占领北京后，在南京建成了南明弘光小朝廷，钱谦益当了礼部尚书。不久清军南下，当兵临城下时，柳如是劝钱谦益与其一起投水殉国，钱谦益沉思无语，最后走下水池试了一下说："水太冷，不能下"，柳如是"奋身欲沉池水中"，却给钱谦益硬拖住了。柳如是有着深厚的家国情怀和政治抱负。钱谦益降清后去北京，柳如是留在南京不去。钱谦益做了清朝礼部侍郎兼翰林学士，但受其影响，半年后便称病辞归。钱氏辞官归里后，柳如是鼓励他与尚在抵抗的郑成功等义军联络，并尽全力资助、慰劳抗清义军，表现出强烈的爱国情怀与民族气节。近代国学大师陈寅恪曾专为其作《柳如是别传》，誉之为"女侠名姝""文宗国士"。

天汉先生时年弱冠，恰值日寇投降、南京光复，初到当时的首都就读大学，游历秦淮、追古思今，不免感慨万千。诗人通过对李香君、柳如是两位秦淮名人兼爱国志士的吟咏颂扬，表达了自己追慕先烈、见贤思齐的爱国情怀与民族气节。

【诗苑初探】
诗、词和曲的区别与联系

诗、词和曲的共同点是它们都属于韵文，也就是说各句尾字要押韵。这样的文字诵读、吟咏或歌唱起来，会自然地形成韵律和节奏，具有音律美感。

作为文学体裁的诗，最早可追溯到西周时期的《诗经》。《诗经》中有很大一部分内容是"风"，也就是当时各国老百姓平时唱的民歌，所以诗也来源于歌，最早的诗也是可以唱的。词和曲，本身就是用于表演的歌词，所以它们当初都是可以唱的，脱离音乐单纯文学化是后来的事情。

诗的体式，在《诗经》之后是《楚辞》，再经过两汉乐府、古风体，魏晋南北朝的歌行体、柏梁体等流变，最后形成并定型为唐代的近体格律诗，之后沿袭千年、长盛不衰。（中华民国倡导新文化运动后，又出现了使用白话行文的新体现代诗。一般狭义而言，诗主要是指旧体诗。）

词又称诗余、长短句，滥觞于唐，成型于五代，极盛于两宋，而后于元、明逐渐衰退，清代又有所恢复和发展。

曲又称词余，于宋末元初在宋词的基础上产生出来，经历元明清三代的发展与演变，作为人民群众最喜闻乐见的艺术形式，继承和发展出了强大的生命力，开启了现代戏曲的先河。

唐诗、宋词和元曲，是中国古典文学艺术的杰出代表和伟大成就。

写作近体格律诗，一般先要确定五言、七言，绝句还是律诗，再定押哪个韵部，首句采用平起仄起、是否入韵等，然后方可动笔。

写作词和曲，则要先考虑根据所要叙述的内容长短，选择篇幅、宫调（音乐演唱风格）合适的词牌或曲牌，再依据词牌曲牌的固有声律格式去填写。

元曲又有杂剧和散曲之分，套曲与小令之别。即一些常见的曲牌搭配使用形成固定套数，同一宫调的多组套曲连缀成为一折戏文，多个折子（常见是"四折一楔子"）组合演绎一个完整的故事称为一本戏文或一部杂剧。

（老邰编撰）

十、校中杏花开放（并序，《初学集》第 7 页）

序

1945 年末偕内人转至无锡教育学院就学，诗为次年春所咏。

诗

满堂弦管故依然，难忘干戈万里迁！

一片春风花似锦，杏坛今日几人贤。

【注释】

1. 弦管：又作管弦，弦乐与管乐，泛指歌吹弹唱，多用于描写酒宴奏乐的场面。白居易《琵琶行》有"举酒欲饮无管弦"句。

2. 干戈：盾牌与矛戈，指代战争。文天祥《过零丁洋》有"干戈寥落四周星"句。

3. 杏坛：相传杏坛是孔子讲学之处，指代学校、书院等教书授人之地。《庄子·渔父篇》载："孔子游于缁帷（即黑帷，假托为地名）之林，休坐乎杏坛之上。弟子读书，孔子弦歌鼓琴。"现在山东省曲阜市孔庙大成殿前的杏坛为宋代所造。天圣二年（1024）孔子 45 代孙孔道辅监修孔庙时，在正殿旧址"除地为坛，环植以杏，名曰杏坛"，从此"杏坛"成为教育圣地的代名词。孔子后裔 60 代衍圣公《题杏坛》诗云："鲁城遗迹已成空，点瑟回琴想象中。独有杏坛春意早，年年花发旧时红。"

【赏析】

1944 年天汉先生与夫人宋燮英结婚，次年秋两人一同就读于南京临时大学。1945 年末南京国民政府对南京临大作调整，天汉先生与夫人又相偕转至在无锡的江苏省立教育学院（时称无锡教育学院，但与现在的无锡教育学院不是同一所院校，后该学院几经调整，现为苏州大学和台湾的东吴大学），并考取了联合国奖学金。这首绝句是天汉先生初到无锡教院就学，拜师陈雪尘教授前所作。

陈雪尘（1898—1966），字虚白，笔名黄山子，江苏省萧县（今安徽省萧县）人。他是卓有建树的林业科学家，1949 年前曾在上海、南京、无锡、苏州等地高校任教，1949 年后任安徽农学院教授。十年浩劫之初，被迫害致死。他生前在教学之余，曾和南京林学院合作，主编了《中国林业遗产》一书，对我国林业科学贡献卓著。陈雪尘先生博学多才，工诗词，擅长书法和中国画。《天汉诗词全集》中存有数首与陈雪尘先生互赠唱和的作品。

此作写于国民党政府还都南京之后，诗人离开曾短暂滞留的首都来到无锡求学，期间耳闻目睹了国府当局政要频开歌舞酒宴之事、沉迷骄奢淫逸之风，对此深感不安和不快。天汉先生有志于投师求学、精研业艺，将来学以致用、报国济民，此诗表达了他当时的忧虑与思索。

本诗首句为《十诠》所讲的"旁起"式。题目是"校中杏花开放"，但并未直接写杏花，也未先写学校，而是下笔先说"满堂弦管"。作者对这满堂弦管的情况显然是不满的，所以后面又下了"故依然"三字，略备旁敲侧击、口诛笔伐之意。

次句承接首句，讲出了诗人为何对"满堂弦管故依然"的不满，因为"难忘干戈万里迁"啊。国民政府曾经因为对日战事失利，从南京长途跋涉迁逃到重庆陪都，而首都南京则沦陷于日寇魔掌，发生了 30 万人民罹难的大屠杀惨案，这些惨痛悲剧、血泪教训，当权者怎么能如此轻易就遗忘了呢？第三句承上启下，转入本题说春暖花开。这里语带双关，一方面是自然界的时令已至，春风送暖、杏花绽放；另一方面是学校里来自五湖四海、心怀报国济民之志的莘莘学子，正如同含苞待放的花朵，需要春风的引导呵护，以便将来花开似锦、结果成功呀。

第四句阐明心意、收拢全诗。自古贤师出高徒，如今像孔夫子那样的圣贤良师还有谁呢？诗人是多么热切地盼望在此能寻找到志同道合的、学业与精神上之导师呀！

天汉先生作成此诗后不久，便从学于陈雪尘教授门下，师徒二人又兼诗文之友，交往融洽、唱和频仍，感情十分深厚。附录几首诗作供大家欣赏：

《陈雪尘师题词》（陈雪尘先生赠天汉绝句 2 首，天汉先生于 70 年后用之为《天汉诗词全集》卷首序诗，以示不忘当年恩师教诲）：

翼翼星旗起异军，青山白纻早知闻。

从今漫咏吴江冷，千树丹枫尽化云。

帘外青山妒画眉，应知不是女郎诗。

君吟红叶吴江句，我唱烟波绝妙词。

《即席作诗，题张志贤同学为雪尘师画蜀江流寓图》（绝句2首，作于1946年）

风云万点蜀山青，天末年年滞客星。

画出锦江春一段，新诗为寄草堂灵。

杜陵流寓西川日，谷口鹍啼带雨耕。

地老天荒诗卷在，浣花溪畔两先生。

【诗苑初探】
诗词唱和浅说

通过本文我们来了解一下诗词唱和中的依韵、用韵和步韵。唱和亦作"唱酬""酬唱"，指作诗与别人相酬和。大致有以下几种方式：①一个人作了诗或词，别的人只作诗酬和，不用被和诗原韵；②依韵，亦称同韵，和诗与被和诗同属一韵，但不必用其原字；③用韵，即用原诗韵的字而不必顺其次序；④次韵，亦称步韵，即用其原韵原字，且先后次序都须相同。

由于诗韵限制要求不同，步韵（次韵）和诗的难度显然是最高的，有步步跟随之意，因而也显得对被和诗非常喜爱、对原作者十分敬重。据说这种唱和方式始于唐代的元稹和白居易，至宋代而大盛流行。清代赵翼的《瓯北诗话》记载："古来但有和诗，无和韵。唐人有和韵，尚无次韵；次韵实自元、白始。依次押韵，前后不差，此古所未有也。"

到了宋代，不但有次韵和诗，还有次韵和词。如苏东坡那首著名的《水龙吟恩次韵章质夫杨花词》，便是其中的经典案例。

水龙吟（宋）章质夫

燕忙莺懒芳残，正堤上、柳花飘坠。轻飞乱舞，点画青林，全无才思。闲趁游丝，静临深院，日长门闭。傍珠帘散漫，垂垂欲下，依前被风扶起。　　兰帐玉人睡觉，怪春衣、雪沾琼缀。绣床旋满，香球无数，才圆却碎。时见蜂儿，仰粘轻粉，鱼吞池水。望章台路杳，金鞍游荡，有盈盈泪。

水龙吟·次韵章质夫杨花词（宋）苏轼

似花还似非花，也无人惜从教坠。抛家傍路，思量却是，无情有思。萦损柔肠，困酣娇眼，欲开还闭。梦随风万里，寻郎去处，又还被莺呼起。　　不恨此花飞尽，恨西园落红难缀。晓来雨过，遗踪何在？一池萍碎。春色三分，二分尘土，一分流水。细看来，不是杨花，点点是离人泪。

　　这首词是苏轼婉约词中的经典之作。此词一出，赞誉不绝，名声很快超过章的原作，成为咏物词史上"压倒古今"的名作。王国维在《人间词话》中说："东坡杨花词，和韵而似元唱；章质夫词，元唱而似和韵。"步韵填词，从形式到内容，必然受到原唱的约束和限制，尤其是在"原唱"已经达到了很高的艺术水平的情况下，"和韵"要超越"原唱"实属不易。但苏东坡却举重若轻，以其卓越的艺术才华，写出了这首"和韵而似元唱"的杰作，真是旷世奇才。

（老郜编撰）

【赏译】

校中杏花开放（并序，《初学集》第7页）

月印万川 译

Apricot Blossomed On Campus

Translated by Shirley Tang

序

1945 年末偕内人转至无锡教育学院就学，诗为次年春所咏。

Preface　At the end of 1945, I was transferred with my wife to the
Wuxi College of Education to study,

and the poems was written next spring.

满堂弦管故依然，难忘干戈万里迁！

一片春风花似锦，杏坛今日几人贤。

The sound of strings resonate in my heart,

Accompanying me through fires in war zones.

Spring flowers blossom again in warm breeze.

How many educators have virtue?

陈力实作品

十一、半日（1946 年春，《初学集》第 7 页）

半日

半日还家不当家，小园风雨燕飞斜。

池塘自碧春无主，落尽一潭红杏花。

【注释】

斜（xiá）：平水韵六麻部。这种读法在古诗词中很常见，与现代汉语拼音不同。例如：深院青春空白锁，平原红日又西斜。（明·唐寅《和沈石田落花诗》）；青鸾稳驾紫云车，天上归来月欲斜。（明·于谦《梦中作》）

【赏析】

1946 年春，作者时年 20 岁，正就读于江苏省立教育学院。学业期间，偶尔回家小坐，逗留半日。虽是春和景明之时，然而小园之中，斜风细雨，乳燕低回，池碧红减，青年敏感之心，略有伤春之意。

起句"半日还家不当家"，直抒胸臆，略含委屈，在家时间之短，家与客栈并无有二。承句"小园风雨燕飞斜"，眼中所见即是蒙蒙烟雨中，燕子斜飞，美是美了，却难免有些许萧瑟寂寥之意。起承两句跳跃性特别大，这看似并无关联的两句通过"情致"而非"意象"联系了起来。承句的突兀之感就被平衡掉了。转句"池塘自碧春无主"，池塘怎会自己碧绿呢？自然是池塘周遭的景色把池塘衬应得碧绿了，而这碧绿与否，又是由不得池塘本身的，甚至由不得春天本身的，不信你看，结句"落尽一潭红杏花"，这碧绿之中的点点残红，是那几日前尚开得正好的红杏花啊。

寒来暑往，春去春回，都是自然界的规律。而黄口居家，弱冠求学，也是身不由己的事儿。

这首七绝里"池塘自碧春无主，落尽一潭红杏花。"两句，可称经典。对于春逝的无力无奈之情，对于好花不常开的可怜可叹之心，溢于言表。一个 20 岁的青年，有此敏感多情之心思，可见细腻和才情了。

绝句是律绝中篇幅最短小，但是最不容易写好的了。历来绝句以比兴开始的较多。但是这首七绝是拈题起：即紧扣题目，拈题目中的字而开端。此诗题为《半日》，作者起句"半日还家不当家"。这种起句并不多见。

【诗苑初探】

何谓绝句

绝句是指符合格律的四句短诗，一般常见的是五言绝句（五绝）和七言绝句（七绝）。不符合格律的诗，是不能称之为绝句的。

此诗为仄起平收，首句入韵的七绝。押平水韵六麻。

（仄）仄平平仄仄平，（平）平（仄）仄仄平平。
（平）平（仄）仄平平仄，（仄）仄平平仄仄平。

半日还家不当家，小园风雨燕飞斜。
池塘自碧春无主，落尽一潭红杏花。

其中最后一句"落尽一潭红杏花。"仄仄仄平平仄平，为拗救句式，三拗五救。说明如下：

律句：仄仄平平仄仄平
第三、四字"一潭"是仄平，按照原句式就形成孤平句：仄仄仄平仄仄平。

孤平句吟诵起来是不好听的，所以把原本当仄的第五字改为平声，这里就是"红"字。拗救句：仄仄仄平平仄平。

三拗五救，避免了拗口的孤平句，意境也很美好。

（Julia 编撰）

【赏译】

半日 （《初学集》第 7 页）

Julia 译

44

Being Home Half A Day

Translated By Julia

半日还家不当家，小园风雨燕飞斜。

池塘自碧春无主，落尽一潭红杏花。

Being home half a day, feeling like a visitor.

In the yard and through the rain, swallows fly and whisper.

Spring comes to the pond, but not as its master,

Staying till red aprocot blossoms all wither.

陈力实作品

十二、贺人新婚（1946 年，《初学集》第 11 页，2 首选 1）

银河清浅路相通，第一宜酬乌鹊功。

当日羊车游卫玠，今朝凤案报梁鸿。

素纨规月欢方合，白纻疑云曲已终。

为告大罗天上匹，香轮早待渡层空。

【注释】

1. 银河：晴天夜晚，天空呈现的银白色的光带。银河由大量恒星构成。古亦称云汉，又名天河、天汉、星河、银汉。（唐）李白《望庐山瀑布》诗："飞流直下三千尺，疑是银河落九天。"

2. 乌鹊：这里指喜鹊。银河乌鹊，指牛郎织女七夕相见，河鹊填桥的故事。（唐）刘威"乌鹊桥成上界通，千秋灵会此宵同。"（《七夕》）

3. 卫玠羊车：和四大美女一样，古代有四大美男，分别是潘安、宋玉、兰陵王、卫玠，而这四大美男中死得最蹊跷的当属卫玠，去世之时，只有 27 岁。他竟然被人围观致死，所谓"看杀卫玠"。卫玠上街，常坐的是羊车，四头雪白的山羊拉着一辆雕琢精致的羊车。每次他坐着白羊车穿行在洛阳街上，远远望去，就仿佛白玉雕成的塑像，洛阳居民倾城而出，站在路边欣赏"玉人"。（唐）耿沣"白玉郎仍少，羊车上路平。"

4. 凤案报梁鸿：用的是"举案齐眉"的典，出自《后汉书·梁鸿传》。梁鸿字伯鸾，品德高尚，娶妻孟氏，既众所周知的孟光（其实这个名字是梁鸿给取的）。两人琴瑟和鸣，相敬如宾，每次梁鸿归家，孟光都会备好食物，举案齐眉。

5. 素纨规月：素纨，薄绢，这里指扇面；规月，圆月，此处指扇形。典出《昭明文选》卷二十七《诗戊·乐府上·怨歌行》昔汉成帝班婕妤失宠，供养于长信宫，乃作《怨诗》"新裂齐纨素，鲜洁如霜雪。裁为合欢扇，团团似明月。"（班婕妤）素纨团扇，借指妇女因失宠而哀怨。

6. 白纻疑云：白纻，乐府舞曲名。舞曲内容起初带有宗教色彩，后来演变成男女相思之情。南朝宋诗人鲍照《白纻歌》之五："古称《渌水》今《白纻》，催弦急管为君舞。"疑云，似云。因为舞者穿白色衣服，飘飘欲仙，像云朵一样。南朝宋刘铄《白纻曲》"仙仙徐动何盈盈，玉腕俱凝若云行。"

7.大罗天：指道教里最高最广之天也。

8.匹：志同道合的人；伴侣；配偶。

9.香轮：香木车轮，指代车。（唐）郑谷《曲江春草》诗："香轮莫辗青青破，留与愁人一醉眠。"

10.层空：高空。宋范成大《次韵陈仲思观雪》："越人来省识，把酒酹层空。"

【赏析】

这首新婚贺诗是从新娘的角度来写的。

首联"银河清浅路相通，第一宜酬鸟鹊功"，借用喜鹊天桥的典故，直抒胸臆，历尽千辛万苦，有情人终成眷属。

颔联"当日羊车游卫玠，今朝凤案报梁鸿"，用卫玠羊车的典故，来赞扬新郎一表人才，又用举案齐眉的典故，来表明新娘要好生对待夫君的决心。

颈联起句"素纨规月欢方合"，借用班婕妤被汉光帝冷淡忧郁写出团扇诗的典故，表明自己不希望看到班婕妤的命运，"欢方好"说出了新娘子的希望——爱情长长久久，相濡以沫，不离不弃。对句"白纻疑云曲已终"，表达了新娘子的释然情绪，像云一样的白纻舞终于可以停止了。意思是终于可以不必两地相思了，爱情修成了正果。

尾联"为告大罗天上匹，香轮早待渡层空"，依然是新娘子以仰视的态度对心目中高高在上的那位新郎表达自己的决心：我早已经准备好，愿意随君左右，时时相伴。

这首诗的一大特点是用典多，八句话，五个典。

（Julia 编撰）

十三、出处（1949 年春，时已于教院毕业，《初学集》第 15 页）

人生岂得无离别？别到穷途更黯然。

入洛士衡非习武，归山摩诘不成禅。

十年尘土驱疲马，何日烟波钓短蝙？

我有千言并一泪：丈夫出处要卿权。

【注释】

1. 穷途：路已走到尽头，比喻没落衰亡、处境艰危。典出《晋书·阮籍传》："时率意独驾，不由径路，车迹所穷，辄痛哭而返。"

2. 士衡：陆机，字士衡。吴郡吴县（今江苏苏州）人，西晋文学家，与其弟陆云合称"二陆"。陆机出身名门，祖父陆逊为三国名将，曾任东吴丞相、上大将军。父陆抗曾任东吴大司马，父亲死的时候陆机14岁，与其弟分领父兵，为牙门将。20岁时吴亡，陆机与其弟陆云隐退故里，十年闭门勤学。晋武帝太康十年（公元289年），陆机和陆云来到京城洛阳拜访时任太常的著名学者张华。张华颇为看重他们二人，说："伐吴之役，利获二俊。"使得二陆名气大振。陆机好游权门，与贾谧亲善，为"鲁公二十四友"之一，后被成都王司马颖表为平原内史，故世称"陆平原"。司马颖在讨伐长沙王司马乂时，任用陆机为后将军，河北大都督，率领20多万人。结果战败，遂为司马颖所杀，时年43。他在临终时叹道："华亭鹤唳，岂可复闻也！"陆机被誉为"太康之英"，流传下来的诗，共105首，大多为乐府诗和拟古诗。另外他还是晋代著名书法家，其书写的《平复帖》，是现存最早的写在纸上的书迹，也是我国书法史上存世最早的名人书法真迹，有"法帖之祖"的美誉。

3. 摩诘：王维字摩诘，祖籍山西祁县，盛唐诗人的代表，创造了水墨出水画派，精通诗、书、画、音乐等，今存诗400余首。王维精通佛学，受禅宗影响很大，有"诗佛"之称。王维早年有过积极的政治抱负，希望能作出一番大事业，后值政局变化无常而逐渐消沉下来，吃斋念佛。40多岁的时候，他特地在长安东南的蓝田县辋川营造了别墅，过着半官半隐的生活。王维也是文人画的南山之宗（钱钟书称他为"盛唐画坛第一把交椅"），并且精通音律，善书法、精篆刻，是少有的全才。王维在其生前以及后世，都享有盛名。史称其"名盛于开元、天宝间"，唐代宗曾誉之为"天下文宗"。

4. 疲马：疲劳倦怠的马。典出苏轼的诗《次韵周邠》："南迁欲举力田科，三径初成乐事多。岂意残年踏朝市，有如疲马畏陵坡。羡君同甲心方壮，笑我无聊鬓已皤。何日西湖寻旧赏，淡烟疏雨暗渔蓑。"当时苏轼由于新旧党争一再被贬谪，乌台诗案后险些丢了性命，出狱再贬黄州后对为官心存忌惮、惴惴不安，欲求隐居终老不复出仕。在诗中苏轼即以疲马自喻。

5. 短鳊：指鳊鱼，又名槎头鳊、汉水缩颈鳊，即武昌鱼。鳊鱼在孟浩然、杜甫、苏轼的诗中均有提及。孟浩然《岘潭作》诗云："石潭傍隈隩，沙岸晓夤缘。试垂竹竿钓，果得槎头鳊。美人骑金错，纤手脍红鲜。因谢陆内史，莼羹何足传。"杜甫《解闷》诗云："复忆襄阳孟浩然，清诗句句尽堪传。即今耆旧无新语，漫钓槎头缩项鳊。"苏轼则直接以《鳊鱼》为题咏诗："晓日照江水，游鱼似玉瓶。谁言解缩项，贪饵每遭烹。杜老当年意，临流忆孟生。吾今又悲子，辍箸涕纵横。"因古诗文中的鳊鱼典故常与隐居不仕的孟浩然有关，故也用钓鳊指代隐居。

6. 出处：谓出仕和隐退。语本《易·系辞上》："君子之道，或出或处，或默或语。"

【赏析】

这首诗作于 1949 年春。当时国共内战已接近尾声。天汉先生此时正好从无锡教院毕业，面临人生首次重大选择的路口，何去何从颇费琢磨。因此他写了这首诗给在吴江老家抚育儿女的妻子，以征求她的意见与建议。

此诗的特点是言情说理兼具且均借用典故讲出，雅致贴切、引喻含蓄，体现了作者深厚的文史功力。

首联为《十诠》所讲的"问起"式。作者以设问句领起，点出自己正身处毕业（同一众师友）别离之际，正当黯然伤怀；恰又逢时局纷乱、战火临门，学校和家乡所属的南京国民政府已是大厦将倾、行将败亡，其形势真如阮籍痛哭曹魏时的穷途末路。

颔联承接首联，进而用两例对举的形式提出了困扰自己的问题：出仕还是隐居？如果像陆机那样寻求出仕，那么进而又面临另一个重大问题：仕吴（旧朝）还是仕晋（新朝）？而如果像中老年的王维那样隐居山林修佛问道，对于才二十出头、刚刚大学毕业，梦想建功立业、挥洒人生的青年诗人来说，又是多么的不甘心啊。

颈联继续深入阐述颔联的问题，向妻子进一步表达了自己的担忧顾虑：自己十载寒窗苦读，本想求取功名、建立功业，不想却像苏东坡那样遇到激烈党争（以北宋新旧两党类比国共两党之争），不但难以施展才学，搞不好还有性命之虞；难道今后真就像孟浩然、苏东坡那样悄然归隐，以烟波钓叟终老此生了吗？

尾联则直抒胸臆，向妻子道出了写作此诗的目的：千言万语浓缩为一句话，亲爱的你帮我斟酌掂量，拿个主意罢！

【诗苑初探】
浅说用典

本文我们谈一下诗词中的用典。

用典作为修辞方法，其本质是"引用＋类比"，即引用一个广为人知的概念（可以是过去的人物、事件、地点、生物、器物等等），作为参照加以比喻，来表现当前的人、事、物的境况。诗中用典可以起到以下作用：

1. 支持立论

典故就是历史先例，品评历史、借古讽今，可作为论据佐证作者的观点。例如杜牧的《泊秦淮》：

> 烟笼寒水月笼沙，夜泊秦淮近酒家。
>
> 商女不知亡国恨，隔江犹唱后庭花。

这首诗中用了"后庭花"这个典故。《玉树后庭花》为南朝陈后主所作，隋唐之后被作为"亡国之音"的代表。杜牧所处的晚唐时期国运衰微，统治者不思振奋进取，反而沉溺于阁楼酒肆欣赏迷恋靡靡之音，诗人借此典故对当时的颓废世风作了辛辣的讽刺。同时期的诗家李商隐，也使用同一典故作了一首主旨相同的七律《隋宫》：

> 紫泉宫殿锁烟霞，欲取芜城作帝家。
>
> 玉玺不缘归日角，锦帆应是到天涯。
>
> 于今腐草无萤火，终古垂杨有暮鸦。
>
> 地下若逢陈后主，岂宜重问后庭花。

此诗尾联用后庭花的典故，明批隋炀帝、暗讽晚唐君主，构思巧妙、论证有力。

2. 抒情言志

利用典故中的故事情节，类比当下的情况，说明自己的心情意向。例如李商隐的《赠宇文中丞》：

> 欲构中天正急材，自缘烟水恋平台。
> 人间只有嵇延祖，最望山公启事来。

此诗里用了两个典故。其一是"恋平台"，指西汉文学家邹阳、枚乘随从梁孝王游于梁园七台八景的故事，借之表达自己愿跟随令狐楚充任幕僚，不想去别处谋职，婉拒了宇文中丞代荐于朝廷的美意。其二是"山公启事"，指西晋的山涛向晋武帝举荐嵇康遗子嵇绍的故事，借之请其代为推荐亡友张君之子到朝廷任职。

3. 精简言辞

利用典故中的故事情节，类比说明当下情况，精简冗余叙述。例如前面我们赏析的天汉先生《出处》一诗：

> 人生岂得无离别？别到穷途更黯然。
> 入洛士衡非习武，归山摩诘不成禅。
> 十年尘土驱疲马，何日烟波钓短鳊？
> 我有千言并一泪：丈夫出处要卿权。

颔联两联连续使用了 4 个典故，仅用短短 28 字便将当前时局情况和自己的矛盾困扰阐发明了，足见深厚文史功力。

4. 美化辞句

妙用典故可以使文辞妍丽、对仗工整，从而增加辞句形式之美，并丰富诗词内容。例如杜甫的《春日忆李白》：

> 白也诗无敌，飘然思不群。
> 清新庾开府，俊逸鲍参军。

渭北春天树，江东日暮云。

何时一樽酒，重与细论文。

额联连续用了庾开府和鲍参军的人物典故，比喻李白的才思如同前朝著名的诗人文学家庾信和鲍照一样，一下子就把清新、俊逸两个抽象概念给写活了。

（老郜编撰）

十四、柳塘（2绝1律，并序，《初学集》第9、14页）

绝句2首

（1950年春，奉派至柳塘乡执教，因赋）

小廊独立夕阳迟，白石苍苔冷似诗。
落尽梅花人不管，先生去后我来时。

将雏挈妇暂安居，花木亭轩好读书。
一曲柳塘桥下水，家家布网捡银鱼。

律诗1首

1950年春，时予执教双杨

苍然墨渖古香存，谁对梅花倒百樽？
沧海三迁人未老，春风一帐座余温。
桥边鱼上柳垂市，滨里蚕忙桑翳村。
社日归来唯燕子，营巢犹傍旧衡门。

（自注：所居为周心梅先生故居，先生当时举家寓沪上。）

【注释】

1. 柳塘：即双杨古村，位于现吴江市震泽镇东，明代初成村落，嘉靖年间形成市井。村中有柳塘桥，桥南北各有一株高大杨树，故名双杨，别号柳塘。双杨村为近代著名的蚕丝生产地，家家养蚕、户户产丝。这里水源充沛、水质清澈，空气温湿度也十分适宜桑树和桑蚕的生长，加上居民们精湛的手工技术，成为湖丝摇经加工业重要产地，所产的辑里湖丝和辑里干经蜚声海内外。

2. 社日：指村社日。据地方志记载，双杨村自清代中叶起，每十年举办一届盛大的双杨庙会，自三月初开始历时半个月。庙会期间苏浙沪一代的百姓都会齐聚双杨，游船画舫、绵延数里，商贾百戏、摩肩接踵，人山人海、盛况非凡。这种传统盛大的庙会在清亡民国建立之后的 1924 年举办末届后停止，之后便改为本地及周边群众每年社日的小型庆典活动了。

3. 衡门：以横木为门，指简陋的屋舍。语出《诗经·陈风·衡门》。

【赏析】

天汉先生这两首诗作于 1950 年春。前文中讲《出处》诗时曾经说到，1949 年春天汉先生从无锡教院毕业，因为当时正值国共鏖战，不知何去何从，写诗征询妻子的建议，后来他就回乡闲居了，同年女儿宋鋗出生，全家人度过了一年平安静好的时光。在这一年间，中国发生了翻天覆地的巨变。

1950 年春受政府的委派，天汉先生到家乡吴江本地的柳塘镇执教，开始了大学毕业后第一份工作。这两首诗就是天汉在工作之余，记载描述柳塘乡双杨村风貌的作品，颇具田园风格。

先来看绝句。诗人携带妻儿家小，来到新的工作岗位，暂住在本地知名乡绅、丝商会首周心梅先生的故居中。周宅花木亭轩、石阶回廊，景观雅致、风光秀美，苍苔梅花令人赏心悦目，正是治学读书的大好所在，所以诗人一见开心，乘兴吟咏、趣味盎然。

再来看七律。诗人在双杨执教一段时间后，对此地民俗风貌有了更多了解，自己也有了更多感受与体会，便把风情心绪都写入了诗中。首联为《十诠》所讲的"问起"式，作者就眼前住宅的景致提出了问句。颔联自问自答，既向周先生致敬，也道出了诗人自己的当时情形——数年多次的迁徙奔波之后，终于有了眼前春风一帐的安定生活。颈联继写双杨村景民俗，抓住鱼市、蚕桑两个主要特点构成对句，柳塘田园农家生活场景如在眼前。尾联借由燕子归门营巢的情境比喻，表达了自己学成回乡安家立业的喜悦心情。

【诗法津梁】

《十诠》章法：承法和转法

之前我们介绍了天汉先生在《十诠》中所总结的李商隐诗法的起句（一般是律诗首联或绝句首句）写法，即"起法"。下面我们再结合天汉例诗介绍一下"承法"（一般是律诗颔联或绝句次句）和"转法"（一般是律诗颈联或绝句第三句）。

天汉先生在《十诠》中，将李商隐诗法的承句与转句的写法，也概括为四句话口诀：**承转扬抑，气韵飞动。妙手自如，常式难控。**

承句，顾名思义，就是要承接着起句的意思和逻辑来往下说。具体怎么来说，则要看起句的具体情况。

比如上述七律《柳塘》例诗，首联是"问起"式，提出了一个问题"谁对梅花倒百樽"，颔联自然而然地就要回答这个问题了，这是"问答式"的顺承。

又如上述绝句第一首，首句是"平起"式，写仰望夕阳远景。次句对应地写俯视苔痕上阶，这是两句景语"并列式"的顺承。

再如上述绝句第二首，首句也是"平起"式，写诗人一家老小暂时安顿下来了。此句则进一步描写所居住地方的境况，"花木亭轩好读书"，这是"递进式"的顺承。

另外还有一种常见的"总分式"的顺承法，常用于律诗的承联。比如李商隐的《锦瑟》诗：

> 锦瑟无端五十弦，一弦一柱思华年。
>
> 庄生晓梦迷蝴蝶，望帝春心托杜鹃。
>
> 沧海月明珠有泪，蓝田日暖玉生烟。
>
> 此情可待成追忆？只是当时已惘然。

这首诗是李商隐怀念其妻子的悼亡诗，是其压卷的代表作品，历来为诗家所激赏。天汉先生在其研究专著《李商隐诗要注新笺》中对它有深刻精妙的解读。它的首联是"兴起"式的：从锦瑟这件乐器想到它的主人、自己的妻子，回忆两人一同度过的华年岁月。接下来的颔联就承接首联次句，用典故比喻的手法描述了当年诗人与妻子相伴度过的爱意浓浓的时光。二句是总领，三四句是分述，形成一个总分结构的承接。

除了顺承，还有逆承，即承句所言意思与起句之意是相反、相对的逻辑关系。比如陆游的《示儿》诗：

> 死去元知万事空，但悲不见九州同。
> 王师北定中原日，家祭无忘告乃翁。

它的起句是"论起"式：我本来知道人死了就啥都没有了。而次句紧接着用转折连词"但"提出一个相反的意思来承接，但我很悲哀看不到九州天下的统一恢复啊！——这就是"逆承接"。

以上我们简要介绍了"承法"，下面再说说"转法"。

所谓"转"，就是行文逻辑思路的变化、反转。诗要想写好，"转"处很重要。文似看山不喜平——转得好，横生波澜，抑扬顿挫、一唱三叹的感觉就出来了；转不好，平铺直叙、或者前后脱节，就成了打油诗，落于下乘。

"转法"的关键，是要抓好所转的对象，景色、情绪、逻辑，都可以拿来作"转"。比如柳宗元的《江雪》：

> 千山鸟飞绝，万径人踪灭。
> 孤舟蓑笠翁，独钓寒江雪。

他转的是景色，头两句对偶，写雪景，天地之间白茫茫一片，啥也没有；如果第三句继续这么写，就落俗套了。但是他转了，孤舟蓑笠翁。——苍茫天地间，突然冒出来一个英雄人物。独钓寒江雪——这个人如天马行空、独来独往，HOLD 住全场，画面感好牛啊！再比如王之涣的《登鹳雀楼》：

白日依山尽，黄河入海流。

欲穷千里目，更上一层楼。

　　他转的是思路：头两句照例还是对偶起承，诗人登楼凭栏远眺，夕阳西下、大河东流。第三句接下来怎么写？继续写远景，笔法俗了；改写近景，格局小了。王之涣很牛，他转换了思路，告诉你们我还能看得更远——欲穷千里目、更上一层楼！——但爬上去之后还有啥？我不说了，你们自己想去！于是回味无穷。再看一个转逻辑的，李商隐的《乐游原》：

向晚意不适，驱车登古原。

夕阳无限好，只是近黄昏。

　　第一、三句起承，说了一件事，没用对仗写景来开头。第三句写景了，"夕阳无限好"，把情绪一下带动起来了，到这里有个小转，按常理应该写多好多好吧。但第四句马上他又大转了，"只是近黄昏"。——出乎意料的写作逻辑，刚带起来的情绪，又一棒子给打回去了。

　　以上所举的几首绝句，都是传世名篇。从上可以看到，诗里"转"的作用之大！

　　那么，我们来写诗的时候，怎么体现和完成这个"转"呢？——最直接、最简便的手法，就是使用否定词。来看一首例子，南北朝诗人陆凯的《赠范晔》：

折花逢驿使，寄与陇头人。

江南无所有，聊赠一枝春。

　　第三句是转，"江南无所有"——先否定一下，咱江南这边啥也没有。接着再说，"聊赠一枝春"，哎呀不得了，把美好的春天都送给你了，这分明是大礼包啊。到此完成了文义的转折。

　　五绝可以这样写，七绝也可以这样写。举个例子，杜牧的《泊秦淮》：

烟笼寒水月笼沙，夜泊秦淮近酒家。

> 商女不知亡国恨，隔江犹唱后庭花。

三四句是诗眼，用"不知"、"犹唱"，完成了文义的转折。贺知章的《咏柳》也是同样：

> 碧玉妆成一树高，万条垂下绿丝绦。
>
> 不知细叶谁裁出，二月春风似剪刀。

三四句是诗眼，三句发问、四句作答，完成转折。

（老邰编撰）

十五、点绛唇·新婚（1945 年）（《初学集》第 23 页）

点绛唇·新婚

月转溪桥，金波日出春江晓。隔窗声闹，打起枝头鸟。　　帘外青山，也向人含笑。东风好，庭花开早，蛱蝶双飞小。

【注释】

1.点绛唇：点绛唇，词牌名。亦称《点樱桃》《十八香》《南浦月》《沙头雨》《寻瑶草》。双调41字，上阕四句，押三仄韵；下阕五句，押四仄韵。（明）杨慎《升庵词品》："《点绛唇》取梁江淹诗'白雪凝琼貌，明珠点绛唇'以为名。"《词谱》以冯延巳词为正体，始见于（南唐）冯延巳《阳春集》。冯词曰："荫绿围红，梦琼家在桃源住。画桥当路，临水开朱户。柳径春深，行到关情处。矍不语，意凭风絮，吹向郎边去。"另外元曲曲牌中也有点绛唇，现在仍保留在昆曲和京剧等戏曲当中，俗称"点将"，与词牌格律体式不同。

2.打起枝头鸟：化用唐代金昌绪《春怨》诗句："打起黄莺儿，莫教枝上啼。啼时惊妾梦，不得到辽西。"之典故。这首诗运用层层倒叙的手法，描写一位女子对远征辽西的丈夫的思念。全诗意蕴深刻，构思新巧，独具特色。金昌绪流传于世的诗作仅此一首，却是公认的五绝佳作。

【赏析】

点绛唇词牌由来已久，现存流传作品始于五代名词家冯延巳，两宋及之后的名家如苏轼、秦观、李清照、林逋、姜夔、陆游、吴文英、元好问、纳兰性德、王国维等均有作品传世，多是写儿女情思、离愁别绪的。

天汉先生的这首小令，描绘了新婚次日清晨早起情景，表达了青年恋人初尝美满婚姻家庭生活的喜悦心情，文辞赏心悦目、诵读朗朗上口，是一首很不错的作品。

上片首两句月转溪桥、日出金波，点明了时间和地点环境，金波春晓，眼前一片光明灿烂的景色，给全词定下了明快的基调。三、四句接着写窗外鸟鸣喧闹，化用了打起黄莺儿的典故，但这里是反用、并没有春闺幽怨生嗔的意思。

下片换头两句，直接把青山作了拟人含笑的描写，更加渲染了喜悦的氛围，句式改变而意脉相连。歇拍三句，东风、庭花、蛱蝶三物因果相生、一气呵成，笔法自然灵动。尤其煞尾一句，蛱蝶双飞、令人联想起梁祝化蝶的忠贞爱情，蝶影袅袅远去、余韵悠长。

【诗苑初探】
词的常见术语

欣赏和创作词，需要了解一些常用术语，在此做简单介绍。

1. 词牌：词的格律体式，每个词牌均有各自的固定形式，不能用错。

2. 词谱：记载词牌格式的工具书叫"词谱"，写词需要按照"词谱"格式，所以又叫"填词"。

3. 韵：词句末字所押的声韵，源于诗韵又稍有变化。凡"词谱"中注有"韵"字者，即说明此句末字必须要押韵。

4. 句：凡"词谱"中注有"句"字者，即说明此句末字不需要押韵。（有

时可押可不押）

5. 叶（xié）韵：又作协韵、谐韵，即押韵。凡"词谱"中注有"叶"字者，即与上句同韵。

6. 阕：词的计量单位，一首词亦可称一阕词。另外单首词中的一段也可称为一阕，故有上阕、下阕的称谓。

7. 片：词的计量单位，单首词中每一段称为一片。双调词，第一段称上片、第二段称下片。

8. 重头：一首词，上下两片的句法格式完全相同，称为"重头"，多见于小令。

9. 换头：一首词，上下两片开始处的句法不同的，下片始句称为"换头"。

10. 双曳头：有三片以上的词，次片与首片句式、平仄完全相同的，好像是第三片的两个头，故名"双曳头"。

11. 添字 / 摊破：某个词牌原有定格，但在伶人歌唱时常作音节增减，形成另外一种固定格式。其中增加的格式叫作"添字"或"摊破"。如《摊破浣溪沙》，就是对浣溪沙词牌作了添加。

12. 减字 / 偷声：某个词牌原有定格，但在伶人歌唱时常作音节增减，形成另外一种固定格式。其中缩减的格式叫作"减字"或"偷声"。如《减字木兰花》，就是对木兰花令词牌作了添加。

13. 过拍：双调词（有上下两阕的词），上阕结尾句叫作"过拍"。

14. 过片：双调词（有上下两阕的词），下阕开头句叫作"过片"。过片在一首双调词中的位置类似于格律诗的颈联，章法上要起到承上启下的作用，因此历来为词家名手所看重。词不同于七律章法的地方在于词是双复合式的"起承转合"，不但每片有自己的"起承转合"，上下片之间还有一个大的"起承转合"。过片之处就是大"转"的开始，而全篇的重心则顺势放到下片结句的"合"上来。这样一首词才能读起来脉络分明、有层次感。

15. 歇拍：双调词或多阕词，每阕的结尾句都可叫作"歇拍"。

16. 小令：小令是词调体式之一，指篇幅短小的词，通常以 58 字以内的短词为小令，如《十六字令》《如梦令》等。

17. 中调：词调体式之一，指篇幅适中的调。通常以 59 字—90 字为中调，如《临江仙》《蝶恋花》《一剪梅》等。

18. 长调：词调体式之一，指篇幅长的调。通常以 91 字以上为长调，如《满江红》《水调歌头》《声声慢》等。长调系依据体制长短而定，与依据曲调缓急而作的慢词不同。

19. 慢词：曲调舒缓、演唱速度较慢的词，一般篇幅较长。但并不是所有的长调都是慢词。

（老部编撰）

十六、再到南京（七律4首选1，《燕台集》第35页）

晚渡长江雨点粗，他年可得再来无？

相逢由赐原前侣，共羡机云入上都。

照夜人同依北极，蹉时我已失东隅。

金陵美酒消千虑，临去登车犹一酤。

【注释】

1. 由、赐：由即仲由、字子路，赐即端木赐、字子贡，两人都是孔子的得意门生。

2. 机、云：机即陆机、字士衡，云即陆云、字士龙，两人都是东吴大司马陆抗之子，同为西晋著名文学家，合称"二陆"。

3. 上都：指洛阳。晋灭东吴之后，江东高门巨族北上到帝都洛阳求仕，故曰入上都。

4. 北极：原意指北极星，引申为朝廷、帝阙。杜甫《登楼》诗云："北极朝廷终不改，西山寇盗莫相侵"句。

5. 东隅：原指中原地区以东之地，因日出东方又引申为早晨、青春岁月。陆云《答兄平原书》："昔我往矣，辰在东峭；今我于兹，日薄桑榆。"

【赏析】

这首诗写于1953年，当时天汉先生已通过考试入职中央人民政府贸易部，来到北京工作了两年。中央人民政府贸易部成立于1949年10月1日，是设计并执行政府经济计划的核心部门。从 1950 年 2 月开始，先后建立了盐业、粮食、油脂、百货、花纱布、煤建、土产、石油、工业器材、畜产、矿产、进口、进出口，共 13 个专业公司，在贸易部的统一领导下开展工作，分别经营国内商业和对外贸易。1952 年 8 月，撤销了贸易部，分别成立了对外贸易部和商业部。

入职贸易部后，天汉先生经常出差执行经贸调研工作，足迹遍及东南沿海各省，每到一地多会留下诗词吟咏志记。本诗是他奉派赴南京公干时所作四首七律的第三首，记叙了诗人与南京当地的同学旧友临别饯行的一幕。

首联采用"旁起 + 问起"式，先侧面描写了长江夜雨潇潇的景色，烘托出一片"寒雨连江夜入吴"的情境，又以他年可否再来的设问，突出了朋友送别依依不舍的气氛。

颔联对仗用典，三句以子路、子贡共同游学孔门比喻自己与同学的渊源和情义，四句用二陆北上洛阳出仕之事说明自己报效国家的志向。这里"共羡"二字值得注意：1949 年之后，南京同历史上的东吴建业一样再次成为故都，南京曾经的政治、经济、文化核心地位都让位于北京了。这里以昔日同学为代表的南京青年，对能前往北京政府核心部门供职的诗人表达出一种羡慕之情，大概是习惯了"学而优则仕"的中国知识分子群体当时一种普遍心态。作者敏锐地发现并记录了这一社会情绪变化现象。

颈联第五句承接第四句，为什么大家会"共羡机云"呢？是因为他们来到了人们向往的首都，这里有光明"照夜"的太阳啊！

第六句顺承第五句，联系到自身情况、感慨抒情。诗人时年 27 岁，已近而立，已非青春年少，不想再蹉跎岁月，经过几度沧桑终于逢此清明时世，正当尽心竭力、戮力报国。

尾联再以叙事转结，兼顾点题。家乡金陵的美酒哟，可以消除游子的万千思虑。在告别亲朋乡梓、重新踏上人生征程之际，让我们再次把酒言欢、畅饮一回吧。

（老邰编撰）

十七、旅沪纪事（1954 年秋，《燕台集》第 40 页，五律 6 首选 4）

其一

结侣来沪上，劳劳公务稠。壮游辄悭讯，轻别不知愁。

灯火万楼夜，江波千帆秋。何时看东海，浩荡逐沙鸥。

其二

旧乡原不远，南望阻云霞。已报三临沪，何遑一探家？

鹏雏喜渐长，马齿愧徒加！蜜饯珍重寄，慰亲兼哄娃。

其四

海上今何夕？快哉逢谢澄！二年师友旧，几载簿书仍。

食货原能手，文章自服膺。笑予犹被褐，未敢梦飞腾。

（自注：谢师于无锡教院授我几门课，时在花纱布公司为科长。）

其五

曾作南湖客，匆匆岁月骎。风波叹泛梗，桃李望成林。

问字舒青眼，论文惬素心。育才原本分，何用馈吾金。

（自注：东北财院学生来沪实习，聘予作指导，院方给以酬金，却之。）

【注释】

1. 辄（zhé）：总是。参见成语"动辄得咎"。

2. 悭（qiān）讯：缺乏消息。参见成语"缘悭一面"。

3. 沙鸥：栖息于沙滩、沙洲上的鸥鸟。诗中以飞翔的鸥鸟比喻自由洒脱的生活状态，参见杜甫《旅夜书怀》诗句："飘飘何所似，天地一沙鸥。"

4. 遑（huáng）：闲暇。参见成语"不遑暇食"。

5. 马齿：原意为马的牙齿，引申为年龄，自谦词。

6. 簿书：记录财物出纳的簿册。参见苏轼《谢秋赋试官启》："方将区区于簿书米盐之间，碌碌于尘埃箠楚之地。"

7.食货：古代用以称国家财政经济。语出《书·洪范》："八政：一曰食，二曰货。"

8.服膺（yīng）：铭记在心；衷心信服。参见《礼记·中庸》："得一善，则拳拳服膺而弗失之矣。"

9.被褐：穿着粗布短袄，谓处境贫困。参见《墨子·尚贤中》："傅说被褐带索，庸筑乎傅岩。"

10.骎（qīn）：本义是马跑得很快，喻事物发展迅速。

11.泛梗：比喻漂泊无依。参见唐·贾岛《岐下送友人归襄阳》诗："蹉跎随泛梗，羁旅到西州。"

12.青眼：指对人喜爱或器重，参见成语"青眼有加"。

13.惬（qiè）：快意，满足。

14.素心：本心，素愿。参见李白《赠从弟南平太守之遥》诗："素心爱美酒，不是顾专城。"

【赏析】

这一组诗写于1954年，天汉先生已在贸易部工作了4年，当时正受派到上海公干。作者以五言律诗的形式记录了自己在沪旅居工作、生活的几件事情，字里行间渗透出真挚感情。

第一首诗开头诗人便交代了自己来到上海的原因和工作状态，然后颔联故意下一反语说"轻别不知愁"，其实正是怀乡思亲情切之语。因为下文又有交代：在万家灯火之夜，诗人凭楼远眺、望尽千帆，正是有所思呀。尾联以景语结束，余味悠长、意犹未尽。

第二首正是第一首情绪的继续，诗人在此明白叙述了自己的心念：因公三次来沪，故乡虽近在咫尺，却无暇归家探望，深感愧疚。对高堂老母和年幼子女的牵挂，只能通过邮寄蜜饯小食品来聊作表达，孝亲舐犊之情跃然纸上。

第三首描写的是在上海适逢旧日师友、开心叙谈的情景。常言道"他乡遇故知"乃人生四大喜事之一，诗人在首联使用"问起"式，通过自问自答表现了与旧友谢澄重逢的无比欣喜。颔联与颈联是回忆过去的交往，及对谢师文采的钦佩赞赏。尾联提及二人本次见面谈话的内容，于结尾处略表了自己当时的心念。

第四首讲述的是一件公事：天汉先生在上海期间，曾被聘为东北财院实习学生的指导教师，校方为此要给予酬金谢礼，先生作此诗婉拒。这首诗文辞相对浅易、不难理解，而传达出的精神情怀却十分高尚，尤其在"金钱至上"的现世环境中读来，令我们对当年前辈学人的崇高精神、坦荡胸怀肃然起敬！

　　古人云"诗言志"！——我们阅读、欣赏诗歌作品，最为重要的就是理解、把握、体会诗人借托之以传达的心志、意念。本文选读的天汉先生这组诗创作于1954年，正是肇造伊始，一切百废待兴、方兴未艾的时候。对于这个时代的记忆，铭记于青史之内，镌刻在当年每一位经历过它的建设者心中，成为他们毕生的财富、慰藉与骄傲——这，是属于他们的永远光荣！

（老郜编撰）

十八、燕都记游（1956 年起，迄于六七十年代，《燕台集》第 37 页，七律 30 首选 12）

天安门

百道朝霞朝日暾，天安门耸接乾坤。红旗叠浪迎风舞，银翼穿云逐电奔。
万首仰呼山岳动，众星围拱斗辰尊。巨碑金字谁题笔，不朽千秋铸国魂。

故宫

长养深宫珠翠披，河山大好独家私。金扉悬月雄三殿，铁舰沉波怯四夷。
紫禁花新莺啭树，红墙柳老鹊巢枝。春风一日游难遍，城角楼飞夕阳迟。

北海

北海霞飞白塔高，团城齿堞认前朝。亭边人去花沾鬓，堤上风来柳拂桥。
百鹢冲波疑触月，九龙绕壁欲腾霄。阖家此夜观烟火，彩焰通明射斗杓。

颐和园

行尽后湖花石岗，昆明石舫欲浮航。排云万仞高禅阁，漾日千回丽画廊。

水月楼船空渤海，烟霞池榭梦沧浪。吾乡亚子虽耆老，乞赐名园毋乃狂。

香山

玉泉流水近相通，风月双清秋色中。一石矗天足愁鬼，群峰拔地合称雄。
露华黄满亭前菊，霜叶红于江上枫。独向碧云寺里去，衣冠肃穆飒英风。

定陵

往时读史意生憎，今日亲来问定陵。天下骚然仇税监，宫中燕尔避朝丞。
隧门终破能言石，寝殿犹燃不夜灯。随葬金缯万民力，分明血泪上边凝。

卢沟桥

载得烟堤暮色归，卢沟桥见即京畿。一弯晓月狮未醒，百丈秋虹龙欲飞。
北上咽喉通舳舻，东来盗寇耀旌旗。吾华曾此振民气，如血残阳渗战衣。

长城

长城如带束青峰，仰首天唯一线通。独鸟冲烟飞脚下，轻车挟电走云中。
驼铃万古关山月，牧笛三秋草木风。昔日边墙今内苑，红旗何处不扬空？

人民大会堂

倚天金碧灿霞光，谁驾飞虹作栋梁？贝阙珠灯龙夺月，琼楼花萼凤朝阳。
满堂樽酒同三祝，一代冠裳聚五洋。难忘前宵逢盛会，东方红舞乐无央。

中山公园

花信风过刚一番，春光早自透东垣。暖房黄紫香盈袖，雪地青红人满园。
梅阁微吟禁晓冻，柳廊小坐负朝暄。堂前径静低回处：卡尔中山岂合源？

地铁

功盖移山五载成，站台先启放人行。千支霓吐银灯挂，百丈龙蜿铁轨横。
谁自云中移玉阙？真从地下建金城。尚期百里来回疾，一坐飞车快此生。

北京站

高厦连云意匠宏，氖华照夜绛霞明。人推阔浪凭吞吐，车曳长烟管送迎。

四境风和春一色，五洲霆怒夜千声。天边日近心同仰，大路条条通北京。

【注释】

1. 暾（tūn）：形容日光明亮温暖，亦用以形容火光炽盛。

2. 堞（dié）：城上如齿状的矮墙。

3. 鹢（yì）：本义是一种似鹭的水鸟，又指船头上画着鹢鸟的船，亦泛指船。

4. 耆（qí）老：本义是老年人，特指年老而有地位的士绅。

5. 舳（zhú）橹：舳是船尾持舵的部位，亦指舵；橹是摇动拨水使船前进的工具，长于桨。

6. 贝阙：以紫贝为饰的宫阙。本指河伯所居的龙宫水府，后用以形容壮丽的宫室。语出《楚辞·九歌·河伯》："鱼鳞屋兮龙堂，紫贝阙兮朱宫。"

7. 负暄：意为晒太阳取暖。参见《列子·杨朱》："昔者宋国有田夫，常衣缊黂，仅以过冬。暨春东作，自曝于日，不知天下之有广厦隩室，绵纩狐貉。顾谓其妻曰：'负日之暄，人莫知者。以献吾君，将有重赏。'"后遂以"负暄"为向君王敬献忠心的典实。

8. 氖华：指霓虹灯。因霓虹灯内常以氖、氩等惰性气体用来激发高亮度彩光，故曰氖华。

【赏析】

本文选读的这一组诗，是天汉先生 20 世纪 50 至 60 年代在北京工作生活期间所写的游记诗，对当时首都北京主要的知名景点都有所记述，创作时间跨度约 15 年。当时中国的经济发展程度还比较落后，人民群众的工资水平和物质生活条件也不高，照相机在普通职工家庭属于绝对的奢侈品，一般人家想留个纪念照片都要去照相馆。所以旅游后能够留影也是难得的，更多的只是留在记忆当中。不过对于诗人来说这倒不成问题，因为旅游的同时他可以用诗作描述出所见、所闻、所思、所感，既有美景悦目、又有佳句赏心，实乃人生一大乐事呀。

天汉先生原来这组诗共 30 首，描写对象除了天安门、故宫、颐和园等古典文化标志建筑外，还包括 20 世纪 50 年代开工建设的人民大会堂、中国历史博物馆、中国革命博物馆、中国人民革命军事博物馆、民族文化宫、民族饭店、钓鱼台国宾馆、北京火车站、全国农业展览馆和北京工人体育场等"北京十大建筑"。70 年后的今天，我们再来阅读天汉先生这些饱含激情的诗作，从字里行间仍然能够感受到当时以诗人为代表的人民群众，对这十大建筑的挚爱深情。

《天安门》《故宫》《北海》《颐和园》《香山》《定陵》《人民大会堂》《中山公园》地铁这 9 首诗是典型的记游诗。《卢沟桥》《长城》《北京站》3 首诗，于记游诗之外，还有一些咏物诗的特点。记游诗偏重于描述一次游历的情景，同时抒发诗人此时此地的心情感想。咏物诗则对所咏对象的整体情状、普遍性质有所论述，不仅局限于一时一处景物与感受。当所咏之物是景点建筑时，记游和咏物两种笔法便可结合运用，以增加作品的表现力与深刻性。我们这里着重赏析《天安门》《北京站》两首诗来体味一下。

《天安门》这首诗写于 1956 年的国庆节，诗人用饱含激情的笔墨记录下了当天人民群众到天安门广场参与国庆观礼活动的情景。首联起笔先写朝霞暖日、继写城楼伟岸高耸，为全诗定下灿烂、宏伟的基调。颔联继写地面上红旗叠浪、天空中银翼穿云，这是眼中所见，颈联再写万众山呼、众星围拱，这是耳中所闻，28 字将当时情景生动再现出来。尾联宕开一笔，从眼前实景转入抒情：人民英雄永垂不朽、伟大国魂千秋万岁！

《北京站》这首诗不同于前面讲的《天安门》诗，它不是写具体某一天作者的游览参观情况，而是侧重于对规律性、普遍性的情景描述。这种写法是由所吟咏对象的性质所决定的：天安门国庆典礼盛况和每天的一般景致是有区别的，而北京站自建成通车后则情形日日如此，所以作者采用了更多咏物诗的笔法。首联先是描写北京站的形态，高楼连云、氖华照夜，白天夜晚都是那么宏伟壮丽。次联继写其作为交通枢纽的巨大功用：人推阔浪、车曳长烟，迎来送往、昼夜繁忙。第三联再从旅客自身感受的角度虚写一笔，所见是四境风和春一色、所闻是五洲霆怒夜千声。但需要注意这并不一定是作者本人具体某一次进站或出站的感受（诗人不见得是真于某个春天的夜晚在北京站听了一夜的火车汽笛轰鸣），而更像是多次经过此地的普遍感觉。尾联则加以升华、以抒情收束全诗：条条大路都通往北京，这里是共和国的心脏，也是全国人民情之所系、心之所仰的地方啊！

记叙体诗与议论体诗

我们从小学习写作文，老师就讲文章有记叙文和议论文的分别。那么诗作为韵文的一种，是不是也有记叙体事和议论体诗的区别呢？其实也是有的。

记叙体诗，类似于记叙文，主要是用来记叙事情、抒发感情的。古诗和大部分近体诗可以归纳入这个范畴。比如《诗经》、汉《乐府》，魏晋、南北朝时期的古典诗歌，以及唐诗中的田园诗、边塞诗、送别诗、应制诗、记游诗等等，占据了诗歌文体作品中的极大部分。

例如被称为乐府双璧的《孔雀东南飞》和《木兰诗》，就是长篇叙事诗，一个记叙了焦仲卿和刘兰芝的爱情悲剧故事，另一个讲述了花木兰代父从军的壮举。（这种长篇古体诗歌，绝大多数都是叙事诗。）近体诗不论律诗还是绝句，都可以用来叙事，比如《望岳》《登高》《山行》《别董大》《登鹳雀楼》《枫桥夜泊》《夜雨寄北》《送元二使安西》《送孟浩然之广陵》《闻官军收河南河北》等，诗里面讲的就是题目所写的这件事，所以它们自然也就都是记叙体诗。

记叙体诗的写法同记叙文的写法很类似。记叙文有六要素，时间、地点、人物，起因、经过、结果，抓住这六要素，再辅以各种修辞手法，基本就能写出比较像样的记叙文了。记叙体诗的写作方法也大体类似。来看例诗，李白的名作《送孟浩然之广陵》：

故人西辞黄鹤楼，烟花三月下扬州。

孤帆远影碧空尽，唯见长江天际流。

分析一下六要素：时间——烟花三月，地点——黄鹤楼，人物——故人老孟和诗人老李；起因——老孟要去扬州，经过——老李（可能还有其他朋友）在黄鹤楼送别（吃饭喝酒），结果——老孟一个人坐船走了，老李站在楼头眺望朋友远去的背影，直到随着滔滔江水消失在天际。

再看一首，王维的名作《送元二使安西》：

渭城朝雨浥轻尘，客舍青青柳色新。

劝君更进一杯酒，西出阳关无故人。

分析一下六要素：时间——早春的清晨，地点——渭城的客舍，人物——元二和王维，起因——元二要出使安西，经过——王维（也许还有其他朋友）去客舍送别吃饭喝酒，结果——大家依依不舍、一直喝了个通宵，临行前还要劝元二再喝一杯惜别。

再看一首律诗，孟浩然的名作《过故人庄》：

故人具鸡黍，邀我至田家。绿树村边合，青山郭外斜。

开轩面场圃，把酒话桑麻。待到重阳日，还来就菊花。

分析一下六要素：时间——大致是夏季的某一天（交代不是很具体），地点——故人的田庄，人物——诗人老孟及其老朋友；起因——故人预备了鸡黍、邀请老孟去家里吃饭喝酒，经过——老孟欣然前往，跟老朋友畅谈农经，结果——两人约定，等到重阳节，老孟再来喝酒赏菊。

——这回全理解了罢，名家大作的内容，也无外乎记叙文六要素那么点儿事儿。

议论体诗，类似于议论文，主要是用来阐释观点、发表评论的。这种诗在唐代以前的古诗中比较罕见，在唐以后（特别是宋代）的近体诗中逐渐多了起来。唐诗中的咏史诗、咏物诗，是比较典型的议论诗。

例如曹操有一首四言乐府诗《龟虽寿》，是古诗中议论体诗的典型作品：

神龟虽寿，犹有竟时。腾蛇乘雾，终为土灰。

老骥伏枥，志在千里。烈士暮年，壮心不已。

盈缩之期，不但在天；养怡之福，可得永年。

幸甚至哉，歌以咏志。

这首诗是曹操《步出夏门行》组诗中的第四首，不像前三首《观沧海》《冬十月》《土不同》那样以叙事引发抒情，而是通篇在阐释哲理、发表议论。而诗人想要传达的情绪、对人生的感慨，则隐含在论述当中。

类似地，杜甫的《前出塞》组诗之六，也是一首典型的议论体诗作：

> 挽弓当挽强，用箭当用长。射人先射马，擒贼先擒王。
> 杀人亦有限，列国自有疆。苟能制侵陵，岂在多杀伤！

近体律诗和绝句中，咏史诗和咏物诗常带有议论体诗的特点。例如李商隐的《咏史》一诗：

> 历览前贤国与家，成由勤俭破由奢。
> 何须琥珀方为枕，岂得真珠始是车。
> 远去不逢青海马，力穷难拔蜀山蛇。
> 几人曾预南薰曲，终古苍梧哭翠华。

这首诗首联便提出了论点"成由勤俭破由奢"，后文便围绕这一核心观点展开论述。尾联虽然归结到舜帝崩于南游途中的典故，暗喻对唐文宗的怀念，但总体上不是叙事而重在议论。又如杜牧的《鹤》一诗：

> 清音迎晓月，愁思立寒蒲。
> 丹顶西施颊，霜毛四皓须。
> 碧云行止躁，白鹭性灵粗。
> 终日无群伴，溪边吊影孤。

在这首诗中杜牧借咏鹤而自喻。首联写鹤的生活环境，月夜寒蒲、清音愁立。颔联描写鹤的样貌，借西施、四皓喻美而有德。颈联以批评碧云、白鹭，反衬鹤的气质娴雅、性情灵秀。尾联写鹤的孤影无朋，暗喻自己洁身自好，君子不党、卓尔不群。整首诗紧抓鹤的自然属性、生理特点，层层比喻、步步发挥，名为咏鹤、实为品人，真是见此鹤争如见牧之。

最后我们再来看一下如何写一首议论体诗。写议论诗如同写议论文，也要讲清楚三要件：论点、论据与论证逻辑，再辅以各种修辞手法，基本也就能写议论诗了。来看两首例诗。先看苏轼的《题西林壁》：

> 横看成岭侧成峰，远近高低各不同。
> 不识庐山真面目，只缘身在此山中。

　　这是苏东坡由黄州贬赴汝州任团练副使时经过九江，游览庐山时写得一首记游诗。可他写作的重点完全不在这次游览遣兴上，反而把笔墨都用在了说明最后的说理上。再看一首王安石的《登飞来峰》：

> 飞来山上千寻塔，闻说鸡鸣见日升。
> 不畏浮云遮望眼，只缘身在最高层。

　　这是宋仁宗皇祐二年（1050）夏，王安石在浙江鄞县知县任满回江西临川故里时，途经杭州游山时写的记游诗。此时诗人 30 岁正值壮年、抱负不凡，借登飞来峰直抒胸臆，表达胸怀志向，隐然已有变法之心。此诗前半写景，后半说理、兼作抒情。

　　苏、王二人是宋代著名的诗人、学者、文坛泰斗，你看他们写得这些记游诗，能找到记叙文的六要素么？基本没有。他们这种不同于唐诗的写法，对有宋之后的诗人创作有很大影响。严羽在其《沧浪诗话》中曾指摘黄庭坚和江西诗派"以文字为诗，以议论为诗，以才学为诗"。实际这也正是宋诗区别于唐诗之处，是宋诗的一大特点。

　　前人研究宋诗，一般认为其最主要的特点就是议论化、散文化。唐诗和宋诗，不仅是两个朝代诗歌的总名，而且代表了我国诗歌史上两种诗法和诗歌。它们不同之处在于：唐诗主言情，即使说理，也多以抒情方式出之；宋诗喜说理，崇尚议论。这就是议论体诗与记叙体诗的差别。

　　最后，让我们再回过头来，看看诗坛大宗师老杜，是怎么用"寓说理于抒情"的方式来写议论诗的。请看例诗《咏怀古迹五首》之三：

> 群山万壑赴荆门，生长明妃尚有村。
> 一去紫台连朔漠，独留青冢向黄昏。

画图省识春风面，环佩空归夜月魂。

千载琵琶作胡语，分明怨恨曲中论。

《咏怀古迹五首》是杜甫于唐代宗大历元年（766）出川在夔州（今重庆奉节）写成的组诗。老杜一路漂泊，途中寻访了长江三峡古迹，对这些历史人物凄凉的身世、壮志未酬的人生表示了深切的同情，同时寄寓了自己仕途失意、颠沛流离的身世之感，抒发了自身的理想、感慨和悲怀，所以并不是一组单纯的记游诗。这第三首是杜甫经过昭君村时所作的咏史诗。想到昭君生于名邦，殁于塞外，去国之怨，难以言表。作者既同情昭君、也感慨自身，借咏昭君村、怀念王昭君来抒写自己的怀抱。

首联如同记游，先写了荆门昭君村的地理环境，但记游写实到此为止，后面再没有了。

颔联紫台、朔漠、青冢、黄昏，景色描写得很美，但却均不是眼前实景、都是作者心中的想象之物。它其实不是景语、而是情语。此句中"一去"与"独留"两处尤其应当注意。

颈联虽有"春风""夜月"这些典型景物，可它依然不是景语、是情语，为什么？——此句中需要特别注意"省识"和"空归"两处的用词。

尾联仍然是情语，直写琵琶曲调《昭君怨》，点明全诗写"怨恨"的主题。

老杜这首诗在写昭君的怨恨时，是寄托了自己的身世家国之情的。他当时正"漂泊西南天地间"，远离故乡，处境和昭君相似。故乡洛阳对他来说，是可望而不可即的地方。他流寓在昭君的故乡，正好借昭君想念故土、夜月魂归的形象，寄托自己的心情。触景生情，这是普通记叙体纪游诗的常见的诗义。

但是此诗于记游之外，还有另外一层含义（老杜的《咏怀古迹》五首都是弦外之音、别有用心的）。王昭君的怨恨来自于她被迫远嫁和番的悲剧，而这悲剧是谁、如何造成的？诗里面明白写着答案：画图省识春风面，环佩空归夜月魂。——正是汉元帝的昏聩、毛延寿们的奸诈，才酿成了这一千古悲剧。这是在刺昏君、斥佞臣呀！杜甫曾自己"窃比稷契"、有志于"致君尧舜"，结果却遭到君王厌弃、同僚排挤，怀才不遇、孤苦无依，最后衣食无着、流寓孤舟，老病而死于江湖。说到这里，诗人骨鲠在喉的话也就明白了，这是另一层、更深处的诗义。

老杜毕生忠厚，诗中从未对君主皇帝下一诽词谤语，但他终究是个明白人。

（老邰编撰）

十九、旅燕杂诗（1958年，《燕台集》第29页，七绝12首选7）

其一

春风秋雨半壁街，一间斗大得盘蜗。

由来非易长安住，胜似仙郎隔水涯。

其三

东风吹鬓醉流霞，北国人归若舜华。

住遍前门诸客店，不知何日可安家。

其六

胡同名喜取姑苏，挈妇将雏得暂居。

每日上班路不近，车中勤读马翁书。

其八

一家鸥梦此时圆，老幼南来六口全。

护国寺旁刚僦屋，春风乔木又莺迁。

其九

家近西郊二里沟，不曾食粥意常优。

雪芹著述应非远，何处犹能觅旧邱？

其十

栖止粗安可慰萱，归来差息簿书烦。

例成优待欢儿辈，逢节遨游动物园。

一望凫华千朵开，交光雪月浸楼台。

几多清逸诗中句，半自夜归途上来。

【注释】

1. 半壁街：位于北京市崇文区西部。其南侧是金鱼池，因街道一边有房，一边无房，明代称半边街，清代改称半壁街。在西半壁街上，有大刀王五王子斌创办的源顺镖局，戊戌变法和义和团运动中，源顺镖局成为秘密联络点和聚集地。大刀王五和维新派领袖谭嗣同是好朋友，谭嗣同入狱后，在牢房壁上题诗一首："望门投止思张俭，忍死须臾待杜根。我自横刀向天笑，去留肝胆两昆仑。"诗中的"两昆仑"，据说一个是指康有为，另一个就是指"大刀王五"。1900 年庚子事变时大刀王五被八国联军枪杀于前门外东河沿，时年 56 岁。

2. 长安住：指在首都居住，此处借用顾况初次见白居易时说的"长安居大不易"之典故。

3. 凫华：木槿花，常用于比拟美女容颜。《诗·郑风·有女同车》："有女同车，颜如凫华。"

4. 马翁：指马克思。

5. 护国寺：护国寺是北京八大寺庙之一，始建于元代。清代护国寺庙会与隆福寺庙会齐名，即所谓"东西二庙"之西庙。《京都竹枝词》云："东西两庙货真全，一日能消百万钱，多少贵人间至此，衣香犹带御炉烟。"旧时每月阴历初八在护国寺有庙市，汇集了京城有名的绝活小吃摊商，各式京味小吃食品在此争妍斗奇，各展风姿。护国寺小吃以清真京味小吃品种为主，经营艾窝窝、豌豆黄、豆面糕、蜜麻花、豆汁、焦圈、面茶等 100 多个品种的北京传统小吃，进入了北京市非物质文化遗产保护名录。

6. 僦（jiù）屋：租赁房屋。（唐）韩愈《上考功崔虞部书》："今所病者在于穷约，无僦屋赁僮之资，无缊袍粝食之给，驱马出门不知所之。"

7. 莺迁：《诗·小雅·伐木》："伐木丁丁，鸟鸣嘤嘤。出自幽谷，迁于乔木。"嘤嘤为鸟鸣声。自唐以来，常以嘤鸣出谷之鸟为黄莺，故以"莺迁"指登第，或为升擢、迁居的颂词。

8. 旧邱：古人的坟墓。

9. 栖止：寄居；停留。唐李频《辞夏口崔尚书》诗："同来栖止地，独去塞鸿前。"

【赏析】

　　这一组绝句作于 1958 年，当时天汉先生 32 岁，来到北京工作、生活已经有 7 年了。7 年当中，天汉先生一家人换了很多居住的地方，在诗中都有所记载和反映。不过 20 世纪 50 年代的"北漂"生活和我们现在不同。那会儿国家机关职工住的都是单位分配的职工宿舍，面积一般不大、无须个人花钱购买产权（也买不了）。虽然不像现代人这样苦哈哈地做"房奴"，但也没有自己选择居所的自由，能住哪里完全要看单位的安排。

　　第一首诗写得是诗人夫妇一起住在半壁街。由于面积狭小的居所被习惯性称为"斗室"，人住在里面就像蜗牛盘缩在壳内一样，所以有次句的"一间斗大得盘蜗"。第三句诗人联想到白居易初到长安的故事心生感慨，嗟叹道"自古在帝都居住就是不容易啊"，末句转念又自我安慰说"（总算有个地方住），比起两地分居的牛郎织女来还是强多了"——如果没有半壁街的蜗居斗室，诗人夫妻便会各自居住在本单位的单身职工集体宿舍，好像牛郎织女一样隔河相望了。

　　第二首诗讲的就是诗人夫妻在没有分到"斗室"居住权前的情形。首句是兴起，渲染景色环境。次句讲夫人自北国出差回京，多日不见更觉美貌如花，伉俪二人小别胜新婚，自然想要过一个风光旖旎的团圆之夜。三句诗意一转，（可惜因为没有自己的房子）想正常过夫妻生活只能去租住旅馆客店，为此已经把前门附近的客店都住遍了。末句直白感叹收结，不用解释了。

　　第三首诗讲诗人夫妻带同小孩，一起搬到苏州胡同暂住的事情。苏州胡同在崇文区，位于北京火车站附近。苏州人姚广孝是明朝永乐皇帝朱棣的心腹谋士，帮助他出谋划策夺得了帝位。后来姚广孝受命规划建设北京城和明皇宫，他大量招募家乡的工匠，大批苏州的工匠、船民，商人因此借由京杭大运河乘船来到北京城，在京城的东南角距离码头和皇宫都不远的地方驻扎了下来形成了一条街市，故得名"苏州胡同"。本诗首句所讲的就是这个历史故事。次句和三句都简单明了，不多解释。末句颇有意思，诗人居住地距离单位较远，每天上下班需要乘坐公交车，一路在车上的时间用来干什么呢？原来是勤奋学习、研读马翁经典著作！天汉先生此时已经开始致力于中国商业史的专题研究，按照当时的时代要求，经济学、历史学等社会学科研究都要从马克思政治经济学的基本原理和角度出发。所以研读马列著作是诗人每天必不可少的重要功课。

第四首诗讲诗人在护国寺旁租赁了住所，从家乡吴江把一家老幼都接到了北京。天汉先生夫妇自从1951年离乡赴京至此已经7年，之前一直把长子和女儿留在家乡由老母亲照看，现在全家6口（夫妇二人、母亲、长子、女儿、次子）终于团聚在一起了。这对于注重孝道亲情的诗人来说是非常开心的事情，必须诗以志之啊！

第五首诗讲诗人举家又搬迁到北京西郊的二里沟居住。二里沟这个地名虽然听上去不怎么文雅，可历史上这里曾居住过一位大文豪，他就是《红楼梦》的作者曹雪芹。所以搬迁至此的天汉先生自然也要写诗对曹公表达敬意了。据传说晚年的曹雪芹移居北京西郊，生活十分穷苦，以至于"满径蓬蒿""举家食粥酒常赊"。所以这里才有次句的"不曾食粥意常忧"。三句四句则是直接表明了天汉对雪芹翁的敬仰之意，希望能找到并探访曹公旧居。

第六首诗讲的是诗人日常的家居生活场景。天汉先生除去平时的编书工作外仍需经常出差，每次下班或出差归来，可以回家同高堂和孩子们欢聚玩耍，其乐也融融。

第七首诗讲的是诗人的创作场景。天汉先生虽然工作繁忙，但仍坚持笔耕不辍、诗苑撷英。那么他的创作时间都是从哪里来的呢？原来大半都是夜晚下班返家途中车上吟咏而成的啊。

这一组几首小诗，都是描述诗人家常生活的，平凡浅近、信手拈来。我们从中可以管窥天汉先生为代表的老一代学人在当时艰苦困难的生活条件下，勤学敬业、孜孜不倦的精神风貌，同时还可以体味诗词写作的方法。其实学习写诗，说难也难、说不难也不难，关键是在一个"勤"字。勤学苦练、熟能生巧，坚持不懈、日久必成！——正如清代学人彭端淑先生《为学》篇所言：天下事有难易乎？学之，则难者亦易矣；不学，则易者亦难矣。

（老邰编撰）

二十、许昌杂咏（1960年，《燕台集》第30页，七绝13首选13）

序

1960年干部下放劳动锻炼

其一

征战中原说许都，曹公当日实当枢。

一门父子扬风雅，横槊诗成气有余。

其二

旧地犹传挑锦袍，将军徒诩未降曹。

伏尸五步堪流血，不试青龙偃月刀？

其三

为农今日许昌来，月兔捣霜供换胎。

惭愧十年空弄笔，于苍生未补涓埃。

其四

老圃教人先育苗，阳畦芽露奈犹娇。

天寒飞雪深盈尺，抱被来遮守一宵。

其五

突击齐奔试验田，移栽季节莫迟延。

当年稼稼皆虚话，今日真来学种烟。

其六

河南大旱接三年，滴水如珠盼雨田。

日夜不停井台转，计程应已到幽燕。

其七

桃林满眼正红鲜，巡护披星夜不眠。

亦是队中一乐事，家家尝得果儿甜。

其八

烟秆长时须打杈，叶蔫处也待治蚜。

归来两手笑难洗，十指相看乌似鸦。

其九

烟叶青青取次收，垄间燠热火云浮。

一枝人吸多闲适，哪识农家汗水流。

其十

烤来烟叶似黄金，种麦输他功力深。

何日移风并易俗，不教此物耗人心。

十一

十亩沙田结好瓜，农家和菜度生涯。

市人食肉挑肥瘦，未解艰难习尚奢。

十二

红薯鲜蒸更晒干，及时入窖事方安。

含饴父老相逢笑，天旱年丰得饱餐。

十三

相送乡亲立道周，一年容易自回头。

笑予心力原微薄，敢望此来居上游？

【注释】

　　1. 伏尸五步：用典出自《战国策·魏策四》之《唐雎不辱使命》篇：若士必怒，

伏尸二人，流血五步，天下缟素，今日是也。

2. 换胎：即成语"脱胎换骨"之义。

3. 涓埃：细流与微尘，比喻微小。

4. 老圃：老园丁、老菜农。出自《论语·子路》篇：（樊迟）请学为圃，（子）曰："吾不如老圃。"

5. 肄（yì）：学习；练习。（宋）姜夔《暗香》词序："作此两曲，石湖把玩不已，使工妓肄习之。"

6. 取次：次序、依次。（元）揭傒斯《山市晴岚》诗："近树参差出，行人取次多。"

7. 燠（yù）：使温暖；使热。

8. 移风易俗：转移风气，改变习俗。语出《礼记·乐记》："移风易俗，天下皆宁。"

【赏析】

这一组 13 首诗，是天汉先生 1960 年下放到许昌劳动期间所作的。

1958 年，中共中央发出《关于下放干部进行劳动锻炼的指示》。天汉先生因此被派到许昌，经历了一年的务农生活，写下了这样一组具有浓郁田园风格的绝句作品。

第一、二两首诗，主要是吟咏许昌作为三国名城的史迹故事，反映了诗人对即将造访这一历史名城的些许兴奋。

第三首诗承上启下，是这组诗的核心之处，道出了诗人本次许昌之行的主旨和心情。

第四至十二首是具体记叙诗人在许昌参加农业劳动的生活场景，涉及育苗、移栽、抗旱、巡护、种烟、燠叶、烤烟、种瓜、晒薯等多种农业工作，真实细致地反映了当时当地农业、农村和农民生活。

第十三首是描述诗人下放劳动结束，与乡亲们挥手送别的场景，于全组而言是总结回顾。

对于旧时代的读书人来说，对农村虽然不算陌生，但农耕生活却是距离遥远的。唐诗中虽然也有王维、孟浩然等田园派，但其作品描写的更多是乡土风光、山情野趣，过的是度假疗养一般的生活，并没有躬耕力稼的亲身经历。天汉先生把自己这些鲜活的务农生活经历写入诗中，与传统的知识分子、士大夫诗词题材、风格迥异。读来朴实亲切、令人心生感触。这些作品虽然语言浅显却生动自然、情真意切，颇有《诗经》之古风遗韵。

正是那些特殊的年代、非常的经历，成就了天汉先生广博、多样的作品风格。

【诗法津梁】

《十诠》章法：结法

前面我们已经介绍和学习了天汉先生《十诠》章法中的起、承和转法，最后再来看看"结法"。

"结法"是"起承转合"四步中的最后一步，一般来说对应于律诗的尾联或绝句的末句。天汉先生将李商隐诗法的"结法"也总结为四句口诀：**余力未衰、余意未尽。重在结联、泄其底蕴。**

意思就是结联／结句的妙处在于"诗结而意未结"，诗作结得一定要有余韵，留下想象和回味的空间，才能打动读者的心。接下来请看例诗一，王之涣的《登鹳雀楼》：

> 白日依山尽，黄河入海流。
> 欲穷千里目，更上一层楼。

诗人在结句说要"更上一层楼"，而在上楼之后穷了千里目，又能看见什么呢？——他没有讲，完全靠读者自己去想象、去脑补了。这个你们自己去脑补的想象，就是余韵、就是未尽的诗意。接下来再看例诗二，杜甫的《江南逢李龟年》：

> 岐王宅里寻常见，崔九堂前几度闻。
> 正是江南好风景，落花时节又逢君。

老杜于绝句体裁的诗写得很少。这首七言绝句脍炙人口，是杜甫晚年创作生涯中的绝唱，历代好评众多。如清代邵长蘅评价说："子美七绝，此为压卷"。《唐宋诗醇》也说，这首诗"言情在笔墨之外，悄然数语，可抵白氏（白居易）一篇《琵琶行》矣。……此千秋绝调也"。清代黄生《杜诗说》评论说："今昔盛衰之感，言外黯然欲绝。见风韵于行间，寓感慨于字里。即使龙标（王昌龄）、供奉（李白）操笔，亦无以过。乃知公于此体，非不能为正声，直不屑耳。有目公七言绝句为别调者，亦可持此解嘲矣。"——盖因此诗中抚今思昔，世境的离乱、年华的盛衰、人情的聚散，彼此的凄凉流落，都浓缩在这短短的28字中。其语言极平易，而含意极深远，包含着非常丰富的社会生活内容，使读者体味到诗意的深沉与凝重。

这首诗的妙处正在乎其结句。诗人方才写出"落花时节又逢君"，却黯然而收，"刚开头却又煞了尾"，连一句也不愿多说；却在无言中包孕着深沉的慨叹，痛定思痛的悲哀，40 年时代沧桑、家国巨变、人事悲欢，尽在不言之中，笔法真是含蓄之极、底蕴无穷。接下来再看例诗三，李商隐的七律《马嵬》：

> 海外徒闻更九州，他生未卜此生休。
> 空闻虎旅传宵柝，无复鸡人报晓筹。
> 此日六军同驻马，当时七夕笑牵牛。
> 如何四纪为天子，不及卢家有莫愁。

这首诗的前六句不用作更多解说，请大家根据之前讲过的起承转法自己品读，重点来看尾联。唐玄宗天宝年间政事荒颓、奸臣当道，安禄山起兵造反，江山社稷几乎不保。明皇带着宠妃杨玉环出逃蜀中，走到马嵬驿后六军不发，将士请命要处死杨国忠和杨贵妃。皇帝无奈，赐杨妃自缢，这才安抚下军心、避免了哗变。而已步入老年的唐明皇经过此次政治与爱情上双重沉重打击之后，也一直郁郁寡欢、勿能复振，不久之后也终于抑郁而终了。李商隐在颔联、颈联与尾联中，连用 3 次对比的手法，把诗意层层推进、步步加深。直至尾联结句，抛出了震撼人心的一问"为什么当了四十多年的天子，反而混到还不如普通人家，连老婆都保不住呢？"这句话既是询问、又是浩叹，怜惜、叹惋、同情、怨怼、责备，一句之内种种情绪、兼而有之。让人读来五味杂陈、莫衷一是，真是欲哭无泪、欲骂不忍、欲罢不能。据此一例，当可窥见樊南结法之精妙、笔力之境界。

那么，怎样才能写出不错的结句/结联呢？我们总结大致有如下几种笔法（即解决"写什么"的问题）与句式。

1. 结句/结联写作的四种笔法

（1）写景法：以景物描写作结，此法十分常见。把诗人情绪、感想融入景物之中，诗中见画、别有韵味。例如：

李白《送孟浩然之广陵》："孤帆远影碧空尽，唯见长江天际流。"

杜甫《绝句》："窗含西岭千秋雪，门泊东吴万里船。"

杜牧《山行》："停车坐爱枫林晚，霜叶红于二月花。"

李商隐《茂陵》："谁料苏卿老归国，茂陵松柏雨萧萧。"

崔护《题都城南庄》："人面不知何处去，桃花依旧笑春风。"

叶绍翁《游园不值》："春色满园关不住，一枝红杏出墙来。"

苏轼《六月二十七日望湖楼醉书》："卷地风来忽吹散，望湖楼下水如天。"

杨万里《小池》："小荷才露尖尖角，早有蜻蜓立上头。"

张继《枫桥夜泊》："姑苏城外寒山寺，夜半钟声到客船。"

刘禹锡《西塞山怀古》："今逢四海为家日，故垒萧萧芦荻秋。"

（2）抒情法：以抒情感慨作结，此法也很常见。全诗前后由景及情、触景生情，结尾处情感深化升华。例如：

李白《赠汪伦》："桃花潭水深千尺，不及汪伦送我情。"

杜甫《蜀相》："出师未捷身先死，常使英雄泪满襟。"

白居易《草》："又送王孙去，萋萋满别情。"

李商隐《嫦娥》："嫦娥应悔偷灵药，碧海青天夜夜心。"

陈陶《陇西行》之二："可怜无定河边骨，犹是春闺梦里人。"

（3）讲理法：以议论说理作结。全诗前面做好叙述铺垫，结尾说明论点、缘由、道理等。例如：

王之涣《登鹳雀楼》："欲穷千里目，更上一层楼。"

杜甫《望岳》："会当凌绝顶，一览众山小。"

苏轼《题西林壁》："不识庐山真面目，只缘身在此山中。"

王安石《登飞来峰》："不畏浮云遮望眼，只缘身在最高层。"

朱熹《活水亭观书有感》之一："问渠哪得清如许，为有源头活水来。"

元稹《离思五首》之四："取次花丛懒回顾，半缘修道半缘君。"

吴天汉《许昌杂咏》之十二："含饴父老相逢笑，天旱年丰得饱餐。"

（4）用典法：以典故作结，多见于咏史诗。引用典故营造出一种意境，起到话未说尽、心领神会的作用。例如：

杜甫《阁夜》："卧龙跃马终黄土，人事音书漫寂寥。"

杜牧《赤壁》："东风不予周郎便，铜雀春深锁二乔。"

杜牧《泊秦淮》："商女不知亡国恨，隔江犹唱后庭花。"

李商隐《隋宫》："地下若逢陈后主，岂宜重问后庭花。"

李商隐《南朝》："休夸此地分天下，只得徐娘半面妆。"

2. 结句 / 结联写作的五种句式

（1）回顾式：在结句 / 结联处呼应前面的内容，对整首诗内容作一个回顾，重在抒情和深化主题。例如：

李商隐《锦瑟》："锦瑟无端五十弦，一弦一柱思华年……此情可待成追忆，只是当时已惘然。"——尾联的"追忆"呼应了首联的"思华年"，"此情"对颔联颈联作回顾总结，兼以抒情。

毛泽东《解放军占领南京》："钟山风雨起苍黄，百万雄师过大江……天若有情天亦老，人间正道是沧桑。"——尾联的"天亦老"呼应首联的"苍黄"，"沧桑"呼应颔联的"天翻地覆"，对中间两联所描述的"雄师渡江"情况作回顾总结，兼以抒情。

吴天汉《出处》："人生岂得无离别？别到穷途更黯然……我有千言并一泪：丈夫出处要卿权。"——尾联的"千言""一泪"呼应前面 6 句，最后点出正题"出处要卿权"。

（2）问答式：在结句 / 结联处提出一个问题，再给出一个答案，借之对全诗主题加以深化。例如：

贺知章《咏柳》："不知细叶谁裁出，二月春风似剪刀。"

朱熹《活水亭观书有感》之一："问渠哪得清如许，为有源头活水来。"

白居易《琵琶行》："座中泣下谁最多？江州司马青衫湿。"

文天祥《过零丁洋》："人生自古谁无死？留取丹心照汗青。"

吴天汉《再到南京》之四："出处而今何所似？茫茫人海一诗囚。"

（3）提问式：在结句／结联处提出一个问题，不给答案或无需回答，借之对全诗主题加以深化。例如：

李绅《悯农》："谁知盘中餐，粒粒皆辛苦？"

孟郊《游子吟》："谁言寸草心，报得三春晖？"

李商隐《无题》："班骓只系垂杨岸，何处西南待好风？"

吴天汉《许昌杂咏》之二："伏尸五步堪流血，不试青龙偃月刀？"

吴天汉《许昌杂咏》之十三："笑予心力原微薄，敢望此来居上游？"

（4）对比式：在结句／结联处提出一个对比，借与参照物的比较，对全诗主旨加以深化。例如：

李白《赠汪伦》："桃花潭水深千尺，不及汪伦送我情。"

李商隐《马嵬》："如何四纪为天子，不及卢家有莫愁。"

李商隐《贾生》："可怜夜半虚前席，不问苍生问鬼神。"

白居易《长恨歌》："天长地久有时尽，此恨绵绵无绝期。"

吴天汉《许昌杂咏》之五："当年肄稼皆虚话，今日真来学种烟。"

（5）续陈式：结句／结联紧接三句／颈联，继续描述主题情境，将全诗主旨与情绪推向高潮。例如：

杜甫《蜀相》："三顾频繁天下计，两朝开济老臣心。出师未捷身先死，长使英雄泪满襟。"——尾联衔接颈联，继续描述诸葛亮的一生功绩和毕生遗憾，进而表达深切的同情与敬意。

杜甫《闻官军收河南河北》："白日放歌须纵酒，青春作伴好还乡。即从巴峡穿巫峡，便下襄阳向洛阳。"——尾联衔接颈联，继续设想中回乡的路线，从而表达自己喜悦与迫切的心情。

杜牧《题齐安城楼》："不用凭栏苦回首，故乡七十五长亭。"——结句衔接三句的反语，计算诗人所来路上的长亭数目，细致含蓄地表现了对故乡的深切思念。

吴天汉《许昌杂咏》之六："日夜不停井台转，计程应已到幽燕。"——结句衔接三句，计算井台车水转圈所走过的路程，并以"到幽燕"来凸现其长度、表现劳动的辛苦。

以上我们摘要介绍了吴天汉先生《十诠》章法中的"结法"。诗词创作的方法不拘一格、各有千秋，常言道"只要功夫深、铁杵磨成针"，提高写作水平的要诀还是在于广读深思、勤学苦练。

（老郜编撰）

二十一、《盐铁论》书后（1962 年春，《燕台集》第 31 页，七绝 30 首选 11）

其一

博带峨冠聚众儒，高谈仁义总殊途。

武功文治因盐铁，旷世才惊桑大夫。

其二

内空府库外忧边，欲罢盐官议憯然。

若比苛烦增赋敛，榷酤犹是解民悬。

其四

设衡立准由官府，聚散宜时百物平。

防塞利门排大贾，不教耕者困兼并。

其五

物贵民饥谷滞藏，由来贫富两相妨。

未闻旱涝伤齐赵，赖有均输实太仓。

其八

治国理民非一方，力耕奚必斥工商？

微言侈靡谁能解：末利存而本业昌。

其十

家人宝器尚函藏，权利下移资暴强。

威罚难加显逆节，冶山煮海起吴王。

二十四

利官设处起权家，舆服园池日僭奢。

莫怪诸生多口实：不端其表影随斜。

二十六

立身执法不回头，卅载运筹纾国忧。

且罢榷酤非得已，政潮起伏欲吞舟。

二十七

十三宿卫侍深宫，白首还飞颈血红。

专卖列朝终不废，桑公此处是英雄。

二十八

均输市易抑豪强，见说荆公法改张。

何必引经托泉府，区区技亦袭桑羊。

三十

弘羊筹策致财蕃，千古沉霾湮本原。

安得风雷驱大笔，重论盐铁扫陈言？

【注释】

1.《盐铁论》：《盐铁论》是西汉桓宽根据汉昭帝时所召开的盐铁会议记录"推衍"整理而成的一部著作。书中记述了当时对汉武帝时期的政治、经济、军事、外交、文化的一场大辩论。西汉昭帝始元六年（前81年）期间召开"盐铁会议"，以贤良文学为一方，以御史大夫桑弘羊为另一方，就盐铁专营、酒类专卖和平准均输等问题展开辩论。这是中国古代历史上第一次规模较大的关于国家大政方针的辩论会，会议上贤良文学们全面抨击了汉武帝时制定的政治、经济政策。在经济方面要求"罢盐铁、酒榷、均输"。他们所持的重本抑末说，实际上是要抑官营工商业，而为私人工商业争取利权，是当时计划经济向市场经济转化的一种要求。辩论的另一方御史大夫桑弘羊，站在朝廷的立场，强调法治，崇尚功利，坚持国家干涉经济的政策，对盐铁官营、平准、均输等重大政策措施采取坚决维护的态度，认为它"有益于国，无害于人"，既可以增加国家财政收入，"以佐助边费"，又有发展农业生产，"离朋党，禁淫侈，绝并兼之路"的作用，因而决不可废止。他在为盐铁官营等政策辩护时，全面地提出了他对工商业的看法。而会议的结果，则是废除了全国的酒类专卖和关内铁官。30 年后桓宽根据当时的会议记录，并加上与会儒生朱子伯的介绍，将其整理改编，撰成《盐铁论》共六十篇。第一篇至第四十一篇，记述了会议正式辩论的经过及双方的主要观点；第四十二篇至第五十九篇写会后双方对匈奴的外交策略、法制等问题的争论要点；最后一篇是后序。《盐铁论》是研究西汉经济史、政治史的重要史料，因其所载内容和体裁形式在古代典籍中极为独特罕见，被后人称为"千古奇书"。

2. 博带峨冠：即"峨冠博带"，高冠和阔衣带，是古代儒生或士大夫的装束。

3. 武功文治：即"文治武功"，治理国家有贡献，用兵打仗有成绩。出自西汉戴圣《礼记·祭法》："汤以宽治民而除甚虐，文王以文治，武王以武功，去民之灾，此皆有功烈于民者也。"

4. 榷酤：榷（què），征税；酤（gū），泛指酒。本是西汉以后历代政府所实行的酒专卖制度，也泛指一切管制酒业取得酒利的措施。

5. 均输：本是汉武帝实行的一项经济措施，在大司农属下置均输令、丞，统一征收、买卖和运输货物。西汉桓宽《盐铁论·本议》："往者郡国诸侯，各以其物贡输，往来烦杂，物多苦恶，或不偿其费；故郡国置输官以相给运，而便远方之贡，故曰均输。"

6. 太仓：古代京师储谷的大仓。《史记·平准书》："太仓之粟，陈陈相因。"

7. 冶山煮海：即"铸山煮海"。谓开采山中铜矿以铸造钱币，烧煮海水而获得食盐。《史记·吴王濞列传》："吴有豫章郡铜山，濞则招致天下亡命者盗铸钱，煮海水为盐。"

8. 僭（jiàn）奢：越分地奢侈；过分奢侈。

9. 泉府：《周礼·地官·泉府》："泉府掌以市之征布、敛市之不售、货之滞於民用者。"谓地官司徒所属有泉府，掌管市的税收，收购市上滞销商品以待将来需要时出售，管理人民对财物的借贷及利息。

【赏析】

吴天汉先生的专业方向是中国经济史学研究工作，诗词创作与研究是他的业余爱好。其在经济史和商业史方面的代表作如《井田制考索》《中国历代粮食亩产研究》《桑弘羊研究》《中国古代商业史》《中国商业政策史》《中国盐法史》《中国的酒类专家》《中国古代六大理财家》《商业史话》《经商智慧》《富国智慧》《新编简明中国度量衡通史》等。他曾任两届中国商业史学会会长，执笔主编了《中国商业通史》（荣获孙冶方经济科学奖）《平准学刊》《货殖学刊》《影响中国历史进程的人物（经济卷）》等诸多专著专刊。本文赏析的这组诗，是天汉先生将其对我国经济史学重要典籍《盐铁论》所作研究之心得，以七言绝句的形式写成的总结论述文章，兼有学术研究之精与诗歌咏叹之美，极具特色。这里我们选读其中的 11 首，管窥全豹、略识斑斓。

第一首诗中直接描写了参加"盐铁大辩论"会议的论战双方，峨冠博带的众儒生和朝廷官方代表桑弘羊，并揭示了双方的主要观点分歧，即宣扬"仁义道德"和追求"文治武功"。

第二首诗是站在官方立场上，指出了朝廷实行盐铁专卖的原因及好处。官家专卖盐铁的原因是"内空府库外忧边"，因为同北方匈奴打仗需要用钱，而朝廷府库空虚没有那么多钱，又不可无限制地向农民加税，只能从官营工商业上想办法。而其结果呢，则是"若比苛烦增赋敛，榷酤犹是解民悬"，盐铁专卖的效果比增赋加税好得多。

第四首诗讲了朝廷搞平准的目的和意义。其目的是"平抑物价"，防止巨商大贾投机倒把、兼并土地、巧取豪夺，客观上也有利于以自耕农户为代表的农村自然经济的发展。

第五首诗讲了朝廷搞均输的目的和意义。其目的是"防灾备荒"和"救助民众"，并以齐赵旱灾为例进一步说明了均输与仓储配合工作的现实意义。

第八首诗讲农业与工商业并不矛盾，可以共存互利，都有助于富国养民。这在古代是非常有见地的经济理论，比西方经济学鼻祖亚当·斯密提出类似观点的《国富论》要早约 1800 年。

第十首诗则从反面举例，讲放任私营盐铁的弊端——西汉初年"七王之乱"的祸首吴王濞，就是靠着"冶山煮海"私营盐铁积累了大量财富，实力大到可以起兵抗衡中央政府了。

第二十四首诗是分析桑弘羊所言虽然有理、所作也利于国家，可为何在辩论中不能占据上风？原因是以其为首的官营工商从业人员都奢侈腐败、在人民群众中形象口碑不佳，落下了容易被批判清算的口实把柄。

第二十六首诗则是进一步揭示了桑弘羊最终失败的政治背景。汉武帝生前取得了对匈奴和西域的赫赫武功，但战争对帝国财货耗费巨大，使内部治理也遇到了困难。特别是其晚年对"巫蛊之祸"和逼死戾太子刘据的追悔，导致政坛大清洗和国策导向的逆转。征合四年（前 89 年）汉武帝下《轮台诏》表示悔过，说"自今事有伤害百姓，靡费天下者，悉罢之！"再两年后武帝驾崩，临终托孤于大司马大将军霍光，与车骑将军金日䃅、左将军上官桀、御史大夫桑弘羊等共同辅佐汉昭帝刘弗陵。随后朝中形成了以燕王刘旦、盖长公主、上官桀和桑弘羊等反对霍光的政治联盟，他们决定发动政变杀霍光，废黜昭帝，立燕王为帝。但政变计划泄漏，霍光反过来族灭了上官桀和桑弘羊，逼盖长公主和燕王旦自杀，成为朝政实际上的决策者。霍光得到汉昭帝的全面信任，因而得以独揽大权，他采取休养生息的措施，多次大赦天碑，鼓励农业，使得汉朝国力得到一定的恢复。对外也缓和了同匈奴的关系，恢复和亲政策。随后的汉昭帝和汉宣帝两朝实行了一系列休养生息的政治、经济措施，使武帝末年的社会矛盾得到了一定程度上的缓解，又出现了几十年的兴盛景象，这段时期和后来的宣帝朝被合称昭宣中兴。《盐铁论》所记载的"盐铁专卖政策大辩论"，正是发生在霍光与桑弘羊等争权，意图改变朝政走向的前夕。

第二十七首诗是对桑弘羊生平事迹的回顾与悼念，作者举出列朝沿用专卖制度的事实，向这位古代的经济学家、政治家、商贸理财专家致以了深切敬意。

第二十八首诗再论桑弘羊创立的盐铁专卖制度对后世的影响，特别举出王安石变法这一著名历史事件，表明其中的许多施政举措其实也是沿袭自桑弘羊的创制发明。

第三十首诗是这组诗的最后一首，天汉先生在此重申了自己对桑弘羊历史功绩的肯定和对《盐铁论》及自西汉以降中国盐铁专卖制度重新研究与评价的意向。

这组三十首评论《盐铁论》和桑弘羊的七绝组诗，汇集经济学、历史学、文学于一炉，篇幅宏大、构思精巧、章法严谨、论证缜密，行文修辞华丽、神采飞扬，充分展现了天汉先生渊博的知识与精深的学养，是不可多得的议论体诗精品。

（老郜编撰）

二十二、读诗偶记（1962 年秋，《燕台集》第 33 页，七绝 10 首选 4）

其一（李商隐）

义山学杜近篱樊，沉博深微风骨存。

后世不知诗味厚，祇从轻靡步西昆。

其三（白居易）

蒿目苍生有所悲，百篇乐府名足垂。

人言白俗宁无据？近体微嫌气格衰。

其五（苏轼）

诗到坡公已绝巅，和陶追李语天然。

弟兄江海情何限，惜少生民清庙篇。

其六（王安石）

终古兼并鸣不平，精严绝句婉风情。

律诗未脱宋人习，难与骚坛推主盟。

【注释】

1. 篱樊：篱笆。比喻限制范围。

2. 轻靡：轻佻浮浅。南朝梁代刘勰《文心雕龙·体性》："轻靡者，浮文弱植，缥缈附俗者也。"

3. 西昆：指西昆体。宋初杨亿、刘筠、钱惟演等，作诗法温庭筠、李商隐，好用僻典丽辞，相为唱和，合成一集，名《西昆酬唱集》，后遂称之为"西昆体"。金元好问《论诗》诗："诗家总爱西昆好，独恨无人作郑笺。"

4. 蒿目：极目远望。常用于"蒿目时艰"，形容对时局忧虑不安。语本《庄子·骈拇》："今世之仁人，蒿目而忧世之患。"（宋）王安石《忆金陵》诗之二："蒿目黄尘忧世事，追思陈迹故难忘。"

5. 气格：指诗文的气韵和风格。（唐）皎然《诗式》卷一："语与兴驱，势逐情起，作不由意，气格自高。"

6. 清庙：即太庙。古代帝王的宗庙。

【赏析】

天汉先生这一组10首绝句诗作于1962年秋，是对李商隐、白居易、刘长卿、苏轼、王安石、黄山谷、陆游、元遗山、赵翼、龚定庵，共10位诗人诗作风格特点的点评。由于笔者学识有限，仅在此选读本人相对比较熟悉的4位诗人的点评诗进行简解赏析，读者如有兴趣可以进一步对照《天汉诗词全集》详读其他点评诗作。

第一首诗是点评李商隐的。前面我们介绍过，天汉先生开蒙学诗便是先从学李商隐开始，对樊南诗作非常熟悉和喜爱，对其作过非常全面深入的研究，著有《李商隐诗要注新笺》《李商隐诗法十诠》等学术专著。先生此诗一二两句直言说明了李义山诗法宗杜甫，而且是后辈诗人学杜诗最到位、成就最高的，因为他继承了杜诗沉博深微的风骨，可称登堂入室之衣钵传人了。从体裁方面看，李商隐也是同杜甫一样，无论五言七言、古风律绝均所擅长，作品数量之大、品质之高，也远超同侪。三四两句说的是李商隐对后世诗家作品流派的影响，指出其与"西昆体"的渊源和区别：西昆体派诗家学李义山而又未学到其品格精髓，徒有其表而已。

第二首诗是点评白居易的。白居易是唐代继李白、杜甫之后又一大诗家。

而且白氏在唐代文名之盛仅次于李白，远超杜甫和其他诗人。赵翼《瓯北诗话》中曾道"香山诗名最著，及身已风行海内，李谪仙后一人而已"。天汉先生此诗对白氏诗风特点也作了精辟分析，对其"新乐府"类作品十分推崇，因为其能蒿目时艰、悲天悯人，足以名垂千古。而白氏律绝等近体诗作则格局偏小，有流俗之憾，造诣水准不及其乐府、古风、歌行体作品了。这一评价也很符合大家的普遍认知，我们今天所熟习传唱的白氏代表作品多是《琵琶行》《长恨歌》《卖炭翁》等鸿篇巨制，律绝类仅只《赋得古原草》《钱塘湖春行》《大林寺桃花》《暮江吟》《问刘十九》等寥寥数首。

另外，批评白诗流俗的同时，我们还需要注意到白居易自己在诗歌创作理念上的阐述。其在《与元九书》中明确说道："仆志在兼济，行在独善。奉而始终之则为道，言而发明之则为诗。谓之讽喻诗，兼济之志也；谓之闲适诗，独善之义也"。在《新乐府序》中，他明确指出其作诗的标准是："其辞质而径，欲见之者易谕也；其言直而切，欲闻之者深诫也；其事核而实，使采之者传信也；其体顺而肆，可以播于乐章歌曲也。"这里的"质而径""直而切""核而实""顺而肆"，分别强调了语言须质朴通俗，议论须直白显露，写事须绝假纯真，形式须流利畅达，具有歌谣色彩。也就是说，诗歌必须既写得真实可信，又浅显易懂，还便于入乐歌唱，才算达到了极致。由此也可以看出白居易本人的诗歌创作侧重点——他不但不避讳流俗、而且还在刻意追求通俗。但是通俗不是庸俗，这是有志于学习白氏诗风的后起之秀需要特别注意的。

第三首诗是点评苏轼的。苏东坡是宋代文名最盛的诗人，他不仅是诗家，还是词家、散文家，凡是文章写作方面的事，他几乎无所不能、无所不精，故而有"坡仙"之美誉。清代赵翼《瓯北诗话》赞之曰："坡诗不尚雄杰一派，其绝人处在乎议论英爽，笔锋精锐，举重若轻，读之似不甚用力，而力已透十分，此天才也。"天汉先生此诗一二句也盛赞苏东坡的诗是"和陶（渊明）追李（太白）"，已臻绝顶。那么坡公的诗还有没有不足之处呢？在先生看来也是有一点儿的，那就是第四句所说的"惜少生民清庙篇"，可惜旨在经世济民、悲天悯人的作品比较少，题材方面有所欠缺。这一点与前面白居易"蒿目苍生"的特点正好相反。

了解苏轼生平的读者对苏诗这个不足之处可能也有自己的观点。《瓯北诗话》记载"东坡一生以才得名，亦以才得祸。当熙宁初，王安石初行新法，举朝议论沸腾，……（东坡）固知当时语言文字之必得祸矣。及身自判杭，则又处处讥讪新法，见之吟咏，致有（乌台诗案），几至重辟"。因为曾经写诗讥讽新法而被罗织罪名、差点掉了脑袋的苏东坡，出狱后不愿再语干庙堂、臧否人物，只说畅怀山水、儿女亲情，也是不难理解的呀。

至于第三句的"弟兄江海情何限"，我们摘录一首苏轼作于嘉祐六年（1061年，作者时年 24 岁）的七律名篇《和子由渑池怀旧》，从中可见一斑：

和子由渑池怀旧

人生到处知何似，应似飞鸿踏雪泥。

泥上偶然留指爪，鸿飞那复计东西。

老僧已死成新塔，坏壁无由见旧题。

往日崎岖还记否，路长人困蹇驴嘶。

第四首诗是点评王安石的。王安石是北宋杰出的政治家、著名的散文家，也可以算是半个经济学家，但在诗坛上却难成魁首。他生活的时代，前有欧阳修、后有苏轼，这是宋代文坛的两大巨星，荆公虽然是权倾朝野的"拗相公"、平生不肯让人，可这文坛盟主却是勉强不来的。天汉先生此诗一二句先称赞了荆公的政治抱负和绝句作品成就。三四句继而指出其弱点在于律诗，多为宋代议论体风格，作品整体水平不及欧、苏。王安石诗中的佳作名句当数"春风又绿江南岸""总把新桃换旧符""不畏浮云遮望眼"等，也是脍炙人口。南宋曾季狸《艇斋诗话》评说"荆公绝句妙天下"。

由于《千家诗》等常见诗词普及读本中多不选择，王安石的律诗流传不及其绝句广远，笔者也基本没有读过。为写作此篇赏析，特于网上搜索优选了几首，附此同朋友们一起分享。

葛溪驿

缺月昏昏漏未央，一灯明来照秋床。

病身最觉风露早，归梦不知山水长。

坐感岁时歌慷慨，起看天地色凄凉。

鸣蝉更乱行人耳，正抱疏桐叶半黄。

次韵张子野竹林寺二首

京岘城南隐映深，两牛鸣地得禅林。

风泉隔屋撞哀玉，竹月缘阶贴碎金。

藻井仰窥尘漠漠，青灯对宿夜沈沈。

扁舟过客十年事，一梦此山愁至今。

示长安君

少年离别意非轻，老去相逢亦怆情。

草草杯盘供笑语，昏昏灯火话平生。

自怜湖海三年隔，又作尘沙万里行。

欲问后期何日是，寄书应见雁南征。

（老郜编撰）

二十三、宋鉴偶题（1963 年夏，《燕台集》第 33 页，七绝 20 首选 11）

其一（宋太祖）

欺他寡妇与孤儿，兵变陈桥讵有词？

不信片言终让国，斧声烛影到今疑。

其二（李后主）

貔貅十万下南唐，又见城前缚降王。

礼佛耽文亡国事，仓皇挥泪对宫墙。

其四（宋真宗）

燕云未复寇何穷！枉伐澶渊不世功。

三十万银犹觉贱，君王本意在和戎。

其六（范仲淹）

朋比言官众口腾，洞庭湖阔一楼登。
胸兵百万防边易，新政推行却未能。

其八（王安石）

物贱元丰岁入增，唯容吟啸住金陵。
商君幸得君全信，尤在朝中绝党朋。

其十（苏轼）

均输论罢议青苗，转恨熙宁法尽抛。
徒有文章传后世，惜无器识立当朝。

十二（蔡京）

倾轧已无新旧分，潜移利柄入私门。
石碑如在名须补，八十虞姑亦党人。

十四（秦桧）

缚虎非难纵虎难，南朝君相例偷安。
拔钉此举原宸断，秦氏何能一手瞒？

十五（岳飞）

千里赍粮士有饥，无根据地更何依？
班师诏下军输断，岂尽愚忠失战机。

十七（韩侂胄）

死后头颅竟送金，儒门难饰幸灾心。
却悲恢复谋遭沮，塞上秋风万马喑。

十九（文天祥）

千古人间正气歌，相公一发系山河。

若非声伎勤王散，也只功名冠甲科。

【注释】

1. 讵（jù）：岂，难道——用于表示反问。

2. 貔貅（pí xiū）：古籍中的两种猛兽，多连用以比喻勇猛的战士，后用以指代军队。《史记·五帝本纪》："（轩辕）教熊罴貔貅䝙虎，以与炎帝战于坂泉之野。"

3. 澶（chán）渊：指澶渊之盟。1004 年秋（宋真宗景德元年），辽国萧太后与辽圣宗亲率大军南下，深入宋境。宋真宗本想依从王钦若等大臣建议迁都南逃，因宰相寇准极力劝阻，最后决定亲至澶州督战。宋军因皇帝亲临而士气大振，在澶州北城下射杀辽军大将萧挞览。辽国遂提出议和，宋真宗也赞同，派曹利用前往辽营谈判。于 12 月间（1005 年 1 月）双方订立和约，规定宋每年送给辽岁币银 10 万两、绢 20 万匹。此后宋、辽之间百余年间不再有大规模的战事，礼尚往来，通使殷勤。因双方立约地点澶州（今河南濮阳市）亦称澶渊郡，故史称"澶渊之盟"。

4. 熙宁：熙宁（1068—1077）是北宋时宋神宗赵顼的一个年号，共计 10 年。以王安石在此期间变法而闻名，称"熙宁变法"。熙宁二年（1069）2 月，宋神宗正式任命王安石为参知政事（副宰相），负责变法事宜。熙宁七年（1074），监安上门、光州司法参军郑侠上书宋神宗。他将民间老百姓卖儿卖女、典当妻子、拆毁房屋、砍伐桑柘等悲惨的景象画成了一幅《流民图》。宋神宗由此受到极大震动，夜不能寐、深刻反思，次日下令暂时罢免青苗、免役、方田、保甲等十八项法令。因此王安石与宋神宗在如何变法的问题上产生了分歧，熙宁七年（1074）4 月，王安石第一次罢相，出任江宁府（今江苏南京）知府。熙宁九年（1076）6 月，王安石的爱子王雱（音 pāng，同乓）病逝。同年 10 月，王安石第二次罢相，从此退居金陵，再也不过问政事。熙宁十年，宋神宗从幕后走到前台，亲自主持变法，并特意改年号为"元丰"。

5. 元丰：元丰（1078—1085）是宋神宗赵顼的另一个年号，共计 8 年。元丰元年开始，宋神宗亲自主持变法事务，一方面沿袭王安石规划的新法，另一方面改革官僚机构组织与任免制度，史称"元丰改制"。在此期间神宗同时起用了拥护变法和反对变法的两派大臣，希望搞平衡互补走中间路线。元丰三年提拔反对变法的吕公著出任枢密副使；元丰五年又擢升支持变法的蔡确为宰相，于是朝廷中形成了两派明争暗斗的格局。神宗主持的元丰改制，明显将重点放在改革官制、整顿军事上。宏武开边，建功立业，是宋神宗一生的梦想，他始终把解决契丹和西夏问题作为自己奋斗的目标。而熙宁和元丰年间的变法，实质上是为军事行动作物质准备，富国强兵始终贯穿主线。但是元丰四年的灵州之役和元丰五年的永乐城失守，宋军两次兵败于西夏。军事失利大大刺激了宋神宗，他的强兵开边梦彻底破碎，随后精神委顿不振，病情日渐加剧，身体状况急转直下。3 年后的元丰八年，锐意进取的宋神宗在深深失望中辞别了人世，身后留下的是未完成的新政、纷乱的朝局与严酷的党争。

6. 吟啸：高声吟唱；吟咏。苏轼《定风波》："莫听穿林打叶声，何妨吟啸且徐行。"

7. 党人：即"元祐党人"。宋哲宗元祐元年，司马光为相，尽废神宗、熙宁、元丰间王安石新法，恢复旧制。绍圣元年章惇为相，复熙丰之制，斥司马光等为奸党，贬逐出朝。徽宗崇宁元年，蔡京为宰相，尽复绍圣之法，并立碑于端礼门，书司马光等三百零九人之罪状，称元祐党人碑。被刻上党人碑的官员，除已故者外，重者关押、轻者贬放远地，非经特许，不得内徙。之后到宋钦宗朝，蔡京被弹劾罢官、流放窜死，元祐党人翻案，其子孙更以先祖名列此碑为荣。

8. 八十虞姑：《宋人轶事汇编卷十三·章惇》记载：有妇人号虞仙姑，年八十余，有少女色。能行大洞法。徽宗一日诏虞诣蔡京，京饭之。虞见一大猫，拊其背语京曰："识此否？乃章惇也。"京即诋其怪而无理。翌日京对，上曰："已见虞姑耶？猫儿事极可骇。"

9. 宸（chén）断：宸本意指北极星所在，后借指帝王所居，又引申为王位、帝王的代称。宸断即是指皇帝的决断。

10. 声伎：亦作"声妓"。旧时宫廷及贵族家中的歌姬舞女。《后汉书·皇后纪下·陈夫人》："陈夫人者，家本魏郡，少以声伎入孝王宫，得幸，生质帝。"

【赏析】

这组咏史诗作于 1963 年，天汉先生采用七言绝句的形式，对两宋 20 位重要历史人物和事迹作了点评论述。按时间顺序依次是宋太祖、李后主、杨六郎、宋真宗、王钦若、范仲淹、狄青、王安石、司马光、苏轼、高太后、蔡京、张浚、秦桧、岳飞、韩世忠、韩侂胄、贾似道、文天祥和谢太后。这20首咏史诗，从北宋开基到高宗南渡、再到南宋灭亡，贯穿了两宋320年历史，道尽了人事盛衰、国运兴亡，以史家笔墨、诗人情怀，为我们摹画出一幅生动形象、微言大义的史诗画卷。在此谨选读其中的11首以飨读者。

第一首诗咏宋太祖赵匡胤。宋祖开基是趁着后周世宗柴荣新丧、群龙无首，在陈桥兵变、黄袍加身，逼迫少帝让位，搞了一次逼宫夺权的政变阴谋。因此一、二两句"欺他寡妇与孤儿，兵变陈桥讵有词"，于反问句中自有诗家褒贬在内。三、四句说的"斧声烛影"是宋史第一宗谜案：是指北宋开国皇帝宋太祖赵匡胤暴死，宋太宗赵光义即位之间所发生的一个谜案，怀疑赵光义谋杀兄长而篡位。有关记载以僧文莹的《续湘山野录》最为著名。《宋史·太祖本纪》中对太祖之死只有极简略的记载，而后世的著名史家司马光在其《涑水纪闻》中虽极力为宋太宗辩解，但其行文中对太宗入宫即位前后细节又不免透露出诸多反常难解之处。无论野史记载是否真实，宋朝皇位从太祖一脉旁落到太宗一脉确是事实，赵匡胤的帝业得之孤寡又失之孤寡，也算是因果循环、报应不爽了吧。

第二首诗咏南唐后主李煜。李后主天资聪慧、文学修养极高，他精书法、善绘画、通音律，诗文均有相当造诣，尤以词作成就最高，留下了许多名篇杰作，被后世称为"千古词帝"。可惜他于治国理政却是弱手，在与宋国的军事竞争中一败再败，开宝九年（976）被俘灭国。宋太宗太平兴国三年（978）七夕，李煜死于北宋京师，时年42岁整，被北宋赠为太师，追封吴王，葬于洛阳北邙山。而据野史传说，李后主其实是被宋太宗赐牵机药毒死的，原因是太宗看上了李后主的妻子小周后，多次将其召入宫中"强幸"。北宋王铚在其《默记》中记载："李国主小周后，随后主归朝，封郑国夫人，例随命妇入宫，每一入辄数日，而出必大泣，骂后主，声闻于外，后主多婉转避之。"后来宋太宗竟又发展到强幸小周后并让宫廷画师现场写生完整记录下全过程，这就是中国历史上最著名的情色画《熙陵幸小周后图》。李后主降宋后本就是忍辱偷生，满腔悲愤又无可奈何之下写了《虞美人·春花秋月知多少》遣怀，被宋太宗闻知后鸩杀，而小周后不久也随之辞世。叹叹！——天汉先生此诗结句直接化用李后主另一著名词作《破阵子》中成句："最是仓皇辞庙日，教坊犹奏别离歌，垂泪对宫娥。"

　　第四首诗咏宋真宗，主要事件是宋辽澶渊之盟。宋真宗在澶州之战局势有利的情况下，同辽国签订了议和盟约，答应此后每年向辽国岁贡币银10万两、绢20万匹。虽然客观上讲这一合约换来宋辽之间百年和平也不算失策，但在当时和日后的许多评论家看来，仍多少有些城下之盟、丧权辱国的味道。而宋真宗丧失了澶渊之战这次最好的机会后，有宋一代始终未能收复燕云十六州、占据战略防御要地，从而一再被北方游牧民族侵扰直至被金、元攻灭。后代史家论者们每思及此事，不无惋惜嗟叹。可以说宋朝特别是北宋之败亡，真宗于澶州时已亲手播下了种子，天汉先生于诗中也是倾向于支持此论点的。

　　第六首诗咏范仲淹。范仲淹是北宋著名的政治家、思想家、军事家和文学家。他为政清廉、刚直不阿，体恤民情、力主改革，并因之屡遭奸佞诬谤，数度被贬。宋仁宗皇佐四年（1052）病逝于徐州，终年64岁，葬于河南洛阳东南万安山，谥文正、追封楚国公，有《范文正公集》传世。天汉先生此诗四句道尽范文正公一生功业。首句讲的是范公与时任宰相吕夷简的"景祐党争"：景祐三年（1036），范仲淹因不满宰相吕夷简把持朝政，培植党羽、任用亲信，向仁宗皇帝进献《百官图》，对宰相用人制度提出尖锐批评。随后吕相反击，范公遂被罢黜，改知饶州。侍御史韩渎等曲意迎合，列写范仲淹同党的姓名，奏请仁宗在朝廷张榜公示，牵连到余靖、尹洙、欧阳修等人。次年吕夷简罢相，随后不断有人替范仲淹辩白，朝堂争论四起，直到仁宗下诏禁止互结朋党方才罢休。次句所说是范公作《岳阳楼记》的故事。《岳阳楼记》是范公散文代表作，其中的"不以物喜、不以己悲"、"先天下之忧而忧，后天下之乐而乐"都是千古名言。三句写范公驻守西北边陲抗击西夏的故事。宋仁宗康定元年（1040）至庆历三年（1043）范仲淹驻守陕西边疆4年防御西夏。西夏人敬畏他的智慧和韬略，说他是"胸中有数万甲兵"，不敢进犯。结句所说乃是范仲淹所主持的"庆历新政"。宋夏"庆历和议"后，仁宗调范仲淹回朝任枢密副使、参知政事，又擢拔欧阳修、余靖、王素和蔡襄等人为谏官，锐意进取。庆历三年9月，范公上疏《答手诏条陈十事》给宋仁宗，提出十项改革方案：明黜陟，抑侥幸，精贡举，择官长，均公田，厚农桑，修武备，减徭役，覃恩信，重命令。其中大部分都被仁宗采纳并颁行全国，号称"庆历新政"。但因新政限制大官僚大地主的特权，实行时遇到强烈反对和阻挠。他们散布谣言攻击新政，指责范仲淹结党营私、滥用职权。宋仁宗看到反对革新的势力这么强大开始动摇，失去了改革的信心与意愿。庆历五年（1045）初，宋仁宗下诏废弃一切改革措施，解除范仲淹参知政事职务、贬至邓州（今河南邓县），富弼、欧阳修等革新派人士都相继被逐出朝廷，庆历新政遂宣告失败。庆历六年（1046）范仲淹抵达邓州，守邓共计3年，百姓安居乐业，其传世名篇《岳阳楼记》及许多诗文均写于邓州。皇祐四年（1052），调任知颍州，范仲淹扶疾上任，行至徐州与世长辞，享年64岁。

庆历新政前，北宋在对外关系上受到了极大的挑战：西夏与北宋交战不休，澶渊之盟后一直相安无事的契丹也"聚兵幽燕，声言南下"，最终宋仁宗遣富弼为使，在澶渊之盟规定的岁贡基础上"岁增银、绢各十万匹、两"才得以解决。在这种内忧外患背景之下，范仲淹的《答手诏条陈十事》列举了十件必须"端本澄源"的事务，其中以整顿吏治为核心，旗帜鲜明的提出整顿冗官，任用贤能。其中"三冗三费"是改革所要打击的主要目标，因而裁减冗官，精简机构是改革的核心内容。改革失败的直接原因是以夏竦为首的反对派诬蔑攻击范仲淹等人为朋党；而深层原因则是新政要改变北宋王朝恩养士大夫的祖制，对生产关系和分配制度作重大调整，触犯了整个士族官僚地主阶层的利益，遭到他们的群起反扑。宋仁宗改革的初衷只是为了解决财政困难和军事危机，是要富国强兵、威服四夷。可如果以牺牲统治阶级的特权和既得利益来实现富国强兵，皇帝和大官僚们就不能答应了。所以轰轰烈烈的"庆历新政"只施行了一年，便无疾而终，北宋也在既有轨道上继续滑落。到20年之后宋神宗任命王安石主持变法时，北宋总体的内外局势与庆历新政时期没有本质上的区别，只是积弊更深、困难更大，而由新主孤臣所主持的朝廷对整顿吏治更加无能为力了。范仲淹所主持的庆历新政（1043至1044）和后来的王安石熙宁变法（1069至1093）都是北宋王朝统治阶层的精英远见之士试图拯救时弊，富国强兵的改革行动，最终又都归于失败，对北宋以后华夏民族的历史发展产生了巨大的影响。

第八首诗写王安石。王安石（1021—1086），字介甫，号半山，北宋抚州临川县人，谥文，封荆国公，故世人又称王文公或王荆公。他是中国历史上杰出的政治家、思想家、学者、诗人、文学家、改革家，北宋丞相、新党领袖，唐宋散文八大家之一。前文我们介绍过王安石的绝句和律诗，天汉先生点评其诗认为虽然中规中矩但不如苏轼，但其政治见解与器识则远超同侪。由王安石主持的变法主要在宋神宗熙宁年间，但其后果与影响则贯穿北宋之后的历史，且历代史家政客争论颇多。

1067 年宋神宗继位，起用王安石为江宁知府，旋即诏为翰林学士兼侍讲。1068 年，神宗召王安石"越次入对"，他即上书主张变法。次年任参知政事，主持变法。1070 年王安石任同中书门下平章事，位同宰相，在全国范围内推行新法，开始大规模的改革运动。所行新法在财政方面有均输法、青苗法、市易法、免役法、方田均税法、农田水利法；在军事方面有置将法、保甲法、保马法等。同时，改革科举制度，为推行新法培育人才。王安石的革新措施在一定程度上限制了大地主和豪商对农民的剥削，促进了农田水利事业的发展，国家财政状况有所改善，军事力量也得到加强；同时也使朝廷垄断了商品贸易，不仅是官僚、大地主、还有小商人的利益均遭侵犯，社会原有经济秩序遭到破坏，受到保守派的激烈反对和攻击。另外其在推行新法过程中过于求大求快，委用的许多官吏也不堪其任，甚至借机敲诈盘剥，使农民的利益反而受到了损害。而上书直谏反映危害的正直贤良大臣如苏轼等均被罢黜，或贬官或流放，导致贪官墨吏越发胆大包天、恣意妄为。此种情况愈演愈烈，变法的实际效果与主观愿望相差甚远，最终使得王安石处于"众疑群谤"之中。宋神宗迫于皇亲贵戚和反对新法大臣的压力，于 1074 年 4 月接受王安石辞去相位，次年虽又起用为相，但已不再予以充分信任。熙宁九年（1076）王安石再次罢相，次年隐退江宁，从此过着闲居生活。宋哲宗元祐元年（1086），司马光等保守派得势，此前的新法都被废除。政局的逆转使王安石深感不安，当他听到最后的"免役法"也被废除时，不禁悲愤地说："亦罢至此乎！"不久便郁然病逝。

南宋之后直到晚清的历代史家政客对王安石及其变法活动毁誉参半，但否定者居多。直到进入近现代之后，崇王派见解才渐占上风。梁启超所著《王荆公》是 20 世纪评议王安石及其新法影响最为持久的著作，为王安石及其变法彻底翻案。梁启超称赞王安石"三代下求完人，惟公庶足以当之矣"。梁启超用社会主义学说类比王安石新法措施，把王安石称为社会主义学说的先行者，胡适、邓广铭等学者亦持有相类似的观点。1000 年来，对于王安石变法的巨大历史意义，后人的认识越来越深刻，世界范围内对王安石给予积极评价的人越来越多，甚至有观点认为王安石的变法措施对美国罗斯福新政也具有巨大的启示意义与示范效果。

让我们回到天汉先生吟咏王安石的绝句。首句写的是元丰年间社会实况，民间物价平贱、国家税收丰足，这些都是熙宁变法的积极成果。二句则继写变法倡导人王安石此时却赋闲于金陵，吟啸书斋、纵情山水，不问世事了。而三、四句总结道：在中国历代勇于变法改制的开拓创新者中，王安石能够颐养天年、寿终正寝，身后又备享哀荣的结局还算是很不错的（对比商鞅），这幸运一方面源自他得到了宋神宗的全然信任，另一方面也在于其清廉质朴、正直无私，又博学多才、爱惜名誉，不结交奸邪朋党，在新旧两党、政坛敌友之间都享有极高威望的缘故。王安石的政敌兼文友苏轼在为其草拟追赠太傅的敕文中曾评价他"名高一时，学贯千载，智足以达其道，辩足以行其言；瑰玮之文，足以藻饰万物；卓绝之行，足以风动四方。"

第十首诗咏苏轼。上期我们也介绍过，天汉先生对苏东坡的诗词文学成就十分推崇肯定，但对其政治见识及执政能力则不以为高明。此诗则进一步说明了为何持如此观点。一、二句先写苏轼于神宗熙宁年间反对王安石推行新法，又写其于哲宗元祐年间反对司马光尽废新法，这种两面不讨好的做法，正是导致苏轼虽有超群的才华品格却始终沦落下僚、不得重用的原因。三、四句则于批评其器识不足的弱点之余又不无惋惜，试想如果苏东坡能早些时日理解、接受王荆公的政治见地和做法，北宋的历史也许就是另外一个结局了。这一点上，坡翁自己也颇有感慨。他于元丰七年"乌台诗案"获救后路过金陵，拜访隐居乡里的王安石，盘桓月余方别去，并留作《次荆公韵》诗道：

骑驴渺渺入荒陂，想见先生未病时。

劝我试求三亩宅，从公已觉十年迟。

第十二首诗咏的是蔡京。蔡京乃是北宋徽宗朝著名的权奸。蔡京（1047—1126），字元长，北宋兴化仙游（福建）人，先后 4 次任相，共达 17 年之久。熙宁三年考中进士初入仕途时，蔡京支持变法，再加上其弟蔡卞为王安石女婿，因此得到王安石的赏识，甚至被王认为是日后宰相人选之一。但当元祐年间王安石退隐、司马光主政废止新法时，蔡京又积极追随司马光，其人格的两面性和政治上的两面派作风可见一斑。后来蔡京主政期间，设应奉局和造作局，大兴花石纲之役；建延福宫、艮岳，耗费巨万；设"西城括田所"，大肆搜刮民田；为弥补财政亏空，尽改盐法和茶法，铸当十大钱，币制混乱，民怨沸腾。同时他借"绍述神宗新法"的机会，结党营私、排除异己，设立元祐党人碑，将司马光、苏轼等309人罗列其上，生者拘捕贬窜、死者污以恶名。因蔡京朋党乱政、假公济私，专权牟利、浪费国财，激起民变，民愤极大，时人称他为"六贼之首"。靖康元年（1126），宋钦宗即位，蔡京失宠被贬岭南，途中饿死于潭州（今长沙）东明寺。

　　天汉先生此诗起笔就指明了蔡京的奸邪行径，正是开门见山手法。蔡京虽然也号称拥护新法，其出发点和行政手段与王安石截然不同。王荆公变法的目的是富国强兵、手段是擢拔同志，而到了蔡京这里目的已经是专权营私、手段就是排除异己了。只看他曲意逢迎宋徽宗的个人嗜好，在全国采办"花石纲"；向宋徽宗提倡"丰亨豫大"、粉饰太平盛世，将神哲两朝的国帑战备积蓄挥霍在奢侈享受、搞面子工程上，就知道此人乃佞幸奸邪了。一、二句点明倾轧和谋私，是论证蔡京奸邪的有力证据。三、四句从元祐党人碑及老妪虞姑面对蔡京戏骂章惇（章蔡气味相投、引为同志，一起排挤元祐党人）的故事再次讽刺了蔡京朋比为奸、祸国乱政的可鄙行径。

　　第十四首诗咏秦桧。秦桧是比蔡京更为知名的南宋大奸贼，其以莫须有之罪名陷害岳飞的故事因为野史小说、评书演义的传播而家喻户晓、妇孺皆知，这里就不再赘述了。天汉先生此诗主要是论证构陷岳飞造成宋史最大冤案的主谋到底是谁？——其实就是高宗皇帝本人，秦桧则是代他出面的执行者、"白手套"而已。首句乃是比起，"擒虎易纵虎难"这一比喻，据说是出自秦桧妻子王氏之口。次句则是从高宗秦桧君臣一贯满足偏安、畏战求和的表现作顺承，做出第三句合乎逻辑的推理：拔除岳飞和岳家军这一"眼中钉"，乃是高宗的意思。结句再作反证：否则，秦桧虽贵为宰相，诛杀朝廷枢密副使这样极其重大的案件，他又岂能瞒着皇帝秘密执行呢？

　　第十五首诗咏岳飞。岳飞是我国著名民族英雄，其精忠报国、抵御外侮，千古奇冤、终得昭雪的故事被写成小说、戏曲千古传唱。天汉先生此诗主要是就能征善战的岳飞为何在纵横中原、规复在即的有利局面下奉诏退兵、回朝就戮的历史疑问进行讨论分析。一、二两句直接点明了当时的战争局势和岳家军的战略弱点：南宋军队的战略根据地在江南地区，军需补给要从千里之外输送到中原战场，导致后勤补给线漫长而脆弱。一旦南宋朝廷当权者怀疑军队将帅的忠心而切断军需补给，岳家军再勇猛善战也支撑不住，这就是岳飞不得不向高宗、秦桧低头的现实原因啊。宋王朝皇室鉴于晚唐五代藩镇割据及其祖上导演陈桥兵变的经验，对统兵将帅的猜忌、抑制由来已久、世代相传，"崇文抑武"乃是大宋皇朝的基本国策。在这种奇怪政治基因的影响下，南宋史上经常出现十分吊诡的情形：皇帝、宰相和文武朝臣们都信誓旦旦要规复中原、报仇雪耻，口号喊得山响却不见付诸行动。主和派永远如鱼得水，主战派总是郁郁寡欢。不过这倒成就了岳飞、陆游、李清照、张孝祥、辛弃疾、陈亮、刘过、刘克庄等爱国主义诗人，为我们留下了诸多诗词佳作，千载之下读来仍生气凛然。

第十七首诗咏韩侂胄。韩侂胄是宋史上颇有争议的一个人物。韩侂胄（1152—1207），字节夫，祖籍河南安阳，为北宋名臣韩琦之曾孙，其母亲为宋高宗吴皇后的妹妹。他自己娶吴皇后的侄女为妻，侄孙女是宋宁宗的恭淑皇后，可谓世代外戚之家。韩侂胄在政治上崛起，靠的是与宗室宰相赵汝愚一起废黜光宗、拥立宁宗。而行废立之后，赵汝愚没有给他论功行赏，导致两人交恶。他处心积虑排挤赵汝愚，连带打了赵氏的政治盟友朱熹、彭龟年等人（史称"庆元党禁"），自己专权继任宋宁宗宰相。他在任内提拔主战派，追封岳飞为鄂王，追夺秦桧官爵，力主北伐抗金（史称"开禧北伐"），但因将帅乏人、政敌掣肘而功亏一篑。后在金国示意下，被宁宗杨皇后和史弥远设计所斩，函首于金以求和议（史称"嘉定和议"）。韩侂胄因结党专权和排斥异己、禁绝朱熹理学，故被其后的理学家们视为权奸，列入宋史奸臣传。其虽然用兵不当导致北伐失败，但北伐的决心与行动在当时又获得了朝野主战派的拥护与正面评价。如金人就颇佩服韩侂胄的胆量与气节，追封其为忠缪侯。南宋太学生也作诗讽刺说："自古和戎有大权，未闻函首可安边。生灵肝脑空涂地，祖父冤仇共戴天。晁错已诛终叛汉，于期未遣尚存燕。庙堂自谓万全策，却恐防边未必然。"

天汉先生此诗也是从韩氏死后人头送金发论。承句则批评了当时所谓的理学儒士们幸灾乐祸、附势忘义的卑格劣行（从此事来看，韩氏生前鄙视朱熹理学，斥之为伪学，倒也不算屈枉）。三、四句转而论韩氏被杀对南宋国事的影响：之后主战派噤若寒蝉、万马齐暗的局面形成，也就注定了南宋小朝廷的萎靡不振、士大夫的醉生梦死。随后终南宋一朝，国家把发展经济当作最高目标，社会以当官捞钱作为成功标准，学术上则以心口不一、言过其实的"理学"、"伪儒学"禁锢思想、统一言论，最终难免国家倾覆、山河沦丧，民族屈服于胡虏的悲惨命运。

第十九首诗咏文天祥。文天祥（1236—1283），字履善，后改字宋瑞，自号文山，吉州庐陵（今江西吉安县）人，南宋末大臣、文学家、民族英雄，与陆秀夫、张世杰被称为"宋末三杰"。他于宝祐四年（1256）状元及第进入政坛。德祐二年（1276）元军攻破临安，俘虏了宋恭宗。之后南宋残余势力连续拥立了两个幼小的皇帝（宋端宗、幼主），委派文天祥出任右丞相兼枢密使，作为使臣到元军中讲和谈判，一度被扣留，后脱险南归，主持南宋流亡政府继续抗元。祥光元年（1278）文天祥在广东潮阳兵败被元将张弘范俘虏，被押赴大都囚禁，元世祖曾以高官厚禄劝降，他宁死不屈。1279 年崖山海战失败，陆秀夫背着 8 岁的小皇帝跳海殉国，南宋彻底灭亡。1283 年文天祥在元大都柴市从容就义，时年 47 岁。文天祥以忠烈名传后世，生平事迹被后世称许，著有《过零丁洋》《文山诗集》《指南录》《指南后录》《正气歌》等，尤以"人生自古谁无死，留取丹心照汗青"为累世传诵的千古名句。

天汉先生此诗一开始就对文天祥的英名和事迹作了充分的肯定与赞扬，点明了他的成败生死关系国家民族命运，歌颂了他的千秋名节、浩然正气。三、四句则是从反议论，指出如果做官当权之人若不能像文天祥那样大义凛然、毁家纾难，以维护国家气运、民族利益为最高追求，即便平生获得了再大的功名、再多的利禄，也难以获得人民群众千秋万代的崇敬与赞颂。

（老邰编撰）

二十四、再到长沙、韶山（1964 年春，《燕台集》第 37 页，七律 2 首）

再到长沙

（1964 年春，随吴雪之部长）

锦绣河山一瞰收，银车冉冉落云头。

朝晖已满芙蓉国，春水犹漫橘子洲。

到此当歌无下里，从谁击浪破中流？

贾生作赋长沙去，我亦年时惯远游。

韶山

（同时作）

乾坤整罢故乡还，绿竹清池屋几间。

万古闻韶留舜迹，卅年逐鹿破秦关。

愿随流水来朝海，岂逐浮云去看山。

爱说日从斯地出，东方红满换人寰。

【注释】

1. 再到长沙：作者曾于1956年秋到过长沙，并作有七律《长沙》诗，故此诗名为《再到长沙》。

2. 吴雪之：（1906—1991.3）字锡之，又名承康，生于今上海市南翔镇。曾任国务院商业部副部长等职。

3. 银车：指飞机。

4. 芙蓉国：指湖南。因唐宋时代，湖南湘、资、沅、澧流域多芙蓉，故有此称。湖南堪称芙蓉之国。1961年秋天，毛泽东为答谢周世钊、李达、乐天宇所赠礼物和诗，写下咏叹湖南风物的《七律·答友人》，其中有"我欲因之梦寥廓，芙蓉国里尽朝晖"句。

5. 橘子洲：橘子洲位于长沙市区对面的湘江江心，形成于西晋年间，在唐代因盛产南橘而得名。它西望岳麓山，东临长沙城，四面环水，绵延数十里，是长沙重要名胜之一，被誉为"中国第一洲"。毛泽东青年时代，就读于湖南第一师范时，常会同学友到洲头搏浪击水，议论国事。1925年，他在此写下脍炙人口的诗篇《沁园春·长沙》，抒发了济世救民的豪情壮志。

6. 下里：即下里巴人，为古代民间通俗歌曲。《文选·宋玉《对楚王问》》："客有歌于郢中者，其始曰《下里巴人》，国中属而和者数千人……其为《阳春白雪》，国中属而和者数十人。"

7. 击浪破中流：化用毛泽东《沁园春·长沙》"到中流击水"句。

8. 贾生：即贾谊。贾谊（前200—前168），汉族，洛阳人。西汉初年著名的政论家、文学家。他18岁即有才名，20岁被文帝召为博士。不到一年被破格提为太中大夫。但是在23岁时，因遭群臣嫉恨，被贬为长沙王的太傅。后被召回长安，为梁怀王太傅。梁怀王坠马而死后，贾谊深自歉疚，33岁忧伤而死。其著作主要有散文和辞赋两类。散文如《过秦论》《论积贮疏》《陈政事疏》等都很有名；辞赋以《吊屈原赋》《鵩鸟赋》最著名。

9. 闻韶：《韶》，相传为舜时的乐名，孔子推为尽善尽美。后以"闻韶"谓听帝王之乐或听美好乐曲。《论语·述而》："子在齐闻《韶》，三月不知肉味，曰：'不图为乐之至于斯也！'"

10. 逐鹿：喻争夺统治权。《史记·淮阴侯列传》："秦失其鹿，天下共逐之，于是高材疾足者先得焉。"

11. 东方红：《东方红》是抗日战争时期陕甘宁边区新民歌的代表作。

【赏析】

这两首七律是天汉先生1964年春随同时任商业部副部长吴雪之到湖南长沙出差，并到韶山瞻仰毛泽东主席旧居时所作，属于记游诗。写记游诗的难点，在于短小篇幅内要写清楚所游之处、同游之人、游客所感，而且必须显著区别于其他风景名胜，还要让读者产生同感共鸣。我们来看天汉先生是怎么写的。

《再到长沙》首联两句乃是陡起，乘坐飞机从高空中鸟瞰大地，锦绣山河尽收眼底、一览无余，画面十分壮观宏伟。

颔联两句对仗工稳，且引用毛主席《长沙》词中成句作典，诗意自然顺承延伸到了长沙，笔法巧妙。

颈联两句再次用典，同时由写景转到写人，用设问句引出壮游之诗人和同伴，语带双关、耐得品读。

尾联收得更妙，以才高名重的贾生比喻吴部长，兼答颈联设问，问答赞誉一气呵成、诗家功力尽显。

《韶山》首联两句平起，瞻仰伟人旧居，偏从竹池茅屋平淡处下笔，留待后文再起波澜。

颔联两句讲出"韶山"名称之来历，紧扣景物名胜之特点。同时以当地古今二伟人事迹属对，对比互文之意显然。

颈联两句波澜兴起。流水朝海，隐含仰慕归依之意；浮云看山，带有散逸出世之心。字里行间，可见婉转微妙。

尾联两句收结正到高潮。"日出斯地"再扣主题，用"东方红"当时熟典收尾，言尽而意不断，余音绕梁、岂止三日！

（老邰编撰）

二十五、踏莎行（1964年）（《燕台集》第46页，词1首）

踏莎行

思挟山飞，欲浮杯渡。十年磨砺沉思处。绛霞花换苑池春，白云树掩江乡暮。　　排闼长青，拂衣犹素。吟边添得词无数。水流万派总朝东，几回北往和南去。

【注释】

1. 挟山：即"挟山超海"。夹着泰山跨越北海，比喻不可能做到的事。语本《孟子·梁惠王上》："挟太山以超北海，语人曰'我不能'，是诚不能也。"

2. 浮杯：满饮一杯酒。古代每逢3月上旬的巳日集会水渠旁，在上流放置酒杯，任其飘浮，停在谁的面前，谁即取饮，叫作"浮杯"，也叫"流觞"。宋王禹偁《寄赞宁上人》诗："若念重瞳欲相见，未妨西上一浮杯。"

3. 苑池：即池苑，特指上林苑和太液池，泛指有池水花木的风景园林。（唐）白居易《长恨歌》："归来池苑皆依旧，太液芙蓉未央柳。"

4. 江乡：此处指作者故乡吴江。

5. 排闼：推开门。宋王安石《书湖阴先生壁》诗："一水护田将绿绕，两山排闼送青来。"

6. 素衣：与锦衣相对，比喻不仕或境遇贫寒。参见"素士""素门"。另外素衣还比喻清白的操守。如金代元好问《自邓州幕府暂归秋林》诗："归来应被青山笑，可惜缁尘染素衣。"

【赏析】

这首词作于 1964 年，是一首反映思乡别绪的作品。天汉先生时年 38 岁，离开故乡吴江到北京工作已经 10 余年，中间虽多次因公到南方调研考察，但很少能有机会返乡探视。他常常怀念家乡的亲友故交、山水草木，也多次把自己的乡愁写入诗词作品，比如前后累计 21 首的《忆江南》组词，还有这首《踏莎行》，都是其中典型。

此词上片首句起得很有气势，却又暗含着几多无奈。想要"挟山"而飞，非要超大神通不可，但对于凡人而言却是做不到的。欲"浮杯渡"倒是可行，那么就"醉乡路稳宜频到"吧。仅一句话，便把情绪引到李后主《乌夜啼》的意境中去了。

次句"十年磨砺"令人想起贾岛的"十年磨一剑，霜刃未曾试"，但后面却是陷入沉思了，而非热血豪情的"今日把示君，谁有不平事"。可见虽然磨剑十年，也不必有一试锋芒的机会。

三、四两句对仗。帝都的翰苑凤池，繁花似锦如霞，又是一年春色盎然。而此时的诗人，却忍不住回忆起家乡吴江白云红枫之暮秋晚景。个中缘故，恐怕只有如人饮水、冷暖自知了。

下片首句承上片，化用元好问的诗句暗示自己虽游于京都宦海多年，但仍是"素衣"依旧，既未衣锦、也不曾染皂，也应被门外青山笑了。

次句论及多年辛苦忙碌的收获，也不过就是添得"词无数"而已。

三、四句语意相连、一气贯通。先说万水流东，令人不禁联想到李后主"问君能有几多愁，恰似一江春水向东流"句，正是人生千愁万绪、不言而喻。结句收到"几回北往南去"，连江水也不能如愿，载不走作者的思归心绪。这可真是人生无奈复乡愁，恨不见江水横流啊。

太史公马迁《报任安书》曰：此人皆意有所郁结，不得通其道，故述往事、思来者。

乡愁之所从来，差可近之。

（老郜编撰）

二十六、村居纪事（1969年，《辽海集》第51页，绝句6首）

一

村外青青水满田，耨秧头遍莫迟延。

猫腰尽日身无力，不及儿童走在先。

二

铡草和泥土作墙，趁晴圬抹满村忙。

葵花瓜豌房前后，白屋家家尽向阳。

三

遗矢村边自犬豝，肥为庄稼一枝花。

问君假日如何过？茅厕修成便大家。

四

半世村居治病难，呻吟今夕众相看。

人言赤脚医生好，风雨泥深送药丸。

五

泡子年年硷味谙，凿来十井比泉甘。

自流日夜喷飞雪，村北村南泽广沾。

六

满天光益灿群星，一望村村电炬明。

从此坑头添笑语，几家夜读到深更。

【注释】

1. 耨（nòu）秧：给秧苗锄草。

2. 猫腰：弯腰。

3. 圬（wū）抹：（在墙上）涂抹灰泥。

4. 瓜瓞（dié）：小瓜。

5. 豝（bā）：母猪。

6. 赤脚医生：赤脚医生，是 20 世纪 60 至 70 年代"文化大革命"中期开始出现的名词，指一般未经正式医疗训练、仍持农业户口、一些情况下"半农半医"的农村医疗人员。赤脚医生是中国卫生史上的一个特殊产物，即乡村中没有纳入国家编制的非正式医生。其来源主要有三部分：一是医学世家，二是高中毕业且略懂医术病理，三是一些上山下乡的知识青年。他们被挑选出来后，到县一级的卫生学校接受短期培训，结业后即成为赤脚医生。但没有工作编制和固定薪金，许多人要赤着脚，荷锄扶犁耕地种田。赤脚医生便由此得名。20 世纪 80 年代后，家庭联产承包责任制的推行，导致原有的农村合作医疗制度瓦解。1985 年，卫生部宣布取消"赤脚医生"的名称，经考核合格者转为乡村医生。赤脚医生在他们所处的时代，为解救中国农村地区缺医少药的燃眉之急做出了积极的贡献。电影《红雨》《春苗》等对赤脚医生的工作与生活作了较为细致的描写。

7. 泡子：（方言）小湖，池塘。

8. 电炬：电灯。

【赏析】

这组诗创作于 1969 年。当时"文革"已经开始了 3 年，国家机关、企事业单位等都普遍参与进来。很多地方都在停产"闹革命"，由红卫兵和造反派成立的革命委员会接管原单位的行政管理权，天汉先生所在的商务部也不例外。革命委员会将出身"不好"的知识分子们扣上"牛鬼蛇神"的帽子，剥夺其正常工作的权力、驱赶出城市，下放到边远郊区农村的牛棚干校去劳动改造。天汉先生即因此被下放到位于辽宁盘锦郊区的"五七"干校从事农业劳动，而其妻子稍后也被下放到河南息县的干校劳动，从此分居两地数年。

第一首诗描写农忙耨秧。稻秧在水田中，同稗草一起生长。多数情况下草长得更快，会抢夺秧苗的肥料和阳光，便需要耨秧锄草。耨秧是个繁重的体力劳动，40 多岁的诗人弯腰俯首干一整天活儿，累得筋疲力尽。待到收工时，一边观赏田景，一边信步吟咏，不知不觉便落在了孩子们的后面，于是便自嘲起来。

第二首诗描写作者在农村"DIY"筑土墙的情形和日常居住的环境。自己动手修建的住所，虽然简陋清寒，但房前屋后的葵花瓜瓞，带来几多野趣，也能聊慰诗怀。

　　第三首诗描写的拾粪情景更是古人前所未道。诗人以幽默的笔触记录了自己利用农闲假日，为大家修建茅厕、积累粪肥的事情。遣词用语看似俗不可耐，实则处处展现了作者诗心。

　　第四首诗描写的是农村"赤脚医生"为患病村民上门送药的场景，热情讴歌了在艰苦条件下仍诚心实意为农民群众健康和农村医疗事业努力工作的"赤脚医生"们。

　　第五首诗描写的是在农村打机井的情形。下放干校的知识分子们利用自己掌握的科学知识打出了 10 口机井，一举解决了村民们长年喝盐碱泡子里苦涩硷水的问题，获得了群众的赞扬。

　　第六首诗描写的是干校为所在农村装电灯的情景。由于下放干部工作学习和生活的需要，干校为校舍及周边农村接通了电线、装上了电灯。虽然电灯在城里早已司空见惯，可在农村当时还是稀罕物件，村民群众的生活水平也因此获得了明显提高。可以说"五七"干校的建立和机关干部、知识分子的下放，客观上对促进当地农村发展、改善农民生活也起到了一定的作用。

　　天汉先生这 6 首绝句写于他初到干校之时，诗人仍像从前 1960 年下放许昌劳动那样，对农村生活和农业劳动充满热情和憧憬，笔下不时闪现着田园诗趣。他还不知道，命运即将给他和家人带来一个十分艰巨的考验。

　　从天汉先生这组诗中我们可以了解到，20 世纪 60、70 年代，中国农村的生活条件还是很艰苦的，没有用上电、也喝不上干净水、还缺医少药。可当时农民群众自力更生、艰苦奋斗的精神和干劲却是高涨的。

（老邰编撰）

二十七、雁过、菩萨蛮（1969 年，《辽海集》第 51、70 页）

雁过

清霜九月陨盘山，归思吟成菩萨蛮。

不及塞鸿飞有信，一年一度入榆关。

菩萨蛮（四首选二）

其一

长堤烟冷风吹叶，横空雁字惊时节。

夜雨落盘山，梦醒归思漫。

曰归期未得，分道殊南北。

晤面在书函，来书藏复看。

其二

盲风吹雨连吹雪，霰漂打面坚如砾。

战士气弥增，层冰衣上凝。

不眠当此夕，窗外寒声急。

新句写离怀，寄书缄复开。

【注释】

1. 榆关：即山海关。

2. 菩萨蛮：词牌名。

3. 分道：谓分走不同的道路。

4. 盲风：疾风。出自《礼记·月令》："（仲秋之月）盲风至，鸿雁来，玄鸟归，群鸟养羞。"东汉郑玄注曰："盲风，疾风也。"

5. 霰（xiàn）：雪珠、小冰粒。《楚辞·九章·涉江》："霰雪纷其无垠兮，云霏霏而承宇。"

【赏析】

《雁过》和第一首菩萨蛮词写于1969年9月，盘山当地已是深秋。天汉先生离开北京的家人，下放干校劳动，已有两个多月了。诗人在农忙间隙，谨以眺望吟咏自娱。这一天看到风寒叶落、满地清霜，听到南飞北雁哀鸣不住，难免触景生情、夜不能寐，把满腔思亲怀乡的离愁别绪，诉诸笔端诗内，于是便有了这一诗一词。

先来看这首菩萨蛮词。一、二两句用景句平起，生动描绘了北地深秋画面，烘托出荒凉萧瑟的氛围。在如此环境和气氛下，让人难免不心有戚戚焉。于是顺承出三、四句：入夜的盘山，寒冷的秋雨淅沥落下，惊醒失眠的诗人思绪弥漫、满怀乡愁。那么诗人具体又在想些什么、做些什么呢？后面四句一气而下，和盘托出：自己同妻子儿女天南地北各自孤处一隅，相约归还却又遥遥无期。只能把往来通信当作晤面交谈，于是就一遍又一遍地读着妻儿的来信。天汉先生这首词的妙处在于笔法平易、纯用白描，写景物环境、写现实状况、写人物动作，全诗未作一句直接抒情却又无处不饱含情绪，已臻大巧若拙、大音希声的境地了。

天汉先生写完《菩萨蛮》后，显然意犹未尽，于是又写了一首《雁过》绝句。这首诗情绪重点在三、四句，诗人目送飞鸿渡关南去，联想到自己滞留塞北，杳无归期。一方面思念故乡家人的温暖，另一方面自责对不起妻儿，深切感慨人不如雁、身不由己。

第二首菩萨蛮作于1969年11月，诗人显然还是没有得到被放归的机会，只能在盘山过冬。这里是典型的北国严冬，寒风迅疾凛冽、雨雪弥漫飘扬，盲风冷雪夹杂着抽打在人脸上如同砾石般坚硬而疼痛。这首词的笔法仍是白描，一、二句依旧是景句平起、描绘环境画面。三、四句转到写人，在这个季节、这种天气下外出劳动的诗人，正像一个大无畏的战士，所能倚仗的就是胸中高涨的豪气。而那些凝结在战士身上的一层层冰雪，也就成为他的甲胄了。后面四句仍是一气贯通：迎风斗雪归来的战士，听着窗外呼啸的寒风，又是夜深难寐。此时他又恢复成了诗人，拿起笔来在信纸上书写新的诗句，来传递对妻儿的思念离愁。这些愁怀思绪是如此之长、如此之多、如此之绵延不断、层出不穷，以至于将已经写好的书信封了再拆、拆了再封……

（老郜编撰）

二十八、戏书蠓、蚊（1969年，《辽海集》第52页，绝句2首）

> 此间多蠓，颇苦之，戏书一首
>
> 迩来日日苦飞蠓，细似纤尘出草丛。
>
> 遂识难防属宵小，损人不在有形中。

蠓未去而蚊复之，再戏书一首

飞蚊作阵响雷车，聒耳无人不厌它。

绝忆当年明火客，破门入更肆喧哗。

【注释】

1.蠓：即蠛蠓。一种小飞虫，叮吸人血，被刺叮处常有局部反应和奇痒，甚至引起全身过敏反应等，更主要的是可传播多种人的疾病。

2.迩：近。

3.宵小：小人；坏人。

4.雷车：雷声，喻轰鸣的声音。陆游《七月十九日大风雨雷电》诗："雷车动地电火明，急雨遂作盆盎倾。"

【赏析】

这两首绝句状物拟人，展现了天汉先生诗作题材广泛、幽默风趣的另一侧面。

第一首写飞蠓。先写其恼人讨厌，继写其细如纤尘的体貌特征。再转由蠓蠓之小联想到宵小之辈，点出它们的共通之处便在于伤人无形。

第二首写飞蚊。先写其成群结队、轰鸣巨响，再写它聒耳鼓噪、令人讨厌。再转由飞蚊之群队鼓噪，联想到当初战争年代，明火执仗的匪徒盗寇，点出其共通之处在于强梁喧哗。

当年天汉先生被迫下放到干校务农，居所简陋、卫生条件很差。蚊蝇蠓蠓之类的害虫比比皆是，不但叮咬不休，而且烦人不已。诗人在无可奈何之际，也就泰然处之，甚至生出了为其作诗的雅兴，于是便有了这两首趣作。诗人写作此诗之时，耳闻目睹、心念流转，想必亦有所系在。时至今日，我们虽然已经读不出更多具体人物是非了，但结合自身类似的经历遭遇，看他别出心裁、另成机轴，嬉笑怒骂俱可写入诗文，也不免忍俊赞叹了。

（老邰编撰）

二十九、读词偶题（1969年12月19日，《辽海集》第52页，绝句10首）

一东坡

铜琶铁板大江东，豪放词推一代工。

我亦风情非少日，铅华洗去事坡公。

二秦观

郴州客舍暮寒扃，一曲词含今古情。

笑我昔年求婉约，新声曾步踏莎行。

三陆游

退迹沧江鬓早斑，金戈铁马梦关山。

放翁词笔高骧处，不在驿梅宫柳间。

四稼轩

铁骑南归怒气冲，轻驱书史辟词宗。

欲论天下呼公起，灯火阑珊蓦地逢。

五陈亮

破碎河山入望中，壮心难屈耻臣戎。

当年慷慨陈同甫，忧国词曾领浙东。

六柳永

流落花丛老乐师，屯田和泪写新词。

晓风残月杨柳岸，清绝诗人谁与知？

七清照

卷帘人瘦比黄花，巾帼中应尊大家。

离乱怜渠身世苦，声声慢不让胡笳。

八白石

镂云刻月才非拙，轻燕娇莺词岂传？

不及白描诗句好，垂虹秀色满归船。

九欧阳

描花弄笔南歌子，作手文坛仰老成。

岂乃当时风气致，故从小令写闲情？

十仲淹

白发将军秋未还，长烟落日戒重关。

文臣若只老台馆，安有壮词惊世间？

【注释】

1. 铜琶铁板：指苏轼名作《念奴娇·赤壁怀古》词，用以形容豪迈激越的文词风格。

2. 郴州客舍：指秦观名作《踏沙行·郴州客舍》词。

3. 扃（jiōng）：门户，门闩。

4. 驿梅宫柳：指陆游名作《卜算子·咏梅》词和《钗头凤》词。

5. 灯火阑珊：指辛弃疾名作《青玉案·元夕》词。

6. 浙东：指浙东学派。浙东学派（或称浙东学术）是中国传统儒家学术的一个派别，其源起于宋，发达于明清时期，是南宋程朱理学的对立学派。其代表人物多为活动于今浙江一带及籍贯为浙江的学者。其为"宋学"及明清学术中的显学之一，对近现代学术和海外学术（尤其是日本和东南亚）影响很大。浙东学派的学术思想体系庞杂，著作繁多，其重要学术取向是"经世致用"。其历代主要代表人物有陈亮、叶适、王守仁、全祖望、章学诚、黄宗羲等。

7. 晓风残月杨柳岸：指柳永名作《雨霖铃》词。

8. 声声慢：指李清照名作《声声慢》词。

9. 镂云刻月：又作"裁月镂云"，裁剪明月，雕刻云霞。比喻诗文中辞藻润饰新奇精巧。

10. 垂虹：指吴江的垂虹桥。南宋著名词人姜夔在诗人范成大的石湖别墅创作了咏梅名篇《暗香》《疏影》两阕的歌词和乐曲，范氏作为酬劳将家伎小红嫁给他。两人坐船回家，路过垂虹桥时，姜夔吹起箫，小红便轻声唱和。在这箫曲与歌声中，小船载着他们驶过一生中最美的一段旅程。姜夔为此作下了《过垂虹》诗："自作新词韵最娇，小红低唱我吹箫。曲终过尽松凌渡，回首烟波十四桥。"

11. 南歌子：指欧阳修名作《南歌子·凤髻金泥带》词。

12. 白发将军：指范仲淹名作《渔家傲》词。

13. 台馆：泛指朝廷官署。

【赏析】

这组 10 首绝句，是天汉先生下放干校期间研读宋词，对宋代几位主要词家作品风格及人物事迹的评点作品。与前面的论诗绝句组诗一样，兼具学术性和文艺性，故而全部选摘分享读者。

第一首诗是点评苏东坡词。苏东坡被尊为两宋豪放词的开山鼻祖，其代表作是《水调歌头·中秋》和《念奴娇·赤壁怀古》等。

念奴娇·赤壁怀古

大江东去，浪淘尽，千古风流人物。故垒西边，人道是，三国周郎赤壁。乱石穿空，惊涛拍岸，卷起千堆雪。江山如画，一时多少豪杰。　　遥想公瑾当年，小乔初嫁了，雄姿英发。羽扇纶巾，谈笑间，樯橹灰飞烟灭。故国神游，多情应笑我，早生华发。人生如梦，一尊还酹江月。

历代诗词评论家对东坡这首词都推崇备至，我们就不再赘述了。这里解释一下此词与"铜琶铁板"典故的来历。南宋俞文豹《吹剑续录》记载：东坡在玉堂日，有幕士善讴。因问："我词比柳（柳永）词如何？"对曰："柳郎中词，只好十七八女孩儿执红牙拍板，唱'杨柳岸晓风残月'；学士词，须关西大汉执铁板，唱'大江东去'。"公为之绝倒。后人演绎为"抱铜琵琶，执铁绰板"，并以"铜琶铁板"来形容豪迈激越的文词风格。天汉先生平生也对东坡先生非常崇拜尊敬，而且人到中年、饱经世事风霜，其诗风词格也正在从早年的婉约向中年的豪放转变，故其曰"铅华洗去事坡公"。

第二首诗点评的是秦观。秦观是"苏门四学士"之一，但其诗词风格却并未传承苏轼的豪放派，而是绍继了之前的主流婉约词风，被后世尊为婉约派一代词宗。其代表作有《鹊桥仙·七夕》和《踏莎行·郴州旅舍》等。

踏莎行·郴州旅舍

雾失楼台，月迷津渡，桃源望断无寻处。可堪孤馆闭春寒，杜鹃声里斜阳暮。驿寄梅花，鱼传尺素，砌成此恨无重数。郴江幸自绕郴山，为谁流下潇湘去？

此词大约作于绍圣四年（1097）春3月作者初抵郴州之时。秦观因坐元祐党籍连遭贬谪，精神上备感痛苦。词上片写谪居中寂寞凄冷的环境；下片由叙实开始，写远方友人殷勤致意、安慰。全词以委婉曲折的笔法，抒写了失意人的凄苦和哀怨的心情，流露了对现实政治的不满。这词佳处在于虚实相间，互为生发。上片以虚带实，下片化实为虚，以上下两结歇拍精妙而饮誉词坛。优秀诗词作品之所以能流传千古、脍炙人口，除去文辞典雅秀美之外，更多在于其所表达传递的感情能引发读者强烈共鸣。秦观这首踏莎行，将千百年无数词人诗客去国怀乡、途穷日暮，进身无路、退后无着的困窘苦闷之情抒发到了极致。故天汉道他"一曲词含今古情"。

第三首诗点评的是陆游词。陆游是南宋著名诗人、词人，也是现存诗作最多的诗人。其诗与尤袤、杨万里、范成大齐名，称南宋四大家，后人每以陆游为南宋诗人之冠。现有《剑南诗稿》《放翁词》传世。陆游的词风比较复杂多样，既有婉约作品、也有豪放作品（如《谢池春·壮岁从戎》《诉衷情·当年万里觅封侯》《夜游宫·记梦寄师伯浑》等），但其被世人传唱最多的两首《卜算子·咏梅》和《钗头凤·红酥手》，都是婉约风格更多些。天汉先生也注意到了这一点，故道他"放翁词笔高骧处，不在驿梅宫柳间"。

钗头凤

红酥手，黄藤酒，满城春色宫墙柳。东风恶，欢情薄。一杯愁绪，几年离索。错、错、错。　　春如旧，人空瘦，泪痕红浥鲛绡透。桃花落，闲池阁，山盟虽在，锦书难托。莫、莫、莫。

谢池春

壮岁从戎,曾是气吞残虏。阵云高、狼烽夜举。朱颜青鬓,拥雕戈西戍。笑儒冠,自来多误。 功名梦断,却泛扁舟吴楚。漫悲歌、伤怀吊古。烟波无际,望秦关何处。叹流年、又成虚度。

第四首诗是点评辛弃疾词。辛弃疾,字幼安、号稼轩。南宋著名词人、将领,有"词中之龙"之称,与苏轼合称"苏辛"。辛弃疾一生以恢复中原为志,以爱国功业自许,却命运多舛、备受排挤、壮志难酬。但他的信念始终没有动摇,而是把满腔激情和对国家兴亡、民族命运的关切、忧虑,全部寄寓于词作之中。其词艺术风格多样,以豪放为主,风格沉雄豪迈又不乏细腻柔媚之处,是历代公认的宋词豪放派宗主。有词集《稼轩长短句》传世,代表作品有《永遇乐·京口北固亭怀古》《水龙吟·登建康赏心亭》《青玉案·元夕》等。

青玉案·元夕

东风夜放花千树,更吹落、星如雨。宝马雕车香满路。凤箫声动,玉壶光转,一夜鱼龙舞。 蛾儿雪柳黄金缕,笑语盈盈暗香去。众里寻他千百度。蓦然回首,那人却在,灯火阑珊处。

这首《青玉案》宋淳熙元年或二年,词人刚从北方金占区率领义军投奔南宋,在南宋都城临安时所作。当时祖国半壁江山都在异族侵略者的铁蹄蹂躏之下,强敌压境、国势日衰,而南宋统治阶级却不思恢复,偏安江左,沉湎于歌舞享乐,以粉饰太平。胸怀壮志的辛弃疾,欲补天裂却报国无门,满腹的激情、哀伤、怨恨,交织成了这首词。词人使用强烈对比的笔法,从极度渲染元宵节绚丽多彩的热闹场面入手,却在结句反衬出一个孤高淡泊、超群拔俗、不同于金翠脂粉的女性形象,寄托自己不愿与世俗同流合污的孤高品格。在这首词中,诗人寄托了他对国家兴亡的感慨和对社会现实的批判,既有"暖风熏得游人醉,直把杭州作汴州"的谴责,又有杜牧诗句"商女不知亡国恨,隔江犹唱后庭花"的忧虑,更有"把吴钩看了,栏干拍遍,无人会,登临意"的痛苦。天汉先生是史学大家,对辛弃疾的生平事迹和作品主旨也非常了解,因而结合作者身世和作品风格,作出了"欲论天下呼公起,灯火阑珊蓦地逢"的慨叹。

第五首诗点评的是陈亮词。陈亮，字同甫，号龙川，南宋婺州永康（今属浙江）人。陈亮力主抗金，曾多次上书孝宗，反对"偏安定命"，痛斥秦桧奸邪，倡言恢复，完成祖国统一大业。孝宗淳熙五年，诣阙上书论国事，后曾两次被诬入狱。绍熙四年光宗策进士第一，状元及第。授签书建康府判官公事，未行而卒，谥号文毅。所作政论气势纵横，词作豪放，有《龙川文集》《龙川词》传世，宋史有传。陈亮现存词74首。他的爱国词作能结合政治议论，自抒胸臆，曾自言其词作"平生经济之怀，略已陈矣"其爱国愤世之情，慷慨激烈，气势磅礴，与辛弃疾词风相近似。刘熙载《艺概》卷四说"同甫与稼轩为友，其人才相若，词亦相似"。其代表词作有《水调歌头·送章德茂大卿使虏》《念奴娇·登多景楼》《贺新郎·怀辛幼安用前韵》等。

念奴娇·登多景楼

危楼还望，叹此意、今古几人曾会？鬼设神施，浑认作、天限南疆北界。一水横陈，连冈三面，做出争雄势。六朝何事，只成门户私计？　　因笑王谢诸人，登高怀远，也学英雄涕。凭却江山，管不到、河洛腥膻无际。正好长驱，不须反顾，寻取中流誓。小儿破贼，势成宁问强对！

这是一首借古论今之作。多景楼，在镇江北固山上甘露寺内，北临长江。这首词的写作背景是孝宗淳熙十五年（1188）春天，陈亮到建康和镇江考察形势，准备向朝廷陈述北伐的策略。词的内容以议论形势、陈述政见为主，正是与此行目的息息相通的。同样是登临抒慨之作，陈亮的这首《念奴娇》和其挚友辛弃疾的《水龙吟·登建康赏心亭》便显出不同的艺术风格。辛词深慨于"无人会登临意"，通篇于豪迈雄放之中深寓沉郁盘结之情，读来回肠荡气、抑塞低回；而陈词则纵论时弊，痛快淋漓，充分显示其词人兼政论家的性格。陈亮词中多是充满大气磅礴、催人奋进，开拓万古心胸的时代强音，故天汉道他"破碎河山入望中，壮心难屈耻臣戎"。

第六首诗点评的是柳永词。柳永，原名三变，字耆卿，因排行第七，又称柳七，因做过屯田员外郎，故又称柳屯田。福建崇安人，北宋著名词人，开长调慢词之先河。柳永是第一位对宋词进行全面革新的词人，他以赋法作词，同时充分运用俚词俗语，以适俗的意象、淋漓尽致的铺叙、平淡无华的白描等独特的艺术个性，对宋词的发展产生了深远影响，也是婉约派一代词宗。柳永的代表词作有《雨霖铃·寒蝉凄切》《望海潮·东南形胜》《八声甘州·对潇潇暮雨洒江天》等。

雨霖铃

寒蝉凄切，对长亭晚，骤雨初歇。都门帐饮无绪，留恋处，兰舟催发。执手相看泪眼，竟无语凝噎。念去去，千里烟波，暮霭沉沉楚天阔。　　多情自古伤离别，更那堪，冷落清秋节！今宵酒醒何处？杨柳岸，晓风残月。此去经年，应是良辰好景虚设。便纵有千种风情，更与何人说？

这首《雨霖铃》是柳永著名的代表作，其中的"杨柳岸晓风残月"更是千古名句。这首词是柳永在仕途失意，不得不离开京都时所写。词以冷落凄凉的秋景衬托表达难以割舍的离情，与宦途失意和恋人离别两种痛苦交织在一起，达到了水乳交融、浑然一体的艺术境界。柳永一生官运不通，始终沦落下僚、仕途坎坷；而其创制新词新曲的才华却深受当时"娱乐圈"所推崇，全国各地的花街柳巷、秦楼楚馆的优伶娼妓皆以能歌柳氏新词为荣，甚至形成"凡有井水处，即能歌柳词"的盛况，一时风头无两，后世的苏轼、黄庭坚、秦观、周邦彦等著名文人学士，也都学习借鉴柳词的创作手法。天汉先生十分同情柳永这种才高运蹇的境遇，故道他："清绝诗人谁与知？"

第七首诗点评的是李清照词。李清照，号易安居士，济南章丘人。生于宋神宗元丰七年（1084），约卒于宋高宗绍兴二十六年（1156）。她出身于书香门第。早期生活优裕，幸福美满。金兵入据中原、北宋灭亡后流落南方，丈夫病死，境遇孤苦。李清照是中国古代罕见的才女，她擅长书、画，通晓金石，而尤精诗词。她的词分前期和后期。前期多写其悠闲生活，多描写爱情生活、自然景物，韵调优美。后期多慨叹身世，怀乡忆旧，情调悲伤。她既有巾帼之淑贤，更兼须眉之刚毅；既有常人愤世之感慨，又具崇高的爱国情怀。李清照的词作独步一时，流传千古，被誉为"词家一大宗"，历代受人推崇。其代表作品有《一剪梅·红藕香残玉簟秋》《醉花阴·薄雾浓云愁永昼》《声声慢·寻寻觅觅》等。

声声慢

寻寻觅觅，冷冷清清，凄凄惨惨戚戚。乍暖还寒时候，最难将息。三杯两盏淡酒，怎敌他、晚来风急！雁过也，正伤心，却是旧时相识。　　满地黄花堆积，憔悴损，如今有谁堪摘？守着窗儿，独自怎生得黑！梧桐更兼细雨，到黄昏，点点滴滴。这次第，怎一个愁字了得！

李清照这首词作通过描写残秋所见、所闻、所感，抒发自己因国破家亡、天涯沦落而产生的孤寂落寞、悲凉愁苦的心绪，具有浓厚的时代色彩。此词在结构上打破了上下片的局限，一气贯注，着意渲染愁情，如泣如诉，感人至深。尤其是开头连下14个叠字，所表现孤独寂寞的忧郁情绪和动荡不安的悲苦心境，诉尽哀婉凄苦，可谓一字一泪，极富艺术感染力。天汉显然也深受其感动，联想到其与同样才高命蹇，身逢乱世、孤苦无依的《胡笳十八拍曲》作者蔡文姬身世何其相似，故道他"离乱怜渠身世苦，声声慢不让胡笳"。

第八首诗点评的是姜夔词。姜夔，字尧章，号白石道人，鄱阳（今属江西）人。南宋著名文学家、音乐家。姜夔是与辛弃疾并峙的南宋词坛领袖，在文学史上有杰出的地位。浙西派词人把他奉为宋词中的第一作家，比为词中老杜。他少年孤贫，屡试不第，终生未仕，一生转徙江湖，靠卖字和朋友接济为生。姜夔词题材广泛，有感时、抒怀、咏物、恋情、写景、记游、节序、交游、酬赠等。他在词中描写自己漂泊的羁旅生活，抒发不得用世及情场失意的苦闷心情，以及超凡脱俗、飘然不群，有如孤云野鹤般的个性。姜夔善能自度曲，有《白石道人诗集》《白石道人歌曲》传世，其代表作有《暗香》《疏影》《扬州慢》《鹧鸪天·元夕有所梦》等。

鹧鸪天·元夕有所梦

肥水东流无尽期。当初不合种相思。梦中未比丹青见，暗里忽惊山鸟啼。　　春未绿，鬓先丝。人间别久不成悲。谁教岁岁红莲夜，两处沉吟各自知。

据夏承焘先生《姜白石编年笺校》考证，姜夔年轻时曾在合肥与某女子相识相爱，此后为生计四处漂泊，与恋人离多聚少。但他终生思念情人，词中时有所涉。这首词是透露恋人信息和相恋时地最为明显的一首。上片写因思而梦，醒来慨叹梦境依稀，识认恋人面貌不清；又梦境短暂，才相遇却被山鸟啼醒。下片由元夕春至换意，写出岁月蹉跎之叹。而"人间别久不成悲"又翻出新意，反折而出。这首令词作者直抒胸臆，手法近乎白描，不像其多数长调作品那样大张铺陈雕饰，所传达的情绪却更深刻隽永、耐人咀嚼品味。故天汉道他"镂云刻月才非拙，轻燕娇莺词岂传？"

第九首诗点评的是欧阳修词。欧阳修，字永叔，号醉翁，晚号六一居士，吉州永丰（今江西省吉安市永丰县）人，北宋政治家、文学家，官至翰林学士、枢密副使、参知政事，谥号文忠，世称欧阳文忠公。其与韩愈、柳宗元、苏轼、苏洵、苏辙、王安石、曾巩合称"唐宋八大家"，并与韩愈、柳宗元、苏轼被后人合称"千古文章四大家"。欧阳修是在宋代文学史上最早开创一代文风的文坛领袖。领导了北宋诗文革新运动，继承并发展了韩愈的古文理论，开创了一代文风。欧阳修在变革文风的同时，也对诗风、词风进行了革新。欧阳修一代文宗，仅以余力作小令词自娱，主要是走五代花间词的路数，但词作也有所革新。主要体现在两个方面：一是扩大了词的抒情功能，沿着李煜词所开辟的方向，进一步用词抒发自我的人生感受；二是改变了词的审美趣味，朝着通俗化的方向开拓，而与柳永词相互呼应。在宋代词史上，欧阳修是主动向民歌学习的第一人，由此也造就了其词清新明畅的艺术风格。其代表词作有《生查子·元夕》《南歌子·凤髻金泥带》《玉楼春·尊前拟把归期说》《蝶恋花·庭院深深深几许》等。

南歌子

凤髻金泥带，龙纹玉掌梳。走来窗下笑相扶，爱道画眉深浅入时无？　弄笔偎人久，描花试手初。等闲妨了绣功夫，笑问鸳鸯两字怎生书？

近代陈廷焯《词坛丛话》云："欧阳公词，飞卿之流亚也。其香艳之作，大率皆年少时笔墨，亦非近、后人伪作也。但家数近小，未尽脱五代风味。"而云欧词风格迫近五代花间风味，这首《南歌子》便是最典型的证明。欧词所以近于花间、未脱前人窠臼，也是由于其身处时代较早，宋词风格流派尚未完全成形，诸多词人仍在探求摸索之中；而且他本人仕途顺遂、位高名重，仅以闲情逸致聊寄于此，并不像后来的柳永、苏轼们那样坎坷蹭蹬，需要借词发声，寄寓太多的家国情怀、人生感叹罢。故而天汉道他"岂乃当时风气致，故从小令写闲情？"

第十首诗点评的是范仲淹词。范仲淹，字希文，汉族。苏州吴县人。北宋杰出的思想家、政治家、文学家。范仲淹政绩卓著，文学成就突出，死后追赠兵部尚书、楚国公，谥号"文正"，世称范文正公。其"先天下之忧而忧，后天下之乐而乐"的思想和仁人志士节操，对后世影响深远，有《范文正公文集》传世。范仲淹词作存世共5首，虽然数量较少，但首首脍炙人口，在宋词的发展中起着承前启后的重要作用。北宋建国至宋仁宗，生活享乐渐成风尚，以艳情为主要创作话题的歌词亦趋向繁荣。范仲淹词作内容和风格丰富多样，有直接写艳情者，也有跳出艳情之外、张大格局者。即便是其艳情之作，也能写出一种宏大的时空背景，与同时代其他词人"小圆香径""庭院深深"的狭深环境迥然不同。其沉挚真切、雄浑壮丽的风格，极大地改变了宋人的创作观念，引导着词坛创作风气的转移，对后世词坛产生着深刻影响。其代表词作有《渔家傲·秋思》《苏幕遮·怀旧》《御街行·秋日怀旧》等。

渔家傲·秋思

塞下秋来风景异，衡阳雁去无留意。四面边声连角起，千嶂里，长烟落日孤城闭。　　浊酒一杯家万里，燕然未勒归无计。羌管悠悠霜满地，人不寐，将军白发征夫泪。

宋仁宗年间，范仲淹曾被朝廷派往西北前线，承担起防卫西北边疆的重任。这首《渔家傲》词便作于他镇守边关，与西夏战略对峙时期。全词一改前人绮丽婉转趣调，充满慷慨雄放之声，曲风苍凉而悲壮，乃有唐人边塞气象，而且把有关国家、社会的重大问题思考反映到词里，可谓手笔巨大。故而天汉道他"壮词惊世"！

（老郜编撰）

三十、稗子 （1970 年，《辽海集》第 54 页，绝句 2 首）

稗子两首

（一咏稻田中稗子，二咏饲料地稗子）

人育野生分劣优，昔年稗稻共源流。

田中混杂气难服，强比禾苗高一头。

稗子成行一亩长，弯腰疾进舞镰忙。

天生此物宁无用？夜半添槽马口香。

【注释】

1.稗子：即稗草，一种一年生草本植物。稗子和稻子外形极为相似，长在稻田里，与稻子共同吸收稻田里养分，故稻田中生长的稗草属恶性杂草。稗草因其适应性强，生长茂盛，品质良好，饲草及种子产量均高，营养价值也较高，故可作为饲料。鲜稗草，马、牛、羊均最喜吃；用稗草养草鱼，生长速度快，肉味非常鲜美。稗草籽粒可作家畜和家禽的精饲料，亦可酿酒及食用。稗根及幼苗可药用，能止血，主治创伤出血。其茎叶纤维可做造纸原料。

2.镰：镰刀，一种割草用农具。

【赏析】

天汉先生这两首绝句所咏是农田里最常见到一种杂草——稗草。

第一首诗乃是比起，首句对比人育的稻子和野生的稗子之优劣，次句转述两者其实本是同宗共源，而且看起来反倒是野生的稗草生命力更为旺盛，因为它们长得比禾苗还要高。三、四句用拟人笔法，将稗草勾画为一个粗蛮、活泼、不服输的野小子形象，生动有趣。

第二首诗乃是平起，首句直述稗亩成行。次句继写人们收割稗草的行动，但这次不是要铲除之，而是要利用它们了。三句用问转，四句作答，章法俨然。

这两首小诗虽文辞短浅，却能带给我们一些不那么简单的思考：同样是稗草，因为生长在不同的地方，所受到的对待也不一样：生长在稻田里，便被人们视为祸害，必除之而后快；而生长在饲料地里，便被视为有用的农作物，养育并利用之。野草无知，何谈善恶，生杀予夺、枯荣成败，全在于人们看待它的视角与态度。

草生艰难，人生又何尝不是如此？有些人生而富贵，如同稻田里的禾苗，受到大力提携、精心培养，从小到大占尽各种好处，命里注定就是赢家。而另一些人，则是杂草稗类，要想出人头地，只有凭借自身不懈努力，甚至殊死一搏。而且即便是一时拼赢了，也逃不过最终被割刈铲除之命运。

如果不幸生为稗草，就只有依靠坚定的信念和顽强的生命力，去演绎愚公移山的故事了。离离原上草，一岁一枯荣。野火烧不尽，春风吹又生。

（老邰编撰）

三十一、大洼就医 4 律（1970 年，《辽海集》第 59 页，七律 4 首）

其一、二

（在菜地久掌农药，血象有异，赴大洼就医，戏赋二律。10 月 2 日）

征车扑面尽风沙，半日奔波到大洼。
上药闻难治白血，中年看得几黄花？
云雷万里心犹壮，荼火三秋力渐差。
且喜更无儿女累，南天北地自为家。

昂藏岂必竟沉疴，休遣疑云心上过。
年若假吾再勤读，时难逢此合高歌。
千秋史在文谁点？十卷诗存字未磨。
犹有隐忧斫不断，晚风桥下水扬波。

其三

（再赴大洼，未能确诊，复成一律。10月8日）

大洼两下究何为？胸底层云更积疑。

堕地宁无不死日，回天可得再生时？

丈缨缚敌功谁就？寸管论文病自知。

莫把近情露书内，秋风淮上免愁思。

其四

（三赴大洼，仍未排除，且以所患风湿症作治标之方。10月15日）

且闻风湿袭吾肢，三度寻医未析疑。

此去难期如健者，既来随遇便安之。

望中漠漠云山隔；病里堂堂日月驰。

自笑拘挛似瓯北，非徒下笔学他诗。

【注释】

1. 白血：指白血病。

2. 黄花：菊花。

3. 荼火：荼，指茅草花，白色。火，指火焰，赤色。用以形容声势浩大、气氛热烈的场面。

4. 昂藏：形容气度轩昂、超群出众貌。

5. 沉疴：沉重的疾病。

6. 堕地：指出生。

7. 回天：扭转难以挽回的局势。（晋）陆机《吊魏武帝文》："夫以回天倒日之力，而不能振形骸之内。"

8. 拘挛：痉挛。肌肉抽搐，难以伸展自如。（清）赵翼《闻心余京邸病风》诗："可怜我亦拘挛臂，千里相望两废材。"

9. 瓯北：清代著名学者、诗人赵翼，字云松，号瓯北，诗与袁枚、蒋士铨齐名，时称"海内三大家"，有《瓯北诗集》传世。

【赏析】

天汉先生此组四首七律写于 1970 年。当时他正在盘山干校从事农业劳动，忽然出现头晕胀痛、耳鸣心慌、手足拘挛的症状，且面部、手脚的皮肤呈暗红色，并有青紫色淤斑。经检查发现是患了严重的血液病，血象分析结果红细胞、白细胞和血小板数量均有异常。据医生推测大概是因为被分配掌管农药的工作，长期接触各种剧毒物质所致，须要马上救治，不然结果堪虞。而由于当地医疗条件有限，便转往大洼乡镇医院诊治，故诗题叫作《大洼就医》。

第一首诗首联陡起，直接点出到大洼看病的困难。颔联继写为何要去大洼，因为农村"赤脚医生"给用的普通药物已经不能治疗自己疑似白血病的症状了。而提到令人谈虎色变的白血病，诗人顿时心生悲戚：因为不知道自己还能支撑多久，遂发出了"看得几黄花"的慨叹。颈联继写自己糟糕的健康状况，干工作已经是有心无力、难以为继了。尾联收结到回顾家庭情况：夫妻两地悬隔，儿女南北四散，分居五处各自为家，身旁无人可以照拂。名曰喜见、实则是一声悲叹。

第二首诗乃是诗人转念一想，自作宽慰。首联讲医院尚未确诊，也不一定就是白血绝症，切莫疑心自害。颔联写如果幸运不是绝症、天竟假年，定要勤奋学习、努力工作，不辜负时代、不虚度此生。颈联结合自己具体工作内容，说明自己余生之愿——读史和作诗。尾联又呼应开头，道出自己的心头隐忧，恰似风行水面，波浪层叠、鼓荡不已。

第三首诗的写作时间是一周之后，作者再赴大洼医院检查，仍未确诊、于是疑窦更多。首联开宗明义，直接道出两次未能确诊的疑虑。颔联故作宽心语：人卜一落生，便是登上赴死之路，也不用太过害怕。即使医院回天有术，也不过是途中多作延缓。颈联转写功业尚自未立，倒落得沉疴不寿，似有惜悔之意。尾联想到妻子尚在淮上的息县干校劳改，不知自己身患重病，不如还是不告诉她，以免无能为力、徒增牵挂。

第四首诗的写作时间是又一周之后，作者三赴大洼，仍未确诊，仅查出有风湿性关节炎并发，于是聊为治标之方。首联平起，述说了三次投医，仅得治标的情况。颔联继写虽不能查明病情，但也不再身为健者，只能随遇而安的无奈。颈联转思一家妻儿老小，各自云山远隔、难以团聚；自己罹患重病，不能回归乡梓，只能独自迁延时日、徒唤奈何。尾联又是自嘲宽慰，非但笔下学赵翼作诗，连身上生的病也竟差不多了。

人到中年、青春不再, 怕的是身体有病、功业无成。天汉先生此时已经45岁, 进京工作近20年, 本来是从事经济史学专业研究, 并对国家经济计划和商业政策提供参考建议, 可算是跻身中枢、事业有成。但"文革"来到, 被单位的造反派下放到干校务农, 平反遥遥无期, 前此诸多辛苦努力付诸东流、半生功业也恰似落花流水。如今又惊闻身患恶疾, 病因不明、药石无功, 甚至也不知道自己还能不能活、能活多久, 岂不令人悲从中来?

当年杜工部五旬出川, 身无职俸、家无余财, 唯有扁舟一叶, 漂泊于天地之间、江湖之上。大历四年(769年)春, 老诗人漂泊到洞庭湖畔, 写下排律《清明二首》:

> 朝来新火起新烟, 湖色春光净客船。
> 绣羽衔花他自得, 红颜骑竹我无缘。
> 胡童结束还难有, 楚女腰肢亦可怜。
> 不见定王城旧处, 长怀贾傅井依然。
> 虚沾焦举为寒食, 实借严君卖卜钱。
> 钟鼎山林各天性, 浊醪粗饭任吾年。
>
> 此身飘泊苦西东, 右臂偏枯半耳聋。
> 寂寂系舟双下泪, 悠悠伏枕左书空。
> 十年蹴鞠将怀远, 万里秋千习俗同。
> 旅雁上云归紫塞, 家人钻火用青枫。
> 秦城楼阁烟花里, 汉主山河锦绣中。
> 春去春来洞庭阔, 白苹愁杀白头翁。

诗中所描写的正是诗人那种功业不成、罹患重病、前途无望、孤苦无依的感觉与心境。而此时, 距离这位史上最伟大诗人的去世, 也仅有不足一年的时间了。天汉自幼学诗, 尊崇杜陵、熟诵浣花, 想来此时与诗圣更是同病相怜、心有戚戚焉。此时的天汉, 与彼时之杜甫一样, 能令其勉力支撑、不致崩溃的, 唯有两大精神支柱: 家人和诗歌。

(老郜编撰)

三十二、锌儿书报连获表扬、评五好，诗以志喜（1970 年，《辽海集》第 61 页，排律 1 首）

五地人暌隔，最怜吾衮师。

别来应渐长，归去更何期？

稚未谙离恨，孤难释梦思。

红笺喜频报，赤子誉交驰。

力战当三夏，奋身宁一时？

心聪学须猛，家累进偏迟！

为父惭无教，《骄儿》愧乏辞。

开函欢惹泪，仓卒与题诗。

【注释】

1. 暌（kuí）隔：分离，乖隔。

2. 衮师：李商隐之子，名衮师。这里诗人借指自己的儿子。

3. 家累：指受家庭成分拖累。当时上学、工作、入党都要求对个人出身成分审查，对所谓成分不好的黑五类分子会予以歧视和不公对待，人为造成许多时代悲剧。

4. 骄儿：指李商隐为其子所作的《骄儿诗》。

【赏析】

这首诗写于 1970 年，当时天汉先生一家 5 口人，分散住在 5 个地方：天汉在辽宁盘山干校，妻子在河南息县干校，长子在广西十万大山地区从事地质普查勘探工作，女儿在甘肃白龙江水电站工地上班，次子年龄尚小留在北京上中学。

此诗首联即说明了这种一家分隔五地、长期不能团聚的离愁，并用李商隐怜爱其子衮师的典故，特别强调了对幼子的怜惜之意。

次联 2—1—2 句式对仗，继写同幼子分别后已有经年，想象孩子个子应该又长高了，可自己归家无期，不能见面。

三联 1—1—3 句式对仗，两句分承次联。5 句承 3 句，写幼子尚小，不能完全理解家人分散的离愁别恨。6 句承 4 句，写自己孤身一人，也无处诉说梦中思念家人的忧情愁绪。

四联 2—1—2 句式对仗，扣题目所言的孩子连获表扬、评五好学生。

五联 2—3 句式对仗，勉励孩子要持之以恒、努力不辍，争取连续三年都能像此番一样有优秀表现。

六联 2—1—2 句式对仗，勉励孩子不能骄傲，聪明更要勤奋。同时也对孩子受到父母家庭出身成分问题的拖累感到抱歉，希望不会因此延迟耽误其学习进步。

七联 2—1—2 句式对仗，承接 12 句的愧疚之情，向孩子诉说自己作为父亲，不能在旁亲加教育指导，想仿效李商隐那样为儿子写一首《骄儿诗》来夸赞又缺乏文采，讲不出那样华丽优美的辞藻（此处是自谦语）。

尾联以人物现场实际动作收结，表达了自己阅读孩子来信喜极而泣，题诗寄语的激动心情！

天汉先生独自卧病，家人和诗歌是他两大精神支柱。这次收到幼子来信，知道他聪明努力、表现优秀，喜获五好学生、不曾因家庭原因受到牵连拖累，心情十分高兴和激动，欣然命笔成诗。这首 16 句排律一气呵成，对仗工整、章法严谨，词句平实、语气亲切，喜悦之心、舐犊之情，跃然纸上、溢于言表。时隔 40 多年，我们再读此诗，也会被其真挚所感动。

（老邰编撰）

三十三、书寄淮上和淮上来书（1970 年，《辽海集》第 60、61 页，律诗 2 首）

春节休假事沮，书寄淮上，兼示青川女涓

三秋雁过重关隔，一夜蟾圆五地看。
聚散人间宁有定？悲欢梦里岂无端？
虎蹲山石披深莽；龙卷江风枕急湍。
千里探亲难晤面，蓟门南望暮云寒。

淮上来书：再梦送别，读之黯然，仓卒成句以寄之

乾坤寥落欲何之？送我城关嘱路歧。

心事难平常入梦；世情无奈遂相离！

强风飐水身漂梗；大野飞霜鬓坠丝。

千里寄书书达晚，泪痕沾墨不成诗！

【注释】

1. 蟾圆：月圆。蟾即蟾蜍，传说月宫中有三脚蟾，此处即以蟾指代月亮。

2. 深莽：深密的草丛。

3. 急湍：湍急的河流。

4. 寥落：谓孤单、寂寞。

5. 飐（zhǎn）水：风吹水面使其颤动摇曳。（明）唐寅《题画》诗："画烛留饧市，酸风飐酒旗。"

【赏析】

这两首七律均作于 1970 年冬。天汉先生到盘山下放劳动已经一年有余，期间一直不曾有机会回京返家，而且亲人们也陆续离京，一家人分居五地。本来曾互相通信约定全家人于 1971 年的春节一起休假，返京谋求一次见面团聚。不想中间又生波折，春节休假团聚之想告吹，于是写下第一首诗，告知妻子、并通知在甘肃省文县碧口的女儿。

首联以对仗景句起，即景抒情，说明了当时的季节、家人的离散和自己的心情。

颔联也是对仗，承接首联，讲人事聚散无定、悲欢有由，全家分散经年，春节过年谋求一聚而仍不可得，如此身不由己，令人悲叹伤感。

颈联还是对仗，五句的虎披深莽系指长子在十万大山从事地质勘探，长期出没于深山老林之中；六句的龙枕急湍系指女儿在甘肃文县碧口白龙江水电站工地，朝夕与激浪湍流为伴。句中对儿女的挂念与期望，殷殷可见。

尾联当是说儿女们春节千里奔波返京，十分辛苦，而自己却未能如约赶回晤面，遗憾之余也深感抱歉。自己远在东北盘山，独自登高遥望京城，不

见蓟门烟树、只有满眼的暮霭寒云，就像是对亲人们割不断的牵挂、诉不尽的离愁。

第二首诗是天汉将第一首诗书寄淮上后，得到妻子回信，信中有再梦送别之语，心有黯然所感而诉诸笔端的。

首联用问句起，直写乾坤寥落——天地间虽大，自己却孤单一人，不知要去往何处。回念临别之时，妻子在城关相送，诉及将分赴南北、歧路天涯，殷殷叮嘱之言今犹在耳。

颔联承接首联，讲自己满怀心事、经常梦见妻子；而造成爱侣无故劳燕分飞的，是难拗的世情、时势，实在迫于无奈、情非得已。

颈联用景物比喻人事：强风飚水、水欲静而风不止，造成自己和家人的遭遇如同浮萍般漂泊不定；额头鬓角、华发如丝，如同野草经霜一般斑驳萧瑟，正似心中的一缕缕哀愁。

尾联以动作收结。书信千里遥寄，往来迟缓，难慰寂寥。收到之后反复展看，每每读至泪眼婆娑，以至于泪水滴于信上、洇湿模糊了字迹，难以辨认诗句了。

佛说"人生七苦"：生、老、病、死、怨憎会、爱别离、求之而不得。人生尘世当中，家人爱之温暖，恋人爱之炽烈，友人爱之淳厚，实在令人不舍，最终却是一个无奈的别离结果。一旦惊觉昨日幸福生活之种种已成明日黄花，花落云散、往事如烟，仿佛掌中沙一般飘扬而去、无法挽留。午夜梦回之际，细品个中滋味，怎一个"苦"字了得！

（老邰编撰）

近照·天汉先生及其女

三十四、赴盘山就医，步行归，见一燕毙于道旁（1970年，《辽海集》第67页，五古1首）

赴盘山就医，步行归，见一燕毙于道旁

（1970年9月30日）

日暮归途中，侧见一燕毙。

低空常比翼，何独草旁弃？

视无弹丸痕，红领尚紫尾。

得非老衰甚，力瘁弗再起？

或者暴撄疾，垂翅竟垂地？

嗟尔生南国，辽海踪暂寄。

结垒傍白屋，茅檐风雨避。

呢喃底商量？哺子青虫细。

霜后复同还，云罗剪万里。

岁岁忙去来，曾历春秋几？

忽作异乡鬼，永断南归计。

远飞谁提携？雏稚难为继。

斯刻知巢中，失一声凄厉。

鸟岂不泪垂？死生离别际！

非特鸟鸣哀，我言亦含涕。

鸟死我胡悲？人将笑我鄙。

【注释】

1. 红领：红色的脖子。

2. 力瘁：体力劳累。《诗·小雅·北山》："或燕燕居息，或尽瘁事国。"

3. 撄疾：患病。

4. 斯刻：这时。

5. 非特：不仅。《韩非子·六反》："此非特无术也，又乃无行。"

【赏析】

天汉先生这首五言古风写于 1970 年 9 月底，正是在刚刚发现自己患上了不知名的血液病，盘山当地医院查不出病因、无法对症医治的时候。他从医院出来，独自踏上返回干校的道路，在路边看见一只倒毙的燕子，顿时触景生情、心生感慨，便吟诵成了此诗。

这首诗通篇描写自己路遇的死燕，联想其活着时的情形：如何营巢结垒、遮风避雨，如何依偎伴侣、哺养子女，如何循季迁飞、翱翔天地。又如何心力交瘁、一朝命断，徒留独侣孤儿、艰难度日，生离死别、摧肝断肠，触目惊心、悲不自胜。诗人表面上句句都是写燕，实际上无一处不是自比自喻！你看它生于南国、寄居辽海，妻儿离散、魂断异乡——"周即是蝶、蝶即是周"，诗人哭的不是燕子之死，而正是自己的不幸遭遇啊！

读到这里，不禁让人联想起元好问那首著名的《雁丘词》来：

问世间，情为何物，直教生死相许？天南地北双飞客，老翅几回寒暑。欢乐趣，离别苦，就中更有痴儿女。君应有语：渺万里层云，千山暮雪，只影向谁去？　　横汾路，寂寞当年箫鼓，荒烟依旧平楚。招魂楚些何嗟及，山鬼暗啼风雨。天也妒，未信与，莺儿燕子俱黄土。千秋万古，为留待骚人，狂歌痛饮，来访雁丘处。

元遗山先生哀悼殉情的大雁，天汉先生痛惜疾殁的小燕，兔死狐悲、芝焚蕙叹，古今诗人悲天悯人之心，正自相同也。

【诗苑初探】

五言古诗

五言古诗形成于汉、魏时期，除每句 5 个字不变外，不限长短，不讲平仄，用韵自由，没有一定的格律。因与汉代乐府歌辞和唐代近体律诗、绝句皆有区别，故后世称之为五言古诗，简称"五古"。其中汉代无名氏的《古诗十九首》和东晋陶渊明的五古诗，脍炙人口、千古传诵，是五言古诗的杰出代表。例如：

行行重行行

行行重行行，与君生别离。
相去万余里，各在天一涯；
道路阻且长，会面安可知？
胡马依北风，越鸟巢南枝。
相去日已远，衣带日已缓；
浮云蔽白日，游子不顾反。
思君令人老，岁月忽已晚。
弃捐勿复道，努力加餐饭！

迢迢牵牛星

迢迢牵牛星，皎皎河汉女。
纤纤擢素手，札札弄机杼。
终日不成章，泣涕零如雨。
河汉清且浅，相去复几许。
盈盈一水间，脉脉不得语。

饮酒

陶渊明

结庐在人境，而无车马喧。
问君何能尔？心远地自偏。
采菊东篱下，悠然见南山。
山气日夕佳，飞鸟相与还。
此中有真意，欲辨已忘言。

《古诗十九首》从两汉乐府民歌演化而来，文辞有感而发，语言朴素自然，描写生动真切，决无虚情与矫饰，更无着意的雕琢，因此具有浑然天成的艺术风格。具体表现在以下四个方面：

（1）长于抒情，却不直言，委曲婉转，意味无穷。从写景叙事发端，极其自然地转入抒情，水到渠成，而又抑扬有致。

（2）质朴自然。感情纯真诚挚，没有矫揉造作；写作用语仿佛信手拈来，没有雕镂粉饰的加工，如出水芙蓉般自然美好。

（3）情景交融，物我互化，浑然圆润的艺术境界。描写的景物、情境与情思非常切合，往往通过或白描、或比兴、或象征等手法形成情景交融，浑然圆融的艺术境界。

（4）语言精练。语言浅近自然，却又极为精练准确。不做艰涩之语，不用冷僻之词，而是用最明白浅显的语言道出真情至理。传神达意，意味隽永。

《古诗十九首》这些特点，开创而成了五言古风诗体的传统艺术风格，为后世诗人的创作留下了优秀范本。

陶渊明的诗在南北朝时影响不大。钟嵘的《诗品》对陶诗仅列为中品，称陶渊明为"古今隐逸诗人之宗"。而到了南梁，昭明太子萧统则对陶渊明推崇备至，其《文选》收录陶渊明的诗文10余首，对后世颇有引领风标之意。陶渊明的田园隐逸诗，对唐宋诗人有很大的影响。杜甫诗云："宽心应是酒，遣兴莫过诗，此意陶潜解，吾生后汝期。"宋代诗人苏东坡对陶潜则有很高的评价："渊明诗初看似散缓，熟看有奇句。……大率才高意远，则所寓得其妙，造语精到之至，遂能如此。似大匠运斤，不见斧凿之痕。"如此历代推崇，奠定了陶诗五古的经典地位。

唐代律诗出现后，仍有很多诗人创作五言古诗。唐代的五言古诗具有鲜明的时代特色，不仅是因袭模拟。初唐陈子昂、张九龄等人力追建安风骨，开启了一代有思想、有个性、有艺术特色的诗风。盛唐的李白、杜甫、王维、孟浩然等都是创作五古的名家，他们或抒发性灵，寄托规讽；或缘事而发，忧国伤时；风格或沉郁顿挫，或清新婉约。中唐的韦应物、柳宗元等人也留下不少启迪后人的瑰丽诗篇。例如：

和陆明府赠将军重出塞（陈子昂）

忽闻天上将，关塞重横行。

始返楼兰国，还向朔方城。

黄金装战马，白羽集神兵。
星月开天阵，山川列地营。
晚风吹画角，春色耀飞旌。
宁知班定远，犹是一书生。

月下独酌（李白）
花间一壶酒，独酌无相亲。
举杯邀明月，对影成三人。
月既不解饮，影徒随我身。
暂伴月将影，行乐须及春。
我歌月徘徊，我舞影零乱。
醒时同交欢，醉后各分散。
永结无情游，相期邈云汉。

望岳（杜甫）
岱宗夫如何？齐鲁青未了。
造化钟神秀，阴阳割昏晓。
荡胸生层云，决眦入归鸟。
会当凌绝顶，一览众山小。

寄全椒山中道士（韦应物）
今朝郡斋冷，忽念山中客。
涧底束荆薪，归来煮白石。
欲持一瓢酒，远慰风雨夕。
落叶满空山，何处寻行迹。

（老邰编撰）

三十五、满江红 · 第一颗人造卫星上天（1970年4月，《辽海集》第76页，词1首）

满江红·第一颗人造卫星上天

万里重霄，频传送，东方红曲。看人造卫星飞过，亿民腾跃。杨柳风苏更日月；蘑菇云爆振河岳。未多时，火箭又环球，何神速！　　帝修反，齐惊愕；亚非拉，同庆祝。甚空间奥秘？任吾探索。四卷金光辰斗指；九州生气雷霆作。待来朝，彩帜遍尘寰，山花灼。

【注释】

1.第一颗人造卫星上天：1970年4月24日，中国在酒泉卫星发射中心成功发射了中国的第一颗人造地球卫星"东方红一号"，成为世界上继苏、美、法、日后第五个具备独立研制和发射卫星能力的国家，在许多国家引起了强烈反响。东方红一号卫星，反映着当时中国的经济、科技、社会和军事能力发展水平，是国家综合国力的重要标志，是影响国际关系格局的重要因素，是促进经济和科技进步的重要手段，对于增强民族自豪感和凝聚力具有重要作用。它的发射成功，在中国航天史上具有划时代的意义。

2.蘑菇云：指1964年中国成功爆破原子弹。

3.火箭环球：发射卫星需要用到多级运载火箭技术，而此技术也可用于发射洲际导弹。

4.四卷：指《毛泽东选集》1至4卷。

5.尘寰：人世间。

【赏析】

天汉先生感动于这一重大时事，采用我国古代著名民族英雄岳飞曾经填写过的词牌，撰写了这首热情洋溢、激情澎湃的《满江红》词。

此词上片是实笔纪录，描述了我国东方红卫星上天、原子弹爆破、太空运载火箭飞行三大技术实验成功的壮举。下片是虚笔抒情，将上片所言的三大事件的国际影响、历史意义、未来前景都阐释了出来。

自古歌颂类诗词最是难写，因为要写好它必须具备三个条件：①写诗的人真有文采；②写作时蕴含了真感情；③歌咏对象真值得赞颂。天汉先生在写作这首满江红词时，显然是三者皆备，于是此诗读来豪情充沛、元气淋漓，令人兴奋鼓舞。特别是当时诗人还在干校下放和罹患重病期间，正遭受着肉体和精神上的双重折磨，能写出这样积极鼓舞、奋发向上的作品，足见其对所歌咏事物动情之深。

（老邰编撰）

三十六、少作多删，尚忆断句清露明河联，爱之，足成一律，以寄淮上（1971，《辽海集》，第61页）

微吟帘底倩谁听？断句当年出性灵。

清泪疑花涵晓露，明河似水涨秋星。

鬓丝经雨难常绿，草色向人犹再青。

烟月朦胧桥畔路，近来梦里几同经。

【注释】

1. 淮上：此处指正在河南息县淮河流域外贸部"五七"干校劳动的妻子。

2. 倩（qìng）：请。

3. 性灵：指人的精神、性情、情感。

4. 断句：片断，零碎未成诗的句子。

5. 明河：银河。

6. 同经：既有同路又有同道，同学，共同经历的意思。

【译文】

小时候的作品好多都删了，还记得清露明河一联，非常喜爱，现把它补成一律，献给内人。

那帘底轻轻的吟诵可请谁听，

是少年时偶得的句子充满真情。

清泪像花朵里盛着的晨露，

银河像溪水里倒映的秋星。

虽近人烟草色仍能保持青翠，

经历风雨你我难再年轻。

然而近来每每梦里回到从前，

人生似那烟月朦胧的桥畔路，

我们共同曾经。

【赏析】

　　此律应作于 1971 年前后，是天汉先生中年时的作品。此时是先生人生动荡的时期，也是诗风从樊南（李义山）向剑南（陆务观）过渡的时期。诗中珍惜少年时候的清纯委婉，感叹人生已染淡淡苍凉。然而尾联用梦指出怀旧，真情和希望。字句精工，诗意隽永，有性灵之风，令人回味无穷。

（邹志英编撰）

【赏译】

少作多删，尚忆断句清露明河联，爱之，足成一律，以寄淮上

（1971，《辽海集》，第 61 页）

邹志英　译

Lots of poems written in youth were deleted. I recalled a piece of a long couplet with morning dews and the milky way, which is so much fun. This is how this seven—character tonal poem was written to my wife. (page 61)

Translated by Zhiying Zou

微吟帘底倩谁听？断句当年出性灵。

清泪疑花涵晓露，明河似水涨秋星。

鬓丝经雨难常绿，草色向人犹再青。

烟月朦胧桥畔路，近来梦里几同经。

Have you heard my murmurs by the window?

It's the unfinished line we shared years ago.

Your tears are like dews on the petal,

The Milky Way looks like a creek with sparkles.

Grass stays green whenever people walk by,

Our hair, alas, turns grey as the years fly.

The moon shines on the path on which we used to walk,

And to which we returned many times in my dreams.

淮乙
（1971）
逡巡集
（P61）

天涯老人少作多删
尚恃断句涵盖明河
聊藉之足成一律笋

近来梦里几同经
烟月朦胧桥畔路
草色向人犹再青
鬓丝经雨难常绿
明河似水涨秋星
清泪疑花涵晓露
断句当年出性灵
微吟帘底倩谁听

蛀心虫作品

144

三十七、浣溪沙（1969 年冬，《辽海集》第 71 页）

雪拥盘山车未通，寄书何日启邮筒？别时转悔太匆匆！

纸短意长难诉尽，晤言只在梦魂中。关河不隔路千重。

【注释】

1. 盘山：地名，1969 年天汉先生被下放此地的"五七"干校劳动。

2. 关河：原义是指函谷关和黄河，后泛指关山河阻，用以比喻艰难的旅途。

【赏析】

天汉先生当时从北京被下放到辽宁盘锦"五七"干校劳动，妻子被下放到河南息县"五七"干校，夫妻长期两地分居不得见面。这首词是作者到河南短暂探亲后返回盘锦途中所作。这首小令，触景生情、表述直接，起承转合、有条不紊，谋篇布局、中规中矩，可以看作浣溪沙这个词牌下的一个典型范例。

首句平起，讲别后返回盘山路中的景色物况；次句继写自己别后马上又开始给妻子写信；3 句承 2 句讲为何这样急切写信呢，实在是此回聚散太匆匆了。这是一句情语，为全词定下"思念"的感情基调。4 句过片处也是承接 2 句，讲纸短情长，自己心里还有说不完的话；5 句承 4 句，余下的话只能留到梦中相见再谈了；最后的 6 句顺接 5 句，只有梦里才不怕关河路远啊。这里又是一句情语，梦中不隔反衬的正是现实中的万千阻隔、无能为力，字里行间饱含着思念与惆怅。

【诗苑初探】

双片小令浣溪沙与摊破浣溪沙的写法

这次我们举例说明一下浣溪沙和摊破（添字）浣溪沙这两个双片小令词牌的填法。

浣溪沙是一个古老的常见小令词牌，原为唐代教坊曲名。分平仄两体，平韵体始于唐代韩偓，仄韵体始于南唐李煜。通常以韩偓词《浣溪沙·宿醉离愁慢髻鬟》为正体。全词分上下两片，正体 42 字，另有 44、46 字等变体，上片三句全用韵，下片末二句用韵，过片二句用对偶句的居多。此词调音节明快，为婉约、豪放两派词人所常用。代表作有晏殊的《浣溪沙·一曲新词酒一杯》、苏轼的《浣溪沙·照日深红暖见鱼》、秦观的《浣溪沙·漠漠轻寒上小楼》、辛弃疾的《浣溪沙·常山道中即事》等。

下面以晏词为例，看一下浣溪沙的平仄格律：

中仄中平中仄平（韵），中平中仄仄平平（韵），中平中仄仄平平（韵）。
　　一曲新词酒一杯，去年天气旧亭台。夕阳西下几时回。
中仄中平平仄仄（句），中平中仄仄平平（韵）。中平中仄仄平平（韵）。
　　无可奈何花落去，似曾相识燕归来。小园香径独徘徊。

那么这样一个小令短词该怎么来写呢？

从上面格律谱可以发现，这个词牌的上片、下片的句式结构是一样的，都是三个七字句。而且上下片的前两句都是律句，可以按照七律的句子来写，同时需要注意下片开始处的对仗（上片一、二句类似七律仄起入韵式的首联，下片四、五句类似七律仄起入韵式的颈联）。关键点是如何写好每片的第三句，在过片和结尾上做好文章。而这三、六两句的格律，同前面的二、五两句几乎是相同的，那么从气韵和情调上自然应有一种承接、递进的关系在内了。

了解了以上关系，我们再来看晏殊的例词：

上片一、二两句写诗人在酒宴笙歌的欢快中，忽然想起去年也是同样的光景，紧接着第三句追加强调了夕阳西下难回、光阴一去不返，就把整个曲子的感情基调定在惜时伤感上了。

下片四、五两句继续写花落、燕归，从去年再回到眼前，时空和景致变了，但感情基调并没有变、还在延续，于是顺接上六句，独自徘徊香径、思考品味人生。正是"年年岁岁花相似、岁岁年年人不同"，在惋惜与欣慰的交织中，蕴含着人生的哲理，渗透着一种混杂的眷恋与惆怅。

这首小令脍炙人口，用十分优美含蓄的笔触，探究了时间永恒而人生有限这样深刻的哲学问题。其中的"无可奈何花落去，似曾相识燕归来"是广为传诵、被历代诗人所激赏的名句。

再来看柳亚子和毛泽东互相唱酬的两首《浣溪沙》。

先看柳词：

浣溪沙（1950 年 10 月）

火树银花不夜天，弟兄姐妹舞翩跹，歌声唱彻月儿圆。

不是一人能领导，那容百族共骈阗，良宵盛会喜空前。

再来看毛词：

浣溪沙·和柳亚子先生（1950.10）

（一九五零年国庆观剧，柳亚子先生即席赋《浣溪沙》，因步其韵奉和。）

长夜难明赤县天，百年魔怪舞翩跹，人民五亿不团圆。

一唱雄鸡天下白，万方乐奏有于阗，诗人兴会更无前。

柳亚子与毛泽东都是近现代所公认的诗词巨擘，两人多有诗词唱和，传为一时佳话。因为是步韵，这两首词使用了相同的韵字，但章法不同，因而给人的情绪感受也不一样。

柳词上阕是纪实写景，记录了国庆观剧时的喜庆热闹场面。下阕过片处采用了因果分析的手法，把上阕的情景作为结果、为其分析原因，自然转入对伟大领袖的歌颂赞扬。末句呼应上片歇拍，并总结全篇。此令虽是应景颂圣之作，倒也章法俨然、可见文笔功夫。

毛词上阕回忆往昔、是虚笔抒情，情绪低沉压抑。下阕过片处陡然一笔扬起，转到当前的实景，气氛欢快热烈、高荡激昂，全篇情绪反转并达到高潮，完成了今昔对比、体现了新旧社会两重天的寓意，同时也巧妙回应了柳词对自己的颂扬，既不故作谦虚、也未显骄傲自大。作为和词，思想境界和笔力手法似更在原作之上。

摊破浣溪沙，亦称"山花子""南唐浣溪沙"，实为"浣溪沙"之别体，双调48字，前阕三平韵，后阕两平韵，一韵到底，后阕开始两句一般要求对仗。代表作有李璟词《摊破浣溪沙·手卷真珠上玉钩》、李清照词《摊破浣溪沙·揉破黄金万点轻》等。

下面以李璟词为例，看一下摊破浣溪沙的平仄格律：

中仄中平中仄平（韵），中平中仄仄平平（韵），中仄中平中中仄，仄平平（韵）。菡萏香销翠叶残，西风愁起绿波间。还与韶光共憔悴，不堪看。

中仄中平平仄仄（句），中平中仄仄平平（韵）。中仄中平平仄仄，仄平平（韵）。细雨梦回鸡塞远，小楼吹彻玉笙寒。多少泪珠何限恨，倚阑干。

摊破浣溪沙的结构体式，大部分与浣溪沙相同，所不同的在于每阕的结尾处，原来的一个七字句被拆开成为一个七字句和一个三字句，韵脚也相应后移。虽然改动不大，上下两片一共只添加了 6 个字，但曲调变长、节奏变慢，使得全词的情绪也变得更加舒缓、婉转，不似原来那样紧凑明快了。因而使用《摊破浣溪沙》填词的两宋名家，基本不再有豪放词作品了。

那么这个令词又该怎么来写呢？

我们注意到，它的一、二两句，五、六两句，同前面说的《浣溪沙》都是一样的，所以也可以参照浣溪沙的方式来写。而由于作了摊破和移韵，第三句和第七句虽然仍是七字句，但格律完全不同于浣溪沙的两个歇拍句，不再是前面二、六两句的重复。这样的结构，导致行文不能再简单顺承前句，气韵上也有了回环摇曳的变化。而每片歇拍处的第四、八两句，则又要回应三、七句，并整体呼应前文。

了解了以上关系，我们再来看李璟的例词：

上片一、二两句写实景，莲花败落、荷叶凋残，西风吹皱一池秋水，一派凄凉愁苦的景象。三句用"与韶光共憔悴"收拢前两句，由景入情，又自然引出诗人的主观感受。末句"不堪看"三字情语，结得深沉、凄苦。

下片五、六两句亦远亦近，亦虚亦实，亦声亦情，而且对仗工巧，是千古传唱的名句。第七句直抒胸臆。环境如此凄清，人事如此悲凉，不能不使人潸然泪下，满怀怨恨。"多少""何限"，数不清，说不尽。流不完的泪，诉不尽的恨，语虽平淡，打动人心。结句"倚阑干"三字，明写人物动作场景、暗写情愫脉脉深长。全词到此定格成一帧画面，言已尽而意无穷。

再来看一首李清照的《摊破浣溪沙·桂花》词：

揉破黄金万点轻，剪成碧玉叶层层。风度精神如彦辅，太鲜明。

梅蕊重重何俗甚，丁香千结苦粗生。熏透愁人千里梦，却无情。

这是一首咏物词，诗人咏物又不执着于物，托物喻人、借花抒情，聊发胸中万千感慨。

上片一、二句以比喻手法描写桂花的花、叶形态，真实生动、如在眼前。第三句另辟一路，从花性说去，联想到人的品性，巧用典故再作褒扬。四句三字小结全片，无论花形、花性还是人性，都是个性鲜明、令人喜爱。

下片五、六两句句法对仗，修辞手法对比，用贬抑梅花、丁香再次衬托出所咏主体桂花的美好，至此已经从不同角度三次褒扬，可谓作尽功夫。第七、八句却另起风波，忽然下一贬语，极尽曲折摇曳之能事。章法独特、构思巧妙，不愧是名家精品。

最后我们再来看一首天汉先生作于1971年4月的《摊破浣溪沙·桃花》：

序

桃花怒放，恍见江南三月春色；逝水长流，自忆蓟北廿年游踪。心潮稠叠，难尽万言；小令旖旎，聊成四首。实以抒情，非在咏物也。

其四

一夜桃花绣上林，万丝垂柳亦摇金。诗意难传生意话，费沉吟。

高阁晨风人独倚，遥风暮雨梦相寻。纵使此番归有信，已春深。

当时正值"文化大革命"中期，此时的诗人已经45岁，离开故乡吴江也有整20年了。20年间因为工作关系和政治运动的原因，已过不惑之年的诗人从吴江到北京、再到各地辗转奔波，而且在盘锦"五七"干校下放劳动期间因农药中毒罹患了相当严重的疾病。1971年春，经过向组织多次申请争取，终于被允许返京治病的天汉先生已经萌生倦意，颇有回归故里、退隐林泉之心了。这首令词正是表现了诗人这种心情。请留意他第三、四句，第七、八句歇拍处的写法。

首句是拈题起，直接写京城桃花怒放、如织似锦的盛况；二句顺承写春风杨柳的妩媚多姿；三句作一小转折，由景入情，然后顺接四句，点出诗人的生活与心情并不像桃花一样美丽多姿。五句过片承三、四句作景语，六句半景半情、虚景实情，道出对远方离散亲人的思念。七句又作一层转折，用假设语作成一番遐想：即便这次真能回归故里，又待如何呢？顺接八句，以明景暗情语作结兼答：春已深暮，怕也是万红零落、芳华不再。——20 年间春残花败、人生病老，俱是一般无奈啊！

（老邰编撰）

三十八、如梦令（1969 年 12 月，《辽海集》第 71 页）

其一

湖雨湖烟湖水，莼滑鲈香芹美。乡味忆儿时，归思秋来如海。难遂！难遂！心断夕阳山外。

其二

乱辙晨霜牛尾；斜日晚风鸦背。诗味变年时，寒瘦自嗤人怪。无奈！无奈！愁满犹嫌天隘。

【注释】

1. 莼鲈之思：莼菜和鲈鱼，比喻怀念故乡的心情。语出《晋书·张翰传》："翰因见秋风起，乃思吴中菰菜、莼羹、鲈鱼脍。"

2. 寒瘦 本义是指人家境贫寒、形容消瘦。后借用来形容诗的风格冷峻艰涩，甚或有穷酸相。语出（宋）苏轼《祭柳子玉文》："元轻白俗，郊寒岛瘦。"

【赏析】

天汉先生这一组两首如梦令，作于 1969 年冬下放盘山干校劳动之时。季节正值秋尽冬来，北方天气已经变得十分寒冷。年逾不惑的诗人，困坐于干校狭小简陋的宿舍中，回忆起自己小时候的家乡，烟雨湖山的好景、莼羹鲈脍的美味，乡愁袭上心头、直如瀚海潮生一般，翻涌奔流无尽。举头遥望故乡，却只能看到不尽的远山、隔断残阳如血。诗人如今每天的生活，便是冒着晨雾清霜牵牛下地劳动，晚上顶着斜阳晚风伴着昏鸦归宿，日复一日、不知到何时才是个头。写出来的诗，也不再像年轻时那样朝气蓬勃，变成郊寒岛瘦的酸苦风格，让自己和别人都笑话。真是没有办法啊，愁绪溢满心怀，让人觉得天地都窄了。

【诗苑初探】
单片小令渔歌子和如梦令的写法

小令词牌篇幅都比较短小（多在 58 字以内），其常见结构可分为双片和单片。本次我们以渔歌子和如梦令为例，聊一下单片小令词牌的填法。

《渔歌子》，又名《渔父》《渔父乐》《渔夫辞》，原唐教坊曲名，后来人们根据它填词，又成为词牌名。原为单调 27 字，四平韵。中间三言两句，例用对偶。此调最早见于唐朝诗人张志和的《渔歌子·西塞山前白鹭飞》，一般以张词为正体。此词牌的代表作品有张志和的《渔歌子·西塞山前白鹭飞》，李煜的《渔歌子·浪花有意千重雪》《渔歌子·一棹春风一叶舟》等。

下面以张词为例，看一下渔歌子的平仄格律：

西塞山前白鹭飞，桃花流水鳜鱼肥。青箬笠，绿蓑衣，斜风细雨不须归。
中仄平平仄仄平（韵），中中平仄仄平平（韵）。中中仄，仄平平（韵），平平仄仄仄平平（韵）。

渔歌子这个词牌多用七言句，结构同七绝很相似，而其篇幅比七绝还少 1 字，所以比较易填写，但需要注意以下几个特点：

①这个词牌节奏紧凑、轻快俏皮，一般用于描写喜悦、欢快的场境、情绪，很适合用于作口占打油词。

②三、四两句，例用对偶。由于第四句的格律限定为"仄平平"，那么作

为对句的第三句，其用字应以"平仄仄"为佳，用"平平仄"或"仄平仄"也可以，尽量避免用"仄仄仄"。

③全词章法的关键也在三、四句，因为句式的长短变化产生了节奏和情绪的跳跃，所以自然承担了"起承转合"中"转"的作用。以张词为例：一、二句起承纯是写景，到了三、四句表面上是写器物，实际上转到写人物。结句自然过渡成风、雨、渔人情景交融、韵味隽永。

再看一首李后主的《渔歌子》例词，留意我们前面的三个要点：

浪花有意千里雪，桃花无言一队春。一壶酒，一竿身，快活如侬有几人。

此词的章法与张词基本一致：一、二句起承写景，三、四句从器物写到人，结句大抒情。

掌握了上述特点，我们就可以很快填写出一些幽默风趣的《渔歌子》打油词来玩儿了。比如之前我自己就填过几首：

河畔生草草生烟，山花如海海无边。天连水，水连天，清风明月满钓船。

黄河远上白云间，一片孤城万仞山。笛声苦，柳枝干，春风不度玉门关。
（改《凉州词》）

无限春光有限身，逐名追利费精神。牵玉手，倒金樽，不如惜取眼前人。

宾客辞去酒空觞，洞房花烛映春光。拥软玉，抱温香，坐怀不乱写党章。
（新闻纪事）

如梦令，又名《忆仙姿》《宴桃源》，为五代时后唐庄宗李存勖所创作。因其词云"如梦，如梦，残月落花烟重"，故名之日"如梦令"。本调33字6仄韵，以六言句为主。一、二句用仄韵，第三句为仄起平收五言句，不用韵；第四句及末句用韵；第五、六为两字迭句、叶韵。此词牌的代表作有李存勖的《如梦令·曾宴桃源深洞》，李清照的《如梦令·常记溪亭日暮》《如梦令·昨夜雨疏风骤》，纳兰性德的《如梦令·木叶纷纷归路》等。

下面以李存勖词为例，看一下如梦令的平仄格律：

曾宴桃源深洞，一曲舞鸾歌凤。长记别伊时，和泪出门相送。

中仄中平平仄（韵），中仄中平平仄（韵）。中仄仄平平（句），中仄仄平平仄（韵）。

如梦，如梦，残月落花烟重。

平仄（韵），平仄（叠韵），中仄仄平平仄（韵）。

如梦令这个词牌押仄韵、多用六言句，句式结构与律诗、绝句迥异，颇具小令词的特色。从其句式格律来看，其一、二句是简单的重复节奏；第三句格律反转作平收，第四句又重复一、二句的形式；五、六句有一个突变；末句又是第四句的重复。

这样的句式结构应该配合什么章法呢？显然一、二句是起承，三句处可作一小转折，四句作一小结（亚于过片）；五、六句处当作一大跳跃（类似换头）；末句作结、总收全篇。

来看看名家例词，李清照的《如梦令》：

昨夜雨疏风骤，浓睡不消残酒。试问卷帘人，却道海棠依旧。知否，知否？应是绿肥红瘦！

此词的章法正如我们前面所说的，起句先写环境景致，次句顺承继写此时空环境中的人物。三、四句用人物之间的交谈内容挑起一个小的情绪波动，四句"海棠依旧"交待了一个暂时的结果。而五、六句则跃出了前面的逻辑，用反问句掀起一个大波澜，到最后的结句则完全否定了第四句，作一个总述结论。

再来看一首纳兰性德的《如梦令》：

木叶纷纷归路，残月晓风何处。消息竟浮沉，今夜相思几许。秋雨，秋雨。一半西风吹去。

此词起句也是先写环境景致，次句用柳永"晓风残月"典故从景物延伸到怀人愁况。三、四句继写远人杳无消息、竟夜相思不断。笔到此处，情语已写尽了。五、六句凭空一个跳跃，又转入写景，结句则明为写景、暗作抒情。竟夜相思如秋雨，一半被西风吹去，那另一半呢？——正合李后主《虞美人》词"问君能有几多愁，恰似一江春水向东流"的意境，流不尽、吹不完啊！

（老郜编撰）

三十九、离盘返京暂居西郊旧舍（1970 年 1 月，《悬旌集》第 79 页，七绝 2 首）

离盘返京暂居西郊旧舍

短榻萧然四壁空，当时人已各西东。

今来门户虽依旧，弹铗吾如在客中。

盘山夜雨梦宁续？淮水春风音尚赊。

燕市重来如过客，不知何处始为家？

【注释】

1. 四壁空：即家徒四壁之意。

2. 弹铗：铗，剑把手。此处用"冯生弹铗"典故，寓寄人篱下、怀才不遇意。《战国策·齐策四》记载：齐人冯谖为孟尝君门客，不受重视。三弹其铗而歌，一曰："长铗归来乎！食无鱼！"二曰："长铗归来乎！出无车！"三曰："长铗归来乎！无以为家！"孟尝君一一满足其要求，于是冯全心为孟尝君谋划，营就其狡兔三窟。

3. 燕市：指燕京，即北京市。金元好问《人日有怀愚斋张兄纬文》诗："明月高楼燕市酒，梅花人日草堂诗。"

【赏析】

此诗作于 1970 年 1 月。天汉先生因在盘山患病，当地医院不能确诊、治疗，故向干校请假返京看病，暂时居住在下放前在京西郊的寓所。这次虽然获准短暂回京治病，并不代表有机会恢复原来的工作，将来还是要返回干校继续劳动的。所以作者有寄居、过客之叹。

第一首诗起笔便是对旧居暂住环境的描写，"短榻萧然"没有人在、"家徒四壁"没有财物，萧瑟之意扑面而来。次句回忆当初一家人在此团圆居住，如今各奔西东，平淡言辞透出无奈的悲凉。三句转回到今日，自己历尽辛苦返回家来，只见门户依旧、却已物是人非，无限怅然之意。四句用典说明此刻心情，正如冯谖弹铗，寄人篱下、强作争鸣，却不知该诉予何人。

第二首诗前两句对仗，叙述自己在盘山、妻子在淮水，只能梦中相会、无缘见面晤谈。三、四句回到当下，自己重新回到北京之前的住所，却妻离子散、举目无亲，茫茫然如同天涯过客，哪里还有温暖安心的感觉呢？

普通人在艰难困苦之中，最需要的是家人亲友的关心、陪伴与安慰。因为对我们来说，亲情、爱情、友情，乃是人生之希望与力量的源泉。而最为令人可怕、不堪承受的，莫过于年老多病、孑然一身，前途未卜而又无可奈何之境遇了。晚年的李清照国破家亡、丧夫无子，被歹人骗婚又讼离，几经颠沛流离后独自幽居金华，满目凄凉、无限悲苦，写下一首《武陵春》词：

> 风住尘香花已尽，日晚倦梳头。
> 物是人非事事休，欲语泪先流。
>
> 闻说双溪春尚好，也拟泛轻舟。
> 只恐双溪舴艋舟，载不动、许多愁。

天汉作此诗时的心境，当与易安居士作此词时相近似。所不同之处，在于他远方还有牵挂着的亲人，妻子儿女虽不能见面，对于诗人却是莫大的精神寄托与心理安慰。

（老邰编撰）

四十、楼前红白桃花开落（1970年4月，《悬旌集》第81页，七绝3首、七律1首）

大楼院中桃花开矣，口占二绝

4月6日

入都岂意久淹留，天外风来雪打头。

今日春光已过半，桃花红白映高楼。

冰澌溶泄水浮鳞，日作楼头盼信人。

难使心随季候转，桃花虽好不知春！

花落

4月12日

花落何轻开却难，一年春事已阑珊。

诗成恐易撩人泪，不敢书中寄与看。

楼前红白桃花落矣，率成一律

4月16日

重来谁识旧刘郎？开费相思落惹狂。

息国军前驱缟素；项王帐下舞红妆。

因风肯逐波翻雨？堆雪犹闻地堕香。

未免春光容易老，几回头处对斜阳。

【注释】

1. 淹留：羁留；逗留。《楚辞·离骚》："时缤纷其变易兮，又何可以淹留？"

156

2. 冰澌溶泄：冰雪消融。语出秦观《望海潮》句："梅英疏淡，冰澌溶泄，东风暗换年华。"

3. 阑珊：残，将尽。例如（宋）贺铸《小重山》词："歌断酒阑珊，画船箫鼓转，绿杨湾。"

4. 刘郎：用刘禹锡《再游玄都观》诗句"前度刘郎今又来"典故。

5. 息国：此句用息国桃花夫人典故。息夫人，春秋时期著名的四大美女之一，为陈庄公之女，因嫁与息国（今河南息县）国君，又称息妫。楚文王灭掉息国后掠其为宠妾，立为楚国夫人。息夫人容颜绝代，目如秋水，脸似桃花，故又称为"桃花夫人"。但因终日怀念故国，牵挂息侯，虽为楚王生了两个儿子，但三年不语，最终自尽而死。死后葬于桃花夫人庙，如今武汉市黄陂区、河南息县依然有桃花夫人庙留存。

6. 项王：此句用霸王别姬典故。

7. 斜阳：傍晚西斜的太阳。（唐）赵嘏《东望》诗："斜阳映阁山当寺，微绿含风树满川。"

【赏析】

这四首诗先后写于 1970 年 4 月 6 至 16 日之间。当时天汉先生从盘山干校请假返京看病，暂住在北京西郊的外贸部宿舍，看到住处楼前的红白两色桃花争春盛放，目睹了其由开到落的全过程，心中颇有感触，故成此吟咏。整体来看，天汉这一组落花诗的基调是伤怀、慨叹的，创作手法是借物拟人、托物言志，展现了作者高超的创作技巧与深切的情感寄托。

第一、二两首写花开。先看第一首：诗人年初 1 月入京治病，但诊疗颇为不顺，拖延到 4 月病情仍未见明显好转，故有首句"久淹留"之叹。次句语带双关，一方面写当时北京初春风雪倒春寒之自然景象，另一方面也是感慨自己遭受无辜被黜、莫明患病的无妄之灾。三、四两句返回头写所见的桃花，此时正是春光过半、桃花盛开，与高楼交相掩映、美景如画，令人赏心悦目。

那么当此良辰美景，诗人的真实心情又如何呢？看第二首：冰雪消融、鱼雁可通，诗人每天立于楼头远眺，所急切盼望的就是家人来信。季节虽已转换，心头的阴霾寒冷并没有随之消解，即便是看见如此美丽的桃花，也没有感受到春天的温暖呀！这是为什么呢？

一周之后，先前盛开的桃花开始败落了，诗人触景生情，写下第三首诗，同样是语带双关：首句感叹落花容易开花难，比喻人生也是落魄容易成就难。次句顺承写春意阑珊，同样反衬诗人的心情也是阑珊落寞的。三、四句转到写人，既写了诗却又不敢寄给妻子儿女看，唯恐惹动伤心。这可真是"抽刀断水水更流，写诗消愁愁更愁"啊！

又过几天，桃花落尽，诗人再次感慨不已，胸中块垒、不吐不快，率性命笔成诗。

首联问起式，没有作答、也无须回答。句中提到"旧刘郎"，这里稍作解释——这里的刘郎是指唐代著名诗人刘禹锡。刘禹锡先后写了两首诗，其一叫作《元和十年自朗州至京戏赠看花诸君子》：

> 紫陌红尘拂面来，无人不道看花回。
>
> 玄都观里桃千树，尽是刘郎去后栽。

其二叫作《再游玄都观》：

> 百亩庭中半是苔，桃花净尽菜花开。
>
> 种桃道士归何处，前度刘郎今又来。

他在《再游玄都观》诗前还写有小序一篇。其文云："余贞元二十一年为屯田员外郎时，此观未有花。是岁出牧连州，寻贬朗州司马。居十年，召至京师。人人皆言，有道士手植仙桃满观，如红霞，遂有前篇，以志一时之事。旋又出牧。今十有四年，复为主客郎中，重游玄都观，荡然无复一树，惟兔葵、燕麦动摇于春风耳。因再题二十八字，以俟后游。时大和二年三月。"——这两首诗从问世起，历代公认都是语带双关、隐含讽喻的：第一首诗表面上是描写长安春天众多游人们去玄都观挤看桃花的盛况，骨子里却是讽刺当时权贵的。你看那千树桃花，就是10年来由于投机取巧而在政治上春风得意的新贵；而看花的人，则是那些趋炎附势、攀高结贵之徒。他们为了富贵利禄奔走权门，就如同在紫陌红尘之中，赶着热闹去看桃花一样；而这些貌似了不起的新贵们，也不过是自己被排挤出京后才被提拔起来的罢了。第二首诗表面上是在凭吊昔日众赏桃花的盛况、感慨今昔的沧桑巨变。实际上却是在嘲讽当年声威显赫、不可一世的权贵们，及其门下一众趋炎附势的势利之徒们，如今已经烟消云散、不知所踪；而曾经被排挤、贬谪的自己却峰回路转、东山再起了。

天汉先生首句借用"旧刘郎"的典故，除去它本身同桃花密切相关外，也是想表达自己不屈不挠、愈挫愈奋的精神，不甘向疾病和灾祸低头的意志。次句写桃花开谢牵动诗人的心事，惹起相思与疏狂两种情绪。

次联是暗喻拟人，以缟素的息夫人和红妆的虞姬来比拟白红两色的桃花，真是人艳花娇。

三联是进一步描写落花的形态与香味，落花如雨、风吹成浪，坠地似雪、犹有留香，形态、色彩、气味之种种，实在是美不胜收。

结联则是由落花申发联想、感慨人生境遇，韶光易老、青春易逝，再回首处已是人过中年日过午，甚至几近斜阳薄暮了。

【诗苑初探】
古今绝唱落花诗

吟咏落花、感怀身世，是我国古典文人的创作传统之一。明代著名书画家、诗人沈周、唐寅、文征明、吕常、徐祯卿等曾一起画过《落花图》，题写唱和过《落花诗》。明弘治十七年，沈周 78 岁丧子，为悼念爱子、寄托哀思，首唱七律《赋得落花诗十首》。其友人文征明、徐祯卿、吕常 3 人各和沈周十首，沈周又反和 20 首，之后唐寅又和沈周 30 首，共有 90 首之多。沈周、文征明、徐祯卿、吕常 4 人唱和之作，现存见于文徵明小楷手卷《落花诗》。唐寅之和诗现存见于其自书行书墨迹手卷《落花诗》。这些《落花诗》唱和集，书法高妙，辞采柔美，其用意之深、用语之工、为篇之多，可称古今绝唱。在此试举两例同大家分享。

《赋得落花诗十首》之九

（沈周）

芳菲死日是生时，李妹桃娘尽欲儿。

人散酒阑春亦去，红消绿长物无私。

青山可惜文章丧，黄土何堪锦绣施。

空记少年簪舞处，飘零今日鬓如丝。

《答太常吕公见和落花之作十首》之十

(沈周)

盛时忽忽到衰时，一一芳枝变丑枝。

感旧最关前度客，怆亡休唱后庭词。

春如不谢春无度，天使长开天亦私。

莫怪连留三十咏，老夫伤处少人知。

《落花诗三十首》之四

(唐寅)

时节蚕忙擘黑时，花枝堪赋比红儿。

看来寒食春无主，飞过邻家蝶有私。

纵使金钱堆北斗，难饶风雨葬西施。

匡床自拂眠清昼，一缕烟茶飏鬓丝。

(注：此首是对前面沈周赋得落花诗十首之九的步韵唱和之作)

《落花诗三十首》之三十

(唐寅)

花朵凭风着意吹，春光弃我竟如遗。

五更飞梦环巫峡，九畹招魂费楚词。

衰老形骸无昔日，凋零草木有荣时。

和诗三十愁千万，肠断春风谁得知。

(注：此首是对前面沈周答吕常落花诗十首之十的同韵唱和之作)

(老郜编撰)

四十一、紫竹院，鉴儿分配、饯别（1970年，《悬旌集》第80、82、84页，七绝5首、七律2首）

鉴儿将赴铜陵听候毕业分配，诗以送之

凤城春雨酿轻寒，壮志宁知离别难？
玉垒云横青嶂路；铜陵浪打白沙滩。
十年北国柳成树，万里东风鹏试翰。
送尔此行频嘱咐：书来早与报平安！

手割苍岩出蓟门，春风回首帐犹温。
家贫未许饶行色，亲健无劳挂梦痕。
脚底踩霞千岭小，胸中抱日万花暄。
高山此去盟松柏，冰雪同经谊久敦。

紫竹院六首

其一

芳园咫尺反无奇，十二年中未细窥。
今日特来应有意：半寻春色半相辞。

其二

旧院犹存塔几层，当年稚子赛猱登。
鹏抟将更看儿辈，老我飞扬已未能。

其五

红板桥头取景新，柳丝垂处即成春。
临波纵得同留影，尚比团圆少两人。

161

其六

春风紫竹院前路，不易同游父子三。
来日云飞各千里，一家东北又西南！

与鉴儿饯别，夜儿扶醉归校，念之

惜别樽前话几何！风吹凉意醉颜酡。
扶车摸黑踉跄去，累我一宵清梦多。

【注释】

1. 凤城：古长安的别称，杜甫《夜》诗有句"步蟾倚仗看牛斗，银汉遥应接凤城"。此处指代帝都，即指北京。

2. 玉垒：指玉垒山，在四川省理县东南。多作成都的代称。（晋）左思《蜀都赋》："廓灵关以为门，包玉垒而为宇。"

3. 试翰：试飞。翰字在此处意作"飞"，类似用法的词语还有"翰飞""高翰"等。

4. 猱：一种猿猴。三国魏曹植《白马篇》："仰手接飞猱，俯身散马蹄。"

5. 鹏抟（tuán）：鸟类向高空盘旋飞翔。三国魏曹植《玄畅赋》："希鹏举以抟天，蹶青云而奋羽。"

6. 颜酡：醉后脸泛红晕。语出《楚辞·招魂》："美人既醉，朱颜酡些。"

【赏析】

天汉先生这一系列诗都是写于 1970 年春在京养病期间，而且是写同一主题事件，那就是其研修地质专业的长子马上就要大学毕业，请假返京探亲后即将奔赴安徽铜陵参加工作。因此我们把它集中在一起来读，从中可以领略出天汉作为父亲，对孩子的深厚感情。

先来看两首七律。

第一首律诗首联平起，以写景句交代了地点与时间，同时双关描写乍暖还寒的自然环境与事件氛围。一则父子分别经年终于相见，是暖；一则很快就要再次分别、长期不得重聚，是寒。儿子大学毕业、马上要踏上工作岗位，青年人心怀壮志、朝气蓬勃。做父亲的看在眼里，喜忧参半、心情复杂，故有"壮志宁知离别难？"之问——这里的"离别难"，既有父母对儿女远行的不舍，又有对孩子未知前途的担心，还有对自己病体是否还能坚持多久的忧虑，心中的万语千言诉之不尽又说之不出，孩子你真地都能了解么？

额联以现实景物句对仗，描写了成都和铜陵这两处儿子曾经学习和工作地方的景观，表达殷勤牵挂之情。

颈联以虚拟景物描写对仗，同时以柳树和飞鹏比喻儿子已经成才、亟待展翅翱翔，寄托了美好祝愿与殷切期待之意。

尾联以叮咛嘱咐之言语作结，特别强调"平安"的愿望。怜子之心、舐犊之情，溢满纸上矣！

第二首七律首联陡起，以手割断苍岩，语出惊人。两句同样交代了时间、地点、事件。

额联作情语对仗，家贫不能饶富行囊，略带愧疚之意；亲健无需时常牵挂，足显宽慰之心因想此时的天汉，正在罹患莫名病痛，谎称身健、不劳远游儿女挂怀，用心良苦。

颈联以虚景对仗，继续鼓舞勉励孩子，脚踏实地、胸怀壮志，自能成就一番非常功业。

尾联又是叮咛嘱咐，与松柏为盟、同历冰雪，当指亲贤友善、同甘共苦，觅挚友长结良缘。

再看绝句。

天汉《紫竹院》一组，写得是父子三人在京短聚，分别前携手春游事。小诗语言明白浅近、很容易理解，须注意处在于以组诗写游记，学他篇章结构组织之笔法，读者可自行揣摩领会。

《饯别》一首也是语言平实浅近，辞短情长，起承转合、章法俨然，结尾一句乃是全诗关键：一宵清梦思多少，尽在诗外不言中。

（老郜编撰）

163

四十二、赴淮事多反复（1970年，《悬旌集》第83页，七律2首）

赴淮事多反复，心实不宁，叠韵二首，以志困境

3月7日

燕北淮西梦未安，别何容易见何难？

心随风飚摇悬铎，事比舟行陷逆滩。

填海痴禽尚衔石，入关征雁几惊翰！

最怜稚子知人意，劝我无愁且放宽。

三匝将何枝可安？那堪进退两俱难？

鬻鬻辽海风雪路，梦绕淮河烟雨滩。

去国一身怜贾谊，思乡万里滞张翰。

几时始得宜春讯？汉诏于人本尚宽。

【注释】

1. 悬铎：悬挂的风铃。

2. 填海痴禽：指精卫鸟。精卫填海故事见《山海经·北山经》，传说炎帝之女在东海被淹死，灵魂化为精卫鸟，常衔西山之木石以填东海。

3. 三匝：围绕三周。语出曹操《短歌行》"月明星稀，乌鹊南飞。绕树三匝，何枝可依？"

4. 鬻：长久煎煮；烧炼。宋苏轼《老饕赋》："九蒸暴而日燥，百上下而汤鬻。"

5. 贾谊：贾谊（前200—前168），西汉初年著名政论家、文学家，世称贾生。贾谊少有才名，文帝时任博士，迁太中大夫，受大臣周勃、灌婴排挤，谪为长沙王太傅，故后世亦称贾长沙、贾太傅。3年后被召回长安，为梁怀王太傅。梁怀王坠马而死，贾谊深自歉疚，抑郁而亡，时仅33岁。贾谊著作主要有散文和辞赋两类。散文的主要文学成就是政论文，代表作有《过秦论》《论积贮疏》《陈政事疏》等；其辞赋皆为骚体，是汉赋发展的先声，以《吊屈原赋》《鹏鸟赋》最为著名。

6. 张翰：张翰，字季鹰，吴郡吴县（今江苏苏州市）人。西晋文学家，留侯张良后裔，吴国大鸿胪张俨之子。他有清才，善属文，性格放纵不拘，时

人比之为阮籍，号为"江东步兵"。齐王司马冏执政，辟为大司马东曹掾。见祸乱方兴，以莼鲈之思为由，辞官而归。年五十七卒。著有文章数十篇传世。

7. 宜春：适宜春天。后蜀阎选《八拍蛮》词："憔悴不知缘底事，遇人推道不宜春。"

8. 汉诏尚宽：此处当是指曹操发布的《求贤令》。曹操于建安十五年（公元210年）发布的一篇诏令，目的是表明朝廷需要人才，号召下属各机构大力举荐人才。原文如下：

> 自古受命及中兴之君，曷尝不得贤人君子与之共治天下者乎？及其得贤也，曾不出闾巷，岂幸相遇哉？上之人求取之耳。今天下尚未定，此特求贤之急时也。 "孟公绰为赵、魏老则优，不可以为滕、薛大夫。"若必廉士而后可用，则齐桓其何以霸世！今天下得无有被褐怀玉而钓于渭滨者乎？又得无有盗嫂受金而未遇无知者乎？二三子其佐我明扬仄陋，唯才是举，吾得而用之。

此文第一段指出人才的重要和当前特别需要人才。第二段引用孔子言论和管仲、姜尚、陈平三个史实典故，讲自己求贤的标准——任人唯才，不审查出身、不追查历史。第三段要朝廷机构官员们积极贯彻，大力荐举、大胆起用人才。总体来说，曹操代表东汉朝廷所发的这篇求贤诏令，对人才判别与擢拔的标准是很宽宏仁厚的。故天汉先生于此处有"汉诏尚宽"之慨叹。

【赏析】

天汉先生这两首七律应是同日先后作成，表达对同一件事的感慨，对仗工整、譬喻恰当，且自相步韵，凸显巧思功力。

第一首为问起扣题式，直击主题：夫妻长期两地分离，自己谋求从盘山（燕北）调动到息县（淮西）事不顺遂，宿梦不安、心神不定，故有此作。同时化用李商隐"别时容易见时难"诗句，以反问形式道出了自己心中的郁闷——为什么夫妻们分别如此容易、见面却那么困难呢？

颔联顺承首联，继续描述调动的事情好比逆水行舟陷入了困境，而自己的心绪每当有好消息便激动不已、每当有坏消息便沮丧不安，就像悬着的铃铛一样，随风飘摇、动荡不止。

颈联续写自己目前的处境如同入关南迁雁群中的惊弓之鸟，经常担惊害怕，但仍然像精卫填海一样依旧痴心不改。

尾联以幼子的宽慰话语收结，稚子善解人意、劝我且放宽心——可这忧愁却是不由自主啊。

第二首在前一首的基础上，不仅是就事抒情、更多了人生思考，写得又深入一层。

首联还是问起式，且连发两问：如此进退两难、到底何枝可安？这里诗人化用了《短歌行》里的诗句，让读者自然联想起曹操的这首著名的诗：

> 对酒当歌，人生几何！譬如朝露，去日苦多。
>
> 慨当以慷，忧思难忘。何以解忧？唯有杜康。
>
> 青青子衿，悠悠我心。但为君故，沉吟至今。
>
> 呦呦鹿鸣，食野之苹。我有嘉宾，鼓瑟吹笙。
>
> 明明如月，何时可掇？忧从中来，不可断绝。
>
> 越陌度阡，枉用相存。契阔谈讌，心念旧恩。
>
> 月明星稀，乌鹊南飞。绕树三匝，何枝可依？
>
> 山不厌高，海不厌深。周公吐哺，天下归心。

曹操这首诗的中心思想是他爱惜人才、招揽人才、同时也礼遇人才，希望天下英才皆能为我所用。诗中绕树三匝的乌鹊，便是比喻当时那些散落在江湖之远的贤才高士。而反过来看，在野的人才，自然也希望能够追随曹操这样惜才好士的明主建功立业。天汉此诗开篇作三匝之叹，当有所思矣！

颔联写实对仗，描写自己在辽海的艰难处境和希望赴淮团聚而不能的困境，无以遣怀。

颈联譬喻对仗，用独身去国的贾谊和思乡求归的张翰，进一步表明自己的心迹。

尾联问句用典收束：在这大自然的春天里，自己还在苦等人世间的春讯。

（老郜编撰）

四十三、金缕曲（1970 年 3 月 20 至 22 日，《悬旌集》第 90 页，词 3 首）

其一

挥手辞盘锦。赴淮西几经波折，终成泡影。日月山川皆变色，风笛声添凄哽。春已至，底迟花信？半载入关成两度，比雁飞踪迹尤无定。今安往，凭谁问？　　白衣荷锸余生分。愿从兹，躬耕偕老，意何堪哂？亦见双星天上渡；独铸人间离恨！银潢浅，鸿沟难泯。岂到百年长只尔，约他时重见完如镜。千万语，书不尽。

其二

回首望盘锦。料知将趣吾命驾，造归田畛。离别已非牵情切，身世事、才堪闵。期逸足，坎坷先定。三度出关更三季，看河桥弱柳眠难醒。冰未坼，晓寒甚。　　转思四海风雷震。底攒眉，逢人气短，以愁加病？一己荣枯何足道，放眼江山心奋！战天地，众皆尧舜。岂必青衫长扨泪，盼东君速报芳菲信。笔仍健，力扛鼎！

其三

去矣回盘锦。毋人催、整装已毕，行期将近。百日都门弹长铗，风雪布衾梦冷。竟何得？满囊诗隽。极目江东归计拙，纵还乡无处留萍梗。重出塞，片云迥。　　春耕辽海奔雷殷。撼山河，夺粮志决，翻身仗硬。我亦频年甘挥锸，每至汗淋衣渗。千斤轭、力犹堪疧！烈火洪炉丹九转，愿来朝换骨容飞骎。愁万斛，一时罄。

【注释】

1. 凄哽：凄凉、哽咽。

2. 底迟：为什么迟。

3. 荷锸（chā）：携带铁锹。词语"荷锸随行"，出自《晋书·刘伶传》：伶常乘鹿车，携一壶酒，使人荷锸而随之，谓曰："死便埋我"，其遗形骸如此。

4. 堪哂（shěn）：值得讥笑。

5. 银潢（huáng）：银河。（宋）苏轼《和文与可洋川园池三十首·天汉台》：

"漾水东流旧见经，银潢左界上通灵。此台试向天文觅，阁道中间第几星。"

6. 畛（zhěn）：畛字本义是井田界沟上的小路，引申为界限。语出《说文》："畛，井田间陌也。"

7. 逸足：疾足，指马的脚力快。参见《三国志·蜀书·庞统法正传》："陆子可谓驽马有逸足之力"。

8. 攒眉：皱眉，不愉快或痛苦的神态。

9. 笔力扛鼎：形容笔力遒劲，辞风雄健。（唐）韩愈《病中赠张十八》诗："龙文百斛鼎，笔力可独扛。"

10. 萍梗：比喻行踪如浮萍断梗一样，漂泊不定。（宋）陆游《答勾简州启》："遂容萍梗，暂息道途。"

11. 黾（mǐn）：努力，勉力。《国风·邶风·谷风》：习习谷风，以阴以雨。黾勉同心，不宜有怒。

12. 换骨：即脱胎换骨。原为道教修炼用语。指修道者得道，就脱凡胎而成圣胎，换凡骨而为仙骨。现用来比喻彻底改变立场观点。

13. 罄（qìng）：本义为器中空，引申为尽，用尽。《旧唐书·李密传》："罄南山之竹，书罪未穷。"

【赏析】

这一组三首金缕曲词作于连续 3 天之内，所吟咏的也是同一主题：将返盘山。1970 年初天汉先生返京求医，暂住将近百日，但并没有得到确诊和对症治疗。眼看请假期限届满，需要重返盘锦干校报到，故心有所思。

第一首应是一封诗信，主要是对妻子述说自己从盘山返京，但并没有如愿见到妻子，因之而生的怅惘思念之情。上片写自己曾谋划调去淮西团聚，几经波折而不成，心情十分苦闷；半年间两度出入榆关，类似鸿雁迁飞，却茫然不知所往。一种茫然和凄凉的情绪。下片继写即便余生只能耕种务农的，也希望能夫妻相伴同行，这一点心念有什么可笑、为何不能如愿？天上牛郎织女，尚能跨越银河相会，人世间的鸿沟竟比天河还要难渡！难道自己和妻子的人生就要如此度过么，一定要设法在将来团圆啊。千言万语、一词难尽！

这里的"岂到百年长只尔"一句，化用自李商隐《七月二十九日崇让宅宴作》诗中名句"岂到白头长只尔，嵩阳松雪有心期"。唐宣宗大中五年（851），

168

李商隐辞职罢幕归家。当时他的妻子王氏已经病故，诗人沉浸在丧妻之痛中不能自拔，在与妻子一同住过的岳父家崇让宅里流连忘返，写下了此诗，以寄托其对妻子的深切思念。天汉先生在这里巧妙地将此诗句用到《金缕曲》词中，借以表达自己对远在千里之外、不能团聚的妻子之思念，正是恰到好处。

第二首当是诗人在写完上一封诗信后，意犹未尽，于次日又动笔遣闷之作，主旨在于追忆下放干校以来的个人境遇和心情，并寄望将来能有所改观、重回自己曾奋斗和热爱的工作岗位。上片仍是先回忆自己受家庭出身背景牵连，虽衷心热爱党和国家，但仍不容于世、蒙受不白之冤。下放以后三度往来出关，妻儿离散天各一方，处境如严寒冰封，道路坎坷不得施展骥足。下片则情绪反转，环顾当前国内革命形势一片大好，劝勉自己应当放开眼界、开阔心胸，努力跟随潮流、密切联系群众，莫纠结于个人得失、一己荣辱，不要总是愁眉苦脸、怨天尤人。

第三首则是补写于第二首之后，类似于个人日记性质，对近期暂返北京的生活小结和马上重回盘锦的工作展望。上片先是纪实叙事：归期将近，虽无人催促，也自觉整装待发。回想百日来流连寄寓都门，空作弹铗之叹、布衾梦冷，既不得夫妻团聚、亦未遇孟尝眷顾，所得只有诗囊盈满。即便是辞职返乡归隐也是不成，只能重新去国出塞。下片继而展望抒情：当前的盘山干校应当正是春耕农忙季节，自己回去必能老骥伏枥、努力贡献一份力量。在这战天斗地、一往无前的生产战役中，在众志成城的群众队伍、烈焰飞腾的革命熔炉内，自己必能脱胎换骨、迎来新生！念及此处，还有什么愁可发呢！

孔夫子讲"学而优则仕""修身、齐家、治国、平天下"，中国传统知识分子历来有学以致用、求取功名，建功立业、经世济民的情结。而当他们的理想志向受到现实条件所束缚限制，遭遇坎坷、挫折，甚至陷入窘迫、险恶的困境，事业不成、前途无望之时，也常会有怀才不遇之感、怀报国无门之愤，作离骚之哭、发考槃之叹，留下诸多诗歌词赋名篇。例如陶令渊明有《饮酒》组诗，诗圣杜甫有《秋兴》8首，白居易有司马青衫泪，李商隐有巴山夜雨思等等。愈是高才俊逸之士，其所体会到的悲凄苦闷情绪则愈是厚重深刻，不易排遣解脱。而正像俗话所说"人生无奈常八九，堪与人言无二三"，诗人们那些说不出、道不明，又忘不掉的心语，只好诉诸笔端、寄于诗句，也正因此才为后人留下了众多精彩佳作。天汉先生这3首《金缕曲》也正是此类作品。

宋词当中有许多词人感慨自身不平际遇，抒发悲戚愤懑之情的名家名品。比如李煜有《浪淘沙令·帘外雨潺潺》《虞美人·春花秋月知多少》《子夜歌·人生愁恨何能免》，柳永有《八声甘州·对潇潇暮雨洒江天》《戚氏·晚秋天》，苏轼有《卜算子·缺月挂疏桐》《临江仙·夜饮东坡醒复醉》，辛弃疾有《永遇乐—京口北固亭怀古》《摸鱼儿—更能消几番风雨》《丑奴儿—少年不识愁滋味》，李清照有《声声慢·寻寻觅觅》《孤雁儿·藤床纸帐朝眠起》，秦观有《千秋岁·水边沙外》《踏沙行·雾失楼台》等等。同样的主题、类似的境遇，由不同性格气质的词人写出来，却是阴阳轩轾、天差地别。而天汉先生这一组词，第一首婉约、第三首豪放、第二首则介于两者之间。一个人同时期的词作能兼具两大流派之妙，笔力果然非凡，读者可多加揣摩、悉细体会。

（老邰编撰）

四十四、抱疾回京（1971 年 3 月 22 至 24 日，《都门集》第 103 页，七律 2 首）

其一

盘山晓起戴春星，大邑求医千里程。

我自悬心疑未析，人谁国手死能生？

纵横四海风涛激，俯仰一身尘土轻。

独向天津桥上望，海河浪涌月轮明。

其四

都门衰疾挟书眠，谁识英髦入洛年？

三峡奔烟思浩荡，万川印月句澄鲜。

试寻上药凭加减，敢问长鞭着后先。

一事但愁生活隔，更无诗笔造峰巅。

【注释】

1.国手：全国某项技艺最为出众的人，此处指最高明的医生。用法参见白居易《醉赠刘二十八使君》："诗称国手徒为尔，命压人头不奈何。"

2.英髦：俊秀杰出的人，亦作"英旄"。（汉）枚乘《柳赋》："俊乂英旄，列襟联袍。"

3.入洛：西晋陆机兄弟进入京师洛阳的典故，此处泛指进京。

4.万川印月：即月印万川。本是禅宗语意，指禅心佛性普遍存于世间万物。后为南宋理学宗师朱熹所借用，来解释"理一分殊"的道理："本只是一太极，而万物各有禀受，又自各全具一太极耳。如月在天，只一而已；及散在江湖，则随处而见，不可谓月已分也。只如月印万川相似。"他这一比喻是对"天人一理"或"天人合一"传统文化核心理论的完美解读。

5.澄鲜：清新。参见南朝宋谢灵运《登江中孤屿》诗："云日相辉映，空水共澄鲜。"

6.上药：指仙药。（唐）李商隐《高松》诗："上药终相待，他年访伏龟。"（冯浩注引《本草注》："茯苓通神灵，上品仙药也。"）

7.长鞭：神人使用的长鞭子。（晋）伏琛《三齐略记》："始皇作石塘，欲过海看日出处，时有神人，能驱石下海，石去不速，神辄鞭之，皆流血，至今悉赤。阳城山石尽起立，嶷嶷东倾，状如相随行。"

【赏析】

天汉先生 1970 年春末再赴盘山干校后，于当年秋季因管理接触农药中毒，罹患严重且罕见的血液疾病，当地医院无法确诊，便同意其转到京津大医院诊治。因此他于 1971 年 3 月动身，先到天津市血液病研究所求医，后到北京西苑医院、同仁医院等处问药。这一组 4 首诗便是他本次在京津两地辗转诊治期间写成的诗作，我们这里选读两首。

第一首诗首联扣题起，说明了自己在盘山染病、回京千里求医的情况。

颔联对仗顺承，讲病情尚未确诊，自己心下悬疑；即使回到北京，也不知道找哪位名医高手才能起死回生，隐隐有忧虑之意。

颈联对仗作转，当下全国形势风起云涌，相比之下自己这点微疾就像尘土一样，简直可以忽略不计。

尾联景句作结，诗人独自站在天津桥上，眺望海河浪涌、明月高悬，思绪翻滚、天地苍茫。

第二首诗是原组诗的最后一首，经过前面的阐发铺垫，作者在这里直抒了胸臆。

首联问起，讲自己现在年老病衰，寄寓都门一隅，曾经的交游故旧们谁还记得那个当年入洛时的少年才俊啊？

颔联对仗、顺承第二句，回忆当年自己初进京时，才思如三峡奔烟般浩荡不羁、诗句如万川印月般澄清鲜活。

颈联对仗、跳承第一句，现在沦落到病弱不堪，到处求问良医仙药以图救命；也不知道命运的长鞭何时落到头上，驱赶自己走向归宿。

尾联转结，如今也甘心听天由命，只有一事牵愁不舍：一旦离世、阴阳两隔，再不能凭借生花妙笔，攀登诗界巅峰了！

天汉先生写这一组诗时 45 岁，年龄尚不算大，但因患病身体虚弱，情绪也趋向压抑沉郁，读来类似杜甫后期作品风格。前述第一首诗的结尾，令人不禁联想起少陵《旅夜书怀》中名句："星垂平野阔、月涌大江流""飘飘何所似、天地一沙鸥"之情境。而后一首诗所抒发之思想感情，则与少陵另一首诗《江中览物》有同病相怜之叹：

> 曾为掾吏趋三辅，忆在潼关诗兴多。
>
> 巫峡忽如瞻华岳，蜀江犹似见黄河。
>
> 舟中得病移衾枕，洞口经春长薜萝。
>
> 形胜有余风土恶，几时回首一高歌。

当初青春年少、花好月圆，如今世事蹭蹬、老病缠身，往事悠悠、不堪回首，徒有长歌当哭、空余两行清泪而已。

（老邰编撰）

172

四十五、养疴杂咏、续咏（1971 年 4 月至 1972 年 1 月，《都门集》第 105、106 页，七律 12 首）

《养疴杂咏》10 首选 7

其一

九州春满五云垂，病里韶光去莫追。

厚禄今犹具鸡黍；奇方近始得龙葵。

百年敢借文章进？一榻常令纸笔随。

点史芸窗倘遣我，献身应不计安危。

其五

奔尘万里已难期，卓荦当年颇不羁。

青眼敢因诗自负，黑头苦被病相欺。

高楼日逼如蒸火，平沼风过顿皱漪。

何事身烧连半月，拟将休咎问灵蓍。

其六

倚榻神清书一翻，未妨走笔尚龙蜿。

正思身驶关塞远，岂意头旋天地喧。

蒸郁热风溢皮表，崩腾浊浪壅心源。

近时始动真忧戚，病树春前难再蕃？

其七

髓积尘污设喻精，岂知患果此中生！

百回血验殊常态，几度骨穿符病情。

月里徒望捣霜兔，笔端已失跃波鲸。

旁人犹说容光好，不借酒红颜自赪。

其八

一镜光调像显微，良医耳目此凭依。

数看红白更消长，颇觉苍黄惑是非。
綦岁常悬难释虑，半年始断即知几。
昔人岂必无斯疾，应叹当时识者稀。

其九

上药珍稀放射磷，医方才定又逡巡。
施如过早翻为厉，用得其宜竟若神。
何处我能抛赤血？百年谁免委黄尘！
平生惯窃文章髓，或恐由斯种病因？

其十

父子情亲互护持，开门几事日筹之。
疾兼锦里相如渴，感失金门曼倩饥。
一卷窗前清有味，三餐炉畔乱为炊。
豆丝遽下长盈尺，痴绝先生正构思。

《养疴续咏》10 首选 5
其二

仆仆风尘浣布冠，分明容貌泪中看。
远分母妹人犹缺，暂会弟兄家未安。
淮上火云千石砾，甘南雷雨万山攒。
莫言梦里存遗憾，真欲团圆比梦难！

其三

电盼人归却未回，杯盘空洗肘空煨。
征途难遣行止定，老境半因离别催。
倦鸟有心绕庭树，凉蟾无语觑楼台。
女牛犹得逢秋闰，一岁相逢两度来。

其六

已发衣囊待起程，病情反复暂难行。

渐迁节序凉驱暑，忽变天容雨代晴。

肘后方搜身未复，箧中稿积句犹清。

故人书报近多恙，南北迢遥乡梦萦。

其七

力竭龙葵已不支，餐磷再定更何疑？

大丹换骨古虚说，上药回春今可期。

壮士许身酬吐哺，老人鼓腹乐含饴。

余年果若能加倍，要写升平万首诗。

其十

餐磷未见效如神，健笔知能奋几春？

撒手仍期伍才鬼，关心岂愿作闲人？

唯从蓟北煎黄柏，难向江东采紫苑。

重比泰山首空仰，乾坤我独愧轻尘！

【注释】

1. 具鸡黍：鸡黍指饷客的饭菜。语本《论语·微子》："止子路宿，杀鸡为黍而食之。"，"具鸡黍"意为安排较好的饭菜，一般来说，普通人家用来招待客人的饭菜代表了其家庭经济生活的较高标准。参见孟浩然《过故人庄》诗曰："故人具鸡黍，邀我至田家。"

2. 龙葵：一年生草本植物。叶互生，卵形或椭圆形。夏秋间开白花，结浆果，圆球形，熟时紫黑色。有小毒。全草可供药用，有清热解毒，除湿止痒，消肿生肌的功效。此处指用龙葵所制的药膏。

3. 芸窗：指书斋。

4. 卓荦（luò）：超绝出众。（晋）左思《咏史》诗之一："弱冠弄柔翰，卓荦观群书。"

5. 灵蓍（shī）：占卜用的蓍草。（汉）王充《论衡·状留》："贤儒之在世也，犹灵著神龟也。"

6. 捣霜兔：即传说中月宫里住的玉兔。相传月宫名广寒，极冷，玉兔居其中，捣霜作成长生药。

7. 跃波鲸：以笔下掣鲸比喻才大气雄。语本（唐）杜甫《戏为六绝句》之四："或看翡翠兰苕上，未掣鲸鱼碧海中。"因鲸鱼生于海中，善游泳，故曰跃波鲸。

8. 赪（chēng）颜：因羞愧或酒醉而脸红。（唐）韩愈《朝归》诗："顾影听其声，赪颜汗渐背。"此处指作者因患血液病而脸色自然发红（后确诊为真性红细胞增生症），并非饮酒所致。

9. 綦（qí）岁：綦，古义指两足连系，不能举步，引申为连。綦岁此处意为连续两年。

10. 放射磷：指同位素磷 32。

11. 锦里相如渴：锦里即锦官城，成都代称，以出蜀锦故也。（晋常璩《华阳国志·蜀志》："州夺郡文学为州学，郡更于夷里桥南岸道东边起文学，有女墙，其道西城，故锦宫也。锦工织锦，濯其中则鲜明，他江则不好，故命曰锦里也。"后即以锦里为成都之代称。）相如，即司马相如。司马相如字长卿，蜀郡成都人，西汉辞赋家，中国文化史文学史上杰出的代表。汉景帝时为武骑常侍，因病免。工辞赋，其代表作品为《上林赋》《子虚赋》，后人称之为赋圣和"辞宗"。相传司马相如后来患病死于消渴之疾（即今之糖尿病），故曰"相如渴"，又称"文园渴"。《史记·司马相如列传》："相如口吃而善著书，常有消渴疾。"

12. 金门曼倩饥：金门即金马门，是汉代官署名称。金马门者，宦者署门也，门傍有铜马，故谓之曰"金马门"。曼倩即东方朔，西汉时期著名的文学家。汉武帝征四方士人，东方朔上书自荐，诏拜为郎。后任常侍郎、太中大夫等职。他性格诙谐，言词敏捷，滑稽多智，常在武帝前谈笑取乐，他饱读史书，精通兵法，但因过于狂妄自大，一直没得到武帝的重用。在后来的各种记载中，东方朔的事迹常被神化，将其描绘成暂居人间的神仙之类的人物。李白也有诗曰："世人不识东方朔，大隐金门是谪仙。""曼倩饥"则指喻人生活清贫。（《汉书》卷六十五《东方朔列传》"朔文辞不逊，高自称誉，上伟之，令待诏公车，奉禄薄，未得省见。"），语出唐许浑《早秋三首》之二："老信相如渴，贫忧曼倩饥。"

13.浣（wǎn）：污染弄脏。（唐）杜甫《虢国夫人》诗："却嫌脂粉浣颜色，淡扫蛾眉朝至尊。"

14.凉蟾：指月亮。（唐）李商隐《燕台诗·秋》："月浪衡天天宇湿，凉蟾落尽疏星入。"

15.女牛：也作牛女，指牵牛织女二星。

16.肘后：晋葛洪曾撰医书《肘后备急方》，简称《肘后方》，意谓卷帙不多，可以悬于肘后，后泛指医书或药方。（唐）杜甫《寄张十二山人》诗："肘后符应验，囊中药未陈。"

17.箧（qiè）中：箧是小箱子，藏物之具。大曰箱，小曰箧。《史记·樗里子甘茂列传》："乐羊返而论功，文侯示之谤书一箧。"故用来盛放诗稿的箱子又称诗箧。

18.吐哺：吐出嘴里食物。《史记·鲁周公世家》："周公戒伯禽曰：'我文王之子，武王之弟，成王之叔父，我于天亦不贱矣。然我一沐三捉发，一饭三吐哺，起以待士，犹恐失天下之贤人。子之鲁，慎无以国骄人。'"后用为在位者礼贤下士之典实。三国魏曹操《短歌行》："周公吐哺，天下归心。"故用吐哺指代主公礼贤下士之恩遇。

19.鼓腹：鼓起肚子。谓饱食。（唐）岑参《南溪别业》诗："逍遥自得意，鼓腹醉中游。"

20.煎黄柏：即黄檗。落叶乔木，树皮淡灰色，羽状复叶，小叶卵形或卵状披针形。开黄绿色小花，果实黑色。木材坚硬，可以制造枪托，茎可制黄色染料。其树皮可入药，有清热、解毒等作用。煎黄柏此处指代煎煮中药。

21.采紫莼：紫莼即莼菜，亦名"水葵"，一种水生植物，飘浮叶的上面呈橄榄绿色，茎紫红色，故称紫莼。其嫩茎和嫩叶可供食用，为江南"三大名菜"之一。中医认为，本品有清热解毒、利水消肿之功，适用于高血压、痈疽疔疮、丹毒、急性黄疸型肝炎、多种癌症。李时珍《本草纲目》记及："莼生南方湖泽中，惟吴越人喜食之。叶如荇菜而差圆，形如马蹄。其茎紫色，大如箸，柔滑可美。夏月开黄花，结实青紫色，大如棠梨，中有细子。春夏嫩茎未叶者名稚莼，稚者小也。叶稍舒长者名丝莼，其茎如丝也。至秋老则名葵莼，或作猪莼，言可饲猪也。"又据南朝宋刘义庆《世说新语·识鉴》载："晋张翰在洛，见秋风起而思故乡莼鲈，因辞官归。"后因以"鲈莼"或"莼鲈"为思乡之典。

【赏析】

这两组共 20 首诗写于 1971 年 4 月至 1972 年 1 月间，是天汉先生返京求医期间的一个连续记录，诗中不仅记载了治病的事情经过，还有病情症状、治疗方案和自己的心路历程，题材新颖、文辞典雅，别出心裁、独具特色，有很高的品鉴价值，这里我们选读其中的 12 首以飨诗友。

杂咏第一首，为返京治病之初所作。首联写明了季节时间和事情原委，可谓开门见山。颔联继写厚禄、奇方，说明自己目前的经济状况和治疗情况尚好，颇有治愈希望，亲友无需挂念，并流露出对国家和医家的感念之意。颈联继写自己现在的日常生活状态，虽然卧病仍旧笔耕不辍，尚有绵薄之力可以奉献。尾联则表达了对未来的良好期望：此番如能治好疾病，必当忘我工作、多做贡献！

杂咏第五首，经过第一阶段的初步治疗，病情未有明显好转，诗人情绪较写第一首时有所低落。首联回顾自己少年时颇有志向，也有出众的才华。但颔联转写现在人虽未老但被疾病所苦。颈联插入一句景物描写，貌似闲笔其实不然，高楼蒸火为身外环境之影响，平沼皱漪则为心内起伏之写照。尾联重新收结到病情和心态，休咎不知、吉凶未卜，故有茫然之叹。

杂咏第六首，与第五首接连，更加明白讲述了自己的病症和心情：头晕目眩、耳鸣心慌、气血翻滚、难寻宁静。现在诗人内心真正感到了忧虑，如果在京仍不能医治痊愈，又当如何呢？

杂咏第七首，经过多次的血液化验和骨髓检测，天汉先生的疾病终于确诊为真性红细胞增生症，又名红血病。此病虽为罕见、尚属良性，可以设法治疗，暂无生命危险。诗人明白了病理、看到了希望，情绪也因此重新振奋起来。首联联想到"病入骨髓"的习语，称赞古人设喻精辟。颔联继写病因检查的手段与确诊过程，描写颇为精到。颈联转写自己目前的状态，慨叹病情严重影响工作和写作。尾联则开起了玩笑，自嘲因为经常面色潮红如同醉酒，反而被人误赞为容光焕发。

杂咏第八首，紧接第七首，对医生化验血液的方法和效果进行了描述和称赞。首联称赞良医凭借显微镜等工具（20 世纪 70 年代初我国城乡医疗条件普

178

遍较差，显微镜当时算是较好的设备了）可以明察病因、对症下药。颔联讲医
生根据自己血象的情况，对之前乡村医院初诊怀疑为白血病的误判结果进行了
匡正（这对于诗人无疑是个天大的好消息）。颈联继写自己半年多来的悬疑焦
虑现在终于可以放心了。尾联又联想到古人大概同样也会生这个病，只是当时
大家都不懂吧，章法上与首联遥相呼应。

　　杂咏第九首，紧接第八首，医生确诊之后自然是要对症下药，这里描述了
治疗方案。首联先写药方的奇特性，同时也指出了其危险性——由于是放射性
元素，医生下药也须倍加小心。颔联继续解释原因：此治疗方案不仅讲究剂量、
而且讲究时机，使用得法可获奇效、使用不当则有致命之虞。颈联则转到自己
听闻医生介绍治疗方案后的心思：反正人生百年终有一死，与其在衰病中熬过
余生、不如冒险赌上一把！尾联则以革命乐观主义精神自嘲：想是平生袭窃前
人文章精髓太多，才会患上这深入骨髓之病罢。

　　杂咏第十首，则是对自己治病期间家居休养情况的描写。首联突出描写父
子相依的亲情，这是诗人最大的心理安慰和精神支柱。颔联进而描写病情和经
济情况，可以概括为"贫病交加"，可见窘迫之态。颈联作转，即便在这种困
难窘迫之境地，诗人仍然攻读不辍，足可见其虔心向学。尾联就炒菜之误自嘲
为痴绝，而正是这种痴劲，反映出来的淡泊之志、坚守之操，才更令人感佩呀。

　　续咏十首写作时间当在杂咏之后不久，所写仍是诗人在京治病期间的事情。

　　续咏第二首是记梦诗，诗人梦到长子远路归家探视，故发感慨之词。首
联写儿子远路而来、风尘仆仆，自己则含泪欢迎，心情激动。颔联顺承前句，
叙述一家人仍未得团聚，父子三人虽得见面、妻女尚在分离之中。颈联顺承
颔联，对妻子、女儿所在地的环境做一插叙描写。尾联恰是见功夫处，具有
转结双重作用：七句先点出其实父子团聚只是一场梦，梦醒心中充满遗憾。然
后转而自我宽慰，能这样梦中团聚也已经不错了，现实中的团圆不敢奢望。读
来令人唏嘘！

　　续咏第三首，描写妻子来电言归而终于不得归，自己落寞失望的心情。首
联即用直笔，明确点出盼归而不得的事实。颔联转入说理，解释妻子未能如约
归来的原因，理解中略带无奈。颈联插入景语，倦鸟、凉蟾更添凄凉之意。尾
联以联想对比宕开，牛郎织女尚有闰七月两度七夕的惊喜，自己却没有那个好
运气。郁闷幽怨之情、溢于字句之外。

续咏第六首，述及自己病情发生反复，原拟返辽计划因故延期。首联起笔交代病情及行止。颔联补写季节和天气，颈联描写生活状态，尾联则联系到家乡故友也传来卧病的消息，令人思念不安。这首诗在整组中是个转折点，后续医院否定了之前的治疗方案，更改了治疗药方。

续咏第七首，紧接第六首，介绍了新的治疗方案，即以餐磷代替龙葵。首联写更换治疗方案的内容和必要性。颔联写新药方的效果还是不错、可以期待的。颈联写自己尝试此新方案的决心与信心。尾联则以对未来病愈的期望收结。

续咏第十首是这两组诗的最后一首，也是对这一段时间治病情况和心情的总结。首联直写餐磷的疗效并不很大，自己也不免对未来有些迷茫了。颔联下一虚笔，设想自己死后如果能够与古代诸多诗家才子的鬼魂为伍，也能如愿了；而如果从此缠绵病榻，形同废物、闲置无用，心理却无法接受。颈联继续设想日后的生活，只能在蓟北常年卧病服药，再不能回转江南的故乡了，难免心头憾恨。尾联用一对比句作结：虽然感觉昏沉沉的脑袋重比泰山、难以高抬；而整个人却如同漂浮于天地间的微尘一样，无足轻重、了无价值（作者在此流露出了悲观情绪）。

到此这两组诗欣赏完了，大概有读者会牵挂于诗人的病情，想知道最后他是如何治疗及是否痊愈了呢。我们补充一些信息——1972年3月天汉先生开始试用新药"二溴甘露醇"，终于获得治愈。此事记载于其另外一首绝句《试用新药"二溴甘露醇"》及诗后的补注：

今日始餐甘露醇，枯杨可得竟回春。

济民免费试新药，不效也深沾党恩。

以近体诗的方式，记录病情、诊断和治疗方案及结果的全过程，是天汉先生在丰富诗词题材和表达方法上的一个创新尝试，具有开拓意义，充分显示了诗人诗歌创作上的深厚功力和精湛技巧，其作品和创作经验值得广大诗词同好们学习借鉴。

（老邰编撰）

四十六、读杜诗随题（1971年12月9日，《都门集》第115页，七律6首）

其一

杜陵濩落感平生，诗卷遥收身后名。

披拣宁无沙委地？摩挲自有璧连城。

频加冠冕誉非分，仅识碟砆论不平。

宜返斯人真面目，千秋得失慎持衡。

其二

雷雨滂沱压海滨，由来"盗贼本王臣"。

察眉虽痛疮痍满；尝胆唯求赋敛均。

率子芟菅喻除恶，从人扑枣示行仁。

君恩每饭难忘报，怎解推原直批鳞？

其三

肥马扬尘逐富儿，残杯冷炙色潜悲。

防身剑欲冰山倚，传业诗犹鼎阀持。

白野殍横霜被草，朱门肉臭酒盈卮。

奉先道上衷肠热，干谒能羞应未迟。

其四

破碎河山战伐仍，写来《三别》见胸臆。

沧桑史在光难掩；涕泪歌成气欲腾。

果圃露桃劳小竖；草堂风竹款中丞。

入川渐喜饶生事，闲适篇存亦上乘。

其五

除却歌行高插穹，偏于五、七律求工。

文心六代胎能脱；作手千家目尽空。

风电奔拏苍隼健；波澜跳掷碧鲸雄。

始知骨力深沉处，不在洋洋百韵中。

其六

学杜纷纷有出群，悲凉豪宕各拏云。

阁营瓯北联三友；格炼樊南张一军。

今日论心冰镜彻；当年耗目月窗勤。

森严阶级时代限，糟魄菁华须再分。

（自注：糟粕亦作糟魄，见《庄子—天道》。）

【注释】

1. 澒（hù）落：原谓廓落，引申谓沦落失意。（唐）韩愈《赠族侄》诗："萧条资用尽，澒落门巷空。"

2. 披拣：辨析选择。

3. 摩挲：抚摸，引申为琢磨。

4. 碔砆（wǔfū）：此处疑是"碔砆"之误。碔砆，亦作"珷玞"，是一种似玉之石。唐陈子昂《荆州大崇福观记》："文彩构槛，碔砆砌阶。"金元好问《论诗三十首》中有"少陵自有连城璧，争奈微之识碔砆"句。

5. 察眉、尝胆："察眉"典出《列子·说符》："晋国苦盗。有郄雍者，能视盗之貌，察其眉睫之间，而得其情。晋侯使视盗，千百无遗一焉。"后因以"察眉"谓察看人的面容便知道实情。"尝胆"，典出《史记·越王勾践世家》："既放还，欲报吴仇，苦身焦思，置胆于坐，饮食尝之，欲以不忘会稽败辱之耻。"后以之比喻刻苦自励，发奋图强。这两个典故，并见于杜诗《夔府书怀四十韵》诗中。

6. 疮痍：疮疡、创伤，比喻灾害困苦，又引申为遭受灾害困苦的民众。唐杜甫《送韦讽上阆州录事参军》诗："必若救疮痍，先应去蟊贼。"

7. 芟（shān）菅（jiān）：芟，割草。菅，一种多年生的草本植物。

8. 推原：从本原上推究。韩愈有《原道》《原毁》等论文。宋陆游《草堂》诗："浩歌陌上君无怪，世谱推原自楚狂。"

9. 批鳞：揭龙鳞，比喻敢于直言犯上。《陈书·后主纪》："若逢廷折，无惮批鳞。"

10.殍（piǎo）：饿死的人。孟子《梁惠王上》："庖有肥肉，厩有肥马，民有饥色，野有饿莩，此率兽而食人也。"

11.卮（zhī）：古代一种酒器。《汉书·高帝纪上》："上奉玉卮为太上皇寿。"

12.干谒：对人有所求而请见。唐杜甫《自京赴奉先县咏怀五百字》："以兹悟生理，独耻事干谒。"

13.胸膺：即胸膛。

14.拏（ná）云：拏通拿，犹凌云。唐李贺《致酒行》："少年心事当拏云，谁念幽寒坐呜呃。"

15.瓯北：清代著名诗人赵翼，号瓯北。其与袁枚、张问陶并称清代性灵派三大家。

16.樊南：唐代著名诗人李商隐，号樊南生。

17.糟魄、菁华：糟魄，即糟粕；菁华，即精华。

【赏析】

这一组 6 首七律，是天汉先生在 1971 年阅读杜甫诗集，以及郭沫若的著作《李白与杜甫》后，写下的随笔感想录。他稍后又将其寄给诗友、北京师范学院中文系（今首都师范大学文学院）教授廖仲安先生请正，具有一定学术研究意义和价值。（廖仲安先生早年毕业于西南联大师院、北京大学中文系，是近现代著名作家、诗人、国学家，也是国内当代著名杜甫与杜诗研究专家。中华人民共和国成立后不久，廖先生在《文艺报》上发表了《谈杜诗》，这是 1949 年后第一篇评介杜甫的文章，后收入中华书局编选出版的《杜甫研究论文集》中。到北京师范学院工作后，30 年中发表了近 60 篇论文。这些论文视野广阔，见解深刻，发覆标新，多有创见，受到了古代文学界的瞩目与重视。"文革"结束后，廖先生应主编萧涤非教授之邀，担任《杜甫全集校注》第一副主编。1991 年萧先生逝世后，即由廖先生承担通稿工作。该全集于 2014 年由人民文学出版社出版。）

第一首诗是总论，概述了杜诗价值及后人对其的评价，并指出其中亦多有偏颇，不尽、不实之处。作为后世学习、研究者，我们应该还杜甫和杜诗以真面目。

此诗首联简述杜甫生平，少陵半生失意、晚年尤其落魄，直到故去后多年，其诗被元稹、白居易等后辈著名诗人们所赞誉，才得到越来越多读者的了解、重视、喜爱和推崇，正是身后成名。颔联讲杜甫诗作本身的质量，也是良莠不齐、玉石混杂，并不能一概而论，须要辨析区别、仔细研究。颈联进一步讲杜诗被历代文人学者所熟知，选本众多、论者纷纭，正是仁者见仁、智者见智；而过分赞誉和片面曲解都不是科学公允的态度。尾联自然收结到应当以公平的态度、辩证的眼光来看待杜诗，还杜甫以本来面目。

第二首诗则是就郭沫若《李白与杜甫》一书中"抑杜"的观点，结合其所引述的杜诗进行讨论（郭氏此书出版较早，且去世多年，现在见者较少、不甚流传，但当时可称知名专著。）

首联"雷雨滂沱压海滨，由来'盗贼本王臣'"，所述及的是杜甫的两首诗，《喜雨》和《有感五首》之三。《喜雨》创作于唐代宗广德元年（公元763年），全文是：

> 春旱天地昏，日色赤如血。
>
> 农事都已休，兵戈况骚屑。
>
> 巴人困军须，恸哭厚土热。
>
> 沧江夜来雨，真宰罪一雪。
>
> 谷根小苏息，沴气终不灭。
>
> 何由见宁岁，解我忧思结。
>
> 峥嵘群山云，交会未断绝。
>
> 安得鞭雷公，滂沱洗吴越。

广德元年杜甫51岁，居于蜀中，过着相对闲适安逸的生活，而全国各地依旧战乱频仍。历时8年的安史之乱终于结束，叛军首领史朝义自尽，叛将田承嗣、李怀仙、薛嵩、李宝臣等降唐（但并不真心服从朝廷管束，成为后来的藩镇祸首）。而吐蕃趁唐朝内乱之际，入侵河西、陇右疆域，并一度攻占长安，把唐代宗逼迫到陕州避难，幸赖郭子仪募兵勤王，帅师击退吐蕃才收复长安。吐蕃军队回师攻陷剑南、西川数州，节度使高适无力抵抗，蜀地士民因之惊怖。

此诗杜甫原注有"时闻浙右多盗贼"句。清杨伦《杜诗镜诠》笺注引述"《旧

184

唐书》宝应元年八月，台州人袁晁反，陷浙东州郡。广德元年四月，李光弼讨之。"所以《喜雨》诗原文结尾句的"滂沱洗吴越"，当是指李光弼这次平叛收复之役无疑了。而天汉先生首句所言的"雷雨滂沱压海滨"，也当是脱化于此诗末两句。

《有感五首》也创作于唐代宗广德元年，其中第三首全文是：

> 洛下舟车入，天中贡赋均。
> 日闻红粟腐，寒待翠华春。
> 莫取金汤固，长令宇宙新。
> 不过行俭德，盗贼本王臣。

为加深对原诗的理解，我们这里稍作解释。此诗内容和当时朝廷中有人建议迁都洛阳之议有关。安史之乱后，长安所在的关中地区残破，每年要从江淮转运大量粮食到长安；加上吐蕃进扰，长安处在直接威胁之下，因此朝中有迁都洛阳之议。杜甫心里是反对迁都的，这首诗即就此有感而发。首联先写洛阳地理位置在天下之中，水陆交通条件便利，确实便于收敛天下各州郡的贡赋。次联继写听说洛阳附近太仓的存粮，陈陈相因，很多都已经腐烂了；而天下饥寒的老百姓，还在期盼等待皇帝和朝廷春天般的圣眷恩德呢。三联续写不要总想依仗洛阳地势和城池的险固，治国安邦的根本还是在于革新惰政、消除痼疾。尾联则进一步指出，所谓德行善政其实也极其简单平常：只不过是躬行俭德，减少靡费，减轻人民负担，让他们能够温饱活命罢了。要知道造反的盗贼，原本也都是皇帝的臣民啊！

郭沫若在其《李白与杜甫》一书中，曾以杜诗的"滂沱洗吴越"这句话为依据，指证杜甫出身于地主阶级，具有强烈的统治阶级意识形态，敌视农民起义、必欲除之而后快。天汉先生首联这两句话，举出杜诗中的另一句"盗贼本王臣"为例，说明杜甫其实对农民起义还是具有同情心，对统治阶级横征暴敛、官逼民反的恶行提出了批判，也从而质疑了郭氏的观点。

接下来的颔联第三、四句"察眉虽痛疮痍满；尝胆唯求赋敛均"，均是出自杜甫《夔府书怀四十韵》诗中。节录如下：

使者分王命，群公各典司。恐乖均赋敛，不似问疮痍。

万里烦供给，孤城最怨思。绿林宁小患，云梦欲难追。

即事须尝胆，苍生可察眉。议堂犹集凤，贞观是元龟。

其中使者等句，叹凶兵未息，军赋日烦而民穷可虑。即事等句，叹讲帷不开，旧章难复。"贞观是元龟"句，乃起敝之方，呼吁规复贞观制度。

郭沫若在其《李白与杜甫》一书中，对杜诗的"即事须尝胆，苍生可察眉"这句话予以批判，解释为"杜甫的意思是对苍生（老百姓）要卧薪尝胆地严加警惕，要能防祸于未然，在'眉睫之间'便能辨别出乱党。这就是杜甫的阶级感情，多么森严而峻烈"。

天汉先生对于郭氏的诗解显然是不认同的，他在三、四句中指出杜甫"察眉"是因为痛苦于天下满目疮痍，"尝胆"是奉劝当朝者要均减赋敛，与敌视苍生百姓没什么关系。

颈联五、六两句"率子芟菅喻除恶，从人扑枣示行仁"，则述及另外两首杜诗《除草》和《又呈吴郎》。

《除草》一诗大致作于唐代宗永泰元年（765 年）正月杜甫从严武幕府辞官、退居成都浣花草堂之后，到其 5 月离蜀南下渝州（重庆）之前。原文如下：

草有害于人，曾何生阻修。其毒甚蜂虿，其多弥道周。

清晨步前林，江色未散忧。芒刺在我眼，焉能待高秋。

霜露一沾凝，蕙叶亦难留。荷锄先童稚，日入仍讨求。

转致水中央，岂无双钓舟。顽根易滋蔓，敢使依旧丘。

自兹藩篱旷，更觉松竹幽。芟夷不可阙，疾恶信如仇。

大历二年（767），杜甫漂泊到四川夔府，住所草堂前有几棵枣树，西邻的一个寡妇常来打枣，杜甫从不干涉。后来，杜甫把草堂让给一位姓吴的亲戚（即诗中的吴郎），自己搬到离草堂十几里路远的东屯去住。而吴郎一来就在草堂外插上篱笆禁止打枣。寡妇向杜甫诉苦，杜甫因此写了此诗劝告吴郎，这便是《又呈吴郎》一诗的来历，原文如下：

堂前扑枣任西邻，无食无儿一妇人。

不为困穷宁有此？只缘恐惧转须亲。

即防远客虽多事，便插疏篱却甚真。

已诉征求贫到骨，正思戎马泪盈巾。

　　天汉先生举例这两首诗，借以说明杜甫嫉恶如仇和同情贫穷苦弱者的性格和行为，从另一个侧面反驳了郭氏批杜的言论。

　　尾联七、八两句"君恩每饭难忘报，怎解推原直批鳞？"，则是天汉先生对杜甫和杜诗思想认识局限性的批评。"每饭不忘君"并不是杜甫在诗句中的自我标榜，而是宋代文人对杜甫的评价，是对其忠心朝廷的褒扬，千百年来已成扬杜之定评。天汉则直率指出，杜甫这种每饭思报君恩的忠顺态度，使其作品缺乏对封建帝王和统治阶级深入批判揭露的精神，确实具有局限和缺憾。（从这一点来说，郭沫若对杜甫的批评，虽有过于苛责之嫌，但也不全是无稽之谈。）

　　第三首诗中，天汉先生结合杜甫诗句和生活经历，概括介绍了杜甫的性格特点与思想观念。首联一、二句"肥马扬尘逐富儿，残杯冷炙色潜悲"，当是指杜甫出身于官宦之家、世家子弟，但本人秉性正直、不善钻营，又赶上安史之乱、时局剧变，终致于家境败落、落魄潦倒，一度靠同僚、诗友接济糊口。颔联三、四句"防身剑欲冰山倚，传业诗犹鼎阀持"，当是指杜甫曾向哥舒翰等朝廷要员投谒，欲引为朝中奥援，终似倚靠冰山一般不得成功。但其诗文却流传后世，得到极高的名誉和重视。（诗见《投赠哥舒开府翰二十韵》"防身一长剑，将欲倚崆峒。"）颈联五、六句"白野莩横霜被草，朱门肉臭酒盈卮"，当是讲杜甫经过兵荒战乱、颠沛流离，切身体会了底层人民生活的艰难困苦，对他们寄予了深刻同情。（诗见《自京赴奉先县咏怀五百字》"朱门酒肉臭，路有冻死骨。"）尾联七、八句"奉先道上衷肠热，干谒能羞应未迟"，当是说杜甫经过离京逃难途中艰苦生活的洗礼，对人民群众能赋予真挚同情和热情讴歌，自己的人生观和世界观有所改变、实现了升华。（诗见《自京赴奉先县咏怀五百字》"穷年忧黎元，叹息肠内热""以兹悟生理，独耻事干谒"。）

　　第四首诗中，天汉先生对杜甫的两类题材具有代表性的诗作进行了评述。一类是诸如《三吏》《三别》这样的深沉厚重的史诗类作品；另一类是诸如《课小竖锄舍北果林》《严中丞枉驾见过》等描写自己草堂村居、交往生活的田园类作品,并称赞杜甫这两类诗作虽然风格差异很大,但都具有极高的艺术水平。首联"破碎河山战伐仍,写来《三别》见胸膺",直接称赞杜甫的"三别"(《新婚别》《垂老别》《无家别》)等作品体现了作者的胸怀见识和对底层劳动人民疾苦的同情。颔联"沧桑史在光难掩;涕泪歌成气欲腾"则是称赞杜甫笔下的此类题材的诗作,可称为沧桑史、涕泪歌,读来令人气血翻腾,其璀璨光芒难以掩盖、珍贵价值不可抹杀。颈联"果圃露桃劳小竖;草堂风竹款中丞",则是摘集杜诗中描写草堂生活的意境,展现其田园诗的风格特色。尾联"入川渐喜饶生事,闲适篇存亦上乘"意思很明显,直接称赞杜甫除了深沉厚重的史诗之外,入川后定居草堂时期的田园风格作品,也多上乘之作。

第五首诗中,天汉先生又对杜甫不同体裁的诗歌作品进行了点评。首联"除却歌行高插穹,偏于五、七律求工",首先肯定了杜甫在古风、歌行体类诗歌创作方面的水平非常高,同时也称赞了他在近体诗、特别是五七言律诗创作方面也是很有造诣。颔联"文心六代胎能脱,作手千家目尽空"顺承前意,强调了杜甫的诗作能继承并超越汉魏六朝的风格,并且独步唐代、引领风骚。颈联"风电奔抟苍隼健;波澜跳掷碧鲸雄"则是对杜甫雄浑笔力的赞美,说他的诗笔犹如翱翔九天、风驰电掣的鹰隼,亚赛纵横四海、劈波斩浪的巨鲸,才大气雄、无与伦比。尾联"始知骨力深沉处,不在洋洋百韵中"则是从另一侧面评论,指出诗人才华大小、笔力高低,不在于作品篇幅的长短(当然杜甫创作长诗排律的功夫也是高于同侪、罕有其匹的)。此句也呼应了前面第一首所说的"仅识碌砆论不平"。金代著名诗人元好问,曾经写过一组《论诗三十首》绝句,其中谈到杜甫的一首诗中说道:

> 排比铺张特一途,藩篱如此亦区区。
> 少陵自有连城璧,争奈微之识碌砆?

这首诗是元好问针对元稹评论杜诗言论的再评论。元稹在为杜甫所写的墓志铭中特别推重杜甫晚年所写的长篇排律诗"铺陈始终,排比声律"。杜甫在诗歌创作语言艺术上是很下功夫的,杜诗格律严谨,对仗工稳,尤其是晚年的长篇排律更为精细,几乎无可匹敌。但元好问认为元稹只称赞、推崇杜甫在炼字造句方面的形式技巧,而忽略了其诗歌中最有价值的东西,即丰富深刻的社会内容、忧国忧民的进步思想和深刻的现实主义精神，也忽略了杜诗多样化的风格和艺术上全面的成就。显然天汉先生这里是对元好问评价杜诗之观点的继承与肯定。

第六首诗中，天汉先生就杜甫对后世历代诗人的深刻影响作了阐释，并说明了现在我们研究学习杜诗应当持有怎样的科学态度。首联"学杜纷纷有出群，悲凉豪宕各拏云"是说自唐代以来，学习杜甫创作手法与作品风格的诗人很多（例如宋代王安石、苏轼、陆游等大诗人对杜诗都推崇备至，而以黄庭坚、陈师道、陈与义领军的江西诗派更将其视为诗风鼻祖），各自也都获得了较高的成绩，继承了杜诗或悲凉或豪宕的风格特色。颔联"阁营瓯北联三友；格炼樊南张一军"则特别指出以袁枚（号简斋，著有《随园诗话》）、赵翼（号瓯北，著有《瓯北诗话》）、张问陶（号船山，著有《船山诗草》）为代表的清代性灵派诗人，和在继承和发扬杜甫诗风方面独树一帜、成就极高，并且形成了创作理论体系。颈联"今日论心冰镜彻；当年耗目月窗勤"则转述自己学习杜诗的经历和体会，说明当日用功之勤勉和今日评论之公允。尾联"森严阶级时代限，糟魄菁华须再分"归结到学习杜诗的方法论问题，指出"承认杜诗的时代和阶级意识局限性"，采用"一分为二""取其精华、弃其糟粕"的方式方法来学习，是适宜和必要的。

天汉先生这一组诗，在与友人探讨自己对杜诗的心得体会、研究成果的同时，也充分体现了其对杜诗的了解和喜爱，同时还继承和发扬了元好问、赵翼等前辈诗人以诗论诗的传统，展示了其渊博的学识和独到的见地。

（老邰编撰）

四十七、四十五岁生日（1972年1月29日，《都门集》第117页，七律7首）

其一

士龙入洛正英华，未觉流光暗里迁。

八载轮蹄半天下，万言纸墨一灯前。

胆粗不怕南山虎，羽满初翻北地鸢。
最是钓鱼台畔路，词垣高处竞招延。

其四

柳花无主逐风飘，和墨沾毫意被撩。
岂有清姿遗世立？亦从新样入时描。
裁成衣丽金线压，照得人明银烛销。
两载案头校文字，手编丛稿费昏朝。

其五

一生几得长官亲？许我年时眉再伸。
并世才谁称八斗，斯人笔自够千钧。
锦珠散处诗蒙答，盐铁翻来事备询。
卅万史成记商业，龙门学始略知津。

其六

日持筹算析秋毫，平准权由大吏操。
经济专行研欲细，文章余事格须高。
体望通亮蚕眠箔，蹄待穿空马跃槽。
一得供求论草就，寒灯指茧不辞劳。

其七

御风极目楚天舒，载笔南来更带书。
文采略呈管中豹，武昌难忘席间鱼。
云开岳麓降轻翼，日出韶山朝故居。
旧侣重逢劳问讯，青衫依旧四年余。

其九

许昌曾去把烟栽，又向盘山荷锸来。
建校荒滩鏖雨雪，辟田大卤撼风雷。

190

挑秧途滑肩未歇，薅草行长头不抬。

惭愧当年空学稼，稗禾近始解分开。

其十

无端忽抱采薪忧，心系田畴疾未瘳。

糜药既经一冬夏，弄文再许几春秋？

樊南骋去谁青眼？瓯北舟归正黑头。

怅触生辰书往事，寒蟾无语下西楼。

【注释】

1. 士龙入洛：指西晋陆机、陆云兄弟去洛阳应征入朝为官事。陆云，字士龙。

2. 轮蹄：车轮、马蹄，指代奔波。

3. 遗世：超脱尘世；避世隐居。唐王维《赠从弟司库员外絿》诗："皓然出东林，发我遗世意。"

4. 金线：金丝线。唐秦韬玉《贫女》诗："苦恨年年压金线，为他人作嫁衣裳。"

5. 八斗：即"才高八斗"。东晋谢灵运尝曰："天下才有一石，曹子建独占八斗，我得一斗，天下共分一斗。"后因以"才高八斗"形容富于文才。

6. 龙门学始：龙门即禹门口，其地在山西省河津县西北和陕西省韩城市东北。因《史记》作者司马迁出生于龙门，故古代文人常以"龙门"指代司马迁。参见北周庾信《哀江南赋》："信生世等于龙门，辞亲同于河洛。"此处"龙门学始"当是以司马迁指代历史学术。

7. 蚕眠箔：意指蚕睡在竹筛子上。蚕在生长过程中要蜕数次皮，每次蜕皮前有一段时间不动不食，如睡眠的状态，故称"蚕眠"。参见唐王维《渭川田家》诗："雉雊麦苗秀，蚕眠桑叶稀。""箔"指养蚕用的竹筛子或竹席。参见宋王安石《白日不照物》诗："隋堤散万家，乱若春蚕箔。"

8. 管中豹：即"管中窥豹"。语出南朝宋刘义庆《世说新语·方正》："王子敬（献之）数岁时，尝看诸门生摴蒲，见有胜负，因曰：'南风不竞。'门生辈轻其小儿，乃曰：'此郎亦管中窥豹，时见一斑'。"谓从管子中看豹，只看到豹身上的一块斑纹。后用以比喻只见到事物的一小部分。

9. 席间鱼：此处系化用毛泽东"才饮长沙水，又食武昌鱼"诗句。武昌鱼特指武昌附近所产的团头鲂（又名缩项鳊）。

10. 荷锸：锸是一种似铁锹的农具，荷锸意为肩扛农具，指代务农。参见《汉书·王莽传上》："父子兄弟负笼荷锸，驰之南阳。"

11. 采薪忧：亦作"负薪之忧"，意指背柴劳累，体力还未恢复。古时自称有病的谦词。语出《礼记·曲礼下》："君使士射，不能，则辞以疾，言曰：'某有负薪之忧！'。"又见《孟子·公孙丑下》："昔者有王命，有采薪之忧，不能造朝。"朱熹集注："采薪之忧，言病不能采薪。"后因以"采薪之忧"指代患病。

12. 怅触：感触。参见清赵翼《青山庄歌》："我闻此语心怅触，信有兴衰如转毂。"

13. 寒蟾：指月亮。

14. 无语下西楼：此处化用李后主《相见欢》词"无言独上西楼，月如钩"句。

【赏析】

这组诗共 10 首七律，是天汉先生于 1972 年 1 月 29 日自己 45 岁生日时所写，内容是对自己自大学毕业、参加工作以来 20 余年工作生涯的回忆，每首诗都对应概括了若干时间和经历。这里我们选读其中的 7 首。

第一首诗写的是诗人自己初到北京参加工作时的情形。首联说自己当年少年才俊、意气风发，初到京城，憧憬着报效国家、建功立业，努力开创美好未来，不知不觉中就度过了若干年。颔联继写这一时期的 8 年光阴，自己辗转奔波于全国各地、同时还坚持写稿创作，生活十分紧张忙碌。颈联则是描述自己当时的少年心态，正如初生乳虎、丰羽雏鹰一样志高胆壮。尾联则是回顾自己当年也曾经由诗词作筏，接触过一些诗坛宿老、文章斗岳，受到夸赞和赏识。

第四首诗是写若干年后，诗人已经三十而立、进入壮年，正是事业发展的黄金时期。但此前的一些个人经历和当时的社会环境，已经今非昔比、不再顺遂友好了。首联起笔即用比兴之法，将自己比喻为无主的杨花柳絮，随风飘荡；沾在笔墨之上，也只是徒撩人意，不得长久。结合前面几首诗和天汉先生年谱推算，此时当是 20 世纪 50 年代后期，社会问题和动荡趋势已渐出现，故诗人才有此慨叹。颔联的"岂有遗世""亦从入时"可以看到，诗人也曾积极转变心态，力求能够跟上时代脉动、社会潮流。但是他的努力成功了吗？好像没有！——因为颈联里继续说道"裁成衣丽金线压，照得人明银烛销"。这两句也是比喻，前一个是化用唐代诗人秦韬玉的《贫女》诗成句"苦恨年年压金线，为他人作嫁衣裳"，说自己是为人作嫁；后一句就更明显，将自己比喻成蜡烛，蜡烛的代表特点我们都知道，"燃烧自己、照亮别人"嘛。再结合尾联来看意思就更清楚了，作者这里显然想说：自己这两年的辛苦努力工作都是代人作嫁，自己一无所得。

第五首诗对比第四首的内容是一个大转折，天汉先生在此回忆了自己再次受到单位领导赏识器重，一度委以重任的故事。首联用问句起笔，说明自己再次受到长官（这里应是指时任商业部长的姚依林同志）的赏识。颔联是作者对姚部长的赞佩，夸他称得上才高八斗、笔力千钧。颈联则是记录了作者和姚部长接触交往的内容，主要是在诗词酬答和编译古籍《盐铁论》的工作中。尾联收结到自己在其领导下所获得的工作业绩，主要是完成了 30 万字的中国商业史专著，在历史学术研究方面取得了较为显著的成就。

第六首诗继续写作者当年在商业部工作的情形。首联描述自己每天忙于精细计算类工作，而真正制定能影响国家经济、社会民生的政策则有长官大吏操持把握。颔联继写自己主要负责的两类工作：经济研究和论文写作，并对这两类工作的要求作了简述——精细和高远（编者按：细思这两个既要求宏观又强调微观的标准，还真不太容易统一起来呢）。颈联两句对仗是个形象的比喻，对颔联进一步描述说明：精细处恰似抽丝剥蚕一般，务求通透明白；高远处又似天马行空，昂扬激越、无拘无束。尾联收结到自己这一时期的主要工作成绩，就是辛苦编撰的专著《供求论》。

第七首诗天汉先生继续回忆到 1964 年前后，可参见前文曾经介绍过的《韶山》和《再到长沙》等诗作。首联"御风极目""载笔南来"，便是讲 1964 年春自己跟随吴雪之部长飞抵武汉、长沙等地调研的事情。颔联两句，当是略述自己之前在武昌出差期间事；颈联两句，当是讲自己飞到长沙调研，并得机会参观韶山毛主席故居事。尾联以在当地同故友重逢的谈话内容收结：阔别 4 年、青衫依旧，没有升官、也还保持着文士初心。

第九首则讲到 1960 年的许昌劳动，和目前的下放盘山改造，也可参看我们之前介绍的诗作。

　　首联两句分别对应点出许昌和盘山两次务农的经历，其中许昌是补叙、重点则在写盘山。颔联顺承次句，详述在盘山搭屋建校、垦荒辟田的艰苦经历。颈联继写自己全身心投入农业工作，积极接收改造锻炼和组织考验的"挑秧""薅草"等具体行动。尾联则再次归结到这一时期的个人体验与收获：辛勤学稼、始分稗禾，比四体不勤、五谷不分的旧式书生有了很大进步。

　　第十首诗则回想到了当下的情景，触发了几多感慨。首联写自己忽然无端患病，虽然心系在盘山农村的工作，但无法返回岗位。颔联继写这一年来四处求医问药，尝试了许多治疗方案和药物，但仍未见明显疗效；也不知道自己余寿几何，论文和诗文还能再写多久？颈联则拿自己平素最喜欢的两位前代诗人李商隐和赵翼来打比方：李商隐在自己这个年龄（45岁）时，先是接收东川节度使柳仲郢的征辟，离开家乡去其幕府担任判官，后又跟随柳氏入朝去做盐铁推官，主管全国盐铁贸易。期间柳氏虽对其多有照应，但李商隐身体一直不好，两年后因病放归，卒于郑州、终年47岁；而乾隆三十七年（1772），45岁的赵翼因曾轻判被俘海盗免死之事被弹劾降职，后其便以老母年事高为由，告假辞官返乡。随后他又罹患风疾，双臂拘挛不由自主，更打消了入朝当官的志趣，开始了长达30余年的归隐生涯，直至86岁去世。天汉先生此处举此两例对比，大概有两次寓意：人到中年，老病侵寻，自然要考虑余生进退之途。是应该像李商隐那样，一直混迹于官场而英年早逝呢？还是应该像赵翼那样急流勇退，放情山水林泉之间而颐养天年？——但是此时的天汉，并不能自主选择出处来去，而是进则无门、退则无路，身不由己、无可奈何的。这才是让他真正感到悲哀惆怅的地方！——于是自然转结到尾联的七、八两句：在生辰之日，怅触满怀、无处派遣，只能作诗聊以自慰。望着屋檐下静默的月亮，心中别有一番不可言说滋味。

（老郜编撰）

四十八、浪淘沙·寄内（1971年7月28日，《都门集》第133页，词1首）

浪淘沙
（按来信中语意谱词）

雨过午风凉，身在何方？凤城恍逐少年场。容易相逢今便去，莫待时长。　　　将晤意如狂，梦里眉扬。醒来才识见难偿。眼底烟芜他日事，一样迷茫。

【注释】

1. 凤城：京都的美称。参见唐杜甫《夜》诗："步檐倚杖看牛斗，银汉遥应接凤城。"仇兆鳌《杜诗详注》引赵次公曰："秦穆公女吹箫，凤降其城，因号丹凤城。其后言京城曰凤城。"

2. 少年场：年轻人聚会的场所。参见唐白居易《重阳席上赋白菊》："满园花菊郁金黄，中有孤丛色似霜。还似今朝歌酒席，白头翁入少年场。"

3. 烟芜：烟雾中的草丛。亦指云烟迷茫的草地。参见清纳兰性德《忆秦娥·龙潭口》词："青如剪，鹭鸶立处，烟芜平远。"

【赏析】

天汉先生这首词作于1971年7月，是根据远方妻子来信中所说的意思改写，再寄给妻子看的，所以是用妻子思念丈夫的语气写成。

上片起笔描写环境景物，进而引出人物、刻画梦境。炎夏正午，雨后微风清凉，佳人小睡初后，神情恍惚，不知身在何处。原来她方才做了个好梦，梦见自己正在京城，而且遇到了自己钟情的少年郎。如果相逢如此容易，那就现在便去吧，切莫等待太长时间啊！

下片描述梦醒回到现实，令人怅然若失。有情人相会，心急如狂、眉开眼笑。不料轰然猛醒，却只是南柯一梦，相见仍是千难万难。眼望烟雾迷漫的草地、思及两人未来的前景，心中只有一片茫然。

《浪淘沙》这个词牌下最著名的作品当属李后主的《浪淘沙令·帘外雨潺潺》：

帘外雨潺潺，春意阑珊，罗衾不耐五更寒。梦里不知身是客，一晌贪欢。　　　　独自莫凭栏，无限江山，别时容易见时难。流水落花春去也，天上人间。

李后主这首词上片用倒叙，先写梦醒再回忆梦中情事；下片再回到梦醒后，叙述落寞心情。情真意切、哀婉动人，深刻地表现了诗人的亡国之痛和囚徒之悲，以白描手法诉说内心的极度痛苦，具有震撼人心的艺术魅力。

天汉先生这首词的章法与李词基本相同，一样也是先醒——忆梦——再醒，也是抒发离愁别绪、茫然无依之感，有异曲同工之妙。

（老郜编撰）

四十九、闻喜讯有作（1972年6月4日，《金鸡集》第143页，七律1首）

闻喜讯有作

五色云间祥鹊鸣，山腾川跃共欢情。

汉廷此日原季布，宣室何时征贾生？

绿意方苏看草苴，丹心难竭见葵倾。

词臣病渴思无减，倚马兰台赋可成。

（原注：喜讯指"审干"已获结论，此身遂告"解放"。）

【注释】

1. 季布：季布，楚汉时人，曾效力于西楚霸王项羽，多次击败刘邦军队。项羽败亡后，季布被汉高祖刘邦悬赏缉拿。后在夏侯婴说情下，刘邦饶赦了他并拜为郎中。季布为人仗义，好打抱不平，以信守诺言、讲信用而著称。楚国人中广泛流传着"得黄金百斤，不如得季布一诺"的谚语，其生平事迹被司马迁收入到《史记·游侠列传》中。

2. 贾生：指贾谊。贾谊（前200—前168），汉族，洛阳（今河南洛阳东）

人，西汉初年著名政论家、文学家，世称贾生。贾谊少有才名，18岁时，以善文为郡人所称。文帝时任博士，迁太中大夫，后受大臣周勃、灌婴排挤，谪为长沙王太傅。故后世亦称其为贾长沙、贾太傅。3年后汉文帝想念贾谊，将其征召入京，于未央宫祭神的宣室接见贾谊。两人一直谈到深夜，汉文帝十分感慨贾谊的才华，便又任命他作自己幼子梁怀王刘揖的太傅。后来梁怀王坠马而死，贾谊深自歉疚，抑郁而亡，年仅33岁。其生平事迹被司马迁收入到《史记·屈原贾生列传》中。

3. 词臣：旧指文学侍从之臣，如翰林之类。这里特指司马相如。

4. 倚马：靠在马身上。南朝宋刘义庆《世说新语·文学》："桓宣武北征，袁虎时从，被责免官。会须露布文，唤袁倚马前令作。手不辍笔，俄得七纸，绝可观。"后人多据此典以"倚马"形容才思敏捷。

5. 兰台：汉代宫内收藏典籍之处。《汉书·百官公卿表上》："御史大夫……有两丞，秩千石。一曰中丞，在殿中兰台，掌图籍祕书。"

【赏析】

天汉先生这首诗写于1972年6月，是他刚刚获悉自己的干部审查结果通过，有望结束干校下放、重返岗位恢复本职工作时所作的。

首联陡起，云生五彩、喜鹊唱鸣，连山川河流都仿佛要腾跃舞蹈，到处一片喜悦祥和景象。这真是人逢喜事精神爽，诗人眼前看到的一切都是那么美好，与往日大不相同。

颔联续写喜讯的内容，用了季布和贾生两个典故作比喻。季布早年是楚霸王手下勇将，多次击败汉军，汉高祖刘邦得到天下后曾一度四处悬赏缉拿他。后来季布托刘邦的老朋友夏侯婴代为求情，教他去对刘邦说："季布当年受项羽指派同陛下为敌，他为难您乃是忠于自己的主君和职守，由此可见此人是兼具忠义和才能之士。您如今取得了天下，正应该重用季布这样的贤良义士才对，怎么能因为旧日的私怨、让天下人以为您器量狭小呢？"刘邦也不愧是一代雄主，闻言果然当下释怀，不但赦免了季布、还征召他出来当官。贾生的典故前面我们已介绍过，这里不再赘述。诗人这里连用这两个典故，将自己通过"干审"，重新获得组织信任，比作季布、贾生获得汉室朝廷的原宥与征召，足见其对组织决定的感激及对未来恢复工作的期待。

颈联继续又连用了枯草复苏、葵花向日两个比喻，生动形象地表达了自己听闻喜讯后的心情，并将组织比喻为春天的太阳，为自己这株小草以及世间万物带来了温暖和希望。

尾联则是对将来自己恢复工作后的假想，也是连用了两个典故作比喻。一个是为汉武帝写《上林赋》的司马相如，他因为绝世文采深得武帝赏识，最后尽管其由于身患消渴病（即糖尿病）而退职隐居，临终又为武帝作了《封禅文》献上，武帝也十分感念、将其作品结集收藏。另一个是为东晋大将军桓温（谥宣武）写行军露布的袁宏（字彦伯，小字虎），他少年博学、文章绝美，而且才思敏捷、超出同侪。桓温领兵北征时曾因故责罚过袁宏将其免官，后来又命令他撰写行军露布（报捷公文）。袁宏靠着马鞍拟稿，一会儿就写成了七张纸，而且文采颇为可观。旁边观看的王珣极叹其才，曾发出"当今文章之美，故当共推此生"的感慨。袁宏一生留下诗赋谏表等计300余篇，其中脍炙人口的有《北征赋》和《三国名臣序赞》等，并著有《后汉纪》三十卷、《正始名士传》三卷、《竹林名士传》三卷、《中朝名士传》若干卷等，以"史学家"和"一代文宗"而著称于世。天汉先生这里借用这两个典故，意在表明自己虽然身患疾病、又正在受罚（下放），但著文修史的能力尚在，如有机会还能再为国家、组织出力报效，心意拳拳、言辞恳切。

这首诗通篇比喻、用典颇多，而意思表达十分自然贴切、生动感人，其笔法值得我们仔细学习效仿。

（老郜编撰）

五十、供求论呈姚依林同志（1972 年 7 月 12 日，《金鸡集》第 143 页，七律 2 首）

《供求论》一稿，请姚依林同志审阅，呈二首

1972 年 7 月 12 日

经国文章巨匠称，入参大计屡挥肱。

长才转粟推刘晏，多士登门仰李膺。

戎马燕山迎晓日，犁牛辽海踏春冰。

知公册载心如镜，旷望西江水更澄。

曾傍雷门暗效声，十年布鼓迄难鸣。

随身唯笔知功欠，越位而言恐罪成。

敢乞三都冠佳序，肯垂一字定公评？

樊南词藻虽粗立，点窜方看气格撑！

【注释】

1. 姚依林：（1917年9月6日—1994年12月11日），安徽省池州市人。姚依林长期担任国务院财贸部门的领导工作，作为主管国家财贸工作的中央领导同志主要助手之一，对国家若干重大经济政策，都参与了研究、制定和具体组织实施。

2. 挥肱：即挥手。肱本义是手臂，可用以比喻帝王的卿佐辅臣。

3. 刘晏：刘晏，字士安，曹州南华（今山东菏泽市东明县）人。唐代著名经济改革家、理财家。他幼年才华横溢，号称神童，名噪京师，《三字经》有"唐刘晏，方七岁。举神童，作正字"之语。曾历任吏部尚书、同平章事、领度支、铸钱、盐铁等使，封彭城县开国伯。安史之乱后，他领导实施了一系列的财政改革措施，为唐朝经济恢复与发展做出了重要的贡献。建中元年（780）遭谗害，被敕自尽，年65岁。死后从其家中所抄财物唯书两车，米麦数石而已。刘晏无罪被杀，众人都为他呼冤。贞元五年（789），德宗追赠刘晏为郑州刺史，加赠司徒。刘晏一生经历了唐玄宗、肃宗、代宗、德宗四朝，长期担任财务主政大臣要职，管理财政达几十年，效率高、成绩大，被誉为"广军国之用，未尝有搜求苛敛于民"的著名理财家，为后世所称道。《全唐文》《全唐诗》录有其作品。

4. 李膺：李膺，字元礼，颍川郡襄城县（今属河南襄城县）人。东汉时期名士、官员。李膺最初被举为孝廉，后升任青州刺史，为官有清严之名。曾历任渔阳、蜀郡太守，又转护乌桓校尉，屡次击破犯境的鲜卑，后因公事免职。永寿二年（156），鲜卑犯境，桓帝起用李膺为度辽将军，羌人闻讯，都感到畏服，李膺因而声威远播。后入朝为河南尹，又升任司隶校尉，使众宦官感到畏惧。"党锢之祸"时，李膺遭到迫害下狱，后被赦免回乡。陈蕃、窦武图谋诛杀宦官时，起用李膺为永乐少府，2人遇害后，再被免职。建宁二年（169），"第二次党锢之祸"，李膺主动自首，被拷打而死，终年60岁。《后汉书·党锢列传》记载："是时朝庭日乱，纲纪颓陀，膺独持风裁，以声名自高。士有被其容接者，名为登龙门。"《世说新语》记载："李元礼风格秀整，高自标持，欲以天下名教是非为己任。后进之士，有升其堂者，皆以为登龙门。"

5. 犁牛：耕牛。

6. 卌载：40 年。

7. 布鼓雷门：雷门，古代会稽城门名，因其悬有大鼓，声震如雷，故称。《汉书·王尊传》："尊曰：'毋持布鼓过 雷门！'"颜师古注："雷门，会稽城门也，有大鼓。越击此鼓，声闻洛阳，故尊引之也。布鼓谓以布为鼓，故无声。"后人以此成语，比喻在高手前卖弄，与班门弄斧同义。元吴昌龄《东坡梦》第一摺："小官在吾兄根前，念《满庭芳》一阕，却似持布鼓而过雷门，岂不惭愧。"

8. 三都：指三国时的蜀都成都、吴都建业、魏都邺，晋左思曾因之著《三都赋》。左思（250—305），字太冲，西晋著名文学家。他曾以 10 年时间写出《三都赋》，当时的大学问家皇甫谧看过后，予以高度评价，并为之写了序言。而后"洛阳豪贵之家竞相传写，纸为之贵"。

9. 点窜：指修改、润饰。语出《三国志·魏志·武帝纪》："他日，（曹）公又与（韩）遂书，多所点窜。"

10. 气格：指诗文的气韵和风格。《旧唐书·韩愈传》："常以为自魏晋已还，为文者多拘偶对，而经诰之指归，迁雄之气格，不复振起矣。"

【赏析】

　　天汉先生这两首诗写于 1972 年 7 月，是在他通过"干审"、结束下放，恢复本职工作之后所作。诗的内容是向当时的领导、时任商业部长的姚依林同志呈阅自己的新作《供求论》书稿，并请其赐序加评。所以它也是一篇有实际功用的应用文章，我们来看一下其写法。

　　第一首诗整体侧重于对呈诗对象的描写。

首联开门见山，盛赞姚部长是经国巨匠、屡参大计。颔联顺承对仗，用刘晏、李膺两个历史人物作比喻，重点突出对方的经世才干和风骨高格。颈联讲到现实情况，上句叙说对方、下句联系自己，对仗工整、转接自然。尾联收结到自己对领导的感怀和希望，描绘出一幅高天朗月、下照澄江的优美画面，令人心旷神怡。

第二首诗整体侧重于对所请托之事的描写。

首联是比起加用典，使用"雷门布鼓"的典故，比喻说明自己曾在对方的门下学习工作多年，受益良多。颔联顺承，写自己下放劳动在外，随身只有一支笔，所写的文章功夫也欠火候；而且在下放劳动中，利用农闲间隙从事思考写作，有不专心思想改造之嫌，恐怕是有罪无功。颈联再次用典作比喻，用皇甫谧为左思的《三都赋》作序定评，以致"洛阳纸贵"的典故，委婉表达了愿对方也能为自己这篇《供求论》赐序加评的期望。尾联仍是用典比喻，用李商隐的诗文词藻与风格来类比，表现了对自己作品价值的信心和对对方鉴赏水平、及品评意义的肯定。

天汉这两首诗整体逻辑连贯、章法井然：首先称赞对方才学高深、功业卓著，风骨高标、国之栋梁；然后讲自己久在麾下、曾蒙关照，倾心仰慕、暗自效仿；再说自己偶有拙作，不揣呈献，希望对方能够阅评赐序为盼。修辞技巧上赋叙、比兴、借喻、用典，手法多变、文采纵横，可算是请托诗中的一篇佳作。

人生活在社会当中，难免请人提携、都要求人办事，总会受时代风气和现实环境的影响。即便是诗仙李白、诗圣杜甫那样的名家巨擘、文坛领袖，也经常会写一些干谒、请托的诗作。而请托干谒诗的做法，最重要的是要行文得体，称颂对方要有分寸，同时不失自己身份。措辞不卑不亢，能表达出彼此地位虽异、人格则同，彰显请托双方纯系君子之交，唯在才艺互赏、志趣相投，而非趋炎附势、钻营苟且，如此才是能够公布传播、流行久远的不朽诗篇。

【诗苑初探】

干谒请托诗

请托，即请求托付别人帮自己的忙。带有这种目的而写给对方看的诗，即为请托诗。

干谒诗是请托诗中比较常见和特殊的一类，是古代文人为推销自己而写的一种诗歌，类似于现代的自荐信。一些文人为了求得晋身机会，往往十分含蓄地写一些干谒诗，向达官贵人呈献诗文，展示自己的才华与抱负以求引荐推举。而被谒者中也不乏爱才惜士之人，因此成就了不少文坛佳话。

古代文人写干谒请托诗的传统由来已久，唐宋很多著名诗人都写过此类诗词，其中还不乏名篇。例如孟浩然曾写过一首著名的干谒诗《望洞庭湖赠张丞相》：

> 八月湖水平，涵虚混太清。
> 气蒸云梦泽，波撼岳阳城。
> 欲济无舟楫，端居耻圣明。
> 坐观垂钓者，徒有羡鱼情。

此诗作于唐玄宗开元二十一年（733），当时孟浩然西游长安，结交了时任秘书少监、集贤院学士副知院士的张九龄。后来张九龄拜中书令，孟浩然便写了这首诗赠给他，目的是想得到张九龄的引荐，谋求入朝做官。诗的前四句写洞庭湖壮丽的景象和磅礴的气势，后四句则借此抒发自己的政治热情和希望，虽然是一首带有请托目的的干谒诗，但写得情景交融、气势磅礴，措辞委婉含蓄、比兴借喻手法多变、不落俗套，艺术上很有特色，不失为一首佳作。

又如唐朱庆馀的绝句名作《近试上张籍水部》：

> 洞房昨夜停红烛，待晓堂前拜舅姑。
> 妆罢低声问夫婿，画眉深浅入时无？

这也是一首著名的请托诗。此诗为宝历（唐敬宗年号，825—827）年间朱庆馀参加进士考试前夕所作。唐代士子在参加进士考试前，时兴"行卷"，即把自己的诗篇呈给名人，以希求其能称扬和介绍于主持考试的礼部侍郎。朱庆馀此诗投赠的对象，是时任水部郎中的张籍。张籍当时以擅长文学而又乐于提拔后进闻名。朱庆馀平日向他行卷，已经得到他的赏识，临到要考试了，还怕自己的作品不一定符合主考的要求，因此写下此诗，看看是否投合主考官的心意。此诗便是行卷之作。唐代风俗，新人们头一天晚上结婚，第二天清早新妇才拜见公婆。此诗借用新娘子拜见公婆前惴惴不安的神态，比喻自己临考前的心情。仅作为"闺意"，这首诗已经是非常完整、优美动人的了。而作者本意，另有表达自己作为一名应试举子，在面临关系到自己政治前途的一场考试时所特有的不安和期待。写法真是精雕细琢，刻画入微，一箭双雕、令人惊叹。

再来看一首宋人的干谒词作名篇，柳永的《望海潮·东南形胜》：

东南形胜，三吴都会，钱塘自古繁华。烟柳画桥，风帘翠幕，参差十万人家。云树绕堤沙，怒涛卷霜雪，天堑无涯。市列珠玑，户盈罗绮，竞豪奢。　　重湖叠巘清嘉，有三秋桂子，十里荷花。羌管弄晴，菱歌泛夜，嬉嬉钓叟莲娃。千骑拥高牙，乘醉听箫鼓，吟赏烟霞。异日图将好景，归去凤池夸。

这首望海潮是柳永广为传颂的名篇，也是其壮词代表作。这首词写的是杭州的富庶与美丽。艺术构思上匠心独具，上片写杭州，下片写西湖，以点带面，明暗交叉，铺叙晓畅，形容得体。文章一开头即以鸟瞰式镜头摄下杭州全貌。它点出杭州位置的重要、历史的悠久，揭示出所咏主题。极言其为东南一带、三吴地区的重要都市。其中"形胜"与"繁华"4字，为点睛之笔。而自"烟柳"以下，便从各个方面描写杭州之形胜与繁华。下片重点描写西湖。将湖光山色、四季美景，以及居民们的欢乐神态，作了栩栩如生的描绘，生动刻画出一幅国泰民安的图卷。接下来又写地方长官的游乐场景，笔致洒落、曲调雄浑，仿佛令人看到一位威武而又风雅的地方长官，饮酒赏乐，啸傲于山水之间。同时也暗示了杭州人民如此安居乐业，是地方长官的德政所致，值得广为称颂。

根据罗大经《鹤林玉露》所载，柳永一直沦落下僚、郁郁不得志，便到处漂泊，寻找晋升的途径，迫切希望得到他人的提拔。他到杭州后，得知老朋友孙何正任两浙转运使，便想去拜会。无奈孙府门禁甚严，柳永一介布衣无法入见。于是便写了这首词，嘱咐当地一位著名的歌伎，如果能在孙何的宴会上唱歌就唱这首《望海潮》。后来这位歌伎真有机会演唱了这首词，孙何果然询问此词作者，歌女回答是您的故人柳三变所作。于是孙何便接见了柳永，请他吃饭叙旧。这首词的文辞精彩、笔法巧妙，艺术价值极高，当时便传播开来。据说后来金主完颜亮闻歌，欣然有慕于"三秋桂子，十里荷花"，遂起投鞭渡江、立马吴山之念。故南宋谢处厚有诗云："谁把杭州曲子讴？荷花十里桂三秋。那知卉木无情物，牵动长江万里愁！"

（老邰编撰）

五十一、寄女（1974 年 1 月 27 日，《金鸡集》第 152 页，七律 1 首）

寄女

航空缄寄数枝花，南岭云深道路赊。

守岁灯前人少一，论文梦里序联仁。

热肠济世学方笃，冷眼观心思不哗。

堂上近时身稍健，辛勤赖汝觅天麻。

【注释】

1. 南岭：南岭指中国湖南、江西、广东、广西 4 省（区）相连的群山区域。南岭是秦汉早期朝廷对楚国之南的群山区域的总称，是长江水系（含洞庭湖水系、鄱阳湖水系）与珠江水系的分水岭及其周围群山，并非泛指南方山岭。

2. 道路赊："赊"字作韵脚，读音为"shā"，此处是"长、远"义，道路赊意即道路长远。唐吕岩《七言》诗："常忧白日光阴促，每恨青天道路赊。"

3. 堂上：本义是殿堂上、正厅上，引申指代父母。清吴骞《扶风传信录》："夙缘已尽，别君去矣，君归为我谢堂上。"

4. 天麻：中药名。产于我国云南、四川、湖北以及西北、东北等地。中医以其块茎入药，可治眩晕、头痛、抽搐痉挛、小儿惊风等症。李时珍《本草纲目》又名"赤箭"。

【赏析】

这首七律是天汉先生 1974 年写给女儿的。之前我们介绍过，天汉先生的女儿出生于1949年，"文革"中期的1970年她21岁时到甘肃白龙江从事水电站工作，1973年到广州中山医学院上大学。天汉先生这首诗，便是1974年初寄给当时正在广州上学的女儿的。

首联是以事起。1974年春节期间，天汉先生的长子返京结婚，全家人自从1970年分居五地后，首次得到一个难得的团聚机会，但女儿却不能回家过年。为了表达对兄嫂新婚大喜的祝贺，她航空邮寄了一束花回京，作为贺礼致意，这就是第一句"航空缄寄数枝花"的来历原委。次句则是从首句的航空邮寄联想到，北京与广州相隔千里，山高云深、路途遥远，见面实在难得。

读到这里，令人不禁想起南朝诗人陆凯那首著名的《赠范晔诗》：

折花逢驿使，寄与陇头人。

江南无所有，聊赠一枝春。

折一枝梅花寄予远方的朋友，礼物轻、情义重，它带来的是江南的盎然春意，也承载着对友人的美好祝愿和对重逢的期待。小小一枝花，凝聚和寄托着诗人思念、祝福、期待等诸多情感；而托驿使寄梅花这一看似简单的举动，也蕴涵着无限的诗意情趣。我想天汉先生写下首联诗句时，大概心中也正好浮现出这一画面吧。

颔联顺承前意，道出对女儿春节不能回家团聚并参加兄嫂婚礼的遗憾。

颈联作一转折，表达着对女儿的殷殷期望：怀慈悲之心，珍惜机会、刻苦学习救人济世本领，远离当时的轰烈与喧嚣，保持冷静、清醒的头脑，专心读书为上。因为天汉先生知道，在当时情况下，女儿能够上大学是多么地不易。

尾联则收结到女儿之前在白龙江碧口镇为常患头痛的母亲寻觅天麻的事情。表达了对女儿孝心的感谢，体现了一家人之间的互相关爱、理解和支持。

（老邰编撰）

五十二、春天，健笔（1977 年，《翰苑集》第 163 页，七律 2 首）

春天（1977 年 3 月）

长征再发奋长鞭，万里神州号令传。

攀顶曾羞蹑人后，攻关何敢率群先。

雨滋桃李争千艳，风蔚红专企两全。

难忘黑云压城日，欢歌宜倍惜春天。

健笔（1977 年 10 月 9 日）

健笔何能拟子虚？高论经济实才疏。

谋身拙悔安蛇足，试手危惊捋虎须。

草木倾心依暖日，江山照眼展宏图。

嘶风老骥思千里，无限豪情入著书。

【注释】

1.蹑：追踪，跟随，轻步行走的样子。

2.红专：又红又专。

3.健笔：雄健的笔，谓善于为文。亦借指雄健的文章。如南朝陈徐陵《让五兵尚书表》："虽复陈琳健笔，未尽愚怀。"唐杜甫《戏为六绝句》之一："庾信文章老更成，凌云健笔意纵横。"

4.子虚：西汉司马相如所著《子虚赋》中的虚构代言人之一，他与另两位代言人乌有和亡是公以问答形式叙述全书内容。后来以此形容虚无或毫无根据的事。

5.谋身：为自己谋划。安蛇足：出自《战国策·齐策》中的一则寓言故事，画蛇添足。捋虎须：抚摸老虎胡须。比喻触犯有权势的人。裴松之注引晋张勃《吴录》："桓奉觞曰：'臣当远去，愿一捋陛下须，无所复恨。'权冯几前席，桓进前捋须曰：'臣今日真可谓捋虎须也。'权大笑。"后因以"捋虎须"喻撩拨强有力者，谓冒风险。拙于谋身，就像画蛇添足那样愚蠢，为报效国家，不计冒犯权贵所带来的危险后果。形容为人忠诚正直，不考虑自身利益。此句语出唐韩偓《安贫》："谋生拙为安蛇足，报国危曾捋虎须。"

6. 照眼：即耀眼。形容物体明亮或光度强。唐杜甫《酬郭十五判官》诗："才微岁老尚虚名，卧病江湖春复生。药裹关心诗总废，花枝照眼句还成。"清纳兰性德《金缕曲·亡妇忌日有感》词："但有玉人常照眼，向名花美酒拚沉醉。"

7. 老骥思千里：指老骥伏枥，志在千里。老马虽然卧在马槽子下，但它仍有行千里的志向。出自三国曹操《步出夏门行·龟虽寿》："老骥伏枥，志在千里。烈士暮年，壮心不已。"

【赏析】

第一首诗创作于"文革"结束不久。吴天汉先生从商业部正式调入中国社会科学院经济所工作，心情开始逐渐舒畅、斗志昂扬，仿佛重新焕发了青春，满怀豪情准备攀登顶峰，攻坚克难。因为"文革"时候受到许多委屈和歧视，以及不公正的待遇，所以作者倍加珍惜来之不易的美好时光。所以这个春天不仅是气象意义上的春天，也是国家发展进步中的春天，更是诗人精神世界里的春天。

第二首诗中诗人希望用自己手中雄健的文笔描绘出美好的蓝图。虽然有些谦虚谨慎，但是天汉先生自幼热爱诗词，对于自己的才华还是有足够自信的，并表示自己为人忠诚正直，并不计较个人的利益得失，不仅要草木倾心那样依靠暖日，还要江山照眼那样大展宏图。那年作者正好 50 周岁，正是年富力强的时候，却谦称自己老骥伏枥，依旧志在千里，有满腔的豪情壮志去著书立说。

【诗苑初探】

"老干体"诗词

"老干体"是传统诗词创作发展过程中特定时期的特殊文化现象，但"老干体"诗词却不是新近的产物，可谓源远流长。究竟起源于具体哪朝哪代，很难考证。不过当代"老干体"诗人的公认大师无疑是大名鼎鼎的郭沫若先生。他不仅开当代"老干体"之先，而且创作颇丰，影响深远。因为写作此类诗词的人以老干部居多，故被称为"老干体"。其基本特点是：①在内容上多以反映当代国家大事为主，且对国家、政党和领袖毫无保留地加以推崇，歌功颂德的倾向很明显，甚至直接为国家、政党和人民代言；②多具有浓烈的革命英雄主义精神，缺乏民主意识和对普通下层人民的深切关怀；③对诗词格律不太讲究，语言也多直白，甚至直接以口号、流行语入诗，因而艺术性普遍不高。

天汉先生一向关心时事政治，在这本诗词全集中，时政诗占了相当大的比重。这首《春天》有着那个时代的痕迹，与郭沫若先生的某些老干体诗词颇为相似。但作为一名旧时代走过来的、国学修养深厚的文人，其作品对仗工整、严合格律，与普通的老干体诗词还是有一定差别的。

（朱联国编撰）

五十三、蜀游吟草（1983年10月，《翰苑集》第165、166页）

杜甫草堂

九月晴江穿锦城，草堂初谒快平生。
溪亭花自更荣谢，竹石泉终判浊清。
疣痛涕挥窥史笔，风雷酒涌辨诗情。
髫年学语壮无进，尚欲云峰高处行。

武侯祠

古柏崇碑祀汉臣，是谁和泪写遗文？
攻心岷自消反侧，执法道曾无醉醺。
原上秋风空六出，隆中春日定三分。
何遑审势酬知己，尽瘁未宜成败论。

望江楼

望江楼尚枕江滨，曲径萧森蔽绿云。

一井浣花笺绝代，两川扫黛艺超群。

校书便具兰蕙质，闭户难辞车马氛。

大著文名应幸甚，几人牖下老无闻。

都江堰

蜀秦开凿久同文，父子尤须策异勋。

禾稻香飘千里沃，堰堆束水两江分。

架涛索固人展步，沉石波深蛟伏鳞。

大隐立言何足比，归来我亦梦神君。

（自注：陆游有神君诗，咏李冰）

【注释】

1. 吟草：指诗稿。如明姚舜牧撰《乐陶吟草》三卷。

2. 杜甫草堂：位于四川省成都市浣花溪畔，是唐代大诗人杜甫流寓成都时的故居。杜甫先后在此居住近4年，创作诗歌240余首。

3. 锦城：代指成都。

4. 疮痍：疮痍有好几种意思。①疮疡；伤痕。②指生疮疡。③民生凋敝困苦。④指灾苦之民。⑤祸害。此处指杜甫忧国忧民，哀叹民生多艰。

5. 髫年：指幼童时期，出自晋陶渊明的《桃花源记》："黄发垂髫，并怡然自乐。"

6. 云峰：高耸入云的山峰。

7. 武侯祠：位于四川省成都市武侯区，是中国唯一的一座君臣合祀祠庙和最负盛名的诸葛亮、刘备及蜀汉英雄纪念地，也是全国影响最大的三国遗迹博物馆。诸葛亮死后谥为忠武侯，后世称之为武侯。

8. 攻心峒自消反侧：取自成都武侯祠最有名的那副对联：能攻心，则反侧自消，从古知兵非好战。不审势，即宽严皆误，后来治蜀要深思。其意为：用兵能攻心，反叛就会自然消除，从古至今，真正善用兵者并不好战；不审时度势，政策或宽或严都会出差错，后来治理蜀地的人要深思。

9. 原上秋风空六出：指六出祁山。通常指三国时期蜀汉丞相诸葛亮出兵北伐曹魏的军事行动。史书记载诸葛亮从祁山出兵伐魏仅有两次，而"六出祁山"的说法出现于小说《三国演义》，由于《三国演义》在民间的影响力较大，因此"六出祁山"也渐渐成为诸葛亮北伐的代名词。诸葛亮六出祁山的决策，是贯彻落实《隆中对》策，北定中原，兴复汉室，以成霸业的正确军事举措和重要战略方针，有其重要战略意义。原上指五丈原上。三国时期，诸葛亮屯兵五丈原与司马懿隔渭河对阵，后因积劳成疾病逝于五丈原，五丈原由此闻名于世。

10. 隆中春日定三分：指三顾茅庐和隆中对的故事。东汉末年，刘备三顾茅庐去襄阳隆中拜访诸葛亮时的谈话内容。公元207年冬至208年春，当时驻军新野的刘备在徐庶建议下，三次到襄阳隆中拜访诸葛亮，但直到第三次方得见。诸葛亮为刘备分析了天下形势提出先取荆州为家，再取益州成鼎足之势继而图取中原的战略构想。

11. 尽瘁：指鞠躬尽瘁。指小心谨慎，贡献出全部精力。出自（三国·蜀汉）诸葛亮《后出师表》："鞠躬尽瘁，死而后已。"

12. 望江楼：望江楼位于成都市望江公园内，主要建筑崇丽阁、濯锦楼、浣笺亭、五云仙馆、流杯池和泉香榭等，是明清两代为纪念唐代女诗人薛涛而修建。

13. 浣花笺：古代笺纸名。传说唐代女诗人薛涛在成都浣花溪旁，以溪水造十色纸，故名"薛涛笺"，又名"浣花笺"。

14. 扫黛：指画眉，用黛描画。出处是唐李商隐《相和歌辞·江南曲》："扫黛开宫额，裁裙约楚腰。"宋陆游《次李季章哭夫人韵》之一："遥知最是伤心处，衫袂犹沾扫黛痕。"

15. 校书：指薛涛。薛涛时称女校书。薛涛（约768—832），唐代女诗人，因父亲薛郧做官而来到蜀地，父亲死后薛涛居于成都。居成都时，成都的最高地方军政长官剑南西川节度使前后更换十一届，大多与薛涛有诗文往来。韦皋任节度使时，拟奏请唐德宗授薛涛以秘书省校书郎官衔，但因格于旧例，未能实现，但人们却称之为"女校书"。成都望江楼公园有"薛涛墓"。

16. 牖下：是指户牖间之前，窗下。亦借指寿终正寝。

17. 都江堰：指都江堰工程。公元前 256 年，战国时期秦国蜀郡太守李冰率众修建的都江堰水利工程。该大型水利工程现存至今依旧在灌溉田畴，是造福人民的伟大水利工程。其以年代久、无坝引水为特征，是世界水利文化的鼻祖。当地人们为了纪念李冰父子，建了一座李冰父子庙，称为二王庙。

18. 大隐：大隐小隐出自老子的《道德经》：小隐于野，中隐于市，大隐于朝。

【赏析】

天汉先生于 1979 年正式调到中国社会科学院经济研究所工作，开始充分发挥了他在经济史方面的特长，成果丰硕，心情舒畅，外出考察参访的机会也比较多。这四首诗写的是他在四川参访时的心得体会，咏史怀古，抒发情感。

第一首是参访了杜甫草堂，天汉先生对于杜甫的为人和才华是很崇敬的，诗圣杜甫忧国忧民的情怀和悲天悯人的心态曾经深深感染和震撼过年少时的作者，虽然自谦还没有具备杜甫那样的史笔和诗情，但是仍要积极努力，向着远大的目标积极努力攀登学习。

第二首诗是作者参访了武侯祠，满怀热情地对于诸葛亮的一生功业做出了恰如其分的评价。诸葛亮辅佐刘备和刘禅，立下了卓著的功勋。虽然由于各种主观和客观原因的羁绊，功败垂成，没有最后实现自己的理想和愿望，但是他的审时度势和高瞻远瞩，以及各方面优秀的才能，还是值得肯定的。鞠躬尽瘁死而后已的精神，也很值得后来人认真学习和借鉴的。

第三首作者参访望江楼，除了描写望江楼美丽的风光，更主要的是感怀才女薛涛坎坷曲折的一生。薛涛不仅美丽智慧，而且才华出众，她发明的浣花笺广受欢迎，赢得过许多人的仰慕和赞美，然而由于时代的种种局限，她的一生郁郁寡欢，并不得志，在情感和婚姻等许多方面都留下了太多的遗憾和无奈，可谓红颜薄命。然而作者对她深表同情，认为她的诗集和美名已经流传于世，比起那些庸庸碌碌、寿终正寝的普通人来，已经幸运许多了。

第四首描写了作者参访都江堰水利工程的过程。都江堰工程开凿于秦代，灌溉了成都平原数百万亩良田，恩泽一方百姓，是一项造福千秋的伟大工程，李冰父子为此立下了赫赫功勋，作者对此做出了高度评价和由衷赞美。

旧体诗词的语言特点

旧体诗言简意赅，内容丰富，这就要求语言必须精练，在短小精悍的文字里，能让人产生精彩丰富的联想。古意是指思古之情，也指古人的思想意趣或风范。古意盎然能使作品隽永厚实，值得回味。同时创作旧体诗词力诚晦涩，如果文辞隐晦，不流畅，不易懂，就很难让读者引起共鸣，也降低了作品的艺术性和感染力。如何让读者们在古意盎然的诗词里理解和感悟新生的事物和作者的情怀，这对于所有的诗词创作者而言，都是一个严峻的挑战。不惜作者辛，但伤知音希。高山流水觅知音，这也是诗词文艺的重要魅力之一。毫无疑问，诗词文艺首先要有丰富的内涵和魅力，才能打动人、鼓舞人、激励人，给人以美好的享受和前进的方向，才能找到更多的知音和欣赏者。

（朱联国编撰）

五十四、松陵故里、故里（1991 年，第七卷《翰苑集》第 168、188 页）

天汉先生 1991 年回访江南，写下了一系列律绝。多年间，吴江松陵故里等地一直魂牵梦萦，在天汉先生的诗词中反复出现。这里选读赏析其中的一首七律和一首七绝。

松陵故里

祠奉三高忆故丘，鲈肥莼滑绿汀浮。

踏波舟过垂虹路，飞梦人归明月楼。

雷鼓登坛声破夜，霜笳出塞气扬秋。

我吴素负诗乡誉，集结松陵愿或酬？

【注释】

1. 松陵镇：位于吴江县（现已并入苏州）北部。松陵一直是县治所在地，因此，又称松陵为吴江。

2. 垂虹：松陵镇东门外的垂虹桥素以"江南第一长桥"闻名遐迩。垂虹桥周围有吴江亭、鲈乡亭、华严寺、接待禅寺、三忠祠、南察院、三高祠、三高亭、钓雪滩、接官亭、盘野、小潇湘等。南宋著名诗人姜夔在《过垂虹》中咏道"曲终过尽松陵路，回首烟波十四桥"。

3. 三高：松陵镇东门外，原有三高祠，祀三高士：范蠡、张翰、陆龟蒙。

4. 范蠡，春秋时期楚国宛地（今河南南阳市）人。越王勾践的谋臣。他帮助勾践灭掉吴国后，离开勾践，苦心经商，聚财产千金，号"陶朱公"。相传他携西施乘扁舟，出三江，入五湖，被吴江震泽镇斩龙潭的风光所吸引，于是居住下来，请能工巧匠在斩龙潭前砌了宝塔形高台，与西施一起在这里垂钓憩息。后人把这高台称为范蠡钓台，把斩龙潭称为蠡泽湖，还在他的故宅上建了范蠡祠。

5. 张翰，吴江人，西晋书法家、诗人。文风清新而华丽，性格恃才放旷不羁。张翰在洛阳为官时，一日望着南归的大雁，想起了家乡的菰菜、莼羹、鲈鱼，仰天长叹："秋风起兮佳景时，吴江水兮鲈正肥，三千里兮家未归，恨难得兮仰天悲。"（《思吴江歌》）。人生贵在顺心，怎么能为了功名利禄而被官位缠绕在千里之外呢？张翰弃官返乡，回归吴江隐居，不仅避过了战乱祸害，而且在文章学问上取得了很大的成就。"莼鲈之思"典故、"莼羹鲈脍"成语均由此而出。

6. 陆龟蒙，唐末文学家、诗人。苏州人。他在震泽、黎里建有别墅隐居。黎里镇南有一鸭栏泾，相传是陆龟蒙隐居养鸭的地方，那里还筑有"鲁望别墅"。白天他在别墅批经读史，习字作文，晚上划着小舟来往于碧波之上，出没在蓬芦之中。

7. 绿汀（lǜ tīng）：绿色的洲渚。唐崔日用《奉和圣制春日幸望春宫应制》："东郊风物正熏馨，素浐鸟鹭戏绿汀。"明陆铨《越行杂咏》之二："岚光冉冉树亭亭，尽日渔人泛绿汀。"

【赏析】

这首七律以兴起，首联以历史上著名的吴江松陵三高祠阐发了故里的源远流长和不同凡响，接着以颇富盛誉的本地肥美鲈鱼，滑嫩莼菜感叹了鱼米之乡的物产丰富。

颔联以古老的垂虹桥百丈路和现代的明月楼大酒店为场景，踏波舟过与飞梦人归，相映成趣。

颈联从风景转到历史，小小吴地，古往今来，多少人物，当然必须一提的是先人吴兆骞出塞的悲壮一幕和他的秋笳集。

尾联自然地继写到，作为诗乡吴江之诗人，结集吴地诗人诗作的愿望能否实现吗？

地灵人杰，触景生情，诗意即以意象寄托情思，这首可为范例。

故里（其四）

北上几寻银杏树，南来遍看杜鹃花。

长安岁岁居非易，转悔少时轻去家。

【注释】

1. 银杏树：落叶大乔木，生长较慢，寿命极长，中生代孑遗的稀有树种，系中国特产，仅浙江天目山有野生状态的树木。银杏分布大都属于人工栽培区域。

2. 杜鹃花：花冠鲜红色，江西、安徽、贵州以杜鹃花为省花，长沙、无锡、九江、镇江、大理、嘉兴、赣州等城市定为市花的城市多达七八个。1985年5月杜鹃花被评为中国十大名花之六。

【赏析】

这首七绝以兴起，北上几寻银杏树，南来遍看杜鹃花。首联两句的对仗精巧工整，"几寻"和"遍看"对比强烈，动感十足，南国游子对江南故里的思念、眷恋、渴望跃然纸上，令人随之暗叹不已，感慨万千。

第三句用了顾况以"长安米贵，居大不易"戏说白居易名字的典故。长安（帝都）岁岁居非易。结尾句直截了当地道出了心里话：转悔少时轻去家——后悔年少时轻易地离开了故里。是为诗眼，也是多少离人的心声啊！

天汉先生自1951年离开家乡进京供职，40余年间吟咏故乡的诗句很多，例如：《梦回》："出门快步恍归吴，……七十年来同梦过。"《乡情》：

"吴侬软语最缠绵，倒驶流光忆往年。今古水乡堪送老，缘何四世滞幽燕？"
《客况》："身老燕都仍是客，江南路杳欲归难。"《八十自述》："只
憾南归千里隔，梦飞枉上五湖船。"《雨后》："江乡枫老莼鲈美，又到
秋风初起时。"

下面，选择《天汉诗词全集》中极具代表性的吟咏故乡的诗句，并附上相
应的页码，以飨读者。

南归篇：吴江松陵镇（第 168 页）
全家拍浪喜归吴，霜冷江枫记画图。
虹跃惊开新馆厦，燕飞迷却旧庭衢。
曾追蠡翰为前侣，枉慕机云入上都。
从此秋风每起候，乡思不独在莼鲈。

南归篇：同里退思园（第 167 页）
谁锁飞烟入院中，亭台贴水阁生风。
联到到合再浮白，飞梦归常寻闹红。
露槛临波鱼唼月，天桥倚岫鸟盘空。
草堂我亦曾题壁，未思退思随此翁。

梦回松林故里作（第 199 页）
群楼难觅旧池台，春雨仓桥两度来。
只有手栽株二百，桃花犹向梦中开。

为同里退思园题联（第 292 页）
华榭开时，喜集域中人，贴水芳园画意，半池莲叶容鱼戏；
草堂行处，退思天下事，生风熏阁琴声，千树桐花引凤游。

南归篇：赴宁车中口吟（第 167 页）
京华历历过云烟，春到江东万木鲜。
人在旅途惜今夕，车过险坂怵当年。

遗文世有金瓯记，健笔谁令锦瑟传。

仕贾两艰思范蠡，南归聊放五湖船。

吴江诗派今昔谈，复孙七兄（第 129 页）

 松陵古诗国，百代作手稠。

 枫落吴江冷，杰句今尚留。

 潘子吟重阳，满城风雨秋。

 有唐陆龟蒙，笔耜携南畴。

 祠以配范张，三高凌公侯。

 莼鲈天下称，晴江碧于油。

 天末动游子，归兮心悠悠。

 垂虹东南美，词客屡停舟。

 白石泛桥前，韵娇箫声柔。

   ……

乡情（第 489 页）

吴侬软语最缠绵，倒驶流光忆往年。

春雨同过亭畔路，秋霜独泊岸边船。

弦弹妙曲宁居后？针绣神功合领先。

今古水乡堪送老，缘何四世滞幽燕？

客况（第 489 页）

无非到处弄柔翰，荏苒京华居已安。

莲幕春风频送暖，梧庭夜雨渐生寒。

常萦花月家园梦，浑忘莼鲈乡味歹。

身老燕都仍是客，江南路杳欲归难。

梦回（第 502 页）

出门快步怳归吴，载笔亭边携酒壶。

春雨一经传耒耜，秋风千里忆莼鲈。

苍茫笠泽乡名蠡，寥落灵岩台圮苏。

七十年来同梦过，回头细算实区区。

通过阅读以上种种诗作，可以深切体会到天汉先生心中对故乡吴江的思念与眷恋，也可见一个故乡可有多少丰富的表达。

（诗农　宋錦编撰）

五十五、旅美篇（上——楚才晋用）（1995，《翰苑集》第 176 – 178 页）

天汉先生 1995 年赴美探亲 5 个多月，不像当时许多赴美老人一样枯坐家中，而是遍游美西风景名胜和著名大学，同时还写成《明代商业史》20 万字。当时没有许多参考书，更没有互联网，他只能靠头脑中的记忆，古稀之年、笔耕不辍，平均每天两千余字。先生著作等身，除了才华，更多是八十年如一日的刻苦勤奋。正可谓："亦自壮心时郁勃，岂安避暑在加州。"另外，他还吟成 23 首七律，这里选读 9 首。上篇 3 首，题为楚才晋用，中篇 2 首，题为芸馆巡礼，下篇 4 首，题为山水遨游。

其一、出旧金山机场

中霄竟喜见朝霞，飞越大洋时有差。

万里亲情悬异国，百年乡谊重吾华。

海湾波叠屯千艇，天末虹垂走万车。

初过旧金山畔路，小楼深处好为家。

【注释】

1.中霄：高空。

2.时有差 美国加州旧金山湾区采用太平洋时间，比北京时间晚 16 小时（夏令时期间晚 15 小时）。

3. 旧金山湾区：San Francisco BayArea，简称湾区（The BayArea），是美国西海岸加州北部的一个大都会区，陆地面积约 18 万平方公里，人口近 800 万，是世界旅游胜地、拥有众多美国国家公园等自然景观。湾区还是世界上最重要的高科技研发中心之一，拥有全美第二多的世界 500 强企业总部（仅次于纽约），是美国西海岸最重要的金融中心。

【赏析】

1995 年 2 月，天汉先生偕夫人自北京出发，先在日本千叶市成田机场暂停过夜（参见《成田机场宾馆·在日本千叶县》），次日中午转机飞行 10 多小时抵达旧金山机场。其时正值北京半夜星斗之际，却是旧金山早晨 8 点，朝霞漫天。诗意顿发，首联脱口而出：中霄竟喜见朝霞，飞越大洋时有差。非常直接，气冲霄汉。这就是天汉先生在《李商隐七律诗法十诠》之章法中归纳的十种作诗起法中的陡起。（天汉先生在《李商隐七律诗法十诠》中举了许多李商隐诗中的例子，其中有：万里风波一叶舟，忆归初罢更夷犹。）

领联自然地承接为万里亲情悬异国，继而展开到旧金山为百年侨乡。颈联描述了路上掠过的湾区秀丽春天景色，蓝天碧水扬帆千艘艇，车水马龙垂虹廿里桥。湾区分为旧金山所在的半岛，南湾，东湾和北湾，建有许多大桥，其中最长的圣马刁大桥长 20 余里。天汉先生初来乍到，敏锐地观察到地方特色，朴实地表达出来。领联两联一虚一实，句式变化有致，对仗工整，自然，毫无斧凿之迹。

天汉先生在"十诠"章法提到虚实相济，浓淡相衬法，既可用于对仗两联，也可用于全诗谋篇。这里尾联结得心平气和，云淡风轻，与首联重彩朝霞的陡起相衬，进入渐慢的节奏。亲人在处好为家，既来之则安之，来日方长吧。

本诗用的是平水韵六麻，霞，差，华，家各韵脚皆与中华新韵无异，唯有车不同。全诗流畅，一气呵成，全无拼凑用韵痕迹。天汉先生对声韵烂熟于心，必要时还可查一下随身携带 80 余年的《佩文韵府》，大部分律绝皆为常格，即第一句押韵，平声，似得李商隐真传，甚至写古体诗时也经常一韵到底。诗中第二句飞越大洋时有差，避孤平，三拗五救。

诗中"万里"是实数——北京到旧金山约一万公里，而"万车"是虚数，车多而已。两个万字稍有重复，但行文中相隔较远，可以接受。

其二、圣荷西硅谷

煜煜群星百里开，闻名久始得亲来。

水边人聚雀同啄，天外云飞鹏各回。

生命究微恃高技，智能入化竞新裁。

清华英彦留无半，十载辛勤育楚才！

（自注：随家人赴国际半导体公司公园，参加清华校友聚会）

【注释】

1.硅谷：Silicon Valley, 世界著名高科技产业区。位于旧金山湾区南面，是高科技企业云集的圣塔克拉拉谷（Santa Clara Valley）的别称。最早是研究和生产以硅为基础的半导体芯片的地方，因此得名。硅谷是当今电子工业和电脑业的王国，该地区的风险投资占全美风险投资总额的 1/3, 择址硅谷的电脑公司已有约 1500 家。一个世纪之前这里还是一片果园，但是自从英特尔、苹果公司、谷歌、脸书、雅虎等高科技公司的总部在这里落户之后，这里就出现了众多繁华的市镇。硅谷的主要区位特点是拥有附近一些具有雄厚科研力量的美国顶尖大学作为依托，主要包括斯坦福大学（Stanford University）和加州大学伯克利分校（UCBerkeley）等等。结构上，硅谷以高新技术中小公司群为基础，同时拥有谷歌、Facebook、惠普、英特尔、苹果公司、思科、英伟达、甲骨文、特斯拉、雅虎等大公司，融科学、技术、生产为一体。

2.国际半导体公司：National Semiconductor, 更确切地译为"国家半导体公司"，成立于 1959 年, 是硅谷的传奇，半导体界的传奇，高科技界的传奇，2011 年被德州仪器 Texas Instruments 收购，但其英名永存。

3.煜（yù）：一般意思为光耀，照耀，例如"日以煜乎昼，月以煜乎夜"。也可以理解为火焰，如"飞烽戢煜而泱漭"。煜熠，也指炽盛貌。

4.楚才：楚才晋用，出自《左传・襄公二十六年》关于伍举与声子的一段记载，比喻本国的人才被别国所利用。

【赏析】

这首七律首联平起，交代了地点和场景。从北湾到南湾，再到半岛，百里之间，世界著名或不著名的公司如星辰煜开，今日得来这家闻名遐迩的公司，参加清华校友聚会，为后面作出了铺垫。

颔联由实写人雀，到虚写云鹏，眼前青年才俊，人头攒动，恰似大鹏展翅，云端徘徊。

颈联毫无违合感地引出了生命智能高新科技。

尾联陡转，合得凄沥，是为诗眼。满眼的清华英彦晃来晃去，留在国内的不到一半，楚才晋用，可叹十载培育之辛勤！殷切之情溢于言表。清华英彦留无半，十载辛勤育楚才！此联可为经典。

本诗妙在用典，不孤僻，不深奥，千言万语、不说自明。

天汉先生每每因国家人才流失而痛心疾首。每次同在美亲人通电话都一再提及回来工作吧。此行来美，仍未能说服孩子们，故而心中一直念念。同样的思想感情，也见于其他诗词作品，如：

金缕曲·怀加州亲人（余霞集第 231 页）

近动空巢叹。拟探询，飘零异域，何时能返？曾庆衰门骥千里，真见天涯去远。云水阔，年年望断！多少楚才成晋用，许放洋，英彦留难半。论能失，倩谁判？　　稚孙好学初忘倦，喜寻根：高风三让，秋笳诗冠。祖国图强方崛起，挺立人尊容焕。炎黄子，勤劳誉满。怎割情缘连骨肉，乐忧惧，健寿期从愿。春五色，花气漫。

清华百年·感赋两首（《安贞集》第 316 页）

水木清华别有天，百年往事浩如烟。
几家治学遗宏著，一代兴邦展巨篇。
自以人才观气运，更令世界美英贤。
送儿进校吾心喜，三纪星霜犹眼前。

曾憾辛勤育楚才，卅年得失岂难裁？
外邦光倍耀明月？中土声连鸣郁雷！

几辈慕洋掉头去，有人报国挺身回。

清华校庆应同喜，何独沉思怀不开？！

美国梦，中国梦

寄怀在美锌儿，2011 年 12 月 30 日

豪气峥嵘质自优，清华多士拔其尤。

大洋终越心驰美，崇馆先延踵履欧。

能遣楚才供晋用？难筹春种足秋收！

人生得失凭谁判？逝去年华不倒流。

这可真是难为天下父母心。可以安慰老先生的是，当年参加聚会的清华学子后来海归不少，开创了几片事业天地。

其三、留别吴锌凡凡机中作

湾区灯火正黄昏，北路余霞日忽吞。

休戚一家叹洋隔，驰驱几辈竞雷奔。

暖波多引过江鲫，罡气频挠击水鲲。

最念临歧小儿语：驾机来岁去寻根。

【注释】

1. 留别：离别时留为纪念。

2. 休戚：休：吉庆，美善，福禄。戚：悲哀，忧愁。"休戚与共，生死相依；休戚相关，荣辱共存。宋苏轼《司马温公神道碑》："师朋友道足以相信，而权不足以相休戚。"

3. 临歧（línqí）：指古人送别在岔路口处分手。

4. 雷奔：快速。晋左思《蜀都赋》："流汉汤汤，惊浪雷奔。"北魏郦道元《水经注·河水三》："河流激汤，涛涌波襄，雷济电洩，震天动地。"

5. 过江鲫：宋刘克庄《竹溪生日二首》："试把过江人物数，溪翁之外更谁哉。"东晋王朝在江南建立后，北方士族纷纷来到江南，当时有人说"过

江名士多于鲫"。比喻某种时兴的事物很多。后用以形容赶时髦的人很多，但多含有盲目跟风之意。

6. 罡气：罡，意指北斗星的斗柄。也同义天罡，天上的古星。

7. 击水鲲：传说中的大鱼，生活在北边幽深的大海——北冥。鲲在中国古代文献中，记载最早的当属《列子·汤问》。文中说："终北之北有溟海者，天池也，有鱼焉，其广数千里，其长称焉，其名为鲲。"稍后的《庄子》也引用了这个传说。庄周在其《庄子·逍遥游》中说："北冥有鱼，其名为鲲。鲲之大，不知其几千里也。"

【赏析】

首联兴起，借景寓感。来时朝霞漫天，满眼新奇，满怀期待；走时灯火黄昏，余霞日吞，怅然所失。

颔联直抒胸臆：休戚与共的一家人又将隔洋遥叹，几辈人又将飞来飞去，为见一面奔波。

颈联从小家转到大势：太平洋环流水暖，多少人才如过江之鲫；而我中华本是大鲲，但多年以来频繁被罡气困扰，不能击水遨游。天汉先生作为老一代知识分子，历经沧桑炎凉，磨砺苦难，冰霜风雨，依然不图安逸，不羡富贵，忧国忧民。过江鲫和击水鲲对得工巧，形象生动，憎爱分明，不言而喻。

尾联合得令人动容，耳目一新：最念临歧小儿语：驾机来岁去寻根。希望寄托在下下代身上吧。

别去来兮今日，归去来兮何时？

【诗苑初探】

留别诗

悲欢离合，生离死别。离别往往是人心激荡的一刻，兴发出许多诗意，于是有了依依不舍的留别诗。我们来欣赏几首：

（1）唐代诗人孟浩然在长安失意后，赠别王维的诗作：

留别王侍御维

寂寂竟何待，朝朝空自归。

欲寻芳草去，惜与故人违。

当路谁相假，知音世所稀。

只应守索寞，还掩故园扉。

（2）唐代诗人王昌龄的《留别》：

秦林映陂水，雨过宛城西。

留醉楚山别，阴云暮凄凄。

（3）唐代诗人王维的《留别山中温古上人兄并示舍弟缙》：

解薜登天朝，去师偶时哲。

岂惟山中人，兼负松上月。

宿昔同游止，致身云霞末。

开轩临颍阳，卧视飞鸟没。

好依盘石饭，屡对瀑泉渴。

理齐小狷隐，道胜宁外物。

舍弟官崇高，宗兄此削发。

荆扉但洒扫，乘闲当过歇。

（4）唐代张继的《留别》：

何事千年遇圣君，坐令双鬓老江云。

南行更入山深浅，岐路悠悠水自分。

（5）明代郑之升的《留别》：

怅望溪亭夕照明，绿杨如画罨春城。

无人为唱阳关曲，唯有青山送我行。

有的诗虽未题作留别，却是别情深深。比如李白的《赠汪伦》：

李白乘舟将欲行，忽闻岸上踏歌声。
桃花潭水深千尺，不及汪伦送我情。

也有悲壮的《荆柯歌 / 赴易水歌》：

风萧萧兮易水寒，壮士一去兮不复还。

也有的诗只是号称留别，比如《梦游天姥吟留别》是唐代大诗人李白创作的一首古体诗，实为记梦诗，也是游仙诗。

天汉先生的这首留别诗虽有叹、但无悲，少樊南、工部之风，却溢太白之气。

（诗农编撰）

五十六、旅美篇（中——芸馆巡礼）（1995），《翰苑集》第 176 － 178 页）

柏克莱大学

（自注：有东亚图书馆）

直上钟楼近午时，双桥飞跨望迷离。
林园穿径迎松鼠，芸馆藏书卫石狮。
四海莘莘人负笈，百年鼎鼎孰开基？
由来教育关气运，风雨神州期大师。

史丹福大学校园

（自注：西班牙修道院式建筑）

六里清香远市氛，玉兰精舍款师勤。

森严堂殿神犹奉，高峻门墙学共闻。

路转闲庭现花木，廊回深院纳风云。

廿年声气连硅谷，旗帜惊看突一军。

【注释】

1. 柏克莱大学：公立型的加州大学伯克利分校；史丹福大学：私立型的斯坦福大学。截至 2018 年 8 月，超百位诺贝尔奖得主（伯克利 104 位、斯坦福 81 位）和众多菲尔兹奖得主（伯克利 14 位、斯坦福 8 位）、图灵奖得主（斯坦福 27 位、伯克利 25 位）曾在湾区求学或工作；更有约 200 位奥运会冠军（斯坦福 139 枚金牌、伯克利 117 枚金牌）从这里走出。

2. 莘莘（shēnshēn）：众多。莘莘学子。《国语·晋语四》："周诗曰：'莘莘征夫，每怀靡及。'"汉班固《东都赋》："献酬交错，俎豆莘莘。"

3. 芸馆：一些文化工作场所：报馆，博物馆，文化馆，馆藏。旧时指教学的地方：家馆，蒙馆，坐馆。

4. 负笈（fùjí）：指背着书箱，形容所读书之多；指游学外地。出自《晋书·王衷传》："负笈游学。"

5. 鼎鼎：盛大貌。唐元稹《高荷》诗："亭亭自抬举，鼎鼎难藏擪。"

6. 精舍：学舍；书斋之意。或为道士修炼居住之所。亦为佛门术语，寺院、佛寺的别名。

【赏析】

这两首七律同样写的是参观大学，却迥然不同。

伯克利位于旧金山湾区北湾，与旧金山市隔海湾相望。钟楼为当地最高地标。向西望去，海湾大桥和金门大桥历历在目，却又时常被飘来飘去的云雾遮住。曲径通幽，松鼠跳跃。著名的东亚图书馆，门前石狮护立，藏中、日、韩等东亚书籍百万余册，为美国最多。

首联平起，颔联继续，景观之后，颈联转为议论，四海学人，百年国业。尾联画龙点睛：由来教育关气运，风雨神州期大师。

斯坦福大学却是另一番景象。从国道 101 下来，高大常青的玉兰树浓荫蔽日，清香远市，街道两边教授小楼优雅肃朴，造型各异。任人进出的"校门"内，一条引人入胜的棕榈树大道通向西班牙修道院风格的校园中心建筑群。金碧辉煌的百年教堂外，匆匆而过的学生和闲庭漫步的游客，以及着白色婚纱拍摄的新娘互不打扰。林茂花盛，博物馆气势恢弘，藏品丰富，罗丹雕塑多处可见。

结尾以议论斯坦福为硅谷发源地而成为诗眼：廿年声气连硅谷，旗帜惊看突一军。

这两首诗雅俗共赏，朗朗上口。用格律诗写现代，特别是外国，除了韵，平仄，对仗外，既要有古意，又要有新奇，必须拿捏合适。比如，天汉先生用云馆和精舍，而不是图书馆，阶梯教室，教师学生宿舍，这些现代词汇。古意，并非生癖晦涩。如果一首格律诗写出来，让人许多字认不得读不出；或者让人一眼看不出作者是谁，读者是谁，写的何时，写的何处，写的何物，想说什么，又有何意义？新奇，也要有审美，比如用费尔泼赖来翻译 fairplay，别说写到格律诗中，就是写到新体诗中，也不伦不类。

【诗苑初探】

章法之起承转合，结（尾）联和诗眼

天汉先生在十诠－章法提到，李商隐七律有的确是起承转合分明，结构井然有序。

同时他还指出除中间两联应见出色外，需特别强调结联要十分用心着力，不能稍有松懈。结尾见主旨，措语皆倍沉厚，余意未尽，耐人寻味。可把诗意推过一步，后劲十足，使全诗成为力作精品。注重尾联，是为李商隐所大力发扬的上佳诗法，因为这里常常是诗眼之所在。

【诗法津梁】

简明格律诗平仄要诀

格律诗平仄，令人眼花撩乱，望而却步。其实，只要弄清其本质原则，实则直截了当，简单明确。平仄的要旨是音律美，即朗朗上口。因为古时诗歌一体，诗是要吟唱的，所以要具有韵律感与节奏感。

格律诗的句内平仄相间，并不是要一个字一个字地平仄相间，而是以一定的单位相间，这决定于诗的意义结构和节奏结构。因此，根据句内平仄相间的规则（七言句内平仄相间，前四个字，每两个字为一个单位；后三个字可分为五与六、七平仄相间或五、六与七平仄相间。即：平平仄，仄仄平，平仄仄，仄平平。五言的律句可以看成七言截掉前两个字），可以总结出四种基本句式（为叙述方便，四种基本句式分别用字母代替，且以七言为例，五言去头两字即可），即正格为：

基本句式 A（以下简称 A）：平平仄仄平平仄

基本句式 B（以下简称 B）：仄仄平平仄仄平

基本句式 C（以下简称 C）：仄仄平平平仄仄

基本句式 D（以下简称 D）：平平仄仄仄平平

关于格律诗的平仄，需要遵循以下几条规则：

（1）忌失替：句内二四六字平仄相间，抑扬顿挫，忌失替（平仄不交替）。

（2）忌失对：对句二四六字平仄相对，相映成趣，忌失对（平仄不相对），如 A 对 B、B 对 D、C 对 D、D 对 B。

（3）忌失粘：邻句二四六字平仄相似，韵味相连，忌失粘（平仄不相似），如 B 粘 C、D 粘 A。

（4）忌孤平。（王力定义孤平：在韵句里，除了韵脚字外没有连续的平声字。）明确说，就是只有 B 句是会出现孤平：仄仄平平仄仄平之中的平平若有一个变仄了就是孤平。（拗救见下述）

（5）忌三平尾（三平调）。

（6）忌三仄尾：不严格，有很多例外为三仄尾，反应了从古风到格律诗的演变。

（7）一三五不论，二四六分明：在诗中，有的位置是平仄都可以，一般是在一三五的位置；句中有的位置是必须平，或者必须仄，一般是在二四六的位置（六有例外）。通常，满足了忌孤平，忌三平尾，异三仄尾的条件，就可以"一三五不论"，或者一般可以说"一绝对不论，三五时有论"。

按照上述规律，格律诗的基本句式可以有变通，形成变格，四种句式可变格为（七言为例，五言去头两字）：

A：（平）平（仄）仄（平）平仄。括号（）为中，即可平可仄。典型的一三五不论，二四六分明。五言则成为：（仄）仄（平）平仄。这里未提及对初学者不提倡的对句拗救句式。

B：（仄）仄平平（仄）仄平，第三字要求平，为避免孤平。五言则成为：平平（仄）仄平。（拗救见下述）

C：（仄）仄（平）平平仄仄，第五字要求平，为避免三仄尾。但不严格，有变格为三仄尾：（仄）仄平平仄仄仄。如李商隐的三个例句：赊取松醪一斗酒，曾苦伤心不忍听，偏称含香五字客。这时第三字要用平，以免平声太少。一般建议初学者不用三仄尾。

D：（平）平（仄）仄仄平平，第五字必须是仄，为避免三平调。

最后说一下拗救（五言为例，七言同理。）：

这里拗就是孤平或者一个应该"二四六分明"的平（仄）的位置变仄（平），救就是变另一个仄（平）为平（仄）。

B：平平（仄）仄平。如果第一字必须为仄，孤平，则以第三字平来救，成为：仄平平仄平，称为避孤，孤平自救（也称救孤，一拗三救）。例：四朝全盛时。

应用广泛，如李商隐：露寒花未开，火云烧益州，暝传深谷声，鲤鱼时一双。

诗友指出：第一三字不同时为仄即可。所以，可以理解为B变格，即：（平）平（仄）仄平，符合一三（五言）不论，第一三字不同时为仄即可。

C：（平）平平仄仄。如果第四字应仄变平，特拗，第三字由平变仄来救，成为：平平仄平仄，称为本句拗救，本句自救。（也称四拗三救。）例：清平好天气。这时第一字必须平，以减少"震荡"，即不能用：仄平仄平仄。

应用广泛，如李商隐：神仙有才子，苏卿老归国，村南买烟舍，南台见莺友，如丝正牵恨，相思了无意。

　　A：（仄）仄（平）平仄。如果第四字应平变仄，特拗，则对句第三字由仄变平来救。（建议初学者不用此对句拗救。）

　　A：（仄）仄（平）仄仄，

　　B：平平平仄平。称为对句拗救。即出句四拗，对句三救。举例如下：

　　A：野火烧不尽（仄）仄（平）仄仄

　　B：春风吹又生平平平仄平。

　　A：四百八十寺（仄）仄（平）仄仄

　　B：楼台烟雨中平平平仄平。

　　对句拗救时也可以用 B 变格：仄平平仄平。注意这里第三字平是为救出句 A 的四拗，同时也本句救孤（双重拗救）。举例如下：

　　A：高阁客竟去平仄仄仄仄（这里第四字特拗，第三字不论，造成三仄尾，仍可以。）

　　B 变格：小园花乱飞仄平平仄平。

　　李商隐这首《落花》，囊括了上述所有孤平自救 /B 变格，本句自救，和对句拗救：

　　A：高阁客竟去，四特拗

　　B：小园花乱飞。对句三救，仄平平仄平；也是救孤 /B 变格。双重拗救。

　　C：参差连曲陌，

　　D：迢递送斜晖。

　　A：肠断未忍扫，四特拗

　　B：眼穿仍欲归。对句三救，仄平平仄平；也是救孤 /B 变格。双重拗救。

　　C：芳心向春尽，本句拗救。（也称四拗三救。）

　　D：所得是沾衣。

　　这首《落花》，搜韵除了指出首句为三仄尾外，接受了所有的变格或拗救。但是，诗词吾爱不接受任何的变格和拗救。

（诗农编撰）

五十七、旅美篇（下——山水遨游）（1995，《翰苑集》第 176 – 178 页）

其一．太浩湖

（自注：有"小瑞士"之称）

危石冰松路骤安，风光瑞士涌奇观。

滩平燕掠眠沙暖，坡陡人翩滑雪欢。

巨浸凝蓝千顷皱，群峦映白万年寒。

文章幸得湖山助，载笔西行兴未阑。

【译文】

　　危石林立，山峰达三四千多米海拔高度，初夏时积雪尚未化尽。一路高速疾行，忽然变缓，一颗悬在半空中的心终于放下来，可以仔细看一眼窗外景色了。人称小瑞士的太浩湖风光绮丽，奇观处处。

　　在湖畔平坦暖和的沙滩上，燕子从眼前低空掠过。名为天堂之地的滑雪胜地的陡坡上还有勇敢的滑雪人的身影翩然而下，心中一定欢笑盈盈，得意满满吧？

　　望眼开去，太浩湖就像一块巨大的深蓝色宝石，千顷碧波好像吐纳着天地之精华。群山环抱，白色峰顶的冰雪反射掉阳光，把亿万年的寒气藏在体内。

　　湖光山色中忽发灵感，急不可待地记下来。美西之行方兴未艾，文章收获必丰。

【赏析】

　　首联平起，颔联颈联承接，就像镜头从高到低，从远到近，又推出到全景，360 度角旋转一周。

　　尾联转合得天衣无缝。天汉先生不失文人气质，于赏景中还构思着《明代商业史》一书的章节规划，故有此句。这首诗情景交融，一吐载笔春秋的心愿。

其二、红木城

深入云间红木乡，颠连险路转回肠。

冲霄郁郁藏中谷，拍浪滔滔傍大洋。

炼骨九还拒虫蚁，立身千劫镂风霜。

青山亦是储材地，广厦方兴待栋梁。

【注释】

红木：美国西海岸特产，成熟时直径一般 3 到 5 米，最粗达 7 到 8 米，高度一般 8 到 90 米，最高 110 米。已知寿命有达 2000 年的。

【译文】

红木高耸笔直挺向云间，绵延 800 公里，自成一乡。深入其中，道路颠簸蜿蜒，九转回肠。沿着太平洋海岸线的山谷，郁郁葱葱，昂首朗朗蓝天，俯瞰滔滔白浪。红木能分泌一种物质，虫蚁不侵，因此长命千岁，笑傲风霜，所以常作为室外建材。

【赏析】

"青山亦是储材地，广厦方兴待栋梁。"多么希望在美国的千万中国学子能够学成回国，成为祖国建设的栋梁之才啊！

此诗前六句都是景语，为七、八两句作铺垫。而尾联为情句、诗眼，是作者心声的吐露。

其三、加州拿帕山谷葡萄园

（自注：此地有酒窖 200 多处）

紫谷垂珠垄万行，鹰冠何处觅山庄？

百年窖底藏珍酿，九味台前品异香。

春色庭开韵追法，夜光杯溢誉传凉。

悠悠文化探中外，酒史还应续一章。

鹰冠山庄：美国著名电影，在拿帕山谷的鹰冠山庄葡萄园拍摄。

【译文】

拿帕山谷万千垅葡萄藤上垂满了一串串紫玉般的果实，紫气盈谷。方圆百里，星罗棋布的几百座葡萄园，哪座是著名的鹰冠山庄呢？

一座座酒窖珍藏着无数瓶佳酿。品酒室里，人头攒动，杯觥交错，五光十色，异香扑鼻。

美国加州的葡萄酒秧苗大多源自法国。可早在唐代，王翰的唐乐府凉州词已经唱出了：葡萄美酒夜光杯，欲饮琵琶马上催。中外文化历史悠久，在美家人正在撰写的葡萄酒史上，应该续上中国的一章啊！

【赏析】

全诗起承转合，从空间到时间，自然流畅。殷切之情，溢于言表。

其四、优山美地国家公园

（自注：优山美地意指美洲黑熊，公园为保护黑熊与杉树而设，予闻名而心向往之。）

水冷山幽野趣淳，冰川遗迹最知闻。
亿年岩劈屏半列，千丈瀑飞潭二分。
涧畔熊来鱼避影，村中族聚雉扬文。
巨杉穿洞容车过，万树青苍尽化云。

【译文】

水冷冷，山幽幽，野趣淳厚，最著名的是冰川遗迹了。

亿万年前沧海桑田巨变形成的半屏山耸立。千丈瀑布飞流直下汇成双潭。

涧水边黑熊一过来沙文鱼就藏起身影。山村中野鸡羽毛头饰揭示着当年美洲印第安人的文化踪迹。

巨大的杉树树身的大洞竟能容车辆通过！群山中亿万大树青苍直立，指向天空。仰头望上去，是树动，还是云动，还是树顶化成了云朵，慢慢飘走？

【赏析】

尾句想象丰富，描述生动，平易中见新奇。其实，由于旅行日程安排的原因，天汉先生并未真正到过优山美地，而他吟出这首七律，读上去竟好像亲临其境，栩栩如生。

除了上述四首，天汉先生的旅美篇还有多首旅美山水诗，关于三藩市，洛杉矶，拉斯维加斯，奥克兰，17 里处海滩，海湾诸桥，金门公园，旧金山动物园，布瑞伍德樱桃园，加大植物园等等。

最后总结一句，通过天汉先生格律诗之赏析翻译，可看出其作品押韵平仄对仗之规范、音律词藻之优美，以及句法章法、谋篇布局之老练，确实是博大精深、可圈可点，值得学习。

【诗法津梁】

格律诗平仄与格律谋篇

格律诗平仄的四种句式（为叙述方便，四种基本句式分别用字母代替，且以七言为例，五言去头两字即可）：

A：（平）平（仄）仄（平）平仄。括号（）为中，即可平可仄。典型的一三五不论，二四六分明。

五言则成为：（仄）仄（平）平仄。

这里未提及对初学者不提倡的对句拗救句式。

B：（平）仄平平（仄）仄平，第三字要求平，为避免孤平。

一种变格：（平）仄仄平平仄平。（或称为孤平拗救，三拗五救）

五言：平平（仄）仄平。变格：仄平平仄平。（或称为孤平拗救，一拗三救）

C：（仄）仄（平）平平仄仄，第五字必须是平，为避免三仄尾（不严格，有例外为三仄尾）。

本句拗救：（仄）仄平平仄平仄。（或称为六拗五救。第三字为平。）

D：（平）平（仄）仄仄平平，第五字必须是仄，为避免三平调。

律绝四种组合（以律为例。若常格首句押韵，则只有两种）：

	平起首句不韵	仄起首句韵	仄起首句不韵	平起首句韵
首联	AB	BD	CD	DB
颔联	CD	AB	AB	CD
颈联	AB	CD	CD	AB
尾联	CD	AB	AB	CD

平时视而不见的惊人发现：

尾联只有两种：AB 或 CD。对句，即第二，四，六，八句只有两种：B 或 D（平声韵）。

颔联，颈联（仄出平对，包括五律七律对仗来作对联时）只有两种：AB 或 CD。

有了对各联各句规律的了解，当你灵感突发，迸出一句诗来时（常常是诗眼或好的对仗），就可以选择用 ABCD 哪个句式，决定放在哪联，进而选择哪种组合来谋篇。

只要默写出 A 句式（平）平（仄）仄（平）平仄，不用工具，平仄规律呼之欲出。

根据顺序可以写出四种律绝组合首句 A，B，C，D。注意 A 和 C 为仄结尾，不押韵；B 和 D 为平结尾，押韵。

根据对，写出首联 AB，BD，CD，DB；

根据粘，B 粘 C，D 粘 A，可推演出下面各联。律绝平仄谋篇即在心中。

大道至简。牛顿用 F=ma（牛顿第二定律）演绎万物运动。爱因斯坦用 $E=mc^2$ 演绎质能关系。我们因中华文化博大精深，而用 ABCD 四个字母来演绎格律诗平仄，应不为过。笑曰：平仄乌云腾步过，律绝似上几重山，只需 AB 和 CD，放眼峰巅诗意鲜。

下面随机在天汉诗词全集中选几首七律来看看平仄。

分茶（《天汉诗词全集》第 467 页）

割得黄山一朵云，窗前飘落悄贻君。

卅年琴里欣闻曲，四月座前恭献芹。

空谷恰逢莺作伴，高梧惟引凤为群。

但期与日交俱近，百岁同扬庆寿文。

平水韵十二文。仄起首句押韵。四种句式为：

BD（仄）仄平平（仄）仄平，（平）平（仄）仄仄平平，

AB（平）平（仄）仄（平）平仄，（仄）仄仄平平仄平。

第四句 B 变格，或避孤平自救（也称三拗五救）。

CD（仄）仄（平）平平仄仄，（平）平（仄）仄仄平平。

AB（平）平（仄）仄（平）平仄，（仄）仄平平（仄）仄平。

诗家论七言律诗之难作（《天汉诗词全集》第 350 页）

七言律句最难工，难若十分开硬弓。

百辈步趋枉随末，几家顾盼得称雄？

求精必切功非易，指事言情变未穷。

一字不经炉焠炼，屠沽儿便厕其中。

平水韵一东。平起首句押韵。句式为：

DB 第二句 B 变格，或避孤平自救（也称三拗五救）。

CD 第三句 C，"枉"和"随"平仄变成仄平，本句自救（也称六拗五救）。

AB 基本格式

CD 基本格式

八八自寿十首之一（《天汉诗词全集》第 491 页）

九十华筵待两年，未妨预祝且怡然。

期从身后定高下，敢向人前论后先。

自缚千丝困春茧，相怜五夜咽秋蝉。

尽多诗句将安用？惜少生民忧乐篇。

平水韵一先。仄起首句押韵。句式为：

BD 基本格式

AB 第三句 A 式，"定"可平可仄（与诗词吾爱有异）。

CD 第五句 C，"困"和"春"平仄变成仄平，本句自救（也称六拗五救）。

AB 第八句 B 式，"忧"五不论，诗词吾爱可平可仄，建议仄。

（诗农编撰）

五十八、编撰《中国商业通史》书后十首（十选三）（2005 年，《翰苑集》第 181 页）

其一

贸易由来溯太初，扁舟逐利转江湖。

千秋盐铁理专卖，万里貂缣探远输。

灯下中西书味咀，行间新旧墨痕涂。

追思启笔年犹壮，不觉堂堂岁月徂。

其五

排宕层澜竞上游，著书非为稻粱谋。

文章命世传商管，经济用时怀范刘。

诚贾贵能辨义利，明君宝在慎予求。

拟穷其变通今古，更集群贤史共修。

其十

春风莲幕长官亲，裕国匡时史备询。
转粟如神实京庾，榷盐有术静边尘。
编年资治谁通读，序事求真我试陈。
今日杀青何处献，墓门挂剑感前因。

【注释】

1. 太初：此处指本源。

2. 扁舟逐利转江湖：指的是范蠡弃官经商的故事。范蠡，春秋末著名的政治家、军事家、经济学家和道家学者。曾献策扶助越王勾践复国，后隐去。范蠡为中国早期商业理论家，被后人尊称为"商圣"。功成名就之后急流勇退，化名姓为鸱夷子皮，期间三次经商成巨富，三散家财。曾定居于宋国陶丘（今山东省菏泽市定陶区），自号陶朱公。世人誉之："忠以为国；智以保身；商以致富，成名天下。"

3. 盐铁专卖：起始于春秋时期齐国管仲提出的"官山海"政策，即对盐和铁一起实行专卖。秦商鞅变法，控制山泽之利，也实行盐铁专卖。当时的山海之产主要是盐、铁，官府垄断经营，寓税于价，使人民避免不了征税，又感觉不到征税。

4. 缣：用双经双纬的粗厚织物之古称。

5. 徂：过去。

6. 排宕：豪放、奔放。

7. 著书非为稻粱谋：出自龚自珍《咏史》，原诗：金粉东南十五州，万重恩怨属名流。牢盆狎客操全算，团扇才人踞上游。避席畏闻文字狱，著书都为稻粱谋。田横五百人安在？难道归来尽列侯！此处反用原诗的意思。

8. 命世：典出《汉书》之《楚元王列传》。"圣人不出，其间必有命世者焉。"后用"命世"称著名于当世，多用以称誉有治国之才。

9. 商管：指商鞅和管仲。商鞅：战国时期秦国的秦孝公即位以后，决心图强改革，便下令招贤。商鞅自卫国入秦，并提出了废井田、重农桑、奖军功、实行统一度量和建立县制等一整套变法求新的发展策略。经过商鞅变法，秦国的经济得到发展，军队战斗力不断加强，发展成为战国后期最富强的集权国家。管仲，名夷吾，字仲，春秋时期法家代表人物。是中国古代著名的经济学家、哲学家、政治家、军事家。被誉为"法家先驱""圣人之师""华夏文明的保护者""华夏第一相"。齐桓公元年，管仲任齐相。管仲在任内大兴改革，富国强兵。

10. 用时：为世间所用，指有经世致用之才。

11. 范刘：指范蠡和刘晏。刘晏（718—780），字士安。唐代著名经济改革家、理财家。历任吏部尚书、同平章事、领度支、铸钱、盐铁等使，实施了一系列的财政改革措施，为安史之乱后的唐朝经济发展做出了重要的贡献。

12. 莲幕：莲幕指俭府。南朝齐王俭的府第。俭于高帝时为卫将军，领朝政，用才名之士为幕僚，后世遂以"莲幕"为幕府的美称。后泛指大吏之幕府。如唐李商隐《自桂林奉使江陵寄献尚书》诗：下客依莲幕，明公念竹林。

13. 转粟：运送谷物。

14. 匡时：匡正时世，挽救时局。

15. 京庾：大粮仓。三国魏何晏《景福殿赋》："京庾之储，无物不有。"唐柳宗元《非上·不藉》："京庾得其贮，老幼得其养。"

16. 榷盐：是中国历代政府对盐课税，或以专利为目的对食盐实行专营和专卖。春秋时，管仲相齐，始专盐利，以民制为主，官收官卖，开盐专卖之先河。

17. 杀青：泛指书籍定稿，如宋代陆游就有"《三巷》奇字已杀青，九泽旁行方著录"的诗句。

18. 墓门挂剑："墓门挂剑"的故事发生在吴王余祭四年春天。季札奉命出使鲁国，接着又访问郑国、卫国、晋国。途中路过徐国，受到徐国国君的热情招待。季札带宝剑经过徐国，徐国国君看到这把宝剑，他嘴上虽然没说，可脸上表情却显示着很想得到这把剑。季札因为还要佩带宝剑出使中原各国，所以没将宝剑献给徐君，但心里已经决定，回程时一定将宝剑献给徐君。当年秋天出使各国后，季札又路过徐国，而徐君已经去世。可是季札还是要解下宝剑赠给徐国的嗣君。随从急忙劝阻："此剑乃吴国之宝，不可以赠人。"季札回答说："当日路过，徐君观剑，口虽不言，脸上的表情却显示着爱剑之意。那时，我已决定回来再献。如今他虽然故去了，我不献剑，即是欺骗自己，为一把剑而自欺，正直的人不为。"于是季札把剑挂在徐君墓地的树上，行礼之后便踏上归国之路。

徐国人非常赞赏季札的行为，就在徐君墓前筑起一座高台，名曰"挂剑台"。

【赏析】

天汉先生主编的《中国商业通史》2008年正式出版，共有五卷，350余万言。曾荣获过孙冶方经济科学奖。该书起自远古、三代，迄于清朝之末，各章按朝代分设。各章中按商业的发展、商人、商业政策、商业思想"四大板块"分章、节来进行研究记述。将经济发展与上层建筑、文化思想结合起来，使通史的编纂成一体系。各章衔接呼应，可比较前后时期的异同，以及发展中的特点。本通史是国内贸易史与对外贸易史的综合。在各章中对外贸的历史考察务求详尽，同时注意从世界的大局势中来研究中国的商业，堪称可以传世的煌煌巨作。天汉先生对于这部巨著的正式出版深感欣慰，特地赋诗十首以记之。我挑选了其中三首加以赏析。

第一首诗首联讲述了远古时代商业的起源和发展，追溯了历史上第一位著名的大商人范蠡泛舟江湖，拓展商业市场，成为一代"商圣"的典故。颔联讲述了起始于春秋时代管仲的盐铁专卖制度，以及不远万里货物运输流通的事迹。颈联讲述了作者和其他同事不辞辛劳、刻苦研究编写通史的过程。尾联是作者抒发自己开始创作这本书时还是壮年，如今岁月已经远去的感叹。

第五首诗首联描写了作者排除阻碍、力争上游的豪放心情，并动情地表示著书立说的目的不仅仅为稻粱谋，更有着高远的志向。颔联对仗工整，表述了作者著书立说是为了经世致用，为执政者提供锦囊妙计，把商鞅、管仲、范蠡和刘晏等名人的智慧传承下来，造福于民。颈联讲述了诚信的商人能够辨别和认清义与利的关系，聪明的领导能够慎重处理给予和索取的关系。尾联表达了作者和同事们辛勤编写通史，就是为了变通今古，资治将来，造福百姓。

第十首诗首联讲述了作者作为高层领导人的幕僚智囊，曾深受重视，为国家富强和匡正时世，经常为领导们出谋划策，做出了自己特有的贡献。颔联讲述了商业活动在国家政治中所起到的巨大作用，不仅能充实国库，也能安邦定国。颈联讲述了作者爱岗敬业，认真完成各项本职工作。尾联表达了作者通过多年的勤奋努力，已经完成了《中国商业通史》的编撰，想要敬呈给老领导（包括陈云、姚依林等国家领导人），再为治国理政出谋划策，可惜老领导却已经驾鹤西游，再也没有机会了，所以天汉先生为此不胜惆怅和充满遗憾。

【诗苑初探】
学史与作诗相辅相成

创作旧体诗词，一定要注意文字的古朴典雅和意境的高远深沉，切忌粗俗简陋和平铺直叙。写诗填词需要熟练掌握丰富的文史知识，恰如其分地使用名人典故，那样就能起到言简意赅和"四两拨千斤"的良好效果，也能增强诗词本身的艺术性和感染力，给读者们留下深刻而难忘的良好印象。

天汉先生自承家学渊源，诗词修养深厚，七十余年如一日，孜孜不倦刻苦钻研，创作诗词佳作4000余首，堪称我国古典诗词文化的优秀传承者和杰出守护人，也是我们这些年轻的诗词爱好者学习的好榜样。

先生曾经作过两首题为《史才》的七律，为我们道出了他治史与作诗相辅相成的感悟。

史才

好古知多在敏求，积年无倦事冥搜。
知闻南北夸两宋，抒见东西探二周。
力学渊源自商管，心劳贯注在桑刘。
如何谬得诗人誉？自许史才高一头。

自有长才未自知，不通史籍枉为诗。
风雷秦楚鏖兵处，门户李牛交闹时。
千载磨镕返公论，百川撞击汰浮辞。
张罗结集虽成帙，谁识精华半在斯。

（朱联国编撰）

五十九、咏拙著中之六大改革家（1984 年 9 月，《翰苑集》第 202 页，七绝 6 首）

一、管仲

相地衰征宽隶农。千秋盐铁始谁笾？
民心能顺推管氏，荣辱知由衣食丰。

二、商鞅

变法尊农破井田，强秦无敌六王孱。
常余国用民无苦，此意商君最可传。

三、桑弘羊

万里烽烟动北陲，弘羊筹策处忧危。
身亡法在名难废，得佐君方大有为。

四、刘晏

富国知先在养民，转漕通粟捷如神。
理财夙夜劳刘晏，家有车书即未贫。

五、王安石

志抑兼并戚宦憎，敢三不足骨崚嶒。
荆公新法能匡世，不独文宗一代称。

六、张居正

条鞭法立启摊丁，力挫权豪奖罚明。

千古江陵人不及，朝来令下夕能行。

【注释】

1. 相地衰征：是管仲提出的按照土地不同情况分等征收农业税的财政思想。管仲认为"相地而衰征"将会收到"使民不移"的效果，可以使纳税负担合理，鼓励农民的生产积极性，使纳税者安心生产，从而有利于农业生产的发展和保证统治阶级的税收收入。

2. 盐铁：指盐铁专卖亦称"盐铁官营"。旧时政府为限制工商发展，增加财政收入而实行的对盐和铁的垄断经营。相传最早始于春秋齐国，

3. 荣辱知由衣食丰：源自"仓廪实而知礼节，衣食足而知荣辱"。《管子·牧民》。意思是百姓的粮仓充足，丰衣足食，才能顾及到礼仪，重视荣誉和耻辱。

4. 商鞅变法：战国时期秦国的秦孝公即位以后，决心图强改革，便下令招贤。商鞅自卫国入秦，并提出了废井田、重农桑、奖军功、实行统一度量和建立县制等一整套变法求新的发展策略，使秦国的经济得到发展，军队战斗力不断加强，发展成为战国后期最富强的集权国家。

5. 桑弘羊：西汉时期政治家、理财专家、汉武帝的顾命大臣之一。在汉武帝大力支持下，先后推行算缗、告缗、盐铁官营、均输、平准、币制改革、酒榷等经济政策，同时组织 60 万人屯田戍边，防御匈奴。这些措施都在不同程度上取得了成功，大幅度增加了政府的财政收入，为汉武帝继续推行文治武功事业奠定了雄厚的物质基础。

6. 刘晏：唐代著名经济改革家、理财家，实施了一系列的财政改革措施，为安史之乱后的唐朝经济发展做出了重要的贡献。

7. 王安石：字介甫，号半山，封荆国公，世称王荆公。北宋杰出的政治家、文学家，也是著名改革家。"唐宋八大家"之一。1069 年任参知政事始，推出青苗法、农田水利法和募役法等政治变法，对宋初社会经济具有深刻影响，被誉为"中国 11 世纪最伟大的改革家"。

8. 三不足：天变不足畏，祖宗不足法，人言不足恤。语出《宋史·王安

石列传》。指对天象的变化不必畏惧，对祖宗的规矩不一定效法，对人们的议论也不需要担心。

9. 文宗：文坛宗师和领袖。

10. 张居正：字叔大，号太岳，幼名张白圭。明朝中后期政治家、改革家，万历时期的内阁首辅，辅佐万历皇帝朱翊钧开创了"万历新政"，史称张居正改革。张居正在任内阁首辅十年中，实行了一系列改革措施。

11. 条鞭法：指一条鞭法。是明代嘉靖时期确立的赋税及徭役制度，由桂萼在嘉靖十年（1530）提出，之后张居正于万历九年（1581）推广到全国。新法规定：把各州县的田赋、徭役以及其他杂征总为一条，合并征收银两，按亩折算缴纳。这样大大简化了税制，方便征收税款。同时使地方官员难于作弊，进而增加财政收入。

12. 摊丁：指摊丁入亩。摊丁入亩，又称作摊丁入地、地丁合一，草创于明代，是清朝政府将历代相沿的丁银并入田赋征收的一种赋税制度。

13. 朝令夕行：指政令将会很迅速得到执行。早上的政令傍晚就能得到执行。

【赏析】

这六首绝句分别咏颂了我国古代 6 位杰出的改革家。

第一首咏的是管仲，相地衰征，按照土地的实际使用价值征税，宽待奴隶和农民，创立盐铁专卖制度，使民心安顺，仓廪实而知礼节，衣食丰而知荣辱。

第二首讲述的是商鞅变法的故事。通过废除井田制，调动农民积极性，以及其他一系列的改革变法，使秦国国力大增，从而打败了六国，为秦国后来统一中国打下了深厚的物质基础。

第三首讲述了桑弘羊的经历，虽然他后来因为变法惨遭不幸，但是后来得到了平反昭雪，历史功绩也得到了肯定。

第四首讲述了唐朝刘晏治国理政的事迹，赞扬了刘晏具有杰出的商业管理才能，夙夜在公，成就卓著。

第五首讲述了王安石变法，尤其是对他的"三不足"（天变不足畏、祖宗不足法、人言不足恤）精神提出了赞扬。并称颂他不仅是一位伟大的改革领袖，也是一代文坛宗师。

第六首诗赞扬了张居正的一条鞭法和摊丁入亩制度，对他的力挫权贵和豪门，奖罚分明也表示敬佩，还认为张居正的执行力非常强，能做到朝令夕行，很不容易。

【诗苑初探】

打油诗

诗词是阐述思想和心灵的一种文艺形式，而诗人则需要掌握成熟的艺术技巧，并按照严格韵律要求，用凝练的语言、周密的章法、充沛的情感以及丰富的意象来高度集中地表现社会生活和人类精神世界。中国诗起源于先秦，鼎盛于唐代。中国词起源于隋唐，流行于宋代。中华诗词最早源自民间，其实是一种草根文学。在 21 世纪的中国，诗词仍然深受普通大众喜爱，保持着旺盛的生命力。格律诗也称近体诗，是古代汉语诗歌的一种，是唐以后成型的诗体，主要分为绝句和律诗。按照每句的字数可分为五言和七言。篇式和句式有一定规格，音韵有一定规律，变化使用也要求遵守一定的规则。还有一种更加通俗易懂的诗文，名叫打油诗，据说是唐朝民间人士张打油所开创，内容和词句通俗诙谐、不拘于平仄韵律，要求的文学知识和格律不高，便于普通大众口耳相传。打油诗嬉笑怒骂，也成文章，创造起来比较容易，也便于广大人民群众接受，便于记忆和流传。其实现在网络上许多流传的网红段子，也可以看作是"打油诗"的传承和发展。古典诗和打油诗各有侧重，都有着自己的喜欢人群。正所谓：萝卜青菜，各有所爱。高山流水，互有知音。

（朱联国编撰）

六十、与项青兄谈诗（2002 年 10 月 15 日于无锡，《翰苑集》第 204 页，七绝 4 首）

原诗序

今秋十月，参加无锡教院同学会，得晤项青奂若兄于太湖之滨，已阔别五十三年矣。蒙赠以绝句：十月江南暖似春，五湖水碧惠山青。人生快事君须记，借得湖山聚故人。因忆少时友情，相与谈诗，甚欢。恭赋四首，奉呈求正。

一

细雨溪桥共水滨，花明惠麓草无尘。
同门云树隔南北，诗笔纵横能几人？

二

湖边草长叫鹀鸠，白裌飘然叠唱酬。
老去应犹怜少作："乱头粗服亦风流。"

三

诗赋机云昔并驱，"冰香"旧梦未模糊。
皇都陆海自无数，不及秋风江上鲈。

四

桂子香浮晤顼青，丹山沧海各曾经。
玉溪深婉惭功欠，诗派初同喜性灵。

【注释】

1. 惠麓：指无锡的惠山，坐落于江苏无锡西郊，南朝称历山，相传舜帝曾躬耕于此山。

2. 云树：指朋友阔别远隔。出自唐白居易《早春西湖闲游怅然兴怀寄微之》诗："云树分三驿，烟波限一津。翻嗟寸步隔，却厌尺书频。"明代高启有诗："生别犹疑不再逢，楚天云树隔重重。"

3. 白裌：白色夹衣，旧时平民的服装。亦借指无功名的士人。如清金农《寄赠于三郎中山居》："身离束缚卸犀围，白裌披时少是非。"林学衡《柬樊山》：

"便著黄冠思入道，可容白袷坐论文。"

4. 乱头粗服：头发蓬乱，衣着随便。形容不爱修饰。出自南朝宋刘义庆《世说新语·容止》："裴令公有俊容仪，脱冠冕，粗服乱头皆好。时人以为玉人。"

5. 机云：指陆机和陆云。陆机，字士衡。西晋著名文学家、书法家。出身吴郡陆氏，为孙吴丞相陆逊之孙，与其弟陆云合称"二陆"。吴亡后出仕西晋，太康十年（289），陆机兄弟来到洛阳，文才倾动一时，受太常张华赏识，此后名气大振。与弟陆云俱为西晋著名文学家，被誉为"太康之英"。与潘岳同为西晋诗坛的代表，形成"太康诗风"，世有"潘江陆海"之称。陆机亦善书法，其《平复帖》是中古代存世最早的名人书法真迹。

6. 皇都陆海："皇都陆海应无数"指皇家都城里的山珍海味很多，下句"忍剪凌云一片心"喻指初出山林的竹笋本来有希望成为一棵凌云的大竹，可惜在它还幼小的时候就被采来吃掉了。表达了作者怀才不遇的郁闷心情。出自李商隐诗《初食笋呈座中》："嫩箨香苞初出林，於陵论价重如金。皇都陆海应无数，忍剪凌云一寸心。"

7. 秋风江上鲈：出自莼鲈之思。据《世说新语·识鉴》："张季鹰辟齐王东曹掾，在洛，见秋风起，因思吴中菰菜羹、鲈鱼脍，曰：'人生贵得适意尔，何能羁宦数千里以要名爵？'遂命驾便归。俄而齐王败，时人皆谓为见机。"后来被传为佳话，"莼鲈之思"也就演变了思念故乡的代名词。

8. 丹山沧海：丹山指南方当日之地。南朝梁江淹《水上神女赋》："非丹山之赫曦，闻琴瑟之空音。"沧海指大海。以其一望无际、水深呈青苍色，故名。亦指我国古代对东海的别称。

9. 玉溪：指李商隐。

10. 性灵：泛指精神、思想、情感等。如《晋书·乐志上》："夫性灵之表，不知所以发於咏歌；感动之端，不知所以关于手足。"唐孟郊《怨别》诗："沉忧损性灵，服药亦枯槁。"

【赏析】

天汉先生自 1949 年毕业，到 2002 年到无锡参加同学聚会，已经与同学们阔别 53 年，那年作者 76 岁。老友相见分外亲切。当年的无锡教育学院如今也成了苏州大学的一部分。老同学项青赠天汉先生一首绝句，天汉先生当即唱酬四首绝句，作为回音。

第一首诗作者回顾了无锡秋天的美丽景色，感叹当年的同门师友阔别远隔，如同云树，现在还能写诗填词的朋友已经没剩下几个了。

第二首诗同样讲述了作者和同学们聚会时的快乐场景，相互唱和，其乐融融。虽然渐渐老去，然而依然怀念珍惜年少时热情创作的诗文，虽然那时不爱修饰雕琢，但也是相当风流倜傥。

第三首诗表达了作者高度评价项青同学的诗文，认为他和自己的诗文水平像陆机陆云那样难分伯仲，年少时的如烟往事依旧清晰。这一路走来虽然品尝了许多山珍海味，觉得家乡秋天的鲈鱼最美味。

第四首描写了作者在秋桂飘香时节遇到了老同学项青，大家都已经经历了那么多沧海桑田。作者这么多年一直喜欢和欣赏李商隐的深情婉约，可以还没有达到他的水平，但是感到欣慰的是，我和项青兄所喜欢的诗派是相同的，都是喜欢性灵派的，初心不忘。

【诗苑初探】

酬赠诗

酬赠诗是古代文人雅士们用来交往应酬的诗歌或者赠给亲友同人的作品。古人以诗交友，以诗言志，因此常常把诗歌作为结识朋友和增进感情的手段，朋友之间常常互相唱和，此谓"酬唱"，而有所感受，有所表达，有所思念时，也常赠诗给亲友，以明其情志，此所谓赠诗，二者并称"酬赠诗"。我们来欣赏两首著名的酬赠诗：

酬乐天扬州初逢席上见赠

（刘禹锡）

巴山楚水凄凉地，二十三年弃置身。

怀旧空吟闻笛赋，到乡翻似烂柯人。

沉舟侧畔千帆过，病树前头万木春。

今日听君歌一曲，暂凭杯酒长精神。

和子由渑池怀旧

（苏轼）

人生到处知何似，应似飞鸿踏雪泥。

泥上偶然留指爪，鸿飞那复计东西。

老僧已死成新塔，坏壁无由见旧题。

往日崎岖还记否，路长人困蹇驴嘶。

【诗法津梁】

学习诗词感悟人生

孔夫子曾经说过：不学诗，无以言。不学礼，无以立。可见在两三千年前，我们的先贤就对于诗有了很高的评价和充分的认识。这里的"诗"指的是《诗经》，当然也泛指继承和发扬了《诗经》传统的其他优秀文艺形式。诗是人们阐述思想活动和心灵思考的一种文艺形式，而诗人则需要掌握成熟的艺术技巧，并按照严格的韵律要求，用凝练的语言、周密的章法、充沛的情感以及丰富的意象来高度集中地描摹和表现世间万物和人间百态。诗词最早源自民间，其实在当时更多的是一种民间文学，所以深受广大民众喜爱。即使在 21 世纪的今天，旧体诗词仍然深受普通大众的喜爱，保持着旺盛的生命力。

我自幼喜爱文史，热爱诗词。虽然后来从事的是医生行业，但是对于诗词依然情有独钟，不仅喜欢现代诗，也喜欢古体诗和外文诗，喜欢一切美妙优雅、扣人心扉的文艺形式。对于十四行诗也很有兴趣，曾尝试着把十四行诗的写作技巧和艺术魅力努力与我国的古典诗词的格律融会贯通，创作了几十首中文版押韵的十四行诗，得到了诗友们的热情欢迎和普遍好评。正如鲁迅先生在《拿来主义》中所言：我们要运用脑髓，放出眼光，自己来拿。没有拿来的，人不能自成为新人。没有拿来的，文艺不能自成为新文艺。

诗词文艺已经融入了我的骨骼和血液，成为了我生命中重要的组成部分。诗词有"兴观群怨"的功效，读诗和写诗不仅能使我们眼界开阔、情绪飞扬，也能使我们人物灵秀、志气高昂。所以学习诗词、创作诗词是我感悟人生的一种重要方式和人生体验。对于天道酬勤的观点，我自然深信不疑。

（朱联国编撰）

六十一、读《瓯北诗集》戏题其后（2000 年，《翰苑集》第 209—210 页，五古一首）

读《瓯北诗集》，戏题其后（之四）

云崧古五言，墨妙极圆润。古诗十九首，穹汉灵光炳。
长剑穿月胁，直透天心迥。一格生面开，哲理出以韵。
绝无头巾气，恢奇压天问。静观与杂题，欲究天人蕴。
宇宙有此文，发泄了无剩。闲居读书作，性灵旗号振。
亦戒矜聪明，雕绘安足训。名篇推偶得，深心切时病。
至言珍可铭，故事朗可镜。更有读史什，是非不缪圣。
偶于古贤人，大德憾微眚。市心功名辈，追念意含哂。
公诗自精当，一字难益损。岂乃立身高，耳顺笔亦顺。
昆吾刀切玉，落处判利钝。大雅轮赖扶，千载名不泯。
诚愿从公游，轻车出奇径。诗国天地宽，翱翔随所逞。

【注释】

1. 云崧: 赵翼（1727—1814），字云崧，号瓯北，清朝著名文学家，史学家。乾隆二十六年进士，官至贵西兵备道。旋辞官，主讲安定学院。长史学，考据精赅。论诗则主独创，反摹拟。与袁枚、张问陶并称清代性灵派三大家。

2. 穹汉: 是犹天汉，银河。借指天空。例: 瓯北先生的《仙霞岭》诗"何年通往来，线路入穹汉。"

3. 月胁: 亦作"月脇"。典故名，典出《全唐文》卷六百八十六《皇甫湜二·唐故著作左郎顾况集序》"偏于逸歌长句，骏发踔厉，往往若穿天心，出月脇"。指意外惊人语，非寻常所能及。比喻险奥的意境。

4. 头巾气: 指读书人的迂腐习气。原来是指古代的读书人，头上包的那块汗巾散发出来的气味，意指读书人所特有的气味。

5. 恢奇: 恢廓奇诡《史记·平津侯主父列传》: "弘为人恢奇多闻，常称以为人主病不广大，人臣病不俭节。"今释惊奇，神奇。

6. 天问: 是战国时期诗人屈原创作的一篇长诗。全诗通篇是对天地、自然和人世等一切事物现象的发问，内容奇绝，显示出诗人惊人的艺术才华，表现出非凡的学识和超卓的想象力，被誉为是"千古万古至奇之作"。

7. 性灵：清诗代表，性灵派。性灵派主将袁枚、副将赵翼、殿军张问陶，支撑起乾嘉时期性灵派，为使文学特别是诗歌创作回归表现真情、个性的健康轨道，扫除模拟复古的风气，发扬开辟新径的创造精神，都作出了卓越贡献。

8. 雕绘：雕镂彩绘。引申为刻意修饰文辞。宋王安石《上邵学士书》："以襞积故实为有学，以雕绘语句为精新。"清赵翼《瓯北诗话·李青莲诗》："盖才气豪迈，全以神运，自不屑束缚于格律对偶，与雕绘者争长。"

9. 训：有道理包涵于其中的言辞，也可以代表一种典范、规范、前人践行成功的成果，如"训典"，训与典含义相同，都是成文的规范。

10. 微眚（shěng）：本意目有小疾，喻指微小的过失。

11. 哂（shěn）：本意：心情轻松。引申义：微笑。再引申义：互相揶揄嘲弄一番。

12. 益损：增减；兴革。例《战国策·宋卫策》："子听吾言也以说君，勿益损也，君必善子。"

13. 立身：人于社会立足之根本。《菜根谭》："立身不高一步立，如尘里振衣，泥中濯足，如何超达？处世不退一步处，如飞蛾投烛，羝羊触藩，如何安乐？"

14. 耳顺：是60岁的代称。指个人的修行成熟，听得进逆耳之言，没有不顺耳之事。

15. 昆吾刀：古代名刀。传言刻玉须用昆吾刀。昆吾刀乃用昆吾石冶炼成铁制作的刀。

16. 大雅：《诗经》中的一部分；扶轮：在车轮两翼护持。指维护扶持正统的作品，使其得以推行和发展。

【译文】

赵云崧的五言古诗，文笔圆润绝妙。他的《古诗十九首》，像夜空里璀璨的星光。他的诗常常语出惊人，非凡夫所能及。他的诗意境别开生面，哲理蕴于其中，没有丝毫书生的迂腐，行文壮阔神奇，不亚于屈原的天问。

他的观察与杂题，旨在探讨人与自然的关系。世上竟有这样的文字，写得真是痛快淋漓！他的闲来读书之作，则是充分体现了性灵诗派清新独创的特点。没有丝毫的骄矜，自作聪明之语，刻意雕饰的言辞，又怎能称为经典呢？名篇往往得于灵感，深刻的认识才能一针见血地发现社会问题。绝美的言辞可以用来自勉，前人的事迹可以作为借鉴。

他的咏史，是不盲目崇拜圣人的。对于有些古代的贤人，他在歌颂其高风亮节的同时也对其小的过失而表示遗憾。而对于那些追逐名利的人，他在追念的同时又加以讽刺。

先生的文字已是非常精当，一个字都难以随便增减。正所谓立身高远，修行成熟，下笔畅然，像昆吾刀切玉一样利落。经典和正统需要扶持才能推行，发展，千载不衰。衷心地希望能跟随先生的脚步，独辟蹊径。在诗词广阔的天地里，自由地翱翔驰骋。

【赏析】

此四首五言古体诗《读〈瓯北诗集〉戏题其后》，写于 2000 年，收录于《翰苑集》。天汉先生时年七十有四。对诗词艺术及真谛的探索日趋完善。这四首诗各司其职。第一首概括了瓯北的作诗历程，简介性灵诗派的诗风。第二、三、四首则分别展开对《瓯北集》所述之意，所执之品，所立之境的理解。可见天汉先生对瓯北的诗意与诗风的推崇，并告诫后人作诗应以思、学、才、境为根本，贵在创新、清奇、紧切时事。

纵观天汉诗词全集，可知天汉先生的诗词观，乃至人生观受三个人的影响甚深：李商隐（义山）、陆游（务观）和赵翼（云崧，瓯北）。据不完全计算，天汉全集共收录有感于李义山的诗 32 首，有感于陆务观的诗 37 首，有感于赵云崧的诗 36 首。如果说李义山的诗奠定了天汉先生诗词的艺术基础，体现了先生的审美；陆务观的诗塑造了天汉先生诗词的情怀和流畅，老健的诗风，那么这个赵云崧的诗在天汉先生的诗词生涯中扮演了个什么角色呢？从这四首《读〈瓯北诗集〉戏题其后》可见，先生推崇的是云崧诗清奇、独创的诗魂以及其可操作性强、教育性强的特点。如果将前两位比作是灯塔的话，这第三位更像一个火把，更亲切，更明亮，更具有现实指导意义。

天汉先生诗中屡屡拿自己与务观，云崧对比。与其说是因为与此二人相似，年龄皆逾古稀，惺惺相惜，倒不如说是因为相似的高寿导致了他们对艺术，对人生，对世事认识的一致性，从而令此三人能跨越时空，并肩而行。

（邹志英编撰）

六十二、三部学术专著出版前后成诗四首（2006年，《余霞集》第223页，七绝四首）

《度量衡通史》得老干局资助出版

寒来暑往十年中，度亩量衡关迭攻。

窒碍扫除今古贯，史成自许得言通。

【注释】

  1.迭：屡次。

  2.窒碍：阻塞，障碍。

【赏析】

    此诗写于2006年10月，先生时年80岁。寥寥数笔写尽十载著史，屡次攻关的不懈与艰辛，以及扫除障碍，最终成书，史贯古今的畅然与自豪。天汉先生的这本著作全名是《新编简明中国度量衡通史》，正式发表于2006年12月。此书简明地论述了从古代夏、商、周以来一直到新中国成立后我国度量衡学的兴起、逐步演变进步和迅速发展的历史。行文顺畅简练，对有关史料和出土文物考证较为全面，合理地解决了一些历史资料中的矛盾和疑难问题。可见先生治学的严谨和不懈。

盼《李商隐诗笺注》书稿能早日出版

百万言成问世艰，甚期多助破愁颜。

国家昌盛诗家幸，泽及千秋李义山。

【注释】

"国家"一句：反用清朝赵翼的《题遗山诗》中"国家不幸诗家幸，赋到沧桑句便工"一句。此句是赵翼对于元好问的《遗山集》的评价：亡国之际的慷慨悲歌，有不求工而自工之气魄。《遗山集》：金末元初元好问之诗文集。元好问：字裕之，号遗山。

【赏析】

此诗写于 2006 年 10 月，《李商隐诗笺注》（即《李商隐诗要注新笺》（上下）一书发表的 4 年之前。先生在诗中倾诉了著述长篇巨著的艰辛，渴望多方援助的心情，同时也不忘表达作为诗人和学者对于国家兴盛的欣慰，以及对于国家的兴盛能泽及千古诗人的赞叹。甚喜"国家昌盛诗家幸"一句，自然，坦诚，温暖，真切。作者对此书寄予的深厚情感可见一斑。

说到这里，不得不提一提李商隐。李商隐是晚唐诗歌的杰出代表。他的诗构思新奇，风格绮丽，文学价值很高，千古传诵。但也因其诗过于隐晦迷离，难于索解，历代诗评家虽不乏论述，但大都只一鳞半爪，浅尝辄止，鲜有能尽窥其全貌者。

天汉先生在全集中屡屡提及李商隐对自己的影响："盖幼承师训，由玉溪入门""一生得近二南门（樊南，剑南），少弄温柔晚怒奔"等等。先生数十年喜爱，关注，并研究李商隐其人其诗，在耄耋之年，仍苦心孤诣，以深厚的古文功底和文学素养著成《李商隐诗要注新笺》（上下）（最终于2010 年 5 月发表）。在该书中，他详加考证，既综合前人见解，又对诸家予以点评，对李商隐其人其诗作出了完整而准确的诠释与解读。全书资料丰赡，论述严谨，是迄今为止，研究李商隐、笺注李商隐诗极全面，学术水准极高的煌煌大作。

拙稿《中国经济史若干问题的计量研究》，得陈支平院长资助由福建人民出版社刊行，诗以志谢编集琳琅文赖存，冬来情谊胜春温。

东南望气今何夕，璀璨群星在厦门。

（自注：赠支平）

嫁衣裳作卅年中，亦费芸窗日夜功。

光洁仪容今妙手，几多苦乐本相通。

（自注：赠出版社同仁）

【注释】

1. 赖：依靠。
2. 望气：风水学术语。指观看风水，判断吉凶。
3. 芸窗：芸窗是指书斋。出处唐·萧项《赠翁承赞漆林书堂诗》。

【赏析】

此二首未注明写作年份，从诗中表达的感谢可推知诗成于 2009 年，《中国经济史若干问题的计量研究》发表的当年，先生时年 83 岁。赠支平一绝中，先生感谢陈支平院长的资助与支持，感谢雪中送碳，如沐春风的情谊。强调了编辑工作对于著作出版的重要性并表达了对福建人民出版社各位同仁的赞美。赠出版社同仁一绝则表达了先生对辛苦无私的编辑工作的肯定，对编辑工作精美质量的赞叹，以及对编辑工作苦中有乐的深刻体会和理解。

全名《中国经济史若干问题的计量研究》发表于 2009 年 3 月。近代以来，中国经济史曾是国人关注的研究领域。要知道中国何去何从，就离不开中国经济史研究，过去如此，今后也是如此，事之必然也。在以上所说的大背景下，"中国经济史研究丛书"诞生了。这套丛书是百家争鸣的园地，既有以实证为基础，运用多种方法的扎实研究，也有逻辑严密、精辟深邃的理论探讨。在学术上兼收并蓄，多种风格并存，严谨的学风为本丛书特色。

通读天汉全集可知，天汉先生之治学是属于知难而上型的。且越锉越勇，锲而不舍。单这 4000 余首诗词的坚持就非常人所能及。这四首七绝中提及的三部著作均是先生呕心沥血的艰深作品。以《李商隐诗要注新笺》一书为例，著书困难至少有三：①诗人措辞确实隐晦，难以考据；②年代久远，千年文化的差异；③历代索引派各持己见，或混淆视听。但天汉先生秉着极为严谨的治学态度，本着对诗人的了解和尊敬，以敏锐的洞察力和对历代诸家点评的客观认识，终成大作。这种治学态度及治学理念，值得我们后辈深思并学习。

（邹志英编撰）

六十三、忧血、雪灾、救灾（2008 年，《补景集》第 249 页，七律三首）

忧雪

（2008 年 1 月 21 日大寒之夜有作）

节届大寒寒始侵，胸间不散几重阴。

絮飞燕北沾庭薄，竹压淮南没径深。

虬甲蔽空犹恶斗①，鸿毛堕野正哀吟②。

何时天气回常态，六出花迎兆瑞音。

（自注：①南方暴雪；②灾民成万）

【注释】

1. 节届：节气正值。

2. 重阴：冬季感寒邪为重阴，这里应指沉重的心情。

3. 虬甲：虬龙的鳞甲，喻漫天大雪。

4. 鸿毛：大雁的羽毛，喻漫天大雪。

5. 六出：雪花。

【译文】

时值大寒节气，开始降温，沉重的心情久久不能平。因为大江南北，暴雪成灾。北方的雪花像飞絮一样薄薄地铺满空庭，而南方的大雪则压弯竹子，淹没小径。空中，雪舞如二龙相斗，鳞甲漫天；地上，雪落如鸿毛堕野，嘹唳哀鸣。什么时候天气能恢复正常，让美丽的雪花映出丰年的祥瑞？

雪灾

（2008 年 1 月 30 日）

南国殃罹百万家，更闻生死搏长沙。

满天雪压横摧屋，千里冰封遍堵车。

血洒雾凇悲欲绝①，汽凝冻雨祸连加。

大灾骤至仍无畏，世界人惊说我华。

（自注：①电力抢修致有牺牲）

【注释】

1. 殃罹：遭受灾难。

2. 雾凇：也称树挂或雾冻，是一种在天气寒冷的地方出现的白色不透明晶体。树枝披上由小冰晶组成的白色不透明的外衣，产生了类似雪后的景观，非常美丽，犹如梨花盛开。

【译文】

南方受灾群众已达数百万家，又有抗雪救灾生死搏斗在长沙。漫天大雪压得房屋摧毁，路面结冰导致交通堵塞。因电力抢修导致牺牲，血染雾凇令人悲痛欲绝，冻雨连绵又是雪上加霜。如此大灾之下人民仍无所畏惧，井然有序，难怪世界上纷纷惊叹于我们国家的效率。

救灾

（2008 年 2 月 3 日）

水电近时多缺供，郴州犹报计俱穷。

一方有难援应急，四处连心爱本通。

开路寒冰冻雨里，陟冈暴雪疾风中。

遭灾反致增凝聚，举国人劳气更雄。

【注释】

    1. 郴州：湖南省东南部地级市，这里应该是泛指受灾地区。

    2. 陟：登高。

【译文】

    由于灾害，水电已多日供给不足，郴州又报道无计可施。全国上下一方有难，八方援助，爱意相持。救灾人员在寒冰冻雨里开路，在疾风暴雪里攀登。越是在灾害发生时越显出人民的凝聚力，举国奋力救灾，众志成城！

【赏析】

    这三首诗写于2008，先生时年八十有二，仍笔耕不辍，热切关注国事。

    2008年中国南方雪灾是指自2008年1月3日起发生的全国大范围低温、雨雪、冰冻等自然灾害。先生以文人特有的敏感和赤子情怀关注灾情。文字体现出了对广大人民的深切同情，以及对国家在灾难中体现出的应对力，凝聚力感到欣慰和自豪。

    天汉先生全集里多次提到陆游（字务观，号放翁，宋诗人，词人）和赵翼（字云崧，号瓯北，清史学家，性灵派诗人之一）。他二人的诗风是先生晚年所推崇的自然，清新，稳健，切时事。先生这几首雪灾诗也正是这一诗风的体现。

    先生对于诗的理解是深刻而多层次的："文章气运原相系，不到沧桑语不工。"陆游身处南宋，时代动荡，婚姻坎坷，宦海沉浮，饱经忧患，诗风三变而救国悲忧不渝。然而，乾隆盛世，歌舞升平，晚年安逸，致使赵翼的诗，乃至性灵派的诗稍流于浮滑："性灵派病流浮滑，沉郁难追子美声。"（2011年，安贞集，第336—337页）天汉先生还指出了针对此病的治疗方案（安贞集，第339页）："沉郁更能御浮滑，樊南学杜近樊篱。"（玉溪生的诗有杜之沉郁，其实正可矫正性灵派至弊。这里杜指杜甫，字子美）。

    一位诗友说，"写一辈子诗的人可以通过诗去读"。巧合的是，当有人提出为天汉先生写传记时，天汉先生说了4个字："都在诗里。"人在诗里，时代在诗里，一生在诗里。

（邹志英编撰）

六十四、薛小妹怀古诗释 （2008 年，《有学集》第 270 页，七绝 4 首）

原序

薛宝琴怀古诗十首各猜一物，诸家之说大致不谬，毋庸细说。但个中别有寓意，尚不明朗。周老于《红楼夺目红》一书中，谓小妹怀古诗实是一组由内在联续、次第的"诗传"，而不是各不相干的分散和题咏，而这"诗传"，是暗寓雪芹的家世和重要经历。的确，薛宝琴以外姓人身份，从旁观者角度，道出曹家的兴衰，其深意殊堪引人注目。兹郑重推介周氏笺说，并以愚意于各首系以题咏，庶为读红楼者解此难题提供一助焉。

其一、赤壁怀古

薛诗：

赤壁沉埋水不流，徒留名姓载空舟。
喧闻一炬悲风冷，无限英魂在内游。
周曰：寓指汉魏始祖是曹操。愚之题词曰：

魏武能文一世雄，提师横槊指江东。
何能赤壁论成败？不减先人英迈风。

【注释】

1. 魏武：指曹操。毛泽东有词曰："往事越千年，魏武挥鞭，东临碣石有遗篇。"（《浪淘沙北戴河》）"魏武挥鞭"的意思是指曹操统一天下，建功立业的雄心壮志和英雄气概。

2. 横槊：指曹操。"曹氏父子鞍马间为文，往往横槊赋诗"（元稹《唐故检校工部员外郎杜君墓系铭》），所以一说到"横槊赋诗"，人们便自然会想到曹操。

【赏析】

这首七绝在赞咏曹操。起句直抒胸臆，大赞曹操文武双全。承句借"横槊赋诗"之典，继续有理有据地赞。转句结句替曹氏申辩：虽有赤壁之败，然则不足以抹杀英雄的风姿。

此诗与薛诗区别在于视野更加开阔，薛诗就赤壁而论，富含悲悯。此诗更加高瞻。

其二、交趾怀古

薛诗：

铜铸金镛振纪纲，声传海外播戎羌。

马援自是功劳大，铁笛无烦说子房。

周曰：暗寓北宋始祖曹彬、曹玮。彬曾平蜀，玮则为彬之第三子，能继父志，军威远震，是御羌名将，谥武穆。愚之题词曰：

声威平蜀继平羌，父子曾劳资一匡。

恰似伏波功自大，明珠薏苡谤何伤。

【注释】

1.交趾：交趾：古郡名。又名为"交州"（南交），今广东省至越南社会主义共和国北部。东汉光武帝年间，交趾太守苏定绳之以法了征侧的丈夫。征侧一怒之下，伙同妹妹发动了攻打交趾的叛乱。东汉委派马援率军平叛。

2.父子：此处指曹彬、曹玮。曹彬，后周时期就已经是很出名的将领，很自重，明哲保身，不去结交朋党，曹玮，是曹彬的三子。曹玮少年英雄，有勇有谋，19岁就任渭州的长官，常年与金国对战。他在世的时候，西北的各少数民族不敢轻易犯境。谥"武穆"。

3.一匡，是指扶正一切。

4. 伏波：明珠薏苡：成语"薏苡明珠"，指无端受人诽谤而蒙冤的意思。东汉名将马援（伏波将军）兵战南疆，军士病，以薏苡治瘴，疗效显著。凯旋时，带回几车薏苡药种。谁知马援死后，受人诬告，把他带回来的几车薏苡说成是搜刮来的大量明珠。这一冤案，史上称之为"薏苡之谤"。

【赏析】

此诗赞北宋始祖曹彬、曹玮。与薛原诗意蕴相似。都是在直接赞誉之后，转句以马援之典比拟，结句又以反诘之势来肯定。

其三、钟山怀古

薛诗：

名利何曾伴汝身，无端被诏出凡尘。
牵连大抵难休绝，莫怨他人嘲笑频。

周曰：显指雪芹曾、祖、伯、父四代到南京任织造，非由自愿，是无端被召，且牵连难以断休。愚之题词曰：

无端被召到金陵，为织天家龙凤绫。
奕世东南察民意，家奴人哂自兢兢。

【注释】

1. 钟山。又称紫金山。今江苏省南京市东北。

2. 无端：无缘无故地。"广引博喻，错杂无端。"（见清王晫《《快说续记》序》）

3. 金陵：今南京。

4. 天家：皇家。

5. 龙凤绫：古代绫的名称之一。

6. 奕世：累世，世代。

7. 东南：曹家先人曾在苏州、扬州任职。曹雪芹小时候曾历游苏州、扬州、杭州、常州等地，友人曾题诗谓之"秦淮残梦""扬州旧梦"。

8. 哂：讥笑。

9. 兢兢：小心谨慎的样子。"尔羊来思，矜矜兢兢，不骞不崩。"（《诗·小雅·无羊》）

【赏析】

薛诗，指南齐周颙隐居钟山沽名钓誉，后又出来做官的事。

天汉先生作此诗替曹家鸣怨：我们曹家本来是无缘无故应召进京为皇家服务的，结果却被皇家迁怒。若非如此，我们世代在南方待得好好的，也不必被人嘲笑，自己也战战兢兢地苟且而活。这首诗鸣不平得有理有情，窃以为小胜薛诗。

其四、淮阴怀古

薛诗：

壮士须防恶犬欺，三齐位定盖棺时。
寄言世俗休轻鄙，一饭之恩死也知。

周曰：暗寓困境中曾得益女子的救助，绝处逢生，幸脱大难。愚按：似指狱神庙中得林红玉之助事。题词曰：

落魄思求一饭难，炎凉世态觉心酸。
谁能脱俗忘轻鄙，暖意传来不患寒。

【注释】

淮阴：今江苏省北部。

261

【赏析】

这首诗语言浅白，便于理解。从字面意思上来看不过是人在落魄之时得到救助，心怀感恩。

薛诗原意是说韩信的"一饭之恩"：据说韩信年轻时，饥寒交迫，一妇人赠饭给他，待韩封王时，赠千金以馈妇人。

天汉先生借此意为红楼梦中宝玉落魄，受林红玉救助一事，倒是颇为应景。

（Julia 编撰）

六十五、《中国商业通史》一、二、三卷出版自题（2006 年 12 月，《有学集》第 277 页，七律 2 首）

《中国商业通史》一、二、三卷出版自题

庄严受命遽如痴，未觉楼前日月驰。
有几真知能卓尔？无多高论且卑之。
风沙胡汉通丝貉，烟海元明输茗瓷。
半部书成已名世，贯通今古岂难期？

（自注：四、五卷待刊。书为社科基金项目。）

门墙隐附卅年前，盛世馆开褒众贤。
不动乱云高岳峙，长明良夜大星悬。
文心谁绎千丝茧？笔势人倾万斛泉。
老我应难有寸进，微茫史海本无边。

（自注：书蒙郭老纪念馆提名颁奖诗以致谢。）

【注释】

1. 中国商业通史：《中国商业通史》是吴慧（字天汉）先生编著的一部专门研究论述中国商业发展历史的巨著，由中国财政经济出版社 2004—2008 年出版。全书共五卷 300 多万字，记述了上起三代、下至民国数千年来，我国商业的兴起、变迁、沿革与发展的历史，是兼容历史学和经济学的经典学术研究著作，曾荣获"孙冶方经济科学奖"和"郭沫若中国历史学奖"两大国内不同学科最高奖项。

2. 卓尔：高高直立的样子，多形容一个人的道德学问及成就超越寻常、与众不同。语出《论语·子罕》："既竭吾才，如有所立卓尔。"

3. 丝貉：丝，丝绸；貉，貉子皮，指代毛皮。

4. 茗瓷：茗，茶叶；瓷，陶瓷。

5. 门墙：旧称师门为"门墙"，亦指学术的门径。

6. 郭沫若中国历史学奖："郭沫若中国历史学奖"于 1998 年在中国社会科学院的支持下由郭沫若基金会（筹）发起设立，是迄今为止中国史学的最高奖。天汉先生编著的《中国商业通史》曾由社科院和郭沫若纪念馆提名荣获该奖项。

【赏析】

这两首诗是天汉先生在其经济史学专著《中国商业通史》第一、二、三卷出版并获得中国史学界最高奖"郭沫若中国历史学奖"后所题，诗中回顾了著书的辛劳、表达了获奖的喜悦和对当年倡议支持自己动手编著此书的中国商业史学会领导、同仁，和成书后予以肯定、赞扬和推荐的史学界、经济学界朋友们的感谢。在诗中我们可以充分体味到天汉先生所代表的老一辈学人那种恭敬、严谨、谦逊、淡泊的治学精神。

在第一首诗中，天汉先生深情回顾了自己编著《中国商业通史》的过程，简要介绍了书中所涉及的内容和成书后的影响。

首联陡起，首先用"庄严受命"表达了自己对著作此书非常之重视，接以"遂如痴"描述了在创作过程中的全身心投入，从思想态度和实际行动两方面予以阐发。下一句的"日月驰"则从花费时间的角度侧面反映了编著此书的难度和辛苦，而诗人在句前又冠以"未觉"二字，传达了自己埋头工作的专注和沉浸于著书中的乐趣。

颔联是自谦语，作用是承上启下。作者在此谦逊地表示，这部著作"有几真知""无多高论"，算不上"卓尔"。这是先生所一贯秉持的严谨治学的态度和谦虚谨慎的学风的表现。

颈联顺承颔联，简要介绍了《中国商业通史》一书所述及的内容，既有丝绸之路穿越沙漠时期的胡汉通商，也有大航海时代的茶叶陶瓷贸易，可谓贯通古今、遍及水陆、总揆多端。

尾联说明了此书问世的影响。此诗作于2006年，当时《中国商业通史》只出版了一、二、三卷，还有四、五两卷待刊，但已经风靡海内、蜚声域外，在经济学界和史学界获得盛誉。故第七句有"半部书成已名世"之说，其中也透露出天汉先生对此的自豪与喜悦。八句之"贯通古今"，是天汉先生当年亲身创立中国商业史学会的建设宗旨所在，也是先生对《中国商业通史》一书的创作意愿和期望。如今文成载道、书传后世，先生得遂心愿，可慰平生了。

第二首诗是酬答致谢之作，以表示自己对《中国商业通史》一书被提名并获郭沫若中国历史学奖的感谢。

首联是表达自己对郭老的敬仰和对郭老纪念馆的赞扬。"门墙隐附"句表述自己虽然不是郭老正式的入门弟子，但敬仰和师从之心则是早已有之。"盛世馆开"句表述了对郭老纪念馆致力于褒奖后学、提携人才（其中也包括自己）的感谢和赞扬。

颔联与颈联是诗人对郭老在学界的名誉地位和学术成就的颂扬。郭沫若，现代著名文学家、历史学家，新诗奠基人之一，在历史学、考古学、甲骨学、古文字学、古代社会学、文学、戏剧、翻译和书法艺术等众多学科多有建树，是20世纪的重要学者和文化巨匠。其主要著作有《郭沫若全集》《甲骨文字研究》《中国史稿》《中国古代社会研究》等。天汉先生这两联诗，以"高岳峙""大星悬""千丝茧""万斛泉"四个连续的比喻描写，生动描绘出郭老的文笔特色，学术地位和历史影响，同时也表达了自己对当代文宗、学界领袖的仰慕与尊敬。

尾联则回归到自己身上，诗人谦逊地表示：史海无边、学问广博，自己的一点点成绩，实在算不了什么。这与大科学家牛顿临终所留的那句名言"我不过就像是一个在海滨玩耍的小孩，为不时发现比寻常更为光滑的一块卵石或比寻常更为美丽的一片贝壳而沾沾自喜，而对于展现在面前的浩瀚真理之海，却全然没有发现。"正是心意相通啊。

（Julia 编撰）

六十六、《李商隐诗要注新笺》印行喜赋（2008 年，《有学集》第 277 页，七律 1 首）

怎将文采续吾家？独出玉溪望浣花。

既忝僚曹慕锦瑟，不须身世溯秋笳。

《无题》岂自闺房发？《有感》端由社稷嗟。

得作郑笺欣盛世，转怜愁损促年华。

【注释】

1. 玉溪：李商隐，号玉溪生。

2. 花：杜甫在饱经离乱之后，在成都西郊浣花溪畔，终于建成一个草堂，有了暂时的栖息之地。这里指代杜甫。

3. 忝（tiǎn）：字义为辱，有愧于，常用作谦辞。

4. 僚曹：僚，朋辈。曹，同伙。这里指诗友。

5. 秋笳：天汉先生备注为：先人吴汉槎著《秋笳集》。顺治十四年"江南科场案"的受害者吴兆骞（吴汉槎），在东北边陲宁古塔度过 23 年，备尝艰辛，著《秋笳集》，约 700 首诗。将苍凉之境与凄楚之情紧密结合，颇动人。

6. 无题：李商隐的《无题》诗，多隐喻。有"身无彩凤双飞翼，心有灵犀一点通"等诸多名句

7. 有感：李商隐诗《有感》"非关宋玉有微辞，却是襄王梦觉迟。一自《高唐》赋成后，楚天云雨尽堪疑。"

8. 郑笺：（汉）郑玄所作《〈毛诗传〉笺》的简称。泛指对古籍的笺注。

【赏析】

这首诗写明了作者在李商诗要新笺出版之际的欣慰慨叹之情。首联介绍了作者学诗起源：由学李商隐到学杜甫。颔联作者自谦说虽然愧对诗人但还是心慕《锦瑟》，所以非做不可。同时呢，自己也是家学渊源的，祖辈也是写诗的。颈联对李商隐的诗发声：无题诗，有感诗大概都非小家子气呢，颇具家国情怀。尾联感慨：虽然历经经年，容颜憔损，但能对义山之诗作笺注，也是欣慰了。

（Julia 编撰）

六十七、赴地坛书市，数求始得李易安词，喜赋（2008 年，《有学集》第 279 页，七律 1 首）

旷代宗开漱玉词，吟成无一不工时。

兰房金石昵花好，棘地铜驼伤黍离。

雨滴桐愁窗外点，雪飞梅冷鬓边丝。

中州往日思兴替，岂止黄花瘦损辞？

【注释】

1. 李易安：李清照。宋代女词人，婉约词派代表，美誉"千古第一才女"。

2. 漱玉词：李清照诗词集子。

3. 兰房：高雅的居室。也指香闺。

4. 金石：金石学。李清照之夫赵明诚为金石学家。

5. 昵：亲近。

6. 花好：花好月圆之意。

7. 棘地：艰难境地。

8. 铜驼：铜制的骆驼，置于宫门外。此处形容国土沦陷后残破的景象。

9. 黍离：感慨亡国之词。"麦秀之感，非独殷墟；黍离之悲，信哉周室。"（北魏·杨炫之《〈洛阳伽蓝记〉序》）

10. 雨滴桐愁句：指李清照词"梧桐更兼细雨，到黄昏、点点滴滴。这次第，

怎一个愁字了得！"（《声声慢》）

11.雪飞梅冷句：指李清照词"雪里已知春信至，寒梅点缀琼枝腻。香脸半开娇旖旎，当庭际，玉人浴出新妆洗。造化可能偏有意，故教明月玲珑地。共赏金樽沉绿蚁，莫辞醉，此花不与群花比。"（《渔家傲》）

12.中州句：李清照有词怀念往昔："中州盛日，闺门多暇。记得偏重三五。铺翠冠儿。捻金雪柳，簇带争济楚。如今憔悴，风鬟霜鬓。怕见夜间出去。不如向，帘儿底下，听人笑语。"（《永遇乐》）

13.岂止句：李清照有词曰："满地黄花堆积，憔悴损，如今有谁堪摘！"（《声声慢》）

【赏析】

这首诗其实是在用李易安的词句来描述其生平。首联大赞漱玉词，赞其无一不工。颔联述其早年与赵明诚尔侬我侬，晚年颠沛流离的境遇。颈联借用易安自己曾经描述过的句子，写出其桐窗听雨，踏雪寻梅的前世今生的对比变化，感慨中州盛世不再，黄花易损无人摘的晚景凄凉。整首诗化用很妙，可见易安诗词的影子，却为己用，并不突兀。

（Julia 编撰）

六十八、经济史论文结集有记（2008 年 10 月，《有学集》第 279 页，七律 2 首）

四纪为文不自休，近思结集费征搜。

典章变欲通今古，人物生如共喜忧。

枕上潮来频破梦，楼前风起正惊秋。

余龄敢再怀天下，前席曾参一得谋。

有手能推世运移①，厥功宜亟报人知。

兼并势抑调贫富，干济才施化险夷。

上下广求例难外，东西遥隔道原歧②。

华池溢滥掀海啸③，直是巫师非大师。

（自注：①"看得见的手"。②西方新自由主义昧于调控，疏于监管。③金融海啸。）

【注释】

1.四纪：古人以十二年为一纪，"四纪"即四十八年。语出唐李商隐《马嵬（其二）》："如何四纪为天子，不及卢家有莫愁。"诗句。

2.征搜：征召搜寻。

3.潮来：心血来潮的略写，指突然产生某种念头。

4.前席：《史记·商君列传》："卫鞅复见孝公。公与语，不自知膝之前于席也。"后以"前席"谓欲更接近而移坐向前。唐李商隐《贾生》诗："可怜夜半虚前席，不问苍生问鬼神。"

5.看得见的手：指国家政府对经济运行的计划调控机制，与西方经济学中对价格机制之别称"看不见的手"相对而言。

6.厥功："厥"（jué），代词，相当于"其"，"他的"；"厥功"就是"他（他们）的功劳"。"厥功"一语常见于前代典籍，如《史记·五帝本纪》："此二十二人咸成厥功。"

7.兼并：并吞。多指土地侵併，或经济侵占。参见汉晁错《论贵粟疏》："此商人所以兼并农人，农人所以流亡者也"。又见宋王安石《兼并》诗："人主擅操柄，如天持斗魁。赋予皆自我，兼并巧奸回。"

8.干济：谓办事干练而有成效。唐白居易《与卢恒卿诏》："以卿有忠劳之前效，干济之长才，常简朕心，宜授此职。"

9.道原歧：意为（东方与西方的）所信奉的政经之道原本就是不同的。

10.华池：神话传说中的池名，在昆仑山上。汉王充《论衡·谈天》："崑崙之高，玉泉、华池，世所共闻，张骞亲行无其实。"在本诗中用以借喻华盛顿和美国政府。

11.金融海啸：指2008年由美国次贷危机引发的全球性金融与经济危机。

【赏析】

这两首诗是天汉先生于 2008 年将其之前近半个世纪以来关于经济史的论文结集出版时所作，以诗词艺术形式描述展现了其所秉持的政治经济学思想理念和从事经济史研究学以致用的治学目标。

第一首诗直接描述了诗人当初辛勤创作这些经济史论文的历程和现在结集出版的意图。

首联开宗明义，直接说明作者 48 年来辛勤耕耘、坚持创作，成果丰富。如今想要结集出版了，还真需要费一番工夫进行搜picking整理呢。

颔联则是回忆自己撰写这些论文时的情形，潜心梳理研究了古今相关典章制度、深入了解参悟了历史人物事件，真可谓是博古通今、知常达变，兴衰同经、喜忧与共呀。

颈联继写自己研究过程中的辛劳勤勉：经常寤寐不宁、席不安寝，每有心得发现便心血来潮、梦中醒转；长年埋头书斋、爬梳故纸，时常无视风云变换、季节更替，甚至不觉自己老之已至。

尾联收结到自己为何暮年起意刊行研究论集。虽然此时天汉先生已经年过八旬，自知进入余龄晚岁，可仍然胸怀天下、心系苍生，希望通过进言献策，能够对国计民生有所裨益。天汉先生在此诗中所表现的治学精神、人生态度，真可谓"老骥伏枥，志在千里。烈士暮年，壮心不已"，读来令人钦佩敬服。

第二首诗则是重点表述了天汉先生所持的政治经济学思想观点和对现实问题的反思。

首联借用暗喻的手法开篇，将政府对经济的宏观调控比作"看得见的手"，以示和西方传统主流之自由主义经济学门派对比的区隔与联系，同时肯定了宏观经济调控的作用和效果，并提出应该将其尽快大力宣传的主张。这两句也是整首诗的论点所在。

颔联、颈联则是以史实论据来支持论证前述观点。三句首先指出宏观调控的作用和效果是可以抑制兼并、调节贫富差距；四句继续说明精英人才施展才略，制定切实有效的经济调控政策，确实可以使经济化险为夷、国家繁荣昌盛。第五句进一步举证说明，从中国数千年历史诸多实例来看，上述论断鲜有例外。第六句继续补充说明，由于东西方自然与社会环境的差异，中国历史（乃至现实）条件下，国家经济管理之"道"与西方国家所崇尚的自由主义市场经济原本上就是不同的、有分歧差异的。

尾联收结到现实情况：今年由美国次贷危机引发的全球性金融与经济危机，重创世界各国经济与民生，就是因为美国政府过于依赖市场调节，缺乏必要的宏观调控，未能及时避免和控制金融风险所致。进而批评那些片面信奉、过度推崇西方新自由主义经济学派"唯市场论"的专家学者们，造成如此恶果，哪里是什么经济学大师、简直就是巫师啊。

（编者按：经济学流派众多，历史上此消彼长、争竞不止，市场调控与计划调节的对立统一是其核心矛盾之一。这里我们对此问题不作更多讨论，仅从诗词赏析的角度加以简单解释说明。）

（Julia 编撰）

六十九、再读《史记·吴太伯世家》寄常州，兼示吴凡（附吴姓始祖及吴氏源流说明）（2009 年，《有学集》第 281 页，七律 1 首）

《再读〈史记·吴太伯世家〉》寄常州，兼示吴凡

弟兄让国辟东吴，季札高风位不居。
北上舞箫方过鲁，南来挂剑独伤徐。
归公纳邑全平仲，哀死事生容闾闾。
为谢延陵尊始祖，龙城花发赋归欤？

【注释】

1.《吴太伯世家》：由西汉史学家太史公司马迁创作，出自《史记卷三十一·吴太伯世家第一》。《史记》中计有《世家》三十篇，其内容记载了自西周至西汉初各主要诸侯国的兴衰历史，本篇为其中的第一篇，记载了吴国从开国祖先吴太伯远避荆蛮（约公元前 12 世纪中叶）至吴王夫差亡国（前

473)，长达 700 年的兴亡史。篇中再现了吴国由弱而强、又由盛而衰的完整历程，吴楚、吴越以及吴与中原诸侯之间错综复杂的矛盾关系，也反映了吴国内部的王室斗争和君臣龃龉。

2. 弟兄让国：吴太伯与其弟仲雍，均为周太王（姬姓，黄帝轩辕氏的 12 世孙，商朝时建立了周部落。）之子，季历之兄。季历十分贤能，又有一个具有圣德，出世时有圣瑞出现的儿子昌，太王属意立季历以便传位给昌，因此太伯、仲雍二人就逃往荆蛮，像当地蛮人一样身上刺满花纹、剪断头发，以示不再继位，把继承权让给季历。季历后来继位，之后昌也成为周文王。太伯逃至荆蛮后，自称"句（gōu，勾）吴"。荆蛮人认为他很有节义，追随附顺，尊立他为吴太伯。

3. 辟东吴：周文王姬昌之子周武王姬发战胜殷纣，找到太伯、仲雍的后代周章。时周章已经是吴君，就此仍封于吴。又把周章之弟虞仲封在周北边的夏都故址，就是虞仲，位列诸侯。

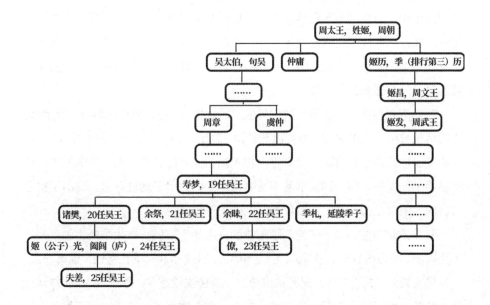

4. 季札高风：吴国逐渐兴盛起来。从太伯传到 19 代人寿梦，建都今江苏吴县。寿梦有 4 个儿子：长子诸樊，次子余祭（zhài，寨），三子余昧，四子季札。季札被封在延陵（今常州），因此号为延陵季子。季札贤能，寿梦生前曾想让他继位，但季札避让不答应，于是长子诸樊继位。之后季扎五次三番地推让请他继位的安排。太史公曰：孔子说过"太伯可以说是道德的巅峰，三次把天下让给别人，人民都不知用什么言辞来称赞他才好。"我读《春秋》古文，才知道中原的虞国和荆蛮的句吴是兄弟啊。延陵季子的仁爱心怀，向慕道义终生不止，能够见微知著辨别清浊。啊，又是多么见多识广、博学多知的君子啊！

5. 第三句自注："舜乐大韶，韶箫两字体变耳。"前560年（王诸樊元年），诸樊服丧期满，要把君位让于季札。季札推辞并抛弃了家室财产去当农民。前548年，王诸樊死去。留下遗命把君位传给其弟余祭，目的是想按次序以兄传弟，一定要把国位最后传至季札为止，来满足先王寿梦的遗愿。前544年，吴王余祭派季札到鲁国等国访问。鲁国为季札表演了周朝诸侯各国的音乐舞蹈。季札一一点评，高谈阔论赞七国，妙语连珠惊四座。

6. 第四句自注："徐君墓。"季札刚出使时，北行造访徐国国君。徐君喜欢季札的宝剑，但嘴上没敢说，季札心里也明白徐君之意，但因还要到中原各国去出使，所以没献宝剑给徐君。出使回来又经徐国，徐君已死，季札解下宝剑，挂在徐君坟墓树木之上才离开。随从人员说："徐君已死，那宝剑还给谁呀！"季子说："不对，当初我内心已答应了他，怎能因为徐君之死我就违背我自己的心愿呢！"

7. 第五句自注："说晏子纳政与邑，以全身。"邑：城市，都城，旧指县，古代诸侯分给大夫的封地。季札离开鲁国，就出使到齐国。劝说晏平仲说："你快些交出你的封邑和官职。没有这两样东西，你才能免于祸患。齐国的政权快要易手了，易手之前，国家祸乱不会平息。"因此晏子通过陈桓子交出了封邑与官职，所以在栾、高二氏相攻杀的祸难中得以身免。

8. 第六句自注："公子光刺杀王僚而立为吴王阖闾。自此季札遂入常州，不更入吴。"前527年，王余昧死，想传位于其弟季札。季札避让，逃离开去。于是吴人说："先王有令，兄死弟继位，一定传国给季子。季子现在逃脱君位，那王余昧成为兄弟中最后一个当国君的人。现在他死了，其子应代其为王。"于是立起余昧的儿子僚为吴王。可是，王诸樊的儿子公子光一直认为，"我父亲兄弟四人，应该传国传到季子。现在季子不当国君，我父亲是最先当国君的。

既然不传国于季子，我应当继承我父亲当国君。"他在暗中结交专褚，令其以匕首藏于鱼腹，接近并刺杀了王僚，从而自立为吴王阖闾。季札如同公子光所料，并未接受被拥立为吴王，在哀悼王僚后，表示事新主，但离开吴国去了延陵封邑（常州）。之后阖闾之子夫差继任吴王，再之后吴国被越国所灭。后代以吴国为氏，称吴氏。

9. 龙城：常州。常州被称为六龙城或者龙城。明邹忠颖《高山志序》曰："六龙阴聚于毗陵。右以铁翁诸山，若东西户屏。"

10. 归欤：返回本处。引申义：辞官回家。欤：文言助词，表示疑问。见于晋宋之际文学家陶渊明《归去来兮辞》"及少日，眷然有归欤之情。"

【赏析】

这首诗是论起式，以议论开头。首联从史记所载吴太伯兄弟让国，而在东南荆蛮开辟吴地，后来季札又不占长子之王位的历史故事，点出了吴自太伯，后代季札发扬光大了太伯的高风亮节。第一句自注：首句衬韵。参见本文最后的诗法津梁。

颔联：通过鲁观乐舞和徐墓挂剑的故事讲述了季札的博学多识和有情有义。对仗工巧。

颈联：又讲了季札游说晏平仲交权纳城保全了性命，以及容忍了公子光杀吴王僚而自立为吴王阖闾的故事。第六句"哀死事生容阖闾"三拗五救。

史称，南季北孔。人说，季札是孔子之师，与孔子齐名的圣人，同时也是孔子最仰慕的圣人，历史上南方第一位儒学大师，"南方第一圣人"，先秦时代最伟大的预言家、美学家、艺术评论家，中华文明史上礼仪和诚信的代表人物。季札似乎是特为引出孔子这个集大成的圣人而出现于世的，季札正是孔子所集圣人中的一个，季札是"圣人之前的圣人"。

尾联结于季扎和常州，切题目中的寄常州。第七句自注：常州以吴季札为人文始祖。"为谢延陵尊始祖"：常州（延陵）为敬谢季札，尊为始祖。"龙城花发赋归欤？"：天汉先生叹到，龙城兴盛发达如花开放，不是应该唱颂季札的归来吗？

这首诗的题目有：寄常州，兼示吴凡，是让孙子吴凡知道自己的祖先。天汉先生《天汉诗词全集》第486页的《家庭小聚有作》中尾联为："一门子女俱才俊，终古吾吴属世家。"表达了继往开来的心愿。

话说，吴姓一族在各地开枝散叶，定居于吴江的吴氏宗族奉明朝吴璋为始祖，并有族谱传世。

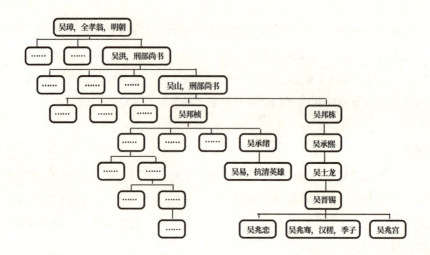

吴璋，字廷用，明代宣德年间吴江人，以孝著称，被赞为"全孝翁"。

吴洪，字禹畴，吴璋之子，明代正德年间任刑部尚书，赠太子少保。厘剔奸弊，矫矫有风节。诗酒唱和，曾结五同（时、乡、朝、志、道）会。

吴山，字静之，吴洪之子，明代嘉靖年间任刑部尚书，赠太子少保。后人赞曰：治狱明允，治河著书。有为有守，永垂令誉。在住宅尚书巷凿大井利民，民称"怀德井"。

吴易（1612—1646），字日生，吴洪之四世孙，明崇祯九年（1636）进士。清顺治元年（1644）他到扬州投奔南明抗清首领史可法，任职方主事，兼监军。之后赴江南，战太湖，攻吴江，被南明唐王任命为兵部尚书，总督江南诸军，封忠义伯。顺治二年，清军攻陷扬州，纵兵杀掠，屠城十日。顺治三年，吴易在嘉善被清军捕，拒绝清廷许官，就义于杭州。

10年之后，又一场血雨腥风在江南掀起。吴易的族孙吴兆骞不幸成为一代悲剧的主角。（参见下文，《金缕曲情深、秋笳集唱绝》）

【诗法津梁】

衬韵，飞雁入（出）群格

衬韵也叫借韵，是指格律诗的首句不压本韵，而用邻近它韵的现象。在首句上采用邻韵，两韵的差别不大，能够实现韵声之间的相互呼应和配合取得声韵和谐的效应，增强本韵的音响旋律。衬韵即飞雁（孤鹤）入群格。

首句衬韵，其韵字一定要选用邻韵字，不能随意用其他韵部的字。平水韵的邻韵关系为：①东——冬（ong）；②江——阳（ang）；③支——微——齐（i）；④鱼——虞（ü）；⑤佳——灰（ui）；⑥真——文——元（半）（en）；⑦寒——删——先——元（半）（an）；⑧萧——肴——豪（ao）；⑨庚——青——蒸（eng）；⑩覃——盐——咸（an）。

平声三十韵中唯有歌、麻、尤、侵等四个韵部没有邻韵。诗的首句本来是可韵可不韵的。但到了宋朝首句多用韵，而且多用其他韵。这其他韵也不是随便用的，一定要用可通的韵。例如，诗押庚韵，可用青韵，你就不能用真、文、寒、删韵；东韵诗，首句可借冬韵字，你就不能借覃、盐、咸韵。

天汉先生在《李商隐七律诗法十诠》声韵中讲到衬韵为商隐乐用，并举多例。

牡丹（李商隐）

锦帏初卷卫夫人，（真韵）绣被犹堆越鄂君。（文韵）

垂手乱翻雕玉佩，折腰争舞郁金裙。（文韵）

石家蜡烛何曾见，苟令香炉可待薰。（文韵）

我是梦中传彩笔，欲书花叶寄朝云。（文韵）

——现代人将十一真和十二文通押。在中华新韵中统称九文，是为正格。

深宫（李商隐）

金殿香销闭绮栊，（东韵）玉壶传点咽铜龙。（冬韵）

狂飙不惜萝阴薄，清露偏知桂叶浓。（冬韵）

斑竹岭边无限泪，景阳宫里及时钟。（冬韵）

岂知为雨为云处，只有高唐十二峰。（冬韵）

——现代人将一东二冬通押。在中华新韵中统称十一庚，是为正格。

类似的还有：

井络

井络天彭一掌中，（东韵）漫夸天设剑为峰。（冬韵）

……

奉和太原公送前杨秀才

潼关地接古弘农，（冬韵）万里高飞雁与鸿。（东韵）

……

——在中华新韵中统称十一庚，是为正格。

其他诗人也有许多衬韵的诗作。比如：

访戴天道士不遇（李白）

犬吠水声中，（冬韵）桃花带露浓。（冬韵）

树深时见鹿，溪午不闻钟。（冬韵）

野竹分青霭，飞泉挂碧峰。（冬韵）

无人知所去，愁倚两三松。（冬韵）

——在中华新韵中统称十一庚，是为正格。

又如：雪作（曾几）

卧闻微霰却无声，（庚韵）起看阶前又不能。（蒸韵）

一夜纸窗明似月，多年布被冷于冰。（蒸韵）

履穿过我柴门客，笠重归来竹院僧。（蒸韵）

三白自佳晴也好，诸山粉黛见层层。

——诗押十蒸韵，而首句借用"庚"韵。在中华新韵中统称十一庚，是为正格。

再举几例：

伊州歌（金昌绪）

打起黄莺儿，（支韵）莫教枝上啼。（齐韵）；

啼时惊妾梦，不得到辽西。（齐韵）。

——首句用四支韵，余用八齐韵。

枫桥（孙觌）

白发重来一梦中，（东韵）青山不改旧时容。（冬韵）

乌啼霜落寒山寺，敲枕犹听半夜钟。（冬韵）

——首句用一东韵，余用二冬韵。

雪梅（卢梅坡）

梅雪争春未肯降，（江韵）骚人阁笔费评章。（阳韵）

梅须逊雪三分白，雪却输梅一段香。（阳韵）

——首句用三江韵，余用七阳韵。

另外，若尾句用邻韵，则为飞雁（孤鹤）出群格。比如：

言怀（黄景仁）

听雨看云暮复朝，（萧韵）谁于笼鹤采丰标。（萧韵）

不禁多病聪明减，讵惯长闲意气销。（萧韵）

静里风怀玄度月，愁边心血子胥潮。（萧韵）

可知战胜浑难事，一任浮生付浊醪。（豪韵）

——在中华新韵中统称六豪，为正格。

在格律诗的创作中，虽然"孤雁出群格"和"孤雁入群格"都可以使用，但是，这两种"格"不可以在一首诗里同时并用。

（诗农　宋锏编撰）

七十、金缕曲情深、秋笳集唱绝（《有学集》第282页,《安贞集》第354—355页）

其一
顾贞观等四君子于先人恩义深重,诗以志之

早岁披襟意气倾,偕行连璧动春城。

廿年往事星霜转,万里新愁关塞萦。

呜咽素心言谪戍,飘萧华发托平生。

岂知果借东风力,垂老尚能归汉京。

（自注:赠顾贞观诗:如蒙子公力,终到汉西京。）

其二

渌水亭前叠唱酬,一时欢聚凤鸾俦。

笔随帷幕词惊座,人去关山雨打楼。

读曲怜才冰塞夜,传书仗义洞庭秋。

两年未合诗唯六,散落遗文将哪求?

（自注:纳兰赎先人入关。四句为"登楼有怀容若"诗中意;五句读顾贞观所写两首金缕曲;六句于纳兰斋中为柳毅传书图赋诗。）

其三
《四库全书总目》于评介《秋笳集》辞多不实,诗以辟之

怨怼心无见至诚,白山赋献笔纵横。

特高禀性呈奇骨,绝困遭逢历正声。

防检终难逃网密,文章岂遂为时轻?

若非轻罪遭严谴,作手清初将首名。

其四

读查慎行过吴汉槎禾城寓楼诗

绝域归人迎汉槎，稍伸士气弛官衙。

亭前水滟延前席，笔底花生继后车。

冰雪轻时铸风骨，阴霾扫处灿云霞。

《秋笳》若不音先辍，君岂清初第一家？

【注释】

1.吴兆骞qiān（1631—1684）：字汉槎（chá），明朝刑部尚书吴洪之六世孙。抗清英雄吴易是其叔祖。江苏吴江松陵镇人。工诗文，善骈赋，少有才名，与华亭彭师度、宜兴陈维嵩一起，称江左三大家之一，创"梅村体"的名士吴梅村（吴伟业）冠以"江左三凤凰"之号，并誉称吴季子。清初诗人，顺治举人。顺治十四年，以科场事为人所陷，无辜遭累，于顺治十六年谪戍宁古塔（今黑松江省）。流放23年后（1681），吴兆骞赎还关内，1684年病逝于北京。

2.顾贞观（1637—1714）：清代文学家。江苏无锡人。明末东林党人顾宪成四世孙。康熙五年举人，曾馆纳兰相国（大学士）家，与相国子纳兰性德交契，康熙二十三年致仕，读书终老。贞观工诗文，词名尤著。顾贞观与陈维嵩、朱彝尊并称明末清初"词家三绝"，同时又与纳兰性德、曹贞吉共享"京华三绝"之誉。

3.金缕曲：词牌名。又名《贺新郎》《乳燕飞》，亦作曲牌名。116字，前后片各六仄韵。

4.纳兰性德（1655—1685）：清初词人，大学士明珠长子。叶赫那拉氏，字容若。原名纳兰成德，因避讳太子保成而改名纳兰性德。自幼饱读诗书，文武兼修，18岁考中举人，次年成为贡士。康熙十五年（1676年）殿试，赐进士。两年中主持编纂了一部儒学汇编《通志堂经解》。于康熙二十四年（1685年7月1日）溘然而逝，年仅30岁。纳兰性德的词以"真"取胜，写景逼真传神，词风"清丽婉约，哀感顽艳，格高韵远，独具特色"。

5.连璧：并连的两块璧玉。比喻并美的两物。

6.汉京：指都城。汉班固《西都赋》："博我以皇道，弘我以汉京。"

7. 渌水亭：纳兰性德与朋友们的雅聚之所。在他的诗词中，写景状物关于水、荷尤其多。慕水之德以自比，并把其著作也题为《渌水亭杂识》。取流水清澈、澹泊、涵远之意，以水为友、以水为伴，在此疗养，休闲，作诗填词，研读经史，著书立说，并邀客燕集，雅会诗书。他有一首诗就叫《渌水亭》，"野色湖光两不分，碧云万顷变黄云。分明一幅江村画，着个闲亭挂西曛。"

8. 查慎行（1650—1727）：（zhā），又称查初白，清代诗人，"清初六家"之一。浙江杭州府人。当代著名作家金庸先祖。其论诗以为"诗之厚，在意不在辞；诗之雄，在气不在直；诗之灵，在空不在巧；诗之淡，在脱不在易"。他以"空灵"创新为尚。得力于陆游很深；受苏轼影响亦大。其诗工于刻画锻炼，又多采用白描手法。清初诗人多学唐，查慎行崛起后，兼学唐宋，成为清初效法宋诗最有成就的作者。对诗坛影响极大。清代赵翼《瓯北诗话》前十卷选论李白、杜甫、韩愈、白居易、苏轼、陆游、元好问、高启、吴伟业、查慎行10家诗，后两卷论及韦应物、杜牧等人及诗格、诗体、诗病诸问题。赵翼把当代诗人查慎行、吴伟业树为经典，认为："梅村（吴伟业）后，欲举一家列唐宋诸公之后者，实难其人。惟查初白才气开展，工力纯熟，要其功力之深，则香山、放翁后一人而已。"

【赏析】

天汉先生在诗词全集中有30来首提及先人吴兆骞与秋笳集，顾贞观的金缕曲，恩人纳兰性德，（详见后）念念不忘，刻骨铭心。本文选读有关的四首七律，以窥一斑。

第一首七律是关于有恩于先人吴兆骞的四君子（顾贞观、纳兰性德、徐健庵、陈子长）之一的顾贞观和他的金缕曲。

早年时吴兆骞和顾贞观等一众江左（江南）才子意气勃发，偕行连璧，春风满城。可惜吴兆骞被流放北地20余年，"塞外苦寒，四时冰雪"（秋笳集卷八），愁苦萦怀，痛不欲生。顾贞观牢记自己对吴兆骞全力相救的承诺，在纳兰性德家教书时与纳兰性德契好，并写下两首著名的金缕曲词。第一首上片写对谪戍远方至友的问候、同情和深切关怀。第一句为：季子平安否？（季子指春秋时吴王寿梦的儿子季札，号延陵季子，素有贤名。人们亦尊称吴兆骞为季子。）下片劝慰好友，并写自己全力相救的赤诚之心。"置此札，君怀袖"，劝友人以此信为安慰，放宽心，解忧愁。全词表现了朋友之间的真挚情感。在艺术手法上，通篇如话家常，宛转反复，心迹如见，一字一句，真挚感人。

纳兰性德见词泣下，遂求情于其父纳兰明珠（大学士，相当于相国或宰相），再加其"词极瑰丽"的《长白山赋》使康熙"览而称善"，以及其他学人不断说项，正合康熙皇帝以文治收拢江南学人之意，垂老的吴兆骞终被赎回。

第二首七律写的是关于纳兰性德救人前后。

渌水亭前，纳兰性德与一众文人朋友们唱和连连。信笔随风，美词惊座。殊不知，关山之外，流放之人正在苦寒中挣扎。忽然读到了顾贞观的金缕曲，怜才之心油然而生，就像其书斋悬挂的画中柳毅为三娘传书洞庭龙王一样，纳兰性德仗义，岂能见死不救？

这里天汉先生突然笔锋一转，怎么可能先人吴兆骞获救后没有在纳兰性德渌水亭前的聚会中佳作频发，而两年仅有六首新诗传世呢？散落的遗文何处可求？这个谜团在356页《吴汉槎骈文丢失之谜》可能略见端倪，又是一大堆故事。

第三首七律是关于先人吴兆骞。首句论起。先人吴兆骞身受奇冤而无怨恨，诚心可鉴。所献长白山赋，笔意纵横，大气磅礴，赋若诗歌。

吴兆骞少有隽才，禀性特高，风骨傲岸，性情狂放，曾对同郡好友汪钝说："江东无我，卿当独秀。"有人规劝他不必如此傲慢，他说："安有名士而不简贵者？"其师计青辚曾说："此子异时必有盛名，然当不免于祸。"丁酉江南乡试科场案中，已考中的江南举子被押解至北京，由顺治在中南海瀛台亲自复试，吴兆骞愤然拒绝下笔，因而下狱。后经礼部刑部多次严审，查明其确无舞弊行为，仍送流放。天汉先生指出，尽管如此，吴兆骞的诗赋并不为人们所看轻。如果不是因其不堪受辱而受重罚，清初文坛上还不是第一名吗？

整首诗对《四库全书总目》评介秋笳集之不实之词愤愤不平，针锋相对，严加驳斥，以正视听。是为议论体诗。

第四首七律是关于先人吴兆骞回归及秋笳集。

首联：吴汉槎（兆骞）终于从绝望之地回来了，朋友们奔走相告，热情欢迎。清廷暴政稍有宽松，人心略安。

颔联：纳兰家渌水亭前，汉槎被聘为西席（宾师），为明珠之次子揆叙（容德）授课。后来，笔底生花，才学横溢的查先生接为后任。

吴兆骞在宁古塔期间，开馆授徒，传播知识，培养人才，并创作了100

余篇边塞诗、抗俄爱国诗，以宁古塔名胜古迹为题材的咏叹诗等。诗作慷慨悲凉，独奏边音，因有"边塞诗人"之誉。《秋笳集》收录了其部分边塞诗作品，为流传下来的代表作。颈联针对关于汉槎的非议而发：经过长期冰雪后风骨铸就；阴霾扫去后彩霞满天灿烂，文星岂被灰尘遮蔽！

尾联问结：如果不是《秋笳集》天籁之音在先，查慎行先生岂不成了清初文坛第一家？此问非真问而是试问。以查慎行的出类，衬映出吴兆骞的拔萃。天汉先生在第 398 页，再读《秋笳集》感赋中道：朗月词华追六代，悲笳节拍动千秋。

在天汉先生心目中，《秋笳集》之地位，无人能撼动。《天汉诗词全集》中有关"吴兆骞"和《秋笳集》的诗句摘录如下：

129 页，吴江诗派今昔谈，复孙七兄：吾家吴季子，冰雪出塞愁。秋笳声悲壮，入关谁与谋？

168 页，松陵故里：霜笳出塞气扬秋。

217 页，八十自述：秋笳身世翻为累。

218 页，近况：枉负诗名追八叉，平生情结系秋笳。

224 页，明珠相国故居（及尾注）：北地迎归客，西山望落霞

231 页，高风三让，秋笳诗冠。

236 页，访纳兰成德史料陈列馆：才士江东多往来，先人得赎庆生回。

270 页，书后三首：枉将家世说秋笳。

275 页，重读纳兰性德词，八首七绝之一：金缕曲含情谊重，都门传写唱茶坊。

281 页，《再读〈秋笳集〉，余竟未尽，续赋六章》，其中四首为《顾贞观等四君子于先人恩义深重，诗以志之》顾贞观、纳兰、徐健庵、陈子长。

282 页：诗词存稿：两朝宠辱升沉事，遇赦返乡传雅章。

282 页：诗词存稿：嚬泪两吟金缕曲（顾梁汾寄吴汉槎词），赏心百读纳兰词。总缘格雅高于古，非为恩深重以私。欲觅裔孙何处是？亭前绿水动清漪。

350 页，陈之遴与吴汉槎：感恩岂止在怜才？（陈吴同谪辽东，为患难之交，互有唱和。）

354 页，上海古籍社寄来新版《秋笳集》再题，《四库全书总目》于评介《秋笳集》辞多不实，诗以辟之。

355 页，方拱乾方孝标与吴汉槎在戍所叠相唱酬：电屐穿篱时过从，书中时见古人踪。约登废殿经雨藓，共话名山迎客松。戍鼓心惊冰径险，边关目注白云封。归来先送辽海鹤，何日吴江欣再逢？

355 页，读查慎行过吴汉槎禾城寓楼诗。

355 页，读吴梅村《悲歌赠吴季子》。

355 页，《秋笳集》中七言转韵歌行属梅村体，一脉相传，风韵绝佳。

355 页，吴汉槎赎还，诸名流用徐健庵韵赋诗以赠，予亦步韵成一律。

356 页，吴汉槎骈文丢失之谜。

398 页，再读《秋笳集》，感赋：万树丹枫梦里浮，江山人物思悠悠。大家虽许推高手，盛世却难居上头。朗月词华追六代，悲笳节拍动千秋。吾生幸见翻天地，振笔从容气正遒。

423 页，自叹：更铭身世记《秋笳》。

444 页，八七生日漫咏：秋笳声亦动归思。

487 页，绝学：秋笳拍里矜风格，绝学何人堪及门？

488 页，赠毕林总编：幕府生涯怀锦瑟，江湖吟啸续秋笳。自注：予先人吴兆骞，戍宁古塔，善诗赋，有《秋笳集》行世。

496 页，盘点：《秋笳》家世何堪说，老作诗人倍自怜。

（诗农　宋锏编撰）

七十一、苏联解体二十年反思（2011 年 12 月 25 日，《安贞集》第 316 页，七律 1 首）

巨蠹深蟠蚀本根，一朝大厦圮难存。

拙谋自合嗤戈叶，正义何能咎马恩？

岂昧良知安故步？宜兢远虑复前奔。

当年所失堪垂戒：民乐其生毋屈尊！

【笺注】

笺注指注释文义，是对原文做的解说和评述。其比较有针对性，也便于读者理解诗中意思。

1. 苏联解体：1991 年 9 月 6 日，苏联国务委员会通过决议，承认爱沙尼亚、拉脱维亚、立陶宛三个加盟共和国独立。12 月 8 日，俄罗斯联邦、白俄罗斯、乌克兰三个创始加盟共和国领导人在别洛韦日森林签署《独立国家联合体协议》（别洛韦日协议），宣布组成"独立国家联合体"。12 月 21 日，除波罗的海三国和格鲁吉亚外的 11 个苏联加盟共和国签署《阿拉木图宣言》和《独立国家联合体协议议定书》。1991 年 12 月 25 日 19 时 40 分，戈尔巴乔夫宣布辞去苏联总统职务。12 月 26 日，苏联最高苏维埃共和国院举行最后一次会议，宣布苏联停止存在。至此，苏联解体。

2. 反思：回头、反过来思考的意思。近代西方哲学中广泛使用的概念之一。又译为反省。

3. 巨蠹：大蛀虫。比喻大奸或大害。《后汉书·虞延传》："尔人之巨蠹，久依城社，不畏熏烧。今考实未竟，宜当尽法！"

4. 深蟠：蟠，本意是瓮器底虫，今苏州人所谓鞋底虫也。又伏也、曲也、屈也。又委也，见《礼·乐记》及夫礼乐之极乎天，蟠于地。后引申为盘曲、盘结、遍及、充满。本篇深蟠为深深盘结、遍及之意。

5. 圮：倾覆、毁也。

6. 戈叶：戈尔巴乔夫和叶利钦，苏共党员。叶利钦是戈尔巴乔夫的接班人。两人都或多或少推动了苏联的解体。

7. 马恩：马克思和恩格斯。

8. 故步：旧踪；原路。宋王奕《贺新郎》词："蚩塚黄花吟笑罢，下新州、醉白楼头赋。复淮楚，寻故步。"

9. 垂戒：留给后人的训诫。唐韩愈《答张彻》："悔狂已咋指，垂诫仍携铭。"

10. 屈尊：敬辞。委屈位尊者。唐·孔颖达疏："屈己之尊，降接卑贱。"

【诗注】

诗注是对诗文的注解。一般是个人理解，属于一家之言，注者不一定全面吃透了作者的诗意，所以诗注不可能是全面的也不一定都是正确的。

本首七律是天汉先生在苏联解体整整 20 年时候而作。对苏联解体的前因后果进行了评价，其主题显明，内涵深刻，言辞有力，体现出对国家、对社会、对人民的强烈正义感和责任心，且对社会起到警示作用。

首联用兴起手法，先不直接谈论主题，而是以大蛀虫深深盘结毁坏根基，来比拟大奸对国家的伤害。颔联承接，以评价和反问的笔法，继续表达作者对苏联解体的观点和坚持社会主义道路的立场。颈联出句继续议论，对句很有张力的表达作者科学发展的观点。尾联精妙，这里作为诗的收尾，用的是"比合"而结，显得更有余味和感染力，既不是直接喊出口号，而是以"物畅其流，民乐其生"这个自古以来的商业和经济根本，来表达以人为本的思想。

（墨言之编撰）

七十二．另类军阀段祺瑞（2010 年 11 月 17 日，《安贞集》第 315 页，七律 1 首）

皖江崛起本英才，"六不"名闻亦怪哉！

生远飞龙拾残局，死依卧虎没荒莱。

掉头华屋旋迁出，扫眼宝屏坚退回。

功罪旁人任评说，一生迄未蓄私财！

【笺注】

1. 飞龙：洪宪飞龙银币铸有袁世凯高缨像。这里代指袁世凯。

2. 卧虎：段祺瑞称为"北洋之虎"。其死后 1936 年 11 月 11 日灵柩运抵北京西山卧佛寺后殿。此处用"卧虎"一词借其北洋之虎而以"卧"来一语双关。

3. 荒莱：指荒地。1937 年 7 月抗战爆发后，段祺瑞家人匆匆将段埋葬于北平西郊白石桥附近。

【诗注】

1.首联用明起和议论起结合的笔法，所谓"起"就是"起头"，也可称之为"开头"或"开端"。诗词的开头，古人称为"凤头"，即开篇就能别开生面，引人入胜，并为后续内容留下广阔的空间。明起就是开门见山，直奔题旨，将题面直接写出，不加任何杂物。其起句开门见山不作其他陪衬，不拖泥带水直入题旨。这里直接点题并议论，出句交代段祺瑞皖江崛起本英才，对句概括了段祺瑞"六不"的信条，为本诗定下主题思想，也对后面的句子进行了铺陈且留下空间。其"六不"为故意露出冰山一角，不做一丝说明，而引人往下看；"亦怪哉"一词故作玄机，也是吸引人往下看是如何"怪"。

2.颔联如骊龙之珠，抱而不脱：承接首联的话题，自然地按着顺序往下说，做到了破题：概括的讲述了段祺瑞的政治立场和死后被草草埋葬的结局。

3.颈联用具体事例来表达段祺瑞廉洁事迹，来和首联"六不"呼应。"掉头华屋旋迁出"讲述的是：段祺瑞一生没有置产。袁世凯曾经给了段家一栋房子。这栋房产的原房主是与袁世凯打牌输了40万大洋，才把房子抵押给袁世凯的，可没给房契。袁一死，房主的儿子拿着房契来找段祺瑞，要收回房子。段祺瑞见人家手中有房契，二话没说，带着一家人搬了出去。"扫眼宝屏坚退回"讲述的是：江苏督军齐燮元曾送给段祺瑞几扇镶嵌着各种宝石的屏风。第二天一早，段就派人将屏风归还给了齐燮元。

4.颔联颈联，古人称为"猪肚"，即要言之有物，紧凑而有气势，如同猪肚一样充实丰满。本首中间二联，概括和细节相结合，是典型的"浓淡"结合的笔法。

5.尾联见主旨。尾联古人称为"豹尾"，即结尾要转出别意，宕开警策，如同豹尾一样雄劲潇洒。本首尾联出句逆挽一转而顺势引出对句，点明廉政这一主旨，使得意境升华而有后劲。

6.段祺瑞在史上有"三造共和"之美誉，即致电逼迫清帝退位、抵制袁世凯称帝、讨伐张勋复辟。他曾多次组阁，是北洋军阀中少有的铁腕人物。段祺瑞一生甘于清贫，在其任政府总理时，他"不抽、不喝、不嫖、不赌、不贪、不占"，人称"六不总理"，在物欲横流、无官不贪的民国时期，他是个官场的另类。本首律诗标题"另类"是相对"军阀"而言，其"另类"起到了吸引读者关注，也表达了诗文的线索。

（墨言之编撰）

七十三、再读徐树铮诗中名联，足成一律以存（2014 年 4 月 23 日，《后成集》第 465 页，七律 1 首）

> 粲然诗里识公初，报国乃知功可居。
> 万马无声秋塞月，一灯有味夜窗书。
> 昼长纵酒年方少，春好踏青踪未疏。
> 飘忽云烟俱转瞬，怎从高下品冯徐。

【笺注】

1. 徐树铮（1880—1925），中国近代史上的政治、军事人物，北洋军阀皖系名将。文武双全，才华横溢，著有阐述他政治思想的《建国铨真》及文学作品《视昔轩文稿》《兜香阁诗集》《碧梦庵词》等。

2. 足成：补足凑成。吴天汉先生是研究李商隐的专家，自然熟知李商隐《李长吉小传》："背一古破锦囊，遇有所得，即书投囊中。及暮归……上灯，与食，长吉从婢取书，研墨迭纸足成之。"这里讲述的是李商隐描写了中唐诗人李贺的相貌、作诗的习惯。习惯是：背着破烂不堪的锦囊，碰到有心得感受的诗句，就写下来投入锦囊中。他不曾有过先确定题目再写诗的事，就像他人牵强附和旧章法一样。等到晚上回来，就整合成一首诗。

3. 冯徐：指冯玉祥和徐树铮。

4. 万马无声秋塞月，一灯有味夜窗书：为徐树铮《答友》诗中的颈联。标题有"再读徐树铮诗中名联，足成一律以存"，是"借句"写作法，即借用徐树铮入自己的诗中。为了便于理解本首诗作，这里列出徐树铮《答友》诗：陌巷欣逢长者车，撄情宠辱己蠲除。功名尘土空谈笑，意态风云自卷舒。万马无声秋塞月，一灯有味夜窗书。登坛旗鼓君休诧，依旧萧斋似隐居。

【诗注】

1. 题目中含有诗词写作方法之一"借句"：借句诗要求照搬或是稍加改造古人、他人的一二句诗词，用在自己的诗词中。之所以借用古人、他人诗词，主要原因当是作者推崇某人，而所描绘的事物，所抒发的情志与自己要写的内容某些方面暗合对原诗句融会贯通，或者产生新意。

2. 题目中含有诗词写作方法之二"足成"：来源于李贺写诗的习惯，这个习惯就是诗词写作中的"作珠"。作珠是古人给我们留下的宝贵经验，它是前人经过很多年的积累创造出来的，它也是旧私塾启蒙教育的一种必不可少的学习方法。其方法就是把听到、看到、想到的优美词汇及时记在本子里，这些词汇就像一颗颗闪烁的明珠，等到用的时候，把它们用一根线穿起来（叫引线贯珠），就变成了一串绚丽多彩的项链或者手链，戴着它就可以在别人面前展示你美丽的风采。作珠的方法除了"收缩与扩展""化句与化意"等手法之外，还有就是"整吞和硬抄"。"整吞和硬抄"之后，和自己其他的句子（其他珠子），若能生成统一谐和的新主题及新意境，就变成了一串和前人不同的、新的绚丽多彩的项链或者手链。这样的例子如：晏几道的"落花人独立，微雨燕双飞"句就是借用翁宏《春残》里的这两句原诗，原诗为："又是春残也，如何出翠帏。落花人独立，微雨燕双飞"。毛主席也曾借用李贺的诗句"衰兰送客咸阳道，天若有情天亦老"，若比较一下毛主席借用以后诗句"天若有情天亦老，人间正道是沧桑"可看出，毛主席诗词的语境和气概胜出，而脍炙人口。

3. 飘忽云烟俱转瞬，怎从高下品冯徐：作者用句"怎从高下品冯徐"，其原因有二：其一，吴天汉大师于 2014 年 4 月 23 当日还写了一篇《再说如何评价冯玉祥》的七律；其二，提示一下：冯玉祥派人杀害了徐树铮，冯玉祥之死也有许多神秘和疑问。至于徐树铮的生平和轶事，以及冯徐之间的故事，可自行查阅资料，不做具体阐述。

（墨言之编撰）

七十四、再说如何评价冯玉祥（2014年4月23日，《后成集》第465页，七律1首）

闻道将军善倒戈，一生所历足风波。

速驱逊帝离宫禁，暂隐名山礼佛陀。

频岁联毛明又暗，几回与蒋战还和。

海轮归国烟飞处，真相如何费琢磨。

【笺注】

1. 倒戈：掉转武器向己方攻击。

2. 宫禁：汉以后称皇帝居住、视政的地方。宫中禁卫森严，臣下不得任意出入，故称宫禁。

3. 频岁：连年。

4. 毛：毛泽东，此处也指共产党。

5. 蒋：蒋介石。

【诗注】

1. 在中国的近代史上，冯玉祥是个争议比较大的人物，有人说他清廉爱国，也有人称他为"倒戈将军"。但作者在句首用了"闻道"一词，即为听说或人们说的意思，这个词汇很得当，作者这里本着严谨的态度，表达对此不下结论。这里和苏轼《念奴娇·赤壁怀古》句"人道是，三国周郎赤壁"笔法类同。

2. 一生所历足风波：与上句相比，作者这句是下了结论。有意者可自行查阅冯玉祥经历。

3. 海轮归国烟飞处，真相如何费琢磨：冯玉祥之死也有许多神秘和疑问，有意者可自行查阅资料，不做具体阐述。

4. 作者很好的把握了写咏人诗的要点，实事求是，并对词义的选取，写作严谨。因为字有褒贬，词有浅深，若不小心，则差之毫厘谬以千里。

5. 首联巧妙抓住所咏人物最有争议的地方，引人看下去。（青）李笠翁《闲情偶记》中说："开卷之初，当以奇句夺目，使之一见而惊，不敢弃去，此一法也。"

6.收尾揣测结，揣测结即揣度或推测。考虑，估量，据已知的来猜测未知的。作者不下定义，而提出猜想，不以为然，不以为否。让读者去判断，而激发读者的聪明。

7.题目采取设问句，即作者要表达的，交付读者去思考完成，而引人思索和留有余味。

（墨言之编撰）

七十五、上网（2012 年 5 月 13 日，《安贞集》第 373 页）

> 不意能从网上游，比来日课遂难休。
>
> 众中百度惊回首，画里千姿喜展喉。
>
> 斗室仍容弄文字，小楼自可遣春秋。
>
> 越洋传影神无比，弥觉堂堂岁月遒。

【笺注】

1.日课：每天的功课。陆游《闷极有作》诗："老人无日课，有兴即题诗。"

2.百度：网络搜索引擎，也是中文网站。

3.斗室：狭小的房间。

4.弥觉：更加、越发觉得。明刘基《诚意伯刘文成公文集》：弥觉其甘。

5.遒：雄健有力：遒劲，遒健。

【诗注】

1.巧用词汇，而一语双关产生新意。作者用百度一词，也指百度网络搜索引擎和中文网站，切合主题。趣味在于："众中百度惊回首"是化用辛弃疾《青玉案·元夕》"众里寻他千百度。蓦然回首"句，暗合了王国维《人间词话》人生境界的最高第三境界。

2.斗室仍容弄文字。该句格律正格为：仄仄平平平仄仄；按一三五不论为：中仄中平中仄仄（中为可仄可平）；那么，本句"斗室仍容弄文字"是仄仄平平仄平仄，第六字是平，不是仄，是否出律？答案是没有出律而属于拗救。在246 位置应该仄（或平）而写成平（或仄），属于四六同声的大拗，这个是必须要救的。这句第五字正格为平，就相救为仄。具体是：文属于平声，而此处应该仄，那么弄字本来是平现在改为仄。这个就是本句自救之"六拗五救"。

3. 画里千姿喜展喉：指网络视频，可以唱歌。

4. 越洋传影：可以传送影像到国外。

（墨言之编撰）

七十六、漫成（2012 年 10 月 15 日，《安贞集》第 391 页）

> 经霜枫冷梦江关，一去燕台便不还。
> 人近百年渐白发，路穷千里是青山。
> 糊涂难得转成福，康健须求唯赖闲。
> 平地吾来许吟啸，高峰何用苦登攀。

【笺注】

1. 江关：古关名。原在长江北岸，后移于长江南岸。

2. 燕台：指冀北。

【诗注】

1. 人近百年渐白发。

该句中"渐"字是多音字，在平水韵里（属于中古音切韵体系），作为水流入时候为平声，作为慢慢地意思时候为仄声。那么这句"人近百年渐白发"中"渐白发"就出现"三连仄"（新韵白字为平声，则没有三连仄，由于作者一直用平水韵，此处按平水韵来说明）。此处按变通的一三五不论为：中仄中平中仄仄（中为可平可仄），对句按变通的一三五不论为：中平中仄仄平平（第五字必须论为仄，不然成为三连平尾）。

有人说：这个三仄尾的拗救是对句第三字换成平来救，但是本人更倾向于

"三连仄"属于争议的范畴。因为若这个句式若可以拗救，就不会存在争议一说了。

有很多人将特拗句式中平仄仄仄仄作为三连仄来看，其实不然。（验证工具只能判断最后三个仄都显示三连仄，这是由于后台无法判断所致）因为中平仄仄仄仄仄是从平平仄仄平平仄句式而来，因一三五不论而出现平平仄仄平仄仄，然后第六字拗了（应平却拗成了仄），才出现中平仄仄仄（仄）仄。这个中平仄仄仄（仄）仄可以对句在第五字相救中仄平平（平）仄平。按平水韵，典型句子是：南朝四百八十寺（平平仄仄仄仄仄）对句相救为多少楼台烟雨中（平仄平平平仄平），就是"烟"字救出句中"十"的拗字。

但是，这里"人近百年渐白发"不是由平平仄仄平平仄句式而来的，而是由平仄平平平仄仄根据一三五不论而来的，这个就是三连仄而不是特拗对句相救（平平仄仄仄仄仄属于特拗可以对句救的，和这个句式不同），这个三连仄不可以救。所以关于"人近百年渐白发"，按照声律学家的观点，认为如下：三仄尾前提是，要注意一些事项，首先出句的三四位置个字必须都是平（七言，五言是一二位置）。另外，对句必须符合平仄。这里"路穷千里是青山"是正常句式，所以"人近百年渐白发"属于三连仄，而没有拗救，也不属于拗救。

关于三连仄的意见比较有分歧，一般认为并不出律。三仄尾在唐诗中很频繁。三仄尾虽然一般不认为出律，但很可能会被认为"不工"，也有归为古体诗的句子（或者说是近于古体诗的句子），所以初学者能避免尽量避免。

2. 经霜枫冷梦江关，一去燕台便不还。

这句有小拗，是因一三五不论造成，没有形成失对，也没有形成孤平，属于一三五不论的允许范围，属于不需要拗救的句子。《李商隐研究论集》中谈到一些拗救属于小拗中可就救可不救的范畴。吴天汉大师文中主要是说明"一三五不论也有需要论的地方"，这个"需要论的地方"，就是规避平脚句中不得因一三五不论而出现孤平和三连平，其主旨并不是谈全部的拗救，故而不完全是拗救讲解，而属于帮助理解拗救而论述的规则，既是"一三五不能完全不论，二四六分明特殊情况下可以不分明"，这属于理解拗救的"前奏"知识。

3. 平地吾来许吟啸，高峰何用苦登攀。

吟字为平。这句属于本句自救的六拗五救（在作者《上网》里有同样的拗救，在《上网》诗注里已经讲解了拗救方法，所以此处省略）

（墨言之编撰）

七十七、天汉对联选读（《有学集》第 292、293、294 页）

吴天汉先生，江苏吴江人，曾任中国商业史学会会长，博通经史、幼承师训，诗由玉溪入门，而学杜甫，严守诗律，诗词自成矫健之一格。

天汉先生亦喜撰联，尤以长联为甚，于诗词创作之余，亦有诸多佳联传世，比如大理联四百字，绍兴联四百字，皆长于著名的昆明大观楼 192 字长联，堪创记录。天汉对联秉承其律诗一贯的格律工细、属对精切之特色，又借以对联之不拘押韵、字数等而更为淋漓发挥。现仅撷其《有学集》中题联五副，其中赠联两副，自题联两副，挽联一副试为赏析，一探精妙，以飨读者。

其一、为同里退思园题联
华榭开时，喜集域中人，贴水芳园画意，半池莲叶容鱼戏；
草堂行处，退思天下事，生风熏阁琴声，千树桐花引凤游。

其二、贺晋中诗书画研究院成立
青主遥承，三绝风标诗书画；
红灯高挂，一帮文化去来今。

其三、八十寿联
笔如神授，治汉史、攻唐书，耗目注长编，高论未见阑珊意；
鼎欲力抗，研经济、探文学，等身期大著，快意俱忘耄耋年。

其四、自撰书室联

书中时得知之趣；

川上方兴逝者情。

其五、纪念外舅李竞环先生谢世

能知止知足，任风云骋目，雷雨惊眠，一生顺逆安危境；

庶不辱不殆，有丝竹娱心，诗文养性，四纪沉浮淡泊人。

【注释】

1.同里：又称桐花里，千年古镇同里被提名为世界文化遗产，同里的退思园亦是世界遗产名录的九个古典园林之一。

2.域中：寰宇间；国中。是语境可以不断扩展的词。《老子》："域中有四大，而王处其一焉。"晋孙绰《游天台山赋》："释域中之常恋，畅超然之高情。"

3.千树桐花引凤游：自古有栽桐引凤之说，庄子《秋水》中："夫鹓鶵发于南海，而飞于北海，非梧桐不止。"鹓鶵是古书上说的凤凰一类的鸟，生在南海，而要飞到北海，只有梧桐才是它的栖身之处。这里的梧桐是高洁的象征。《诗经·大雅··卷阿》亦有载："凤凰鸣矣，于彼高岗。梧桐生矣，于彼朝阳。"

4.青主：明末清初山西医学思想家傅青主，诗书画皆自成风格，后世誉为其"三绝"。

5.古来今：为佛教用语，指过去、未来和现在。

【赏析】

对联又称对子、对偶、门对、春贴、春联、桃符、楹联等，是一种对偶文学，起源于桃符。一副标准对联的特征是"对仗"。即骈文和律诗里要求的字数相等、词性相对、平仄相拗、句法相同这四项，四项中最关键的是字数相等和平仄相拗。

首先赏读联一《为同里退思园题联》，此联为题赠联。同里古镇，为天汉先生之妻宋氏故乡所在，二人婚后曾居住在此，后于1950年偕家北上后定居北京。天汉先生作为被邀请方曾回去过同里三次，退思园是同里籍官员任兰生被罢官后于 1887 年归乡时所建。园名"退思"语出《左传》：进思尽忠，退思补过。园子占地小，外饰内敛，恰如园名，尽显解职官员后的低调。退思草堂是内园的主建，堂内两侧悬挂着两副对联，其中长联即为天汉先生所题，全联长短错落，文辞细腻柔美，全然一幅唯美工笔山水写意图，读完不禁令人退思流连于江南小镇的古色古香。小园子内集合了楼台亭阁廊房桥榭厅堂房轩，一切江南园林元素尽收，却繁而不杂、拥而不滞，园内建筑贴水而筑、层叠错落，达到了移步易景、转首惊赞的绝妙。

由本联可见，对联的写作必须在对仗上下功夫。律诗对仗限于上下两句之间，出句的字和对句的字不允许重复，骈文对仗扩大到前两句和后两句之间，允许同位虚字相重，楹联对仗的严格要求不亚于律诗和骈文，此联字句中词性、平仄等无一处不是上下联相对，"贴水芳园画意"可以联想到天汉先生游退思园所作另一七律《同里退思园》一诗："谁锁云烟入院中，亭台贴水阁生风。联诗到合再浮白，飞梦归常寻闹红。露槛临波鱼唼月，天桥倚岫鸟盘空。草堂我亦曾题壁，未思退思随此翁。"联中"亭台贴水"由本诗化用后入联，足见退思园华榭初开时水阁楼台，莲鱼互戏的美景令作者久久难忘。"千树桐花引凤游"，化自李商隐《韩冬郎既席为诗相送因成二绝》"桐花万里丹山路，雏凤清于老凤声"一句，文笔章法深得玉溪精妙。

联二《贺晋中诗书画研究院成立》，此联亦为题赠联，以"青主遥承"起句，晋中名人傅青主诗书画之"三绝"为晋中文化之源流，给予了诗书画研究院极高的期许和赞誉，"红灯高挂"让人联想到晋商商帮之首的乔家大院，曾经多年繁荣推动当地经济文化的发展，并所题之研究所过去、未来和现在的文化传承作出展望。

联三和联四皆为自题联，一则为自勉八十寿诞，回顾过往，自评所得，畅谈快意人生，联四则为自撰书室的楹联，是为最简单的对联句式，为每边一句联，上联句脚为"仄"，下联为"平"。其中"川上方兴逝者情"，出自《论语·子在川上曰》论语子罕篇记载："子在川上曰：逝者如斯夫！不舍昼夜。"此二联词工妙对之余，极尽勤学自勉之志。

联五为挽联，挽联，顾名思义，是哀悼死者、治丧祭祀时专用的对联。既有对死者的哀悼，也是对活人的慰勉，因其专属用途，自古流传使用较多，从而成为对联的一大种类，挽联的特点是必须具备真实性和独特性，不能把挽联写成通用联，即要写出人物特点，挽联是办理丧事或祭祀先人时所要用到的一种形式，其主要的作用是哀悼逝去之人，表达对逝去之人的一种敬意与怀念等。挽联上下联之间同样要讲求对仗，即平仄、辞意相对相辅，句式仍要对偶，字数相等。作者此处挽联，为亲人所题，语真词切，款款而作，深情流露。

此篇所选五联，除联二和四外，皆为长联，天汉先生善于撰写长联，少则数十字，多则四五百字，其浑厚功底和精湛笔墨可见一斑。所谓长联，有把比五言七言联稍长一些的对联都称为长联一说，孙天赦《对联格律及其撰法》则提出：划分长联与一般的对联不是以字数来判定，而是以句数来判定的，一般说来，上、下联各含三个以上句子的对联可以称为长联。长联中有字数较少的，也有鸿篇巨制的。这里所说的"句"指的是子句或者分句，这样的"句子"，字数是有多有少的。而陆伟廉先生的观点是：每边至少八字，两个短句，才算长联；否则算短联。实际上，这种观点包含两个标准，既有字数的标准，又有句数的标准。天汉先生长联除句式结构辉宏，更胜在对仗精工、承前启后、文藻美而不华、声韵雅而不俗，值得反复吟诵而回味悠长。

（周玲编撰）

七十八、天汉诗词时政七律选读赏析（《安贞集》第303、304页）

天汉先生10余岁即学诗试词，随中国商业史研究和生活60余年间，对于诗词亦殚精竭虑、勤笔不倦，其诗文内容丰富、贴近生活，并具备文采悠长、独到论事的家国情怀，现试举其时政篇七律两首浅为探幽。

甘肃舟曲大洪灾

特大山洪泥石流，汶川强震种原由。
直撞万屋旋坍塌，尽掩千人急救搜。
共济同舟不言弃，盲风暴雨尚堪忧。
多灾难夺军民志，滚滚白龙奔未休。

有感于近日之高谈养生事

南北近时谈养生，奇闻火爆始湘城。
豆茄大进驱病捷，肉乳全离排毒清。
竟为撩人发乎笑，直如迷路问于盲。
攸关生命应严待，净化荧屏能不争！？

【注释】

1. 舟曲：为藏语白龙江的音译。

2. 汶川强震种原由：舟曲县是汶川地震的重灾区之一，故汶川地震的影响是甘肃舟曲泥石流大洪灾重要因素之一。

3. 白龙：此处指白龙江。

4. 奇闻始湘城：湖南伪养生专家张悟本为初始的全国内各种养生奇闻报道。

5. 豆茄大进：张悟本大肆宣传生吃茄子、饮绿豆水等通治百病。

6. 肉乳全离排毒：是指"排毒教父"林光常全盘否定动物性食品，可肉类和豆乳制品，以此作为其养生理论的核心理念。

【赏析】

天汉先生自幼酷爱写诗，学诗由义山入手，进而学杜，可谓度浣花之津梁，借玉溪之径蹊。自 20 世纪 40 年代起至 2016 年间，于工作之余成诗逾四千首，其中词近 200 首，而七律计数则多达 2193 首（数据如下），其七律数量之多，以及质量之高，可拟于陆放翁。究其诗词缘何如此专注和偏好，盖以七律不拘束于"五七"言绝句的规行矩步中，又在情景表达上更胜于五律。七律不唯写景，兼复言情，不唯言情，兼复使典，于 56 字之中益尽其变，而为高下通行之具。古人有论"七律较五律多字耳，其难十倍"，若能属对必工，又使事必切而不落旧窠，谋篇厚重纯熟则实为不易。

天汉诗词律诗统计

数量分布 ＼ 类别	七律	五律（含排律）	律诗篇数
初学集	67	39	106
燕台集	52	44	96
辽海集	34	4	38
悬旌集	26	5	31
都门集	176	15	191
金鸡集	127	21	148
翰苑集	169	35	204
余霞集	22	17	39
补景集	71	32	103
有学集	54	3	57
安贞集	752	0	752
后成集	643	0	643
总计	2193	215	2408

诗词来源于生活，天汉先生诗随年进，深切体会到七律这一体裁并未加人以束缚，窒人之性情，如能深谙其旨，则可收放自如，于生活之中处处可见诗心诗意，小至田间花木，广至世界时政风云，皆以极尽表达，故而天汉先生一本"时政篇"的七律专辑就不期而成了。

首先赏析第一首《甘肃舟曲大洪灾》，这首诗深刻体现了时政诗的特点，全篇工对精切，首联即直奔主题，简要点出甘肃舟曲大洪灾一事的前因后果，颔联紧承并顺而引出具体事件经过，以细腻的文笔和饱满的感情勾勒出了当时的悲壮情景，此处"直撞""尽掩"用词贴切而生动，形象的还原了大洪灾的灾情迅猛，颈联继而承转，由叙事进而抒情，由实入虚，层层迭进，不满不空，叙事处文字饱满，留白处情自渲染，将一篇枯燥的新闻写成了一首集文采、内容、情感于一体的佳作。

第二首《有感于近日之高谈养生事》，是先生悉闻近日伪养生事件频出的调侃之作，语言诙谐而精辟，全诗一改严谨之风，首联以简单平易的文字道出了近日养生事件，开篇点题，平实的口吻更贴近生活，"奇闻火爆始湘城"同时也点出了作者对这些事件的思考和追溯，颔联则以寥寥十四字，将两大养生谬论的主要理论及宣传的功效简要道出，可谓于简单处见功夫，既通俗易懂，只认识深刻独到，一语中的。颈联和尾联皆为议论，至此承转递进，语气也趋于严肃，由论事转而抒情，"攸关生命应严待，净化荧屏能不争！？"更是发人深思，于谈笑抨击之余更透露出深切的家国之忧。

（周玲编撰）

七十九、天汉诗词晚岁七律三首（2013.4—2016.3，《后成集》第422页、436页）

天汉先生晚岁悠然闲居，对诗词仍日以继夜，勤笔多思，所感所悟渐入禅境，风格较之从前更为恬静从容，运化无形。现以其《后成集》中三首晚岁七律浅为赏析，以资参考。

晚岁

其一

晚岁悠闲任自然，不耕不贾赛登仙。

何能身退论天下？敢诩意舒居笔先？

顾盼未妨忘老丑，招摇肯逐弄春妍？

但期八八平安过，好句时来诗续编。

其二

我读云松晚岁诗，却嫌萧瑟异良时。

鹿鸣宴赴辞无已，马邋封过感不支。

妙语如环曾露颖，豪言似呓反贻嗤。

养衰习静愿屈遂，仍悔身名谋太迟。

修短

浮生修短不相侔，却病延年是所求。

韩杜俱殂嗟命蹇，赵查同寿羡诗酒。

登仙君主殊唐汉，谪宦才人异柳刘。

向使放翁辞旨酒，期颐可及继优游。

【注释】

1.云松：即赵翼，清代史学家、文学家，长于史学，主张争新和独创，力反模拟，他的诗具有冲口而出，清晰流畅的特点，时带含蓄与诙谐。

2.鹿鸣宴：科举制度中规定的一种宴会，起于唐代，明清沿此，于乡试放榜次日，宴请新科举人和内外帘官等，歌《诗经》中《鹿鸣》篇，司称"鹿鸣宴"。另，宋代殿试文武两榜状元设宴，同年团拜，亦称"鹿鸣宴"。

3.修短：释义一：指物的长度；释义二：指人的寿命；释义三：长处与短处。出自晋葛洪《抱朴子·尚博》："若夫翰迹韵略之宏促，属辞比事之疏密，源流至到之修短，蕴藉汲引之深浅，其悬绝也。"《汉书·谷永传》："加以功德有厚薄，期质有修短，时世有中季，天道有盛衰。"其中"修短"作"寿命之长短解。

4.相侔：亦作"相牟"。相等；同样。隋江总《摄山栖霞寺碑》："地祇来格，天众追游。五时无爽，七处相牟。"

5.韩杜俱殂：韩杜指唐代古文家韩愈和诗人杜甫的并称。殂此处是指死亡。做死亡讲同"崩"。古人对不同身份地位的人死亡，有专用的词表示。最常见的就是"卒"，早亡一般用"殇"，帝后级别用"崩"，还有就是对一些特殊地位或者特殊方式死亡的描述，比如"殉""没""自尽""弑"等。

6. 期颐：古时称百岁为"期颐之年"。期颐：百岁之人。源于汉时戴圣所辑的《礼记·曲礼篇》："百年曰期，颐。"意思是人生以百年为期，所以称百岁为"期颐之年"。

7. 优游：生活得十分闲适；优游的生活。《诗·大雅·卷阿》："伴奂尔游矣，优游尔休矣。"

【赏析】

这三首七律皆为天汉先生晚年之作，写作时以退隐之心写就从容之作，晚岁第一首直入主题"晚岁悠闲任自然，不耕不贾赛登仙。"娓娓道出晚年行云流水之生活，无欲无争之清心，不禁令人暇思神往，颔联连用两个问句对仗，笔锋陡转，发人深思，不以身退而妄论天下，不以笔耕而倨傲称先，颈联再发一问，层层叠进，连续反问以加强语气，结句以安渡八八期许为结，仍然心头不忘好句集诗再作续篇，实乃精益求精之诗词大家。晚岁第二首是天汉先生读清代诗人赵翼晚岁诗词以及过灵岩山吊毕沅墓之感悟，其中不乏自己晚岁同期感慨，但先生一改萧瑟之叹，而悟出"养衰习静"之养生大旨，其七律之起随转合分明，结构井然有序，读来气韵飞动，议以史兴，诚如其在《李商隐研究论集》中所撰七律章法之三："情与境合。虚实相衬，动荡开阖"。

第三首《修短》一诗，先生从晚岁之暮而多生寿命长短之叹，首联以看似平淡之句起笔，但平实中又寓含生老病死之生死循回，以至却病延年成为人之所趋，中间两联多例举古代名人，写出从古至今诗才之人多命短，长寿之人又难以兼有诗力遒劲者，汉武唐武帝寿夭不一，子厚终年短而禹锡寿长，各有长短。尾联以羡叹陆放翁嗜酒终年而可寿八五，自期如此而往，自己或可百岁而继续悠然自得的生活，全诗文辞简洁而寓意深长。

综上三首可见，天汉先生作晚年生活之诗，遵古而不循古，一改多数晚年消极出世之态，读来清新自然、从容不迫，文间不见疲怠之光景，叹浮生而继优游，其振起之笔，尤为值得借鉴学习。

（周玲编撰）

八十、天汉诗词自传三首：记学者诗人幕僚生涯（《后成集》第424—425页）

天汉诗词《后成集》写于2013年4月至2016年3月，多为天汉先生晚年所思所感，其中游历三首颇具代表意义，可谓其毕生诗人、学者、幕僚三重身份背后的缩影，笔者希望通过这三首七律的赏析，让更多人走近天汉先生的诗词生涯，进而深入探究其创作之路。

一 愧作诗人慕学人

学者头衔面有光，辛勤半世出文章。

丝绸路远联中外，盐铁谋深贯汉唐。

迹认井田凭考察，史编丈亩费衡量。

难穷其变通今古，翰苑聊名一室藏。

二 幕府生涯未易忘

年少书生才岂超，却逢知己喜相邀。

春深砚次筹长策，秋老田间把大铫。

百丈云霓恣吞吐，满天风雨感飘摇。

个中况味向谁诉，甘苦清时充幕僚。

三 积习难更仍写诗

诗思近时如井喷，不成武略且扬文。

曾矜学律知三昧，自许举旗张一军。

春至无私荣草木，秋来多事变风云。

题材难尽词人笔，乘兴原非博众闻。

【注释】

1.丝绸路：此处为双关，既指丝绸之路，又借指诗人曾对丝绸之路文化研究《桑弘羊》。

2. 井田：指天汉先生在井田考察工作时所撰专著《井田制考索》。

3. 翰苑聊名：指天汉诗集以翰苑一室为名。

4. 大铫：铫字从金从兆，兆亦声。"兆"意为"远"。"金"与"兆"联合起来表示一种金属制的出远门随身带着的小锅。《说文解字·卷十四·金部》铫：温器也。一曰田器，此处结合语境应指后解，为一种田器。

5. 三昧：来源于梵语 samadhi 的音译，意思是止息杂念，使心神平静，是佛教的重要修行方法。借指事物的要领，真谛。

【赏析】

天汉先生平生跌宕，数十年游走于学者、诗人和幕僚之间，这段跨越半个世纪之久的辗转生涯为其诗词之路提供了竭之不尽的创作源泉，正是在这种复杂变幻的人生经历中，诗人辛勤半世，而渐有"诗思如井喷"，以及"不成武略且扬文"的感慨。以下从其自传体七律三首为切入点，试以探究其诗词特色和风格。

其一，从诗人、学者生涯写起，天汉先生作为一名知名的中国商业史学界前辈专家，而其毕生亦倾注心血于诗词创作和研究，诗文 4000 余首，皆文采斐然、旨意深邃，加之自身勤学研精、殚精竭虑，更富于独到论事的情怀，由此可见，天汉先生是毫不愧于诗人和学者之称，这首七律以低调谦虚的"愧作诗人慕学人"为题，首联更是以"辛勤半世"自勉，中间两联承接上文，并具体展开，顺势铺叙出其井田考察、历史编册等学者经历，两联虽内容相近但读来毫不累赘，细思来多与其结构巧妙排列有关，句读虽皆为 4、3 节奏，但颔联以倒装手法，如"迹认井田""史编丈亩"，结构倒装又对仗极工，故读起来别有一番错落有致的味道。前三联铺陈深厚，至尾联发为感慨，如积千钧于一发之掷，全诗结有余味，发人深思。

其二，次记幕僚生涯，由其商业部工作至"文革"下放，此诗可谓浓缩版历史背景，写出了特殊时期诗人的情怀和遭遇。首联仍以自谦口吻写出年少书生意气风发之时，幸遇知己相惜，欣喜之情溢于言间。颔联承上而引出其幕僚生涯之日常细节一二，颈联则笔锋一转，从平淡从容的生活转入了风雨飘摇的"文革"遭遇，上下反差强烈而过渡自然，可为七律起承转合之范。

其三，再叙诗人本性，经历数十年游走于学者诗人幕僚之间，先生初心不改，自嘲为"积习难更"，并因勤写不倦而诗思大进，首联即为此感慨而起，全诗夹叙夹议，抒情层层叠进，自谦之中尽显豁达，了了之笔一略辛酸。尾联更以"乘兴原非博众闻"一抒到底，铿锵有力，以表诗词之初心。

此外，这三首七律在声韵的选用亦是值得深入学习之处，天汉先生秉承玉溪之旨，律诗选韵力求避免"上尾"。所谓"上尾"即单句句尾全是上上上、去去去、或入入入，此论在其《李商隐研究论集》中简括为"押韵甚严，衬韵稍弛。四声递用，远离上尾。"其中，单句句脚四声递用，或适当递用，可使全诗读来错落有致，平添几分韵味，此处尤其值得借鉴学习。

（周玲编撰）

八十一、马年六咏（2014 年，《后成集》第 442 页）

天汉先生擅长创作律诗，特别在排律和七律组诗上，有极高造诣。在此我们来欣赏一组他创作于 2014 年的七律组诗《马年六咏》。

马年开笔（2014 年元旦）

伏枥壮心犹未销，追风当日伴嫖姚。
曾空冀野性非乐，得满汉郊蹄任骄。
危藉识途惟智用，老矜尽力以仁标。
盛时不待鞭扬起，逸足腾飞千里遥。

此诗处处用典，从曹操"老骥伏枥，志在千里"尚未全销的壮心起笔（首句），想到霍去病（官至嫖姚校尉）在追风马上建立的功勋（二句）；想到要做良马，一路上需经历的磨难，即使被"烧之、剔之、刻之、络之；连之以羁绊、编之以皂栈，死者十二三"，亦不堕青云之志（三句）。想到了汉武帝从西域引进汗血宝马的气宇轩昂（四句），还想到了齐桓公伐孤竹迷路时倚重"老马识途"的智慧（五句）。也想到田子方所见的那匹"少尽其力，而老弃其身"于野的让人怜悯的孤马（六句）。当然，诗人也想到自己波澜壮阔的一生，少时坚信"乘风破浪会有时，直挂云帆济沧海"，壮时不顾"两岸猿声啼不住"的毁谤阻碍，只有"轻舟已过万重山"的义无反顾，就算时光流逝、廉颇老矣，也是"老牛亦解韶光贵，不待扬鞭自奋蹄"的自我鞭策。

马年再咏马（1 月 11 日）

龙马精神抖擞时，广宽天地路平夷。
穿来陌上沾花片，踏过堤边拂柳丝。
得意春风归缓缓，赏心秋色意迟迟。
神州一日行千里，岂待鞭扬自突驰。

马年三咏（1 月 20 日）

非僻事拈吟马年，素闻一日里行千。
立朝多以茶相易，禁令何将丝共连？
跃涧奋身岂妨主？筑台市骨为求贤。
远图汉武搜良骥，卫霍奇功炳史篇。

马年四咏（2 月 9 日）

昔时"所向无空阔"，今日"娑娑槽枥"闲。
驰骤中原开赵境，纵横北地越燕山。
五千夜袭营垒下，百廿里奔风雪间。
年齿长宁叹迟暮？迷途藉智可知还。

马年五咏——咏名马（2 月 9 日）

万里昆仑八骏驰，昭陵六骥奠唐基。

时来赤兔威无敌，运去乌骓力不支。

匹骑冲波遂南渡，成群汗血始东移。

至今蹄下踹飞燕，犹见龙腾虎跃姿。

马年六咏——咏画马（2月9日）

高手于唐数韩幹，乃师曹霸画尤工。

九重御榻真龙出，一洗官槽凡马空。

骨立壁间阅清峻，神来笔底睹豪雄。

杜公稠叠留诗句，耳听其鸣心本通。

　　显然，诗人在《马年开笔》的基础上，意犹未尽，才有了短短时间之内，掀起了一浪高过一浪的对马的赞颂咏叹。既有人的马化，也有马的人化，其实都表达着对马的力量、马的速度以及产生这种力量与速度的躯体、精神的欣赏与景仰。马，勾起作者久远的沉思与感慨，也负载起诗人无尽的豪情与梦想。在这随后的几首中，既赞颂马的刚强无畏和卓越的历史功勋，也欣赏马的飘逸洒脱和豪迈大气，同时借马抒怀："上前敲瘦骨，犹自带铜音。"全组诗看似写马，也是诗人以马自诩：志存高远，又脚踏实地。

　　诗以记录，诗集中有时事、有细节；有记叙、有妙评；有诙谐、有议论；犹如展开一幅历史的画卷。诗以浓情，诗集中有欢笑、有泪水；有哀伤、有喜悦；有爱情亲情、有友情悔情，处处能感受到作者的真情流露。诗以言志，志托于家国，则为"僵卧孤村不自哀，尚思为国戍轮台"，托于爱情，则为"梦断香销四十年，沈园柳老不吹绵"。诗人那颗永远年轻的诗心，特别体现在我喜欢的《马年六咏》这一组诗中，读来让人动容。

　　要知道作此诗时，作者已是88岁的耄耋老人，在马年的第一天，诗人心中涌起的却是"老夫聊发少年狂"的壮怀激烈与荡气回肠。通过这一组诗和这本诗集，我们清楚地看到，天汉老人"拥有一颗诗心，活出了一种诗意"。青山未改，我心依旧——岁月，你奈我何？

　　多么不容易啊！在这个天翻地覆的时代，在这个功利喧嚣的世界中，能拥有一份诗情，终身葆有一颗纯洁的诗心，该是多么难得的啊！既有诗人价值的坚守，也是命运最好的眷顾，因此诗人尤其值得尊敬。

（蛀心虫编撰）

八十二、补裳（2013年，《后成集》第422页）

补裳

延龄似觉笔犹强，日赋新诗至数行。

高格何妨言绮丽，豪情怎许气颓唐？

世能赏处宁无缺？人不顾时聊自芳。

总是吴蚕丝未尽，许供寸缕补华裳？

【注释】

1. 延龄: 高寿，又延寿、延年，汉乐府《长歌行》"发白复更黑，延年寿命长"。

2. 笔: 笔力，文笔。

3. 绮丽: 华丽，此处指诗的风格，李白《古风·其一》"自从建安来，绮丽不足珍"。

4. 颓唐: 萎靡状，《世说新语》"颓唐如玉山之将崩"。

5. 宁: 岂。

6. 吴蚕丝未尽: 李商隐"春蚕到死丝方尽"；吴，吴姓吴人，吴亦蚕桑之地。

7. 华裳: 华美的衣裳，此处借指盛世，如前人词"年光鼎盛，绣裳华衮"。

【赏析】

天汉先生老来诗更清健，首联便觉老当益壮之气势扑面而来。虽说诗从六朝以来，"绮丽不足珍"，但是只要诗格高清，诗情豪壮，诗自然炯炯有神，掷地有声。此可谓真清健！颈联文显言深，别有阅历沧桑，尝尽冷暖之后的明悟，正如庄子在《逍遥游》里写道："举世而誉之而不加劝，举世而非之而不加沮，定乎内外之分，辩乎荣辱之境，斯已矣。"也正如陆游诗中写到："客从谢事归时散，诗到无人爱处工。"荣辱内外之辨，先生可谓自得境界。全诗更以铿锵之声结束：愿为吴县吴江吴人吴蚕，以天赐无尽之丝，继续为锦绣中华略献绵薄之力。真可谓烈士暮年，老骥伏枥，更作清健弥坚之音。

（蒋波编撰）

八十三、自嘲（2014年，《后成集》第462页）

自嘲

堂堂白日静中移，少壮蹉跎学悔迟。

无可奈何人已老，出其不意句犹奇。

身消渴与相如近，禄长饱宁方朔知？

自觉本非才调降，闲花野柳尽成诗。

【注释】

1. 堂堂：本意盛大，陆游《春雨复寒遣怀》有"去日堂堂挽不回，新年又傍鬓边来"，《岁晚书怀》"残岁堂堂去，新春鼎鼎来"。

2. 少壮：原注有"少壮不努力，老大徒伤悲"。

3. 消渴：渴病，近似今糖尿病，古来著名患者包括司马相如、杜甫，杜诗《十二月一日三首》有"茂陵著书消渴长"，《秋日夔府咏怀》有"飘零仍百里，消渴已三年"。古来引为雅病。

4. 方朔：东方朔。此句有自注：汉书记东方朔之言"侏儒饱欲死，臣朔饥欲死"。又自注"长"意为增，仄声。

【赏析】

陆游在《初春书怀》中有句"老境不嫌来冉冉，流年直恐去堂堂"，天汉先生年过放翁，更不倦于学，感叹少时光阴蹉跎。

首联犹须留意"静中移"，白乐天有句："多同僻处住，久结静中缘。"陆放翁也在《静院》中写道："已占江湖宽处老，绝知日月静中长。"先生老年安居于京郊"高楼"，闲适之余也略感寂寞，此处虽未明写，但静中观日月，老来思少壮，情绪更在言语之外。

颔联颇有意思。先生诗宗杜甫、韩愈、李商隐、陆游，本应"辞必己出"，此处却巧妙化用两成语，"无可奈何花落去，似曾相识燕归来"，细读"辞本己出"无疑，更有"随心所欲而不逾矩"之感。似白实雅，似词亦律，一切规矩皆外在于我，但求本心无碍，自然无逾矩之虞。

颈联切题自嘲，才与病皆比相如，穷与达未似方朔。自嘲之中颇有孤标傲世之感，此中自任之壮气，在天汉先生后成集中比比皆是，老而弥坚，凭借的正是这学而不倦所自然生成的浩然之气。

结句更有"随心所欲"之感，"闲花"与家国，皆在我诗，"野柳"和天下，自在我心，文采风调，自成一家，天汉先生专攻七律以来，文气语感皆更上层楼，令人仰观。

（蒋波编撰）

八十四、夕照（2014 年，《后成集》第 479 页）

夕照

不死容吾屹众中，山无虎迹便称雄。

尚难服老学犹力，未至嗟穷诗怎工？

健马嘶终循古道，寒蝉喑或遇罡风？

推窗雨过晴依旧，满眼峰青夕照红。

【注释】

1. 虎迹：化用俗语，山中无虎，言格律诗之衰。

2. 嗟穷：诗穷而后工，语出欧阳修《梅圣俞诗集序》："盖世所传诗者，多出于古穷人之辞也，盖愈穷则愈工。"

3. 健马：老骥伏枥，益壮识途。

4.寒蝉：夏之寒蝉，似语出杜甫《楠树为风雨所拔叹》："诛茅卜居总为此，五月髣髴闻寒蝉。东南飘风动地至，江翻石走流云气。"

【赏析】

天汉先生格律诗，初学樊南（李商隐，义山），后尊剑南（陆游，务观），遥以少陵为宗。及老专攻七律，尤其属对精切，格律工稳，可谓当代大家。

此诗写于88岁高龄，长寿诗人陆游享年85岁，所以首句自嘲"不死"，先生以诗魔自居，老而更怀赤子之心。首联孤军屹起，绝无惺惺作态，直叹当今山中无虎。俗人或疑长者当应谦谦，但天汉先生岂易服老，年逾八十，仍然"学犹力"，终日乾乾以求精进，这正是一种大谦，仍然感叹"诗未工"。这是一种更雄浑的谦逊，有别于一般俗人似抑实扬的扭捏。

颈联以"健马""寒蝉"的雄健的意象，呼应颔联的"未至嗟穷"，直见曹孟德的《龟虽寿》的精神："老骥伏枥，志在千里；烈士暮年，壮心不已。"

尾联收以狂风暴雨之后"峰青夕照红"，最美不过夕阳红，楚狂之态隐现，又颇似关汉卿"蒸不烂、煮不熟、捶不匾、炒不爆、响当当一粒铜豌豆"，掷地有声，曲终人不见，江上数峰青。

天汉先生晚年极为推崇陆放翁的精致的轩昂，放翁的意气轩昂处处可见，放翁的精致也可见一斑，平仄粘对，格律工稳，"尚难服老""未至嗟穷"，属对精切。内敛的豪放，精致的轩昂，真君子当如是！我辈后学当引为标杆楷模。老先生"山中无虎"之叹，更当引为鞭策砥砺，宜当朝夕精进，切勿轻薄为文。

（蒋波编撰）

八十五、观潮（2014年，《后成集》第490页）

观潮

已过中秋茶未凉，潮来潮去话钱塘。

南归快晤俱良友，北上安居即故乡。

世事悲欢经五纪，吟情壮婉累千章。

能否明岁身犹健，再约观涛兴正长？

【注释】

1. 五纪：十二年一纪，《尚书·周书·毕命》："既历三纪，世变风移，四方无虞。"

2. 俱：今去声，古平声，七虞。

3. 壮婉：清壮，婉丽，杨万里《月下闻笛》："小婉还清壮，多欢忽苦辛。"

4. 能否：否，此处古平声，十一尤。

【赏析】

首联以季物起兴，不疾不徐地交代出此事的背景：江南小聚观潮归来，回忆犹历历如新，人虽散，"茶未凉"。

颔联承起而进，"南归""北上"，于工稳的对仗中勾勒出此诗诗心的源流。诗眼在于"安居即故乡"，苏东坡在著名的《定风波》中写道："试问岭南应不好。却道：此心安处是吾乡。"词有序言交代此句的缘由："王定国歌儿曰柔奴。姓宇文氏。眉目娟丽。善应对。家世住京师。定国南迁归。余问柔。广南风土应是不好。柔对曰：此心安处便是吾乡。"漂泊异乡的游子，每每在念起这句词，豁达之外，往往亦有淡淡的酸涩。

颈联切换一个更大的视角，天汉先生自然而然地回忆起少年辞乡，沉浮京华的人生历程，"悲欢"交集，诗心与乡心却始终未曾改变，正如"此心安处便是吾乡"，豁达是"壮"，乡愁为"婉"，"壮婉"二字也正是先生诗风的自证。巍巍千章，一心如初。

尾联以自问结题，似壮实婉，老友聚会之后，不禁流露出微微的伤惋，在清壮的衬托下越发真实动人。

全诗以化用为诗眼，但胜在妥切，在娓娓道来之中真情含而不露，诗法千千万万，唯有情真最动人。

（蒋波编撰）

八十六、天汉先生论诗（2013 年，《后成集》第 436 页，三首）

再说诗法

作诗有法莫轻离，情境相融庶得宜。
开合实虚娴对仗，壮纤浓淡善言辞。
养花足水魂方活，缕月无光格总卑。
口号不呼标语洗，应于形象注思维。

诗格

得句近时趋老成，自嫌尚少涉苍生。
身边琐事妨诗格，笔底繁花远国情。
北地久经叼鹤俸，上林曾与听莺声。
朝来万马奔腾急，倘许追风随一鸣？

惟从七律博专精

胸襟徒敞发心声，四纪尚难臻大成。
句到工时人不爱，语关痛处世堪惊。
文传道义能千古，诗见性情聊一鸣。
老我爽然论得失，惟从七律博专精。

【注释】

1. 北地：北方之地，指战国时赵国魏国的地方。

2. 叼鹤俸：来自典故卫惠公之子懿公，不恤国政，唯好养鹤。凡献鹤者
皆有重赏，懿公所畜之鹤，皆被封禄：大夫俸，食士俸等等，还有"鹤将军"
的封号，却不懂得抚恤饥民。一日，北狄入侵，鹤食禄而不能战，人心背离，
懿公被狄人砍为肉泥，全军俱没。卫国经过几个世纪之后被魏国（北地）吞并。

3. 上林：指上林苑，是秦汉时期的皇家园林，在今西安、咸阳附近。

313

4.听莺声：来自唐代诗人韦应物的《听莺曲》，"忽似上林翻下苑，绵绵蛮蛮如有情"。

5.万马奔腾，出自宋代诗人刘一止《水村一首示友人》："秋光有尽意无尽；万马奔腾山作阵。"表示气势磅礴。

6.追风：追风马，晋崔豹《古今注》记载追风马为秦始皇七名马之首。北魏杨衒之《洛阳伽蓝记》也记载北魏元琛："向西域求名马，远至波斯国，得千里马，号曰'追风赤骥'。"故此，追风指代千里马。

7.一鸣：指代一鸣惊人的大鸟。典故来自《韩非子》中记载楚庄王回答臣下的质疑时回答那个鸟（暗指楚庄王自己）三年不飞不鸣，飞必冲天，鸣必惊人，后人遂有成语一鸣惊人。

8.四纪：古代一纪十二年，四纪指四十八年。

【赏析】

1.《再说诗法》赏析

天汉先生著作等身，出版了20多种专著，对于李商隐的诗非常有研究。著有《李商隐诗要注新笺》，平时也笔耕不辍地写了4000多首诗词。天汉先生写这首诗时已经87岁。这里，先生总结他作诗的经验，首联表示作诗是有法可循的，重要的是要注意情境相融，融情于景，从景生情。同时在对仗时要注意开合，虚实，言辞上要注意壮纤，浓淡（颔联）。颈联表示写诗要有灵性，注意均衡，不然缕月无光，未免落于下乘。尾联表示不要喊口号，提标语，要注意思维和诗的形象，就是说不要写成老干体。

天汉先生这些亲身体会对初学者非常有帮助，因为不少诗词爱好者在情境相融上比较欠缺，或单一写景，或偏重抒情，二者皆失之偏颇。同时，诗的虚实，开合，壮纤，浓淡如何平衡，如何虚实结合，如何把委婉和雄壮完美统一都是一个大学问。比如就虚实而言，景物为实，梦境为虚，眼见为实，假设为虚。在李白的"床前明月光，疑是地上霜。举头望明月，低头思故乡"诗中，一、三句为实，二、四句为虚，虚实结合，相得益彰。

2.《诗格》赏析

古人云"诗言志"，俗话说字如其人，文如其人，所以一个人的格局，志向和为人就决定了一首诗的格局。首联天汉先生谦虚地表示他以往的诗比较少关注苍生。颔联解释两个原因，一个是写琐事，另一个是写花间诗词，这些主题让他的诗关心家国不足，有碍诗格的提升。颈联用了两个典故，卫懿公宠鹤亡国，上林苑听莺，都是对死于安乐的警醒。尾联笔锋转到先生不愿享于安逸，而是通过万马奔腾的磅礴气势，追风马逐电般追赶一鸣高飞的大鸟，迫切地表示时不我待的进取精神。

3.《惟从七律博专精》赏析

首联天汉先生谦虚地表示即使写了近 50 年的诗，还没有达到大成境界。颔联描述了先生对作诗的深刻体会。"句到工时人不爱"，表示作诗太工反而不好。律诗一般只要求颔联（三、四句）、颈联（五、六句）对仗。但是不少诗词初学者刚开始写律诗时，很容易写成四个对联，使得整首诗比较呆板，缺少句式的灵动和跌宕起伏。"语关痛处世堪惊"表示写诗要以情动人，能直指读者痛处，能引起共鸣。颈联指出文以载道，诗可传情，作诗要言之有物，深合性情方能有所共鸣。这对时下有些人写诗纯粹玩弄文字游戏，言之无物是一个很大的提醒。尾联"老我爽然论得失，惟从七律博专精"笔锋一转，虽然诗太工不好，先生回首写诗的经历和得失，发现还是更喜欢律诗，因为绝句和古诗体不像律诗那么至少需要两联对仗。大抵由于先生喜欢对联，故而对要求工对的律诗情有独钟。

（钟海振编撰）

八十七、夜雨名园方茁花：《中国商业政策史》自题诗（2014 年，《后成集》第 467 页，2 首）

《中国商业政策史》海内首发自题

门下常停问字车，绛帷当日设京华。
春风大幕曾视草，夜雨名园方茁花。
燕北初欣传纸贵，海东暂叹碍云遮。
栽来桃李三千树，十载成蹊灿若霞。

《中国商业政策史》问世有作

代耕以笔众芳荣，商政从头费点评。

农"末"原期能共利，官私何策处相争？

兴衰冷眼观唐汉，得失潜心究宋明。

非远再寻清往事，潮升潮落恨难平！

【注释】

1.《中国商业政策史》：《中国商业政策史》是天汉先生的大作，这本书研究了中国历代，尤其是自秦、汉、唐、宋、明、清等时期的重要商业制度、政策，包括货币制度、赋役制度、矿业和手工业政策对商业发展的影响。本书"通古今之变"，明其是非，究其利害，判其功过，以利当代。

2.门下：门下省，古代三省六部制中的一省，负责审查国家的重要诏令。这里代指中国社会科学院经济研究所，天汉先生从事经济史研究的单位。与下句绛帷对应，绛帷，红色帷幕，这里指代政府部门，先生1950年—1978年间在商业部从事计划统计、编辑、政策研究等工作。门下，绛帷是按照诗词用典时在对句相应位置相继出现的原则来解释。

3.问字车：载酒问字，出自《汉书·扬雄传下》："家素贫，嗜酒，人希至门。时有好事者载酒肴从游学。"宋张元干《送高集中赴漳浦宰》诗有云："有意载酒问奇字，无事闭门抄异书。"这里指先生那时为了研商业政策史不断求问。

4.春风：夜雨指代改革的春风和领导的关怀。

5.大幕、名园：指代社科院经济所。

6.燕北：指代北京，北京出版社出版集团文津出版社，《中国商业政策史》的出版单位。

7.纸贵：来自成语洛阳纸贵，出自《晋书·左思传》"于是豪贵之家竞相传写，洛阳为之纸贵。"指西晋都城洛阳自左思的作品《三都赋》问世后，大家争相传抄，以至纸张一时供不应求而贵。后来比喻作品为世所重，风行一时，影响甚广。

8.海东：指中国台湾地区，原来应约《中国商业政策史》在中国台湾地区出版。

9. 三千：形容极多。

10. 成蹊：出自桃李不言，下自成蹊。

11. "末"：指士农工商中的商，在古代四大分类中居末位。

12. 官私：指官商，私商。

13. 清：指清朝。

【赏析】

1.《中国商业政策史》海内首发自提

这首诗首联写出了天汉先生专著得以发表的欣喜之情。首联以问字车的典故表明了先生那时为了研究商业政策史不断求问的心境。颔联指出成书的社会环境，正值改革的春风和领导对于经济政策研究的关怀，如"好雨知时节，当春乃发生，随风潜入夜，润物细无声"，使得这本学术专著能够开花结果。颈联承接上文的同时转到内心的欢喜和嗟叹。喜的是在北京出版的专著洛阳纸贵，大受欢迎。叹的是本应该在台湾出版的专著没有按时发行，"欣"和"叹"简单两个字，却把先生的心情表露无遗。尾联再转，转回到欣喜的心情，也合（对应）到首联的艰辛备稿。十年树木，十年磨一剑，经过十年，终于桃李满枝头，果实累累，读者甚众，洋洋洒洒，灿烂如朝霞，又如名园春雨，鲜花满簇，心下不禁欣然。

2.《中国商业政策史》问世有作

一反海内首发诗的欣喜，这首诗描述的却是另外一种心情。首联写出了天汉先生以笔耕耘，从先秦历经秦汉唐宋到明清，费心点评各朝代的商业政策。颔联承接商业政策，展开到从古代的士农工商各个阶层，从重农抑商的起源，到汉朝贸易，尤其丝绸之路的发展，论述官商，私商之间的关系，如何处理自由贸易和商业官营之争的问题。颈联进一步表示从远处看历史，冷静分析商业政策对汉唐兴衰的影响，潜心于解读两宋和大明时期商业政策的得失。尾联天汉先生从近距离观察清朝商业政策，勾起历史往事，笔锋一转，不禁唏嘘，遗恨难平。为何？因为先生从历史的角度，从学者的敏锐，清楚看到商业政策对一个国家，一个民族盛衰的影响。宋朝的重商政策导致了商业的繁荣，一幅清明上河图栩栩如生地刻画出当时社会繁荣的景象，可惜明朝和清朝又回到了抑商老路，甚至施行海禁，切断海上丝绸之路。明清时期的闭关锁国，相比之下，清朝同时期的重商主义盛行的，唯利是图的西方列强在工业革命后的兴起，使得晚清时期中华民族灾难重重，虽然有昙花一现的洋务运动，毕竟积重难返，国土沦陷，不胜遗憾至极。

（钟海振编撰）

八十八、历尽霜雪见高枝：呈叶嘉莹先生诗（2014 年，《后成集》第 450、452、475 页，3 首）

读嘉莹前辈《总序》献词

大雅扶轮仰大贤，宏文寝馈过新年。
国中硕果尚余几？宇内奇葩方灿然。
词学赖君梳"史索"，吟坛有此得薪传。
我华古典昌明日，举世同欣百卉鲜。

偶成一首，再呈嘉莹前辈

求医当日赴津门，六十年间梦屡温。
岁月蹉跎余后死，文章零落孰同论？
虽经磨砺难成器，倍付辛劳未足存。
春至嘤鸣转乔木，百花园里沐朝暾。

恭祝嘉莹前辈九十华诞

劲风岂必无荣木，唯此浓荫独不衰。
敢挽陆沉留净土，能禁霜殄见高枝。
脱纤方洗浓华态，人健难呈磊落词。
犹以金针传绝学，人间九十几宗师？

【注释】

1. 大雅：《诗经》中的一部分诗歌；扶轮：在车轮两翼护持。指扶持，推行，发展正统的著作。

2. 寝馈：指寝食吃住，指时刻在其中。

3. 硕果：本意指硕大的果实，比喻难得而仅存的人或物。宋卫宗武《宣妙坟院古柏》："须知硕果不徒存，天佑吾宗当默识。公侯复始此其符，衮衮人英须辈出。"

4. 奇葩：原意指奇特而美丽的花朵，比喻非常出众的文艺作品或人物。

5. 灿然 本意指鲜丽明亮。宋梅尧臣《夜》诗"群物各已息，众星灿然森。"；又指明白；豁然开朗。汉董仲舒《春秋繁露·王道通三》："文理灿然而厚，知广大有而博。"这里应该指豁然开朗。

6. 史索：指历史典故。

7. 薪传：来自"薪尽火传"。《庄子·养生主》："指穷于为薪，火传也，不知其尽也。"比喻传统文化传承不绝。

8. 论：论语的论，条理见解的意思。

9. 嘤鸣：按照《诗经·小雅·伐木》："嘤其鸣矣，求其友声。相彼鸟矣，犹求友声；矧伊人矣，不求友生。"嘤鸣，本意是鸟鸣声，比喻寻求志同道合的朋友。

10. 乔木：高大的树木，按照《国风·周南·汉广》中"南有乔木，不可休思"指代美好的女子。

11. 朝暾：清晨的阳光。出自《隋书·音乐志下》："扶木上朝暾，嶒山沉暮景。"

12. 荣木：指木槿。出自晋陶潜《荣木》诗："采采荣木，结根于兹。晨耀其华，夕已丧之。"

13. 陆沉：陆地无水而沉，比喻隐居。出自《庄子·则阳》："方且与世违而心不屑与之俱，是陆沉者也。"北周庾信《幽居值春》诗云，"山人久陆沉，幽径忽春临。"

14. 霜殄：高枝，出自陶渊明的《饮酒其八》"青松在东园，众草没其姿。凝霜殄异类，卓然见高枝。"殄：灭尽。

15. 磊落：这里应该指声音宏大，说话分明。古诗有云，唐王度《古镜记》：

"其夜二鼓许，闻其厅前磊落有声，若雷霆者。"唐杜甫《发秦州》诗："磊落星月高，苍茫云雾浮。"

16. 金针：比喻秘法、诀窍，典出唐冯翊子《桂苑丛谈·史遗》中记载织女送采娘一金针。

【赏析】

1. 读嘉莹前辈《总序》献词

这三首诗是献给叶嘉莹女士（1924— ）的，叶嘉莹教授是中国古典文学研究专家，曾任教于台湾大学、美国哈佛大学、密歇根州立大学及哥伦比亚大学，加拿大不列颠哥伦比亚大学。回国后担任南开大学中华古典文化研究所所长。在南开大学主讲古典诗词的吟诵和解析。2016 年获得 2015 年—2016 年度"影响世界华人大奖"终身成就奖，2018 年入选改革开放 40 周年最具影响力的外国专家名单。（注：叶嘉莹为加拿大国籍）

这首诗首联写出了叶嘉莹教授热心于弘扬，扶持中国古典文化，即使在过新年时也弘文不断。颔联指出正是由于像她这样硕果仅存的大家的努力，才使得优秀的古典作品易懂明白，使人有豁然开朗之感。颈联进一步表示叶老使得古诗词的典故历史得以疏通，在诗词吟诵上薪火相传，传承不绝。叶嘉莹教授对古诗词的吟诵和解析，确实有醍醐灌顶的感觉，她的吟诵雅韵妙音，余味无穷。尾联天汉先生对诗词未来的展望和期待，欣于言表。

2. 偶成一首，再呈嘉莹前辈

天汉先生 1950 年赴京工作，"文革"初期在下放辽宁盘锦干校过程中得了大病，未能治愈，1971 年曾赴天津治病。叶嘉莹教授回国后在天津南开大学任教。与天津这个城市结缘，让与叶教授从未谋面的天汉先生忽然产生一种亲和感。故而先生在首联提到津门往事。第二句"六十年间梦屡温"应该是指先生自 1950 开始在商业部工作后对诗词的热爱 60 多年间一直不曾减退。颔联先生谦虚地说在蹉跎的岁月中作为大难不死的幸存者（2014 年时先生已 88 岁高龄），眼看传统文化的零落，谁有与他相同的见解？颈联进一步谦虚地说自己的作品虽然经过磨难还是没有成器，虽然很辛勤著书，还是没有存世之作。其实先生是过于谦虚了，先生的文笔从容，用典流畅，写了 4000 多首诗还那么谦虚，真是后辈的楷模。尾联笔锋一转，自从叶老回到南开推广中国古典文化后，诗词的春天就来了。尾联用了两个诗经的典故（嘤鸣和乔木），表达找到志同道合的叶老后的欣喜心情，也表示叶老这个美好的女子用她婉转的吟唱给诗词的花园带来清晨的阳光，句子构造上深得律诗起承转合的神韵，自然流转。

3、恭祝嘉莹前辈九十华诞

第三首诗是先生写给叶老的生日贺词，叶老长天汉先生两岁，彼此热爱中华古典文学，惺惺相惜。首联从起兴起句，劲风之后木槿花已经凋零，但是这里（暗指嘉莹前辈）却历经风雨而不衰。颔联表示叶老从隐居的加拿大回到中国，挽留诗词的净土，经过霜风摧残之后方见其卓尔不群的优秀品格。颈联进一步说岁月洗净浓华，人虽然老了（90 高龄），说讲诗词时叶老还是声音洪亮，条理分明，真是难得。这个声音洪亮是用了转折的对比，"人健难呈"。尾联用金针绝学的典故合到叶老一代宗师的风范和对文化传承的热忱，像她这样 90 岁的宗师又几个呢？

这三首献诗从不同角度，结合天汉先生的经历和叶老独特的人生轨迹，卓尔不凡的品格和独特的贡献，娓娓道来，用笔自然却又独具匠心，起承转合，跌宕起伏，是为不可多得的贺诗典范。

（钟海振编撰）

八十九、力披霾雾见康庄：怀邓公（小平）叠韵诗（2014，《后成集》第 488 页，5 首）

怀邓公（五首叠韵）

百十年间日月驰，肃然我亦动追思：
放眸四海堪谁主，压顶三山力自移。
马跃嘶风敌曾慑，龙飞挟雨泽方施。
平生求实谋善断，高远志存随导师。

航船拨正稳操驰，避险趋安费睿思。

抖擞天公人气旺，昂扬国士世风移。

图强须待良猷定，革故乃看新政施。

最是欢声共雷动，凛然谁侮检雄狮。

千里程遥快马驰，山川多丽启吟思。

巡行南国天地动，仰视东方星斗移。

致治应辞无法守，兴邦已报有章施。

回头连夕愁风雨，几辈情深怀大师。

中外能令久背驰？国门开放岂奇思？

重关曾闭胸何窄，大步应追志不移。

欧使竟临技俱进，美媒亦噪利均施。

即今广厦连云起，怎忘当年设计师？

谁指康庄尽捷驰？几多曲折有余思。

力披霾雾天重见，誓固江山性弗移。

皓月甫圆光普照，繁花并茂露同施。

终开盛世千秋业，永仰高标一代师。

【注释】

1．放眸四海堪谁主：与毛诗《沁园春》"问苍茫大地，谁主沉浮？"有异曲同工之妙。

2．三山：指我国新民主主义革命时期的三座大山，即帝国主义、封建主义、官僚资本主义。

3．龙飞挟雨：来自明唐伯虎的诗《题画九首》："万木号风疑虎吼，乱泉惊雨挟龙飞。世疑龙虎茌驯扰，却许山人擅指挥。"

4．抖擞天公：来自清龚自珍的诗："我劝天公重抖擞，不拘一格降人才。"

5．检雄狮：指1984年中华人民共和国成立35周年国庆阅兵的盛大庆典，中国战略导弹部队首次亮相，震撼了世界。

6．巡行南国：指1992年邓小平先生南巡。

7. 星斗移：斗转星移，指季节或时间的变化，这里指社会的迅速变革和变更。出自唐王勃《秋日登洪府滕王阁饯别序》："闲云潭影日悠悠，物转星移几度秋。"

8. 致治：政治上安定清平。出自《史记·范雎蔡泽列传》："公孙鞅之事，孝公也……设刀锯以禁奸邪，信赏罚以致治。"这里指建设法治社会。

9. 有章：指有法可依，有章可循。

10. 背驰：背道而驰，比喻行动方向和目标完全相反，出自唐柳宗元《杨评事文集后序》："其余各探一隅；相与背驰于道者；其去弥远。"

11. 美媒亦噪：指美国《时代》周刊多次以邓小平为封面人物，两次评邓小平为年度风云人物（1978 年和 1985 年）。

12. 力披霾雾：指两件事，一是对"文化大革命"的拨乱反正；二是四两拨千斤解决 1989 年后西方对中国的封锁。

【赏析】

写历史人物，尤其是当代伟人，非常不好写，很容易留于空洞的赞美。天汉先生这五首怀邓公的律诗，各具神采，分别写出或回顾总结邓小平先生对中国的贡献。

第一首写出邓小平同志实事求是，志存高远，思想坚定，豪气万丈，推翻三座大山，与其他革命先辈一道完成了建国大业。

第二首写出了邓小平同志在"文革"后拨乱反正，重用人才，采用改革开放的新政策，在 1984 年中华人民共和国成立 35 周年国庆阅兵的盛大庆典，展现了新中国战略导弹部队，群情热烈，欢声雷动，震撼了世界。

第三首写邓小平同志南巡，呼吁斗转星移，改变时代的斗志，推进法制社会的建设，各种规章制度纷纷制定，使得国家有法可依，有章可循。虽然几经风雨，但是轻舟已过万重山。

第四首回顾邓小平同志领导的改革开放，引进欧美先进技术，提升中国的制造技术，同时邓小平作为中国开放的形象，多次荣登美国《时代》周刊封面，两次被选为年度风云人物，这些正性的舆论对于提升中国在西方的形象是大有帮助的，也促进了美国对中国的投资，社会的进步使得当今中国广厦林立，留光溢彩。

第五首回顾社会主义建设道路的曲折，但是邓小平同志两次都在历史关头拨开云雾，一是对"文化大革命"的拨乱反正，使得改革开放得以进行；二是解决 1989 年后西方对中国的经济封锁，使得中国的改革开放得以继续深化，后来加入世贸组织，使得中国经济腾飞，社会小康盛世。

这五首诗天汉先生对邓公用了大师，设计师，一代师的称号。这些称号和一些句子的写法，比如"最是欢声共雷动""几辈情深怀大师""怎忘当年设计师"，很容易让人觉得属于老干体。但是，我却一点违和的感觉也没有，觉得非常贴切，因为一来邓公当得世人如此称呼，二来天汉先生是从旧社会过来的，历经抗日战争，解放战争，建国初期的种种困难一直到如今百业兴旺，社会繁荣，没有经历，就没有感动，没有受苦，就没有珍惜和感恩。同样，作为一个出国留学人士，我对邓小平是深深地敬仰，没有他的改革开放政策，就没有千千万万的出国留学机会，当然也没有我的今天。所以，我对天汉先生对邓公的感情是非常地理解，也深深地感动。天汉先生这五首怀邓公，情深款款，发自肺腑，读之让人肃然，凛然，用笔自然，每首中间两联对仗工整，真是佳品。

（钟海振编撰）

九十、分茶（2014 年，《后成集》第 467 页）

分茶
（2014 年 4 月 28 日）

割得黄山一朵云，窗前飘落悄贻君。

卅年琴里欣闻曲，四月座前恭献芹。

空谷恰逢莺作伴，高梧惟引凤为群。

但期与日交俱进，百岁同扬庆寿文。

【注释】

1. 琴里欣闻曲：出自白居易《琴茶》："琴里知闻唯渌水，茶中故旧是蒙山。"渌水是古曲名，蒙山茶这里指代黄山茶。

2. 献芹：出自《列子》卷七《杨朱篇》，后人表示谦虚地说赠人的礼品太轻。

3. 空谷逢莺：出自宋胡寅《和单令除夕二首》："又闻幽谷有莺迁，况复山晴花向然。"

4.高梧引凤：出自《诗经·大雅·卷阿》"凤凰鸣矣，于彼高冈。梧桐生矣，于彼朝阳。"后来比喻高贵的凤凰喜欢跟高贵的梧桐在一起。这里表示先生与高雅的朋友来往。

【赏析】

黄山云雾缭绕，水汽充足，是生长茶叶的好地方。著名的黄山茶叶有黄山太平猴魁，黄山毛峰。天汉先生在写这首诗的两天前，4 月 26 日，收到好友寄来的黄山太平猴魁名茶，欣然提笔写诗一首。这首 4 月 28 日写就的分茶，写得是逢一好友来访，不胜欣喜，与好友一同品茶的快乐心情。

分茶也称水丹青，是一种能使茶汤纹脉幻化成物象的技法，就是用热水把茶道弄出字画来。

首联写出分茶幻化的图案，就像黄山的一片云，恰巧黄山也盛产绿茶，茶叶带着黄山云雾，悄悄落入窗前的茶杯中。贻君二字写到一种愉悦的心境。颔联指先生 30 年来一直中意听琴声（暗示久慕分茶的技艺），喝黄山绿茶，在这个 4 月里，老朋友你来访，就献丑给你看一下分茶的艺术（献芹）。颈联写出先生对于好友的来访，喜出望外，就像幽谷中忽然听到一声莺啼，梧桐树看到凤凰一样，又如山花得遇晴日。尾联期望与好友的感情与日俱增，到先生 100 岁生日时一块再来分茶，到时用茶艺写出庆寿的文字。

全诗清新明快，高雅达观，读之让人耳目一新，也为先生由有此良朋而欣喜，实在为生活中精品，就如茗茶一样，清香诱人。

（钟海振编撰）

【赏译】

笔者对英文诗歌和汉诗英译也很感兴趣，平时多有涉猎。这里尝试将天汉先生这首《分茶》诗翻译成英文，欢迎方家指正，也请各位同好一起分享。

The Art of Tea (page 467)

Translated by Haizhen Zhong

钟海振　译

割得黄山一朵云，窗前飘落悄怡君。

卅年琴里欣闻曲，四月座前恭献芹。

空谷恰逢莺作伴，高梧惟引凤为群。

但期与日交俱进，百岁同扬庆寿文。

Like the fresh mist of the Huang mountain,

The tea leaves have given me much delights.

For thirty years, a pure joy to drink tea,

To play and to share with you this April.

Like birds singing in a quiet valley,

By sycamore trees phoenix came rally.

We'll value each other more day by day,

And celebrate our hundredth birthday.

陈力实作品

326

九十一、江枫千树梦难冷：八八自寿（2014 年，《后成集》491 页，七律十首选四）

八八自寿

其一

八八由来米寿称，遐龄筹庆有亲朋。

剑南相视年犹进，瓯北过从笔许承？

盛世人欣身共健，济时自愧老无能。

即论吟咏思叹减，境界难窥最上层。

其二

得句有为非自娱，年时未少用功夫。

扶疏花木慕名苑，空阔烟波望太湖。

风日清和宜入画，江山美好合操觚。

集成纵过三千首，若比龟堂亦小巫。

其九

满城风雨近重阳，六十五年离旧乡。

尘世幸辞痴与妄，人生喜得寿而康。

江枫千树梦难冷，堤柳万丝秋已凉。

细算未曾叹虚度，名山今日敢言藏。

其十

九十华筵待两年，未防预祝且怡然。

期从身后定高下，敢向人前论后先。

自缚千丝困春蚕，相怜五夜咽秋蝉。

尽多诗句将安用？惜少生民忧乐篇。

【注释】

1. 米寿：八十八岁的雅称。"米"字拆开，上下各八中间十，读作八十八，故名。

2. 遐龄：老年人高寿的敬语。晋郭璞《山海经图赞下·不死国》诗云："有人爱处，员丘之上，赤泉驻年，神木养命，禀此遐龄，悠悠无竟。"

3. 剑南：指《剑南诗稿》（即南宋陆游创作的诗词集），这里指代陆游，陆放翁寿85岁。

4. 瓯北：清朝诗论家赵翼（1727－1814），著有《瓯北诗集》《二十二史札记》，寿87岁，虚岁88。

5. 济时：救济世人，济世安民。

6. 叹减：叹咨的意思，叹息咨嗟。出自宋苏洵《颜书》诗："此字出公手，一见减叹咨。"

7. 名苑：有名的园林，出自宋杨万里的诗句，"何须名苑看春风，一路山花不负侬。"

8. 操觚：指写文章，出自晋陆机《文赋》："或操觚以率尔，或含毫而邈然。"

9. 龟堂：既是陆放翁的居所，诗名，也是他的代号。宋陆游《龟堂》诗云："莫笑龟堂老，残年所得多。赋诗传海估，说法度天魔。"陆放翁诗词全集收藏了9344首。

10. 满城：句出自宋潘大临《题壁》："满城风雨近重阳。"

11. 六十五年：指先生自1949年大学毕业，远离家乡江苏无锡，赴京工作。

12. 痴妄：痴：沉迷；妄：荒诞，荒唐。

13. 江枫：苏州城外的枫桥，指代江苏老家，出自唐张继的《枫桥夜泊》："月落乌啼霜满天，江枫渔火对愁眠。姑苏城外寒山寺，夜半钟声到客船。"

14. 堤柳：出自宋赵令畤《清平乐·春风依旧》"春风依旧，著意隋堤柳。"

15. 华筵：指生日宴会。

16. 自缚千丝：指吐丝自缚，自讨苦吃。宋陆游《剑南诗稿·书叹》诗云"人生如春蚕，作茧自缠裹。"

17. 五夜：出自清黄景仁《将之京师杂别》："翩与归鸿共北征，登山临水黯愁生。江南草长莺飞日，游子离邦去里情。五夜壮心悲伏枥，百年左计负躬耕。自嫌诗少幽燕气，故作冰天跃马行。"

【赏析】

第一首自寿诗首联写出了先生作诗时的年纪和心情，是年先生88岁，有亲朋筹备生日寿宴，不胜欢欣。颔联通过与古代高寿诗人陆游和赵翼的对比，进一步表达先生的怡然心境。颈联承接上文写到先生感恩所在的盛世，人民安居，身体健康，同时谦虚地转到年老无力去济世安民了，即使是在诗词吟咏上也有些许叹息，因为还没有窥探到最上层境界。在谦虚的同时也表达了先生精益求精，不懈追求的心态。

第二首自寿诗首联写出了先生自年少时就喜欢且刻苦于诗词。颔联进一步描述通过游历名园大湖，草木烟波皆可入诗。颈联承接继续描述先生以风景和江山为题，尾联转合，一反前面的得意和愉悦心境，自谦中带有淡淡的无奈，即使写诗超过3000首，比起陆放翁的9000多首，也是小巫见大巫呀。

第三首自寿诗首联从宋朝潘大临的"满城风雨近重阳"起句，从北宋诗人潘大临的离乡想到自己，蓦然回首已经是离家六十有五。颔联承接离乡的久远，同时也庆幸自己在漫长的离乡岁月依然守住灵台，没有痴迷，没有妄想，从而在平和中正的心境中达到长寿康健。颈联承接离乡主题的同时，也转到对家乡的思念，对江南老家也是梦里难忘，乡心经年未冷，虽然时令和年纪已达深秋。尾联转合到未曾虚度光阴，笔耕不辍，把名山大川都写进自己的诗篇里了。

第四首自寿诗首联写到先生提前预祝90华诞，表达先生乐观的精神。颔联通过敢与人比高低来表达先生达观自信的心境。颈联笔锋一转，借用春蚕吐丝自缚来表达其实人生即使久长，很多时候人们也是作茧自缚，自讨苦吃，对句通过清代黄景仁"五夜"的诗句和诗人离乡赴京的相同经历，表达先生游子离乡，五夜伏枥，百年负躬在京城，其实也是自己年少时的选择。尾联再转，以反问句式发问，写那么多诗有什么用呢？结句叹息可惜忧国忧民的诗太少了，表达了先生老而弥深的爱国情怀，这与先生怀邓公诗句中的爱国情怀是一致的，是历经近百年风霜，目睹祖国沧桑变幻而油然产生的真挚情感，读之让人敬仰。

（钟海振编撰）

The Samples of Mr. Tianhan's Poems in English

To help English—speakers appreciate the beauty of Mr. Tianhan's poems, the following translated pages represent the foretaste of a gorgeous feast to come. These translations would not have been possible without the kind support of our dear friends. Their names are listed after each poem. The translated poems are arranged according to the sequence in the original Chinese Poetry Collection of Mr. Tianhan with page number indicated.

1—4，春城（第一卷 《初学集》第 3 页）

李雪梅 译

In Spring City

Translated by Xuemei Li (10/8/2018)

序

1943 年春间事，1945 年追忆作。

Preface

This was a recollection in 1945 of my experience in spring, 1943.

其一

春城晓雾浴红楼，花影离迷梦里浮。

倚遍栏干千万曲，水精帘卷对梳头。

In the mist of spring bathed the red mansion.

You woke up from a dream of blooms in motion.

Leaning on veranda, you hummed your favourite tune,

And combed hair under the crystal curtain.

其二

簪花小字写春晴，红袖香浮玉案清。

吟到关雎同一笑，鸳鸯镜里两书生。

In slender calligraphy, you wrote about spring days.
From your red sleeves escaped a scent so sweet.
Reading a love story brought smiles to our faces.
In the mirror we looked into each other's loving gazes.

其三

红豆和愁手自栽，东风定许一枝开。
如何钿合同心句，来赠温家玉镜台。

Love and woe, seeds we sewed.
Fate allowed only one to grow.
If only I could have promised you
A token of love you'd hold onto.

其四

别难相忘见难期，肠断江南三月时。
只有花间双蛱蝶，春风飞上去年枝。

Unable to forget, unable to meet,
We suffered the pain in mid spring.
Butterflies danced in the soft wind.
The tree from last year smelled bittersweet.

5, 半日 （《初学集》第7页）
Julia 译
Being Home Half A Day
Translated By Julia

半日还家不当家，小园风雨燕飞斜。

池塘自碧春无主，落尽一潭红杏花。

Being home half a day, feeling like a visitor.

In the yard and through the rain, swallows fly and whisper.

Spring comes to the pond, but not as its master,

Staying till red apricot blossoms all wither.

6，校中杏花开放（并序，《初学集》第 7 页）

月印万川 译

Apricot Blossomed On Campus

Translated by Shirley Tang

序

1945 年末偕内人转至无锡教育学院就学，诗为次年春所咏。

Preface At the end of 1945, I was transferred with my wife to the

Wuxi College of Education to study,

and the poem s was written next spring.

满堂弦管故依然，难忘干戈万里迁！

一片春风花似锦，杏坛今日几人贤。

The sound of strings resonate in my heart,

Accompanying me through fires in war zones.

Spring flowers blossom again in warm breeze.

How many educators have virtue?

7，回首 （1943 年跋忏情诗后） （第一卷 《初学集》第 9 页）

李晓黎 译

Looking Back

Translated by Xiaoly Li 10/17/18

几经曲折谱鸾歌，回首春归惊逝波。

我自负人人负我，一生恩怨为情多。

The melody of Phoenix comes
out of twists and turns of life.
Spring returns with the waves
passing that shock me.
I owe others, others owe me —
much love and resentments.

8，少作多删，尚忆断句清泪明河联，爱之，足成一律，以寄淮上（辽海集，
61 页）

邹志英 译

Lots of poems written in youth were deleted. I recalled a piece of
a long couplet with your tears and the Milky Way, which is so much
fun. This is how this seven—character tonal poem was written to my
wife. (Page 61)
Translated by Zhiying Zou

微吟帘底倩谁听？断句当年出性灵。
清泪疑花涵晓露，明河似水涨秋星。
鬓丝经雨难常绿，草色向人犹再青。
烟月朦胧桥畔路，近来梦里几同经。

Have you heard my murmurs by the window ?
It's the unfinished line we shared years ago.
Your tears are like dews on the petal,
The Milky Way looks like a creek with sparkles.
Grass stays green whenever people walk by,
Our hair, alas, turns grey as the years fly.
The moon shines on the path on which we used to walk,

And to which we returned many times in my dreams.

9，分茶 （后成集，467 页）

钟海振 译

The Art of Tea

Translated by Haizhen Zhong

割得黄山一朵云，窗前飘落悄怡君。

卅年琴里欣闻曲，四月座前恭献芹。

空谷恰逢莺作伴，高梧惟引凤为群。

但期与日交俱进，百岁同扬庆寿文。

Like the fresh mist of the Huang mountain,
The tea leaves have given me much delights
For thirty years, a pure joy to drink tea,
To play and to share with you this April.
Like birds singing in a quiet valley,
By sycamore trees phoenix came rally.
We'll value each other more day by day,
And celebrate our hundredth birthday.

语鸾歌回首春归鹭

负人〃负家 一生恩怨为

〃金河第一卷初字集回首一九四三年
情语後

听雨轩力宽书 〔印〕〔印〕

绿曲折潘鸾歌回首春归鹭

後我自负人〃负家 一生恩怨为

天津金河第一卷初字集回首一九四三年

附录

附录一：吴慧（天汉）先生年谱简编

1927 年	（农历 1926 年 12 月 14 日）出生于江苏省吴江，父吴鸣庚，母刘翠英。
1945 年	在南京就读南京临时大学。
1945 年	转至在无锡的江苏省立教育学院，考取联合国奖学金。
1949 年	毕业于江苏省立教育学院。该学院几经调整，现为苏州大学和台湾的东吴大学。
1950 年	在柳塘乡执教。
1950 年	和夫人一起考入贸易部，前往北京。后贸易部分为商业部和外贸部，天汉先生到商业部工作，夫人到外贸部工作。全家居住在位于北京西郊的二里沟和朝阳庵（天文馆，紫竹院，动物园附近）的外贸部进口大楼宿舍。此时期的诗词收集先有《天汉诗存》，后有《天汉诗词全集》第一卷初学集。
1950 年—1968 年	在商业部从事计划统计、编辑、政策研究等工作。此时期的诗词收集有《天汉诗词全集》第二卷燕台集。
1969 年—1971 年	被发往商业部在辽宁盘锦的"五七"干校劳动。此时期的诗词收集有《天汉诗词全集》第三卷辽海集。其间曾试图转往夫人所在的河南息县外贸部"五七"干校，未果。一家五口流离五地，长子在广西十万大山地区地质普查勘探，女儿在甘肃白龙江水电站工地，次子在北京上学。此时期的诗词收集有《天汉诗词全集》第四卷悬旌集。
1971 年—1972 年	因病辗转于盘锦和北京之间，后与次子在北京相依为

1972 年—1976 年	政审通过，恢复原单位职务。此时期诗词收集有《天汉诗词全集》第六卷金鸡集。
1976 年—2005 年	"文革"结束后，天汉先生先后转入北京财经学院、中国社会科学院经济研究所，从事经济史研究，任研究员，工作直到退休。为享有政府特殊津贴的专家，曾创办中国商业史学会并担任两届会长。在此期间的诗词收集有《天汉诗词全集》第七卷翰苑集。 天汉先生几十年勤于著述，乐于教授，出版专著 20 余种。在经济史和商业史方面的代表作如《井田制考索》《中国历代粮食亩产研究》《桑弘羊研究》《中国古代商业史》《中国商业政策史》《中国盐法史》《中国的酒类专家》《中国古代六大理财家》《商业史话》《经商智慧》《富国智慧》《新编简明中国度量衡通史》等。主编了《影响中国历史进程的人物—经济卷》，《平准学刊》，《货殖学刊》。 主编并主要执笔了《中国商业通史》（荣获孙冶方经济科学奖）。论文汇集成书：《中国经济史若干问题的计量研究》《翰苑探史—中国史论集粹二十五题》。诗词研究：《李商隐研究论集》，《李商隐诗要注新笺》。
1985 年	搬到北京紫竹院社科院宿舍。
1992 年	搬到北京安贞桥社科院宿舍。
1995 年	去美国探望次子一家，期间完成了《明代商业史》一书的写作，并创作《旅美篇》七律 23 首，收录于《天

汉诗词全集》第七卷翰苑集。1998 年曾再次访美。

2005 年—2006 年　　退休之后，天汉先生将更多的时间与精力投入到著书和诗词创作当中，在此期间的诗词收集有《天汉诗词全集》第八卷余霞集。

2007 年—2009 年　　诗词收集有《天汉诗词全集》第九卷补景集。

1950 年—2008 年　　诗词收集有《天汉诗词全集》第十卷有学集。

2010 年—2013 年　　诗词收集有《天汉诗词全集》第十一卷安贞集。

2013 年—2016 年　　诗词收集有《天汉诗词全集》第十二卷后成集。

（诗农编撰）

附录二：《天汉诗词全集》简介

吴天汉先生是现当代诗词名家大师，其古体、近体诗词创作，具有时间跨度长、数量大、水平高的三大特点。

由中国商业出版社于 2016 年出版的《天汉诗词全集》共 12 卷，收录了天汉先生自 1943 年到 2016 年 70 余年间所创作的诗词作品，共计诗作 3957 首、词作 192 首、对联 23 副、骈文 1 篇。各卷所录诗词，先以体裁分类，再以编年排序，以方便读者查阅参考。

各卷数据如下：

卷序	卷名	创作年代	七绝	五绝	七律	五律	五言排律	七古	五古	词,对联骈文	诗总计
一	初学集	1943 年至 1950 年	104	5	67	34	5	4	2	8	221
二	燕台集	1950 年至"文革"初期	163	0	52	44	0	5	2	19	266
三	辽海集	1969、1970、1971 年	109	0	34	4	0	8	6	63	161
四	悬旌集	1970 年 1 至 4 月	65	0	26	5	0	1	1	15	98
五	都门集	1971 年 3 月至 1972 年 5 月	182	0	176	15	0	6	8	46	387
六	金鸡集	1972 年 6 月至 1976 年	65	0	127	21	0	3	7	7	223
七	翰苑集	"文革"结束至 2005 年 6 月	361	0	169	35	0	4	2	9	571
八	余霞集	2005 年 7 月至 2006 年底	64	0	22	17	0	3	2	10	108
九	补景集	2007 年至 2009 年 4 月	172	0	71	32	0	8	0	10	283
十	有学集	40 年间读书治学论文谈诗之作	179	0	54	3	0	4	4	29	244
十一	安贞集	2010 年 4 月至 2013 年 3 月	0	0	752	0	0	0	0	0	752
十二	后成集	2013 年 4 月至 2016 年 3 月	0	0	643	0	0	0	0	0	643
总计	诗词	4173	1464	5	2193	210	5	46	34	216	3957
百分比			35%	0.1%	53%	5.0%	0.1%	1.1%	0.8%	5.2%	95%

有关词的数据如下：

词作共 192 首，词牌 58 个。最多的是满江红 28 首，占 15%。其次为忆江南和西江月，分别占 11%。

卷序	1	2	3	4	5	6	7	8	9	10	11	12		
卷名	初学	燕台	辽海	悬旌	都门	金鸡	翰苑	余霞	补景	有学	安贞	后成	总计	百分比
木兰花	1								0				1	0.5%
点绛唇	1												1	0.5%
凤凰台上忆吹箫	1				1								2	1.0%
忆江南	5	10	6										21	10.9%
踏莎行		1	4										5	2.6%
念奴娇		4			5								9	4.7%
满江红		2	8		2	3	7	2	1	3			28	14.6%
定风波		2											2	1.0%
西江月			1		20								21	10.9%
浪淘沙			1		1								2	1.0%
清平乐			1										1	0.5%
减字木兰花			1										1	0.5%
蝶恋花			1										1	0.5%
水调歌头			1		1				1				3	1.6%
沁园春			1						1				2	1.0%
金缕曲		2		3	1			3	1	2			12	6.3%
菩萨蛮			8		4		1						13	6.8%
浣溪沙			1										1	0.5%
摊破浣溪沙					4								4	2.1%
添字浣溪沙									1				1	0.5%
鹧鸪天			3		2				1				6	3.1%
桂枝香			1										1	0.5%
如梦令			2										2	1.0%
忆秦娥			2										2	1.0%
渔家傲			1										1	0.5%
水龙吟			1										1	0.5%
石州慢			1										1	0.5%

词牌													总计	百分比
桃源忆故人			1										1	0.5%
望海潮			1										1	0.5%
雨霖铃			1										1	0.5%
剪湘云			2										2	1.0%
采桑子			1	1	1								3	1.6%
东风齐着力			1										1	0.5%
南乡子			1										1	0.5%
满庭芳			1					1					2	1.0%
齐天乐			1										1	0.5%
瑞鹤仙			1										1	0.5%
湘灵鼓瑟			1										1	0.5%
金菊对芙蓉			1										1	0.5%
琵琶仙			1										1	0.5%
永遇乐			1			1							2	1.0%
六州歌头			1										1	0.5%
生查子				4									4	2.1%
卜算子				3									3	1.6%
忆桃源慢				1									1	0.5%
摸鱼儿				1									1	0.5%
潇湘雨				2									2	1.0%
神京路					2								2	1.0%
声声慢					1								1	0.5%
虞美人					1								1	0.5%
汉宫春						2							2	1.0%
湘月						1							1	0.5%
莺啼序							1						1	0.5%
江城子								1					1	0.5%
百字令								1	1				2	1.0%
千秋岁								2	1				3	1.6%
台城路									1				1	0.5%
法曲献仙音									1				1	0.5%
总计	8	19	63	15	46	7	9	10	10	5	0	0	192	
百分比	4%	10%	33%	8%	24%	4%	5%	5%	5%	3%	0%	0%		

（老郜　诗农　周玲　编撰）

附录三：编委会成员介绍

1. 吴锌（笔名诗农），英文名 Wilson Wu，资深非典型理工文艺男。幼喜文墨，却学理工，又经商贸。扬帆列国，终泊旧金山湾；楚才晋用，唯念故国高堂。曾经沧海，少趟尘世浑水；久观天象，时看风云变幻。战鼠鸟，喜种菜蔬瓜果；附风雅，偶弄摄影诗词。伴妻儿，学高球，练歌唱，营地产。结四方好友，迎五洲来客。忙乎，乐乎，无暇忧郁变老乎。

2. 朱联国，男。70 后，上海浦东人。专业牙医，业余文人，兴趣广泛，酷爱文史，钟情诗词。相信诗词是回眸历史时百感交集的彷徨忧伤，也是畅想未来时谨慎乐观的喜悦盼望；是平凡人生里那追求的光荣和梦想，也是悠长岁月中那寻觅的桃源和乐乡。

3. 钟海振（笔名振公子），男。美国药物化学教授。向往自由身，诚心待世人。荷锄八桂地，负笈蓟门春。柳绿东风起，花开彼岸新。象牙育桃李，彩笔录红尘。

4. 郜亦楠（笔名老郜），非典型理工男。年逾不惑、功业渺茫，常以读书、写诗自乐。尝作《自述咏怀》一首曰：五岁识文字，七龄咏絮才。发蒙学李杜，启笔效刘白。绿柳多年老，黄花几度开。世程行太半，诗意晚方来。

5. 蒋波，男。码农，创客，古诗词爱好者。曾为黑客，后悟破不如立，亦爱诗词，终觉读不如写，有打油五绝自况："我本蜀闲人，山歌笑凤麟。二三天作五，写尽百年身。"又有七绝论诗："文从字顺韵脚平，曲径直观机趣真。爱恨古今皆是我，偷来造化可通神。"

6. 霍雅群（笔名 Julia），女。非主流教师。东篱解惑鬓袭霜。诗间琴外身藏。素心不惧小秋凉，纸上疏狂。拂袖一行清字，临流百转柔肠。此生与世不声张。默漠寻常。

7. 邹志英，女。医学学士，生物医学博士。旅美多年，从事科研工作，现于制药界负责研发部门。喜欢诗和音乐。认为诗和歌既是人与人之间沟通方式，像数学和物理是人与自然的沟通方式一样，最重要的是能懂。诗歌就像神经递质，相信能帮它们找到自己的受体细胞！

8. 郑先昌（笔名蛀心虫），双面工科男。生存于大学，学术上严谨而刻板，教学中慎密而狡黠。生活于诗与远方，涉猎广泛而挑剔，内心柔软而敏感，爱读书。

9. 周玲（笔名紫风铃），女。湖北黄石人，现代中医学者，医学博士，对中医、古诗词等兴趣浓厚，痴心不倦。浅承杏林术，学慕古今诗。回首风尘事，平生不解痴。

10. 李卫（笔名李晓黎），英文名 Helen，女。英文诗发表在美国多种杂志上，摄影艺术在波士顿附近展览。曾经的计算机工程师，在中国获得计算机科学和工程硕士，在美国获得电气工程博士。每一天都是生命的起点，诗是这个过程的浪花与光点。

11. 唐莉（笔名月印万川），英文名 Shirley，女。祖籍湖南，旅居纽约多年，从事环保监测工作。被大众边缘的诗歌文学是我的挚爱，因为它能沉淀人的品性，提高洞察力，根植人性中的善。

12. 李雪梅（笔名行路人），女。一步一印走人生。本科英语文学专业，执教国内高校数年。后访学于英国，读博并定居于加拿大，现为某大学教育学院教授。生活简如风，知交淡如水。科研著述以安身立命，译诗写杂以养性怡情。

13. 杨兵（笔名墨言之），男。60后，湖北武汉人，从事金融行业。受家学影响，自幼酷爱古典文学和诗歌，习诗四十余载，作品散见一些刊物和网络。其敢尝试、善钻研、爱交流、常质疑，特别痴迷古代诗词的写作与鉴赏，更喜不断突破自己诗词写作的瓶颈，也加入一些诗词学会、诗词论坛管理和诗社，并致力于古代诗词的教学及推广。

14. 宋锏，天汉先生之女，退休医生。七律一首自述：吴风宋韵江南绿，亦忆燕京果木深。盛气白龙寒水夏，书声越秀暖阳春。心连现世多晨雾，情注悬壶久杏林。喜看满庭花吐蕊，何惜岁月乐耕耘。

15. 何公起，男，曾经的知青、牧羊人、教师、工程师、职业经理人、央企高管、基金经理。现居北京，退休。素喜诗词歌赋，自撰一联：斗室参禅，神游八万里星河璀璨；柴门听雪，尽享五千年诗酒风流。

16. 陈力实，男，70岁，黑龙江萨尔图人。2009 年退休，原中国水电五局工会副主席。自幼酷爱书法，钟情文史诗词。青海省书法家协会会员，中国文化管理协会书画工作委员会会员。至今，每日笔耕不辍，一幅佳作一杯酒，在作品与美酒中生活，其乐融融。

17. 虞建新（俳号白蓝，笔名白度），男，己亥年生人，日中关系史、上海史学者，白蓝会文化沙龙主持人，曾访学东瀛，近年以研习俳句而有所心得。友人赠联云：豪举健谈，散怀浮白；雅流倾赏，俳句出蓝。

18. 金杰（字志农，号泓菊斋主），男，60后，书画玩人。海上菊王邓怀农先生入室弟子，深得其水墨技法真传，并潜心研习魏晋唐宋诸家名碑名帖而有心得。有俳曰：泓涵笔墨金，菊酣兰交杰语吟，斋心最可亲。

19. 钟安，男，70后。好文，学理，从商，诗词书画印皆有所好，对豪放雄浑之佳作尤愿心慕手追，惜才力不逮，难言其精。曾戏仿先贤邓散木先生之斋名自喻五短，一如身材。

索引

赏析文编号	赏析；诗苑初探；诗法津梁
1	李商隐；近体格律诗，绝句，律诗；句法，倒装
2	用典，李商隐；
3	李商隐，白居易，咏物诗；七绝，平水韵，中华新韵；句法，重叠
4	避同，叠字，顶针，复辞，辛弃疾，王安石，元稹，赵嘏，杜牧，崔护
5	步韵，用韵；化用五法
6	组诗，蒋捷；排律，歌行体；章法，起承转合，起句，十种起法
7	平仄，出律，拗救，王维，杜甫
8	对仗，工对，宽对，邻对，借对，李商隐，杜甫；章法，扬抑，风格
9	唐诗、宋词和元曲
10	苏轼，章质夫，唱和，依韵，用韵，次（步）韵，王国维
11	绝句，拈题起；诗韵，孤平，拗救
12	用典
13	用典，引用和类比，杜牧，李商隐，杜甫
14	章法，问起，平起，兴起，论起，承法，转法，否定词，诗眼，李商隐，陆游，柳宗元，王之涣，陆凯，杜牧，贺知章
15	词牌，词谱，叶韵，重头，换头，添字／摊破，减字／偷声，过片，小令，中调，长调，慢词；点绛唇
16	旁起，问起，对仗，用典
17	诗言志
18	记叙体诗，议论体诗，李白，孟浩然，曹操，李商隐，杜牧，苏轼，王安石，杜甫；记游诗，咏物诗
19	用典
20	章法，结法，四种笔法（写景，抒情，讲理，用典），五种句式（回顾，问答，提问，对比，续陈），王之涣，杜甫，李商隐
21	议论体诗，盐铁论，桑弘羊
22	评诗：李商隐、白居易、刘长卿、苏轼、王安石、黄山谷、陆游、元遗山、赵翼、龚定庵
23	咏史诗：宋太祖、李后主、杨六郎、宋真宗、王钦若、范仲淹、狄青、王安石、司马光、苏轼、高太后、蔡京、张浚、秦桧、岳飞、韩世忠、韩侂胄、贾似道、文天祥、谢太后
24	记游诗，银车指飞机
25	踏莎行，乡愁，李后主
26	田园诗
27	菩萨蛮，白描，乡愁
28	状物拟人

29	苏东坡，秦观，陆游，辛弃疾，陈亮，柳永，李清照，姜夔，欧阳修，范仲淹
30	咏物诗
31	杜甫
32	李商隐
33	三联对仗
34	元好问；五言古诗，汉代无名氏的《古诗十九首》，陶渊明，陈子昂，李白，杜甫，韦应物
35	满江红，歌颂类诗词
36	诗风
37	浣溪沙，晏殊，摊破浣溪沙，李璟，李清照，步韵
38	渔歌子，张志和，李后主，如梦令，李存勗，李清照，纳兰性德
39	李清照
40	借物拟人，托物言志，双关描写，问起，刘禹锡，用典；落花诗，沈周，唐寅
41	结尾
42	自相步韵
43	化用，婉约、豪放
44	杜甫后期作品风格
45	组诗
46	杜诗
47	组诗
48	浪淘沙
49	比喻、用典
50	修辞技巧：赋叙、比兴、借喻、用典；干谒请托诗
51	陆凯
52	老干体
53	旧体诗词的语言特点
54	故乡诗
55	章法，用典；留别诗
56	章法之起承转合，结（尾）联和诗眼；简明格律诗平仄要诀
57	格律诗平仄与格律谋篇
58	学史与作诗
59	打油诗
60	酬赠诗；学习诗词 感悟人生
61	赵翼（云崧，瓯北），性灵派
62	治学
63	时事诗

续表

64	怀古诗
65	陡起，起承转合
66	李商隐，杜甫
67	李清照
68	暗喻
69	衬韵，飞雁入（出）群格
70	吴兆骞
71	"比合"而结
72	明起和议论起结合，破题；凤头，猪肚，豹尾
73	借句，足成；作珠的方法；李贺，晏几道
74	咏人诗；设问句，揣测结
75	双关；本句自救之"六拗五救"
76	三连仄不出律但不工，没有拗救，也不属于拗救；对句相救；小拗
77	对联，对仗
78	时政诗，七律
79	章法
80	声韵，避免"上尾"
81	七律组诗
82	诗格，诗情
83	化用
84	陆放翁
85	以化用为诗眼
86	李商隐，律诗
87	自题诗
88	叶嘉莹，贺诗
89	人物诗
90	诗意
91	陆游，赵翼

江南之脉，如～江潜之，千年流来，央之陸～重之杕

以後遇一遊，三友自軒昂，並顧重宴，初學重旹

美無翰苑涛咸，思懋之桂華，職都～竹

潜明軍之帝佐，一軌也仰濤茅

椎讀天漢先生浅戌集書感
乙亥仲春　蔣浩詩沉劚齋　李澤書

賀攝軍集天澤詩詞
逢讀賞祈　出版

攜軍重酒校

星宇～律　重澤詩

集慧怡～寶持

乙亥仲春　俳人　白香藏詞潜從
邵菊齋主　金浩書